Das Mädchen, das sie irre nannten

VON

ANTJE MELANIE RIECHE

Roman

ISBN-13: 9781072350590

Lektorat: Jenny F. Schneider / www.jfslektorat.de

Buchcoverdesign: Sarah Buhr / www.covermanufaktur.de unter Verwendung von Bildmaterial von Ilias; Pavlo Burdyak / Adobe Stock

Über die Autorin

Antje Melanie Rieche wurde 1989 kurz vor der Wende in Berlin geboren und wuchs in Cottbus auf. Sie studierte Wirtschaftswissenschaften in Leipzig und begann während der Semesterferien, ihr erstes Buch zu schreiben. 2017 unternahm sie mit ihrem heutigen Ehemann eine Weltreise durch Asien, Osteuropa und Südamerika.

Neben ihrer Tätigkeit als Romanautorin ist Antje Melanie Rieche auch eine engagierte Coach für Frauen, die ihren beruflichen Weg selbstbewusst und selbstbestimmt gehen wollen. Sie unterstützt ihre Klientinnen dabei, Resilienz zu entwickeln und ihre Ziele mit innerer Stärke zu erreichen.

Mehr über ihre Coaching-Angebote erfährst du unter:
https://rieche-coaching.de

Prolog

11. November 1989: Zwei Tage nach dem Berliner Mauerfall

Niederschlesien, Polen

»Wie ist es passiert?«, fragte Hanna ihre ältere Schwester Marta. Ihre Augen waren leicht gerötet, doch ihre Wangen glühten so lebendig wie eh und je. Sie war es noch immer: die kleine Hanna von damals, oder wie alle sie die meiste Zeit nannten: Hania.

»Nun, du kennst sie doch. Was glaubst du denn?« Marta schüttelte den Kopf, und die alte Gewohnheit, Hannas Worte nie ernst zu nehmen, kam unweigerlich auch jetzt noch zum Vorschein. Sie verfluchte sich dafür, dass sie Hanna angerufen hatte, verfluchte sich schon jetzt dafür, dass sie es tatsächlich zuließ, dass ihre starren Grundsätze, an denen sie sich stets so unerbittlich festklammerte, durch Hanna ins Schwanken gerieten. »Sie hatte einen ihrer hysterischen Wutanfälle. Jahrelang haben sich diese in Grenzen gehalten, und ich dachte schon, sie hätte sie überstanden, doch nun kamen sie mit so einer Gewalt zurück, dass mir das Blut in den Adern fror. Sie hat sich ein Messer geschnappt und versucht, ihre Pulsadern aufzuritzen. Kannst du das glauben? Es war das erste Mal, dass sie versucht hat, sich umzubringen! Das Messer war stumpf, Gott sei Dank. Doch ich bin ... ich bin verzweifelt Hania, verzweifelt.«

Hanna kniff ihre Augen zu Schlitzen zusammen, sie merkte, wie unbehaglich sich ihre große Schwester dabei fühlte, wie sie sich krümmte, etwas auszusprechen, was sie Jahre zuvor nie getan hätte. Zwischen den beiden war noch immer dieselbe Spannung zu spüren, doch dieses Mal war Marta es, die um Hilfe bat, und das war etwas, das sie sich eingestehen musste, so schwer es ihr auch fiel. Wenn Hanna Marta jedoch mit der gleichen Härte und Ignoranz geantwortet hätte, wie sie es all die Jahre getan hatte, wäre sie, und nicht nur sie, sondern auch Agata, verloren gewesen.

Unsicher, und immer wieder schluckend, fuhr Marta fort: »Alles, woran wir jemals geglaubt haben, fällt nun in sich zusammen wie ein Kartenhaus. Alles, was unsere Eltern uns erzählt haben, ist eine Lüge. Und du wusstest es, nicht wahr? Du hast es seit unserer frühen Kindheit gewusst! Und ich habe dich dafür verspottet!«

Hanna saß Marta gegenüber, still und unbeweglich, was gänzlich untypisch für die jüngere Schwester war. Sie hatte etwas merkwürdig Ruhiges an sich. Marta kannte sie als das Mädchen, das niemals still stand. Sie war wie der Sturm, der fortan für Chaos sorgte. Doch hier und jetzt schien Hanna einfach nur völlig ruhig zu sein, als könnte sie nichts aus der Fassung bringen – nicht einmal die Hiobsbotschaft ihrer kleinen Schwester, der Jüngsten. Doch was wusste Marta schon? Sie kannte Hanna ja kaum mehr.

»Wie geht es ihr jetzt?«

»Nun, sie liegt oben in meinem Bett. Bei dem Leiden Christi, wenn Oliwier das erfährt. Er kommt erst übermorgen nach Hause, bis dahin muss sie verschwunden sein. Doch wo soll ich sie denn hinbringen? Ich kann sie doch nicht sich selbst überlassen, nach allem, was geschehen ist und was sie durchmachen musste! Und überhaupt – wie soll es denn jetzt bloß weitergehen? Hania! Ich verstehe nichts mehr, gar nichts mehr! Wird denn jetzt alles besser? Jetzt wo der Kommunismus, die größte Lüge, die uns scheinbar infiltriert wurde, ein Ende hat? Ich fühle mich, als wäre eine Welt zusammengebrochen!«

Hanna machte eine nachdenkliche Geste. Dann sagte sie leise, kaum hörbar: »Marta, es wird immer alles irgendwann zusammenbrechen, wenn du dich voll und ganz auf eine

Gesellschaft stützt, ohne darauf zu achten, was du im Grunde selbst willst.«

Marta wollte nachhaken, was sie damit meinte, als Hanna sie plötzlich, völlig aus dem Kontext gerissen, fragte: »Weshalb hast du mich hier hergeholt, Marta? Warum? Zwanzig lange Jahre haben wir nichts mehr voneinander gehört!«

Marta zögerte, denn obwohl sie wusste, dass Hanna ihr diese Frage stellen würde, fühlte sie sich dennoch unfähig, ihr eine Antwort zu liefern. Denn damit musste sie tatsächlich zugeben, dass auch sie sich in einer Lüge befunden hatte, die sie jahrelang schweigend und sittsam hingenommen hatte. Sie vollführte die kommunistische Bestimmung, wie es Vater immer bezeichnete. Hanna hingegen war mit achtzehn nach Deutschland gegangen und kam seither nicht mehr zurück. Damals betrachtete Marta es als Segen, endlich war sie sie los, diese nervige kleine Schwester, die sie wie eine unliebsame Küchenschabe wahrnahm, die sittenlos ihr Unwesen trieb. Und jetzt war der Zeitpunkt gekommen, als Marta Hanna indirekt sagen musste, dass sie recht gehabt hatte. Es war schlimm. Sie musste sich mit ihr verbünden und an das glauben, woran Hanna geglaubt und was Marta als Kind verachtet hatte. Doch dann sprach Marta es aus, nüchtern, trocken, mit einem hemmenden Kloß in ihrem Hals.

»Du bist die Einzige, die ihr helfen kann, verstehst du? Du bist die Einzige, die Agata das Leben zeigen kann.«

Hanna schüttelte den Kopf, sie verstand offenbar nicht. Wie sollte sie auch, wenn noch nicht einmal Marta es verstand.

»Wie kommst du darauf?«, fragte Hanna Marta, nachdem sie sich ein paar Sekunden Zeit gelassen hatte, das eben Gesagte zu verarbeiten.

Martas Worte kamen beinahe stotternd aus ihrem Munde, doch sie zwang sich dazu, über ihren Schatten zu springen. Sie befand sich in einem Loch und Hanna hatte die Schaufel in der Hand. Es war Hannas Entscheidung, entweder Erde hineinzuwerfen oder die große Schwester mithilfe der Schaufel hinaufzuziehen. Dieser Macht war Hanna sich selbst jedoch nicht bewusst.

»Ach Hania ... wir sind so unterschiedlich, wie wir nur sein könnten. Ich habe mich ein Leben lang angepasst, habe mich Vaters Regeln unterworfen, habe mich den Prinzipien des Kommunismus unterworfen – alles in dem Glauben daran, dass es so sein soll und dass es richtig ist. Und damit habe ich mir auch jede Menge Ärger erspart – das kann man wohl sagen. Du hingegen hast rebelliert. Und damit hast du dir jede Menge Ärger eingehandelt! Hast all das gemacht, was Vater und ich verachtet haben. Und dennoch sitzen wir jetzt hier und ich bin diejenige von uns beiden, die sich in ihrer Haut unwohl fühlt. Schau mich doch nur an! Ein Leben lang war ich wohl beleibt gewesen, war wie der runde Kohlkopf gewesen, den Mutter jedes Jahr auf Teufel komm raus angepflanzt hatte. Und nun bin ich dünn wie eine Bohnenstange. Und als Agata sich das Messer an ihre Pulsadern gelegt hatte, kam mir nur eine einzige Frage in den Sinn: Haben Agata und ich je etwas getan, das unseren Herzen entsprungen war? Und das Schlimme war, es gab nur eine klare Antwort: Nein. Diese Einsicht war so überraschend und selbstverständlich, als wäre seinem Herzen zu folgen etwas, was unmöglich war. Und in gewisser Weise war es das auch. Und ich verstehe es nicht, denn du hast es geschafft! Du bist diejenige von uns beiden, die eine innere Ruhe ausstrahlt, die ich bei keinem Menschen in ganz Polen je gesehen habe. Ich verstehe es nicht.«

Hanna schaute Marta nachdenklich an. Sie hatte keine Miene verzogen, hatte ihr einfach nur geduldig zugehört und dann, als Marta nicht mehr wusste, was sie noch sagen konnte, nahm Hanna ihre kleine Reisetasche und kramte darin herum. Sie hatte augenscheinlich nicht viel mitgebracht, wahrscheinlich in der Erwartung, nicht lange bleiben zu müssen. Nur ein, zwei Kleider waren oben drauf gepackt, doch diese schmiss sie fix zur Seite und dann blitzten ein paar Bücher hervor. Instinktiv spürte Marta, dass Hanna geahnt haben musste, dass heute der Tag gekommen war, an dem die beiden ihre Kindheit aufleben lassen würden, denn das erste Buch, das sie hervorzog – ein altes, zerfleddertes Notizbuch –, sah aus wie ihr Tagebuch. Ein Tagebuch, von dem Marta noch nicht einmal die leiseste Ahnung hatte, dass es existierte. Behutsam schlug Hanna es auf. Sie fasste die Seiten kaum an. Es wirkte, als hätte sie Angst, der Text, der einst von ihr niedergeschrieben wurde, könnte sie aufsaugen und völlig in Besitz nehmen. Doch auch wenn sie ihr Tagebuch offenbar zur gedanklichen Stütze nahm, musste sie im Grunde genommen kaum hineinsehen. Die Erinnerungen waren in ihr Gedächtnis eingebrannt. Als sie anfing zu sprechen, blickte sie wieder zu Marta auf. Und dann erzählte sie ihr die gemeinsame Kindheit, in der Marta sie mehr als alles andere, mehr noch als den Vater, gehasst hatte, aus ihrer Perspektive. Eine Perspektive, die so gänzlich anders war als das, was Marta wahrgenommen hatte, wie diese unmissverständlich auch zum Ausdruck brachte.

TEIL I

Modlica – Niederschlesien, Polen

Kapitel 1

9. April 1956: Die geheimnisvolle Wanduhr

Hanna Kowalczyk war noch nicht einmal fünf Jahre alt, als ihr Bruder Pawel an Blutkrebs starb. Der Tag war wie jeder andere Frühlingstag in dem Kaff Modlica im niederschlesischen Polen. Die Vögel zwitscherten, die Blätter raschelten im Wind, die gewaltigen Gipfel des aus der Ferne zu bestaunenden Riesengebirges riefen nach Wanderern, doch das Herz des kleinen Pawel blieb an diesem Tag stehen. Während die Mutter aus dem Weinen nicht mehr herauskam, Marta sich in der Schule mit den Wörtern der ersten Klasse umherschlug und von all dem nichts mitbekam, ramponierte der Vater das kleine Haus, in dem die Familie wohnte. Seine Wut hatte überhandgenommen und er zerstörte wertvolles, mütterlicherseits geerbtes Kristall und zertrümmerte mit seinen bloßen Fäusten die Glastüren der altmodischen Schrankwand. Pawel war sieben Jahre alt gewesen, sein ganzer Stolz, sein kleiner Stammeshalter, der ihm in der Gesellschaft einen höheren Wert einbrachte, und nun tot. Jetzt hatte der Vater nur noch die zwei kleinen Töchter, deren Anwesenheit er schon vorher kaum ertragen konnte. Die verspielte kleine Hanna, die aufgrund ihrer vielen Fragerei immerzu zurechtgewiesen werden musste und Marta, das dicke, unfähige Mädchen, das zwar zahm und genügsam war, doch längst keine Schönheit. Beide Töchter ließen kaum eine Hoffnung auf starke, zukunftssichernde Männer zu. Stattdessen würde der Vater wohl eher das Bündnis mit mittelmäßigen Fabrikarbeitern akzeptieren müssen, das prophezeite der Vater den Mädchen bereits früh. Und die einzige Hoffnung – der heiß geliebte Sohn Pawel, der eines Tages in die Fußstapfen des Vaters treten sollte – war nun tot.

Was sollte der Vater nur mit einer Familie anfangen, in der er drei Weiber zu versorgen hatte?

Hanna schloss sich in dem Zimmer, das sie sich mit ihrer Schwester Marta teilte, ein. Sie hatte genaugenommen keinen Schlüssel, doch sie lehnte sich so fest gegen die Tür, dass sie fest davon überzeugt war, der Vater würde nicht eintreten können. Ihre Stoffpuppe Michalina hielt sie ganz fest in ihren Armen. Michalina – was für ein idiotischer Name, dachte Marta damals. Als hätte Hanna ihrer Schwester ein Geheimnis verraten wollen, das sie unter allen Umständen für sich behalten sollte, flüsterte sie Marta damals den Namen von der Puppe ins Ohr. Hannas Augen hatten dabei gestrahlt, als hätte sie die Puppe durch die reine Namensvergabe lebendig gemacht, dabei war es doch nur ein Name, dachte Marta bei sich, ein dummer, dummer Name! Die Puppe hatte sie von der Tante bekommen, die sie selbstgemacht hatte, und es war das Einzige, was die Kinder der Familie Kowalczyk je zum Umarmen bekamen. Auch Marta hatte eine Stoffpuppe erhalten, doch Hanna war gerade zu vernarrt in ihre Puppe. Sie knuddelte ständig mit ihr, erhoffte sich tatsächlich, dass sie lebendig werden würde und ihr die Liebe und Zuneigung schenkte, die man als kleines Kind dringend nötig hatte. In Martas Augen war Hannas Verhalten unbegreiflich. Die ältere Schwester sah in der Puppe nichts anderes als ein trostloses Teil, genäht aus Überresten von alten, ungebrauchten und ungewollten Stoffen.

Hanna hörte das fürchterliche Schluchzen der schwachen Mutter, die sich nebenan vermutlich ebenfalls gegen eine Wand presste. Die Tür als auch die Fenster des Schlafzimmers der Eltern standen offen, vermutlich deshalb, weil die Mutter wollte, dass all ihre Nachbarn ihren Schmerz mitbekamen. Denn für sie war nichts tröstlicher als Geschenke und Beileidsbekundungen, die sie daraufhin erhalten würde. Hanna erinnerte sich daran, wie der Kater Willy vor einem halben Jahr starb und jeder Nachbar mit etwas Gebackenem vor der Haustür stand. *In diesem winzigen Dorf von gerade einmal dreißig Häusern* – früher waren es dreihundertsechzig Hausnummern gewesen – *sprechen sich Neuigkeiten schnell herum, und ein jeder sorgt sich um den anderen*, hörte sie die Stimme ihrer Mutter in ihren Ohren. Dabei war Hanna nicht dumm. Sie hatte schon längst mitbekommen, dass man niemals zu viele Fragen stellen durfte, obwohl ihr das selbst zuweilen einfach nicht gelang. War jemand gestorben, so sprach man sein Mitgefühl aus, fragte jedoch nicht, wie es dazu gekommen war. Wenn jemand heiratete, so sprach man seine Glückwünsche aus, fragte jedoch nicht, ob der Herr Gemahl die Frau auch anständig behandelte. Jeder Haushalt war dem eigenen Haushalt gleich – so wurde es den Mädchen eingebläut – und nirgendwo würde es anders ablaufen als bei den Kowalczyks.

Hanna hatte bereits gelernt, dass, wenn sowohl der große als auch der kleine Zeiger kerzengerade in Richtung des Himmels zeigten, es um zwölf Uhr war – die Zeit, zu der es gewöhnlich auf die Minute Mittagessen gab. Doch an diesem Tag schrie die Mutter nicht von unten hinauf, dass Hanna ihren nichtsnutzigen Hintern nach unten bewegen sollte, um etwas Nahrhaftes zu essen zu bekommen. Stattdessen war es still. Totenstill.

Das Wimmern der Mutter wurde leiser und die Wut des Vaters verebbte, die Eltern schienen keine Kraft mehr zu haben.

Vorsichtig stand Hanna auf, zupfte sich ihr blassgraues Kleidchen zurecht und biss sich angestrengt auf die Lippen. Sie schaute zu dem leeren Bettchen, in dem Marta normalerweise im Schlaf brabbelte, und wünschte sich in diesem Augenblick, dass sie hier wäre. Dass Hanna etwas Derartiges tat, wäre Marta niemals in den Sinn gekommen. Schließlich hatte sie kaum etwas zu ihrer jüngeren Schwester zu sagen, außer, dass sie die Fliege machen sollte, wenn sie wieder einmal über ihre Schulter lugte, um die Wörter zu entziffern, die Marta in der Grundschule lernte. Marta war der Ansicht, dass Hanna sie stets übertrumpfen wollte, sie glaubte, dass Hanna es hasste, dass Marta bereits lesen konnte, während Hanna sich noch an ihrer Puppe festklammerte. Die Mädchen führten einen stetigen Wettkampf gegeneinander, obwohl sie von früh auf gelernt hatten, dass sich keiner der beiden je das Recht herausnehmen sollte, sich über einen anderen zu stellen. In Polen waren alle gleich, das war der kommunistische Glaube, mit dem Hanna sich schon als Kind nicht identifizieren konnte.

Hanna schüttelte ihre trübseligen Gedanken ab, eine kleine Träne kullerte ihre Wange entlang. Sie war in der Tat traurig, und jeder sollte auch denken, dass es wegen Pawel war, denn zum Teil stimmte das. Aber nur zum Teil. Schon seit langer Zeit hatte Hanna Pawel nicht mehr gesehen. Der große Bruder hatte schon seit einer Weile nicht mehr im Haus gewohnt. *Er war wohl das jüngste Kind, das jemals aus seinem Elternhaus ausgezogen war*, klangen ihr die stolzen Worte vom Vater in ihren Ohren nach. Selbst da hatte der Vater nicht von seinem Stolz auf seinen kranken Sohn ablassen wollen, der letztendlich in ein Krankenhaus untergebracht wurde, wo man besser für ihn sorgen konnte. Hat am Ende auch nichts genützt, dachte Hanna wütend.

Sie schlurfte zum Fenster und schaute auf die gegenüberliegende Straßenseite. Die alte Großmutter stand wieder einmal auf der Holzterrasse ihres baufälligen Hauses und rief nach Erich.

»Erich, wo bist du? Erich, wo bist du? Erich?«

Merkwürdig war, dass sie dabei nie traurig klang. Es war eher ein gehässiger Ton, so als würde sie diesen für einen bestimmten Zweck gebrauchen, nicht aber, um tatsächlich Erich ausfindig zu machen.

Vielleicht bildete Hanna sich das an diesem Tag auch nur ein, aber sie hatte das Gefühl, als wäre der Ruf der Großmutter noch stärker, noch eindringlicher. Ob es etwas mit dem Tod von Pawel zu tun hatte? Doch was wusste sie schon! Die Großmutter war zwar Teil der Familie, dann wiederum auch nicht – denn sie wurde ausgeschlossen, nie eingeladen und es sollte auch nie mit ihr geredet werden. Sie konnte sich bei gesellschaftlichen Anlässen einfach nicht benehmen, so hieß es immer seitens des Vaters, obwohl Hanna nie wusste, was er damit meinte, denn ein konkretes Beispiel nannte er ihr nie.

Einmal, es war erst ein paar Wochen her, hatte Hanna beobachtet, wie der Vater zur Großmutter hinübergegangen war und ihr eine kräftige Backpfeife verpasst hatte. Daraufhin blickten sich die beiden für Minuten starr an, bis schließlich die Großmutter nachgab, zurück ins Haus ging und ein bitterliches Lachen zu hören war. Das gruselte Hanna. Sie wusste nicht, wie oft das womöglich schon passiert war, doch seitdem traute sie sich nicht mehr, gar zu lange aus dem Fenster zu schauen.

Die Großmutter blieb nun stocksteif stehen, drehte lediglich ihren Kopf von rechts nach links und schien dabei völlig in ihrer Routine versunken zu sein. Die Stimme der Großmutter bohrte sich tief in Hannas Unterbewusstsein und manchmal hörte sie sie, obwohl die Großmutter gar nicht draußen stand. »Erich, wo bist du?« Und wenn keine Antwort kam, sang die Großmutter ein deutsches Lied, das zum damaligen Zeitpunkt weder Hanna noch Marta verstanden: »Junge, komm bald wieder ...« Deutsch war verpönt, jawohl, und um nichts in der Welt wollte der Vater, dass sich die Mädchen diese hässliche Sprache zu eigen machten. Schlimm genug war es, so sagte er, dass er und viele andere unschuldige Polen während der deutschen Besatzung Deutsch zu lernen hatten.

Wer Erich war, wussten sowohl Hanna als auch Marta nicht. Marta machte sich jedoch einen Spaß daraus, Hanna zu ärgern, wenn diese am Fenster stand und wieder einmal zur Großmutter starrte. Marta sagte ihrer Schwester dann immer, sie solle sich gleich zur Großmutter stellen, denn eines Tages würde sie genauso irre enden. Die ältere Schwester konnte ja nicht ahnen, wie recht sie damit haben sollte.

Die Gänsehaut, die sich auf Hannas Armen ausbreitete, wurde so stark, dass sie sich vom Fenster loslöste und erneut zur Tür ging. Sie hielt ein Ohr daran und lauschte. Nun war kein einziger Ton mehr zu hören. Weder Schritte noch ein Schluchzen, noch das Schlagen von Vaters Fäusten. Es war still, mucksmäuschenstill. Langsam streckte Hanna ihre Hand zur Türklinke, um sie zaghaft herunterzudrücken. Eine falsche Bewegung und der Vater würde in weniger als einer Sekunde vor ihr stehen und ihr eine Predigt halten – dies wäre ein guter Tag. Doch heute war ein schlechter Tag, ein ganz schlechter Tag, und Hanna vermochte sich nicht auszudenken, was der Vater noch alles mit ihr anstellen könnte.

Sie schob ihren zierlichen Körper durch den Türspalt auf den Flur und war kurz davor, das Licht anzuschalten. Obschon es helllichter Tag war, war der Flur stets dunkel. Er machte ihr am meisten Angst, doch manchmal nutzte sie die Dunkelheit auch aus – immer dann, wenn sie sich vor Vater verstecken musste.

Links neben ihrem und Martas Zimmer war das Zimmer der Eltern. Die Tür war noch immer offen, doch Hanna traute sich nicht, einen Blick hineinzuwerfen. Sie konnte nicht orten, wo die verzweifelte Wut des Vaters zuletzt eingeschlagen hatte – es war gut möglich, dass er mittlerweile bei der Mutter war. Vielleicht tröstete er sie sogar, denn sie war die Einzige, die hin und wieder eine kurze Umarmung von Vater bekam. Die große Liebe war sie für ihn, hatte er oft erzählt. Doch aus dem Mund des Vaters klang es eher nach einer Drohung, anstatt nach einer romantischen Erzählung zweier Verliebter, die viel zu zeitig geheiratet hatten.

Dann plötzlich wurde Hanna geblendet. Ein Lichtkegel breitete sich im Flur aus, der ganz und gar unüblich war, und erst da merkte Hanna, dass ein Spalt von Vaters Arbeitszimmertür offen war. Das konnte unmöglich sein, dachte Hanna. Ihre Augen wurden mit einem Mal riesengroß und ihr Herz pochte stürmisch in ihrer Brust. Sie umklammerte fest ihre Stoffpuppe und konnte sich für mehrere Sekunden nicht von der Stelle bewegen. Vater war dort drin gewesen und vielleicht war er es noch immer, aber Hanna hatte noch nie erlebt, dass die Tür des Arbeitszimmers offen stand!

Wenn ihr auch nur einen Fuß in dieses Zimmer setzen solltet, werden eure Hände abgehackt, hörte Hanna die strenge Stimme des Vaters wie einen Widerhall in ihrem Kopf kreisen. Obwohl der Vater sich vielerlei Drohungen bediente, war das diejenige, die Hanna am meisten Furcht einjagte. Meistens benutzte der Vater diese Drohung, wenn er böse Kinder erwähnte, die stehlen, denn das war eine Untat, die man mit den Händen zu büßen hätte. Doch warum sollte Hanna denn aus dem Arbeitszimmer etwas stehlen, wenn sie noch nicht einmal wusste, was es da drin zu holen gab? Obschon die Tür des Arbeitszimmers stets geschlossen war, gab es keinen Schlüssel, der es völlig verhinderte, ins Innere des Raums treten zu können. Das einzige Hindernis, das sie davon abhielt hineinzugehen, war der Vater selbst. Er und seine vielen Drohungen. Ein paar Mal hatte Hanna sich mit ihrer Schwester verbünden wollen, dann, wenn der Vater es nicht mitbekam, dass Hanna sich heimlich in das Arbeitszimmer hätte schleichen können. Doch Marta hatte nur den Kopf geschüttelt und ihre kleine Schwester für verrückt erklärt.

Aber jetzt war es soweit! Jetzt stand die Tür offen, wenn auch nur einen Spalt, doch das war Hannas Chance. Sie hatte sich schon immer für mutig gehalten, jedenfalls für mutiger als Marta, doch in diesem Augenblick wurden ihre Knie ganz weich. Wie fremdgesteuert setzte sie einen Fuß vor den anderen und hatte dabei das Gefühl, als würde sie erneut laufen lernen, so wackelig waren ihre Fortbewegungsversuche. Krampfhaft hielt sie die Hände an ihre Brust, so als müsse sie ihren kleinen Körper beschützen, im Falle, dass der Vater sie erwischen würde. Sie hörte, wie ihr eigener Atem den ganzen Flur ausfüllte und die Angst, dass Vater sogleich aus dem Zimmer stürmen und sie packen konnte, war lähmend. Doch noch stärker als ihre Angst war ihre Neugierde. Sie war noch ein kleines Kind, freilich, doch die Neugierde von Hanna war so stark ausgeprägt, dass selbst die Mutter so manches Mal in Verzweiflung geriet – vom Vater ganz zu schweigen. Vor kurzem erst hatte Hanna stundenlang einen Schmetterling verfolgt, um zu erfahren, ob Schmetterlinge auch irgendwann müde werden, sich irgendwo hinlegen und schlafen. Sie war so weit gelaufen, ohne darauf zu achten, dass sie sich schon längst nicht mehr im großen Garten des Hauses befand. Der Garten besaß keinen Zaun, jedenfalls im hinteren Teil nicht, das konnte sich die Familie schlichtweg nicht leisten – jedenfalls in diesen Jahren noch nicht –, und dennoch gab es ein paar Eckpfeiler, die die Grenzen des Gartens markierten, und somit auch die Grenzen für Hanna. Als Hanna schließlich mitbekam, dass sie diese Grenzen bei Weitem überschritten hatte und nicht einmal mehr mit den Augen wahrnehmen konnte, war es nicht etwa die Angst, nicht mehr nach Hause finden zu können, die sie übermannte, sondern die Neugierde auf die Welt, die sich außerhalb des Hauses mit dem spitzzulaufenden Dach und den schwarzen Ziegelsteinen abspielte. Sie entdeckte wild wachsende Beeren, stopfte sich damit nichtsahnend den Bauch voll, um sich Minuten später in einem Bach zu erbrechen. Doch auch das hielt sie nicht davon ab weiterzugehen und davon zu träumen, ein Lebkuchenhaus mitten im Wald zu finden. Dass die Geschichte um Hänsel und Gretel mit einer bösen Hexe einherging, die die Kinder im Ofen verbrennen wollte, wusste Hanna nicht. Sie kannte nur Martas Version und die endete immer an der Stelle, an der die Geschwister vor dem Lebkuchenhaus standen und sich die Bäuche vollschlugen. Denn weiter wusste Marta damals auch nicht. Die Großmutter von nebenan hatte der großen Schwester einst, als sie zumindest noch sporadisch bei der Familie Kowalczyk ein und aus ging, die Geschichte vorgelesen, doch als Vater das mitbekam, riss er das Buch aus der Hand der Großmutter und warf es in die Glut des Wohnzimmerofens. Das war eine ihrer Verrücktheiten, so behauptete der Vater später, als Marta ihn auf das Geschehnis ansprach. Und obwohl das Mädchen nie verstand, warum das pure Vorlesen eines Märchens verrückt gewesen sein sollte, akzeptierte es bedingungslos Vaters Antwort.

Zurück zu Hanna: Erst Stunden später fanden Vater und Mutter Hanna im Wald, auf einer Lichtung in den Gräsern liegend, in den Himmel schauend. Dieser Tag war für Hanna sehr lehrreich. Nicht etwa, weil Vater sie anschließend in ihrem Zimmer einsperrte, die Glühbirne der Hängelampe herausdrehte und sie kein Abendbrot erhielt, sondern weil sie bereits in diesen jungen Jahren erfuhr, dass es nicht nur Unannehmlichkeiten gab, vor denen der Vater sie zu schützen versuchte, wie er immer sagte. Nein, da draußen gab es tatsächlich noch eine andere Welt – eine Welt, die voller Überraschungen und kleiner Wunder steckte, und vielleicht an der einen oder anderen Stelle gar nicht so böse war.

Und jetzt, in diesem Augenblick, hielt sie es auch für ein Wunder, für ein Zeichen sogar, dass die Tür des Arbeitszimmers offen stand.

Hannas Füße tapsten immer näher heran und sie hielt es kaum noch aus. Sie legte sich eine Hand auf ihren Mund, um zu verhindern, dass auch nur das kleinste Geräusch ihrer Kehle entwich. Dabei fühlte sie, wie sie innerlich gluckste und am liebsten vor Spannung laut aufgeschrien hätte.

Als sie nur noch zwanzig Zentimeter von der Tür entfernt war, verschwand der Lichtkegel wieder und der Flur wurde wieder stockfinster. Die Sonne war weitergezogen, doch die Tür stand noch offen. Vorsichtig lugte sie durch den Spalt hindurch. Sie hielt ihren Atem an. Ihr Blick huschte kurz von rechts nach links, doch der Vater war nicht zu sehen. Ein leises Seufzen entkam ihrer Kehle und sie senkte die Schultern erleichtert. Lediglich ein gleichmäßiges Ticken durchdrang die Stille des Hauses, und dieses Geräusch kam aus dem Arbeitszimmer des Vaters.

In dem Arbeitszimmer herrschte die abnormste Ordnung, die Hanna jemals gesehen hatte. Auch Mutter war ordentlich gewesen, wusch sie doch nach jedem Essen sofort das Geschirr ab, doch was Hanna in diesem Zimmer entdeckte, würde sie fast schon als steril bezeichnen, hätte sie in diesen jungen Jahren bereits das Wort gekannt.

Auf dem dunkelbraunen Eichenschreibtisch lag nicht eine Zeitung, nicht ein Blatt Papier, geschweige denn ein Stift. Lediglich eine kleine vergoldete Lampe durfte auf der rechten Ecke des Tisches einen Platz einnehmen. Das Leder des breiten Sessels, der vor dem Schreibtisch vermutlich für hochangesehene, geschäftliche Gäste bereitstand, lugte nur an einer kleinen Stelle des ansonsten bedeckten Sessels hervor. Es sah so aus, als hätte Vater noch eine Art Plane über den Sessel gestülpt, damit auch ja keine Flecken an irgendeiner Stelle entstehen konnten. Hinter dem Schreibtisch war eine große Glasvitrine zu erkennen, in der einige Aufzeichnungen, ebenfalls von gläsernen Rahmen umfasst, aufgestellt waren. Was darauf stand, konnte Hanna noch nicht lesen, und denken konnte sie es sich leider auch nicht, denn Vater sprach nicht über das Geschäft. Sämtliche Schubfächer sahen fest verschlossen aus, denn die metallenen, wohlgeschwungenen Löcher wiesen darauf hin, dass einzig ein Schlüssel das Geheimnis des Innenraums der Schubfächer entblößen würde.

Dieses noble Mobiliar brachte Hanna ins Staunen, hatte sie doch im gesamten Haus noch kein einziges Stück gesehen, das so glänzend poliert und edel aussah. Doch es gab etwas, das über all dies noch viel aufdringlicher ihre Aufmerksamkeit einforderte: die Wanduhr. Der gleichmäßige Pendelschlag versetzte Hanna fast in eine Art Trance. Wie gebannt verfolgte sie von rechts nach links und umgekehrt das goldene Pendel. Doch irgendetwas irritierte sie. Sie konnte nicht definieren, was es war, doch sie wusste, dass es etwas mit dieser Wanduhr zu tun hatte.

Vor Neugierde platzend, drückte Hanna die Tür des Arbeitszimmers ein Stück nach innen, um nur kurz darauf vor Furcht zu erschrecken. Dumpfe Schritte ertönten von der Treppe und Hanna wusste, dass ihr Vater auf dem Weg nach oben war. Schnell schob sie die Tür wieder in die Position, wie sie sie vorgefunden hatte und schlich so leise wie nur möglich zurück in ihr Zimmer. Als sie schließlich die Tür schloss und sich erneut dagegenstemmte, war es ihr zitternder Atem, der sie beinahe verriet. Doch die klobigen Füße des Vaters bogen ein Zimmer zuvor ab – in das Schlafzimmer der Eltern.

Eine brummige Stimme ertönte in einem befehlshabenden Ton und dann war es kurz still. Nach ein paar Minuten quietschte plötzlich etwas und dann wieder und wieder, und Hanna hörte, wie aus der Kehle der Mutter merkwürdige Schreie ertönten. Daraufhin hielt Hanna sich die Ohren zu.

Sie hoffte nur, dass es bald vorbei sein würde. Dass Vater die Hühner und Enten vom Hof schlachtete und diese zwangsläufig auf dem Esstisch landeten, hatte er ihr vor Wochen erzählt, als Hanna zum ersten Mal nachfragte, doch warum er diese armen Tiere erst noch Minuten zuvor im Schlafzimmer zum Quieken und die Mutter damit zum Schreien bringen musste, verstand Hanna nicht. Sie wusste nur, dass sie heute definitiv keine Lust auf das Abendbrot hatte.

Kapitel 2

3.–5. Januar 1957: Das Geschwisterchen wird abgeholt

Schon seit Stunden schaute Hanna über Martas Schulter. Die große Schwester hatte einiges in der Schule gelernt, prahlte damit, dass sie mittlerweile nicht mehr in der ersten Reihe sitzen musste, dort wo nur die kleinsten und dümmsten saßen, doch Hanna interessierte das alles nicht. Das Einzige, wonach ihr Geist durstete, waren die neuen Wörter, die Marta aus der Schule mitgebracht hatte.

Das Buch *Elementar* lag auf dem kleinen Schreibtisch aufgeschlagen und Hanna bestaunte die bunten Bilder darin. Noch nie hatte sie so wunderschöne Bilder gesehen und erst recht nicht in so schöner Farbe. Kurz nachdem Marta das Buch das erste Mal von der Schule mitgebracht hatte und Hanna sehen durfte, wie das Leben in Farben gezeichnet werden konnte, war Hanna im gesamten Haus herumgeschwirrt, auf der Suche nach Büchern. Sie suchte in jeder Ecke, lugte in jedes noch so verbotene Schubfach, doch es war vergebens. Im gesamten Haus gab es kein einziges Buch. Lediglich die Zeitung, die jede Woche von der Kommunistischen Partei ins Haus flog, war die grau bedruckte Konkurrenz zu diesem wunderschönen Buch in den tristen Wänden der Familie.

Jedes Bild zeigte etwas Gewöhnliches aus dem Alltag, wie zum Beispiel einen Hund oder ein Haus. Eifrig holte Hanna ihr selbst zusammengeflicktes Heftchen vor. Vor ein paar Tagen hatte sie sich von Martas Schreibblock ein paar Zettel herausgerissen, diese gefaltet und in der Mitte provisorisch zusammengenäht. Dann hatte sie noch ein altes, blau gepunktetes Wachstuch genommen und an das letzte, äußere Blatt angenäht. Es sah ungemein schluderig aus und Marta schüttelte nur den Kopf. Doch ganz gewiss hätten Mutter und

Vater Hanna kein Notizbuch gekauft, von daher war es das Einzige, womit sie sich zu behelfen wusste.

Sie zeichnete die feinen Linien der wohlgeschwungenen Buchstaben nach, die neben den bunten Bildern standen. Wie wunderschön diese doch waren, kaute Hanna ihrer großen Schwester ein Ohr ab, voller Erhabenheit und majestätischer Eleganz. Marta dagegen fand die Schrift einfach nur langweilig. Die Schrift war Mittel zum Zweck, so dachte Marta, doch dieser Zweck war für sie unergründlich. Schließlich war für die Mädchen irgendwann der Platz als Frau in der Küche vorgesehen, wieso sollten sie also überhaupt lesen lernen?

Dennoch hatte Hanna wochenlang Seite für Seite die neuen Wörter aus dem Buch nachgezeichnet, doch irgendwann waren nur noch wenige Seiten im Buch übrig. Dabei gab es doch so viele Wörter, von denen Hanna wissen wollte, wie man sie schreibt. Wie wäre es denn mit *las*, dem Wald oder *niebo*, dem Himmel?

Hanna blätterte ein paar Seiten um, auf der Suche nach diesen Wörtern. Das ging Marta gehörig auf die Nerven, also schnipste sie Hannas Finger weg und blätterte schnell zurück zu dem Wort, an dem sie sich die Zähne ausbiss. Es war das Wort »Vater« und Hanna musste lachen, dass die große Schwester es nach so viel Übung noch immer nicht aufschreiben konnte. Marta verfluchte Hanna innerlich dafür.

Hanna lehnte sich zurück und überlegte, wie lange sie wohl warten müsste, bis Marta endlich interessantere Wörter aus der Schule mitbrachte. Es gab so viele, die ihr einfielen, wie zum Beispiel »Wald« und »Garten«. Doch auf einmal hatte sie die Idee, einfach selbst die Wörter zu erschaffen.

Eifrig tippte sie sich an ihr Kinn und nahm sogleich ihr schluderiges Notizbuch wieder hervor. Sie blätterte eine Seite um, strich feinsäuberlich ein paar Mal darüber, als würde sie damit die Seite auf das bevorstehende Spektakel vorbereiten können. Ja, alles in ihren Händen wurde immer so behandelt, als wäre es lebendig, auch wenn es schlichtweg lebloses Papier war. Sie überlegte, welche Wörter sie schon aufschreiben konnte und wie die Buchstaben miteinander verknüpft waren. Und dann, wie von alleine, schrieb sie einfach das Wort »Wald« auf. Über sich selbst erstaunt, machte sie große Augen und klatschte in die Hände.

»Marta, Marta, ich habe ein neues Wort geschrieben. Ein Wort, das du noch nicht kennst. Schau doch mal«, quiekte sie und stupste ihrer Schwester dabei immer wieder auf die Schulter.

Doch dann wurden ihre Freudenlaute plötzlich rau unterbrochen, als der Vater von unten hinauf schrie.

»Kinder, kommt runter! Sofort! Wir gehen eure Mutter besuchen. Sie holt gerade ein neues Kind im Krankenhaus ab!«

Vor Schreck fiel Martas Stift zu Boden und Hanna trat darauf und schrie auf.

»Noch ein Geschwisterchen?«, fragte Marta mehr sich selbst als Hanna.

Schnell stürmten die Mädchen nach unten, zogen sich Mäntel und Stiefel an und begleiteten den Vater zum Krankenhaus.

Sie fuhren nach Pietrow, der nächstgrößeren Stadt, und parkten ein paar Straßen entfernt vom Krankenhaus. Anschließend liefen sie nebeneinander, doch anstatt dass der Vater die Hände der Mädchen hielt, starrte er nur glasig auf den Boden. Hanna und Marta konnten sich in diesem Augenblick nicht vorstellen, welche Gedanken sich in Vaters Kopf abspielten und warum er so angestrengt seinen Kiefer zusammenpresste. Doch scheinbar hatte es nichts mit seinen zwei Töchtern zu tun, und allein dafür waren die Mädchen dankbar.

Als sie am Krankenhaus ankamen, blieben sie ein paar Meter vor dem großen Gebäude stehen, sodass sie einen guten Blick auf das fünfte Fenster von links des dritten Stocks werfen konnten. Es vergingen über fünfzig Minuten, ehe die Mutter mit dem Kind an das Fenster trat. Die Schwestern waren mittlerweile wie eingefroren, traten von einem Bein aufs andere, rieben die Hände aneinander. Doch als das Baby ans Fenster gehalten wurde, winkte Hanna wie verrückt, als wäre ihr Körper von einer Sekunde zur nächsten mit Wärme durchströmt worden. Marta hingegen schaute misstrauisch, da sie jetzt schon Panik bekam, ob das kleine Geschwisterchen sie genauso nerven würde wie Hanna. Doch der Vater öffnete nur seine Arme und stellte der Mutter eine unausgesprochene Frage. Die Mutter schüttelte wehleidig den Kopf und rückte sogleich wieder vom Fenster ab. Wie erstarrt klebte der Blick des Vaters weiterhin an der Fensterscheibe.

»Nein, nein, nein, das darf doch nicht wahr sein!«

»Was ist denn Papa?«, fragte Hanna unverblümt, während Marta sich einen Schritt von ihm zurückzog.

»Was denn ist? Was denn ist? Das fragst du, ja? Eure Mutter kommt mit einem weiteren Schwesterchen nach Hause! Das ist es, verdammt!«

Hannas Augen weiteten sich freudestrahlend. Sie klatschte in die Hände und drehte sich im Kreis. »Oh wie toll, ein kleines Schwesterchen!«, sprach sie in den hellsten Tönen. »Dann kann ich mit ihr spielen und ihr Dinge beibringen und ...« Hannas Fantasie spuckte Bilder von einer kleinen Verbündeten aus, die nicht so war wie Marta – Marta, die ja immer Schiss bekam, wenn Hanna in das Arbeitszimmer des Vaters schleichen wollte.

»Sei still, Herrgott!«, schrie der Vater sie an. »Das ist nicht etwas, worüber man sich freut!«

Hanna zuckte zurück und rannte zu ihrer Schwester. Sie versteckte sich hinter ihrem Rücken, doch Marta zog Hanna wieder hervor und warf ihr einen bösen Blick zu.

***

Als der Vater mit den Mädchen wieder zurück zum Haus fuhr, stand die Großmutter auf der gegenüberliegenden Seite und lächelte argwöhnisch in sich hinein. Sie blickte dem Vater starr in die Augen, und dieser hätte ihr mit seinem Gesichtsausdruck den sofortigen Herzstillstand verpassen können, wenn die Kälte darin sie wortwörtlich angreifen hätte können.

»Mhm. So so, ein Mädchen, nicht wahr? Ha!«

»Sei ruhig!«

Der Vater schnappte die Schwestern am Kragen und drückte sie ins Haus. Hanna hielt die ganze Zeit ihren Blick auf die Großmutter gerichtet, stolperte dadurch fast über ihre eigenen Beine. Und dann wendete die Großmutter den Blick vom Vater ab und schaute ihr direkt in die Augen. Hanna schrak zusammen, denn obwohl die Großmutter nichts sagte, hatte sie das Gefühl, als wollte sie ihr etwas mitteilen. Sie zog sie mit ihrem Blick förmlich in ihren Bann, und Hanna fühlte sich, als hätte die Großmutter ein unsichtbares Seil um sie gebunden, um sie an sich heranzuziehen. Und dann wurde die Tür direkt vor ihrer Nase zugeknallt.

***

Es dauerte zwei Tage, ehe die Mutter mit dem kleinen Schwesterchen nach Hause kam. Das Erste, was Hanna sofort auffiel, war, dass die Mutter deutlich abgenommen hatte. Wochenlang war sie in weiten Kleidern herumgelaufen, hatte mehr gegessen als sonst und schämte sich aufgrund ihrer

Gewichtszunahme. Doch auf einmal hatte Mutter keinen großen Bauch mehr. Verwundert strich sich Hanna ihre blonden Löckchen hinter die Ohren. Doch als sie sah, wie der Vater sie ermahnend ansah, guckte sie schnell weg.

In diesem Moment fiel ihr ein, dass sie ja etwas Kleines für das neue Schwesterchen vorbereitet hatte. Sie rannte stürmisch nach oben, kramte in ihren Sachen herum und kam nach nur einer Minute aufgeregt wieder nach unten. Sie hielt ihre Ärmchen hinter dem Rücken und ging mit winzigen Schritten auf die Wiege des Schwesterchens zu.

»Was machst du da?«, fragte der Vater von der Ecke aus, in der er kerzengerade stand. Seine Hände waren zu Fäusten geballt und seine Zehen wiegten unruhig auf dem Boden.

»Ich wollte dem neuen Schwesterchen meine kleine Stoffpuppe geben, solange sie noch keine eigene hat.« Hanna holte ihre rosafarbene Stoffpuppe hervor. »Michalina hat mit mir zusammen ganz viel erlebt. Sie hört doch immer zu und knuddelt mich und ... also jedenfalls dachte ich, dass das neue Schwesterchen vielleicht ein bisschen ...«

»Das neue Schwesterchen? Was redest du da?« Der Vater löste sich nun von der Wand, an der er seit der Ankunft der Mutter eisern gestanden hatte. Mit ausgestrecktem Zeigefinger trat er an Hanna heran und beugte sich mit geschlitzten Augen zu ihr herab. »Du hast wieder etwas falsch verstanden, Hania! Deine Mutter hat einen Sohn für uns aus dem Krankenhaus abgeholt. Keine Schwester!«

Der Vater kam nun so nah an Hannas Gesicht, dass ihr augenblicklich die Tränen in die Augen traten. Sie schreckte zurück, umklammerte die kleine Stoffpuppe und warf verschüchtert einen Blick in die Wiege. Da drinnen lag ein Baby, da war sie sich sicher. Doch anstatt eines rosafarbenen Strampelanzugs blitzte etwas Blaues hervor. Das konnte doch unmöglich sein!

Weinend rannte Hanna nach oben, schloss hinter sich die Tür zu und warf sich ins Bett. Sie verstand die Welt nicht mehr. Wie konnte ein Schwesterchen plötzlich zum Brüderchen werden?

***

»Hör schon auf zu weinen Hania! Wenn das Vater hört ...«

Dass Marta ins Zimmer gekommen war und sich an den Rand ihres Bettes setzte, bekam Hanna nicht mit. Erst als Martas Stimme, die von zu vielen Ermahnungen gegenüber ihrer kleinen Schwester hart geworden war, neben ihr ertönte, wischte sich Hanna erschrocken die Tränen vom Gesicht und richtete sich auf.

»Aber ... aber ...«

»Aber was, Hania? Was ist?«

»Aber du hast doch selbst mitbekommen, dass Mama ein rosa umwickeltes Schwesterchen ans Fenster gehalten hatte ...«

»Nein, nein das habe ich nicht gesehen«, antwortete Marta schonungslos.

»Aber ... aber ... Vater hat doch gesagt, dass Mama ein Schwesterchen abgeholt hat ...«

»Ach Hania«, stöhnte die große Schwester nun. »Du musst wirklich noch viel lernen, sonst hält man dich noch für verrückt! Wenn Vater sagt, dass wir ein neues Brüderchen bekommen haben, dann stimmt das. Die Eltern haben doch immer recht. Sie haben einfach aus dem Schwesterchen ein Brüderchen gemacht. So etwas geht schon. Das hat mir Papa gerade nochmal erklärt.«

Hannas kleiner Oberkörper sackte zusammen und erneut kullerten die Tränen ihre Wangen hinunter.

Es war ganz und gar ungewöhnlich, dass Marta sich freiwillig mit Hanna beschäftigte, doch wenn sie es tat, dann wollte Hanna, dass es nie endete. Dass Hanna so oft zu ihrer großen Schwester aufblickte, obwohl diese tagein, tagaus so radikal mit ihr umgegangen war, verstand Marta nicht. Doch Hannas Einstellung sollte sich bald ändern. In diesem Augenblick jedoch genoss Hanna die Aufmerksamkeit, die Marta ihr so selten schenkte, obgleich die Traurigkeit ihren kleinen Körper wie Espenlaub zum Zittern brachte. Und dann tat Marta etwas, woran sie sich Jahre später nicht mehr erinnern würde: Sie stand auf und holte ihre Schulsachen hervor. Dann winkte sie Hanna zu sich heran und bedeutete ihr, ihr wieder über die Schulter zu gucken, während sie weiter die Schulaufgaben erledigte. Erstaunt folgte Hanna dem Wink, ein kleines Glucksen trat aus ihrer Kehle. Es war das erste und einzige Mal, dass Marta Hanna tröstete.

Kapitel 3

28. Januar 1957: Die Toilette ist verstopft

Dies war einer dieser Tage, vor denen Hanna sich am meisten fürchtete. Obwohl die Toilette in dem Haus der Familie Kowalczyk schon vor ihrer Geburt installiert wurde, gab es immer mal wieder Tage, an denen sie sich weigerte, vollständig zu funktionieren. Sie verstopfte dann einfach und nur der liebe Gott wusste, warum dies geschah. Da dies ein bis zweimal im Jahr geschah, hatten sich die Eltern dazu entschlossen, das Plumpsklo in dem Hof noch nicht abreißen zu lassen. Der Vater predigte, dass die Familie es für solche Notfälle gebrauchen und zu schätzen wissen sollte. Doch das tat Hanna nicht. Sie hasste das Plumpsklo. Denn es bedeutete, dass sie, zusammen mit ihrer Schwester Marta, das Plumpsklo zu reinigen hatte, schließlich wollten die Mutter und der Vater unter keinen Umständen auf eine Toilette gehen, die von Insekten und Käfern befallen war. Noch dazu kam, dass der Winter hässlichen Matsch hinterließ und den Weg zum Plumpsklo zum Teil eingefroren hatte. Doch da das Plumpsklo nur alle paar Monate genutzt wurde, kümmerte sich solange keiner darum, bis es dann soweit war und es gebraucht wurde.

Heute war für die Reinigung des Plumpsklos jedoch der denkbar schlechteste Tag. Der Winter hatte sich eine Ruhepause gegönnt und schob stattdessen einen nasskalten Regen hervor, um für Unwohlsein in dem kleinen Dorf zu sorgen. Und so mussten Hanna und Marta sich ihre halbdurchlässigen Regenjacken anziehen und nach draußen stapfen, um den Weg zum Plumpsklo freizuräumen und in der Kabine alles zu säubern. Hanna ekelte sich regelrecht vor dem widerwärtigen, beißenden Gestank und jedes Mal, wenn sie ihr Gesicht angewidert zu einer Grimasse verzog, bereitete das Marta eine tiefe Freude.

Hanna bekam einen Eimer voll Wasser in die Hände gedrückt und sollte damit zunächst das Holz der Kabine und dann auch noch den Klositz scheuern. Sie hatte die undankbarste Aufgabe, denn sie musste am nächsten an die Fäkalien heran. Marta hingegen begnügte sich damit, das Eis vom Weg zu kratzen. Auch wenn die ältere Schwester ihre Finger vor Kälte kaum mehr spürte, waren es allein Hannas angewiderte Worte, die sie von innen heraus wärmten. Hin und wieder warf Marta einen verstohlenen Blick zu ihrer kleinen Schwester und sah, wie sie immer mehr die Beine überkreuzte. Es hätte eindeutig nicht mehr lange gedauert und sie hätte sich von all dem angesammelten Urin in die Hose gemacht. Marta lachte laut und sagte leichtsinnig: »Mein Gott, Hania. Du bist doch quasi an der Quelle, jetzt hab dich doch nicht so. Geh schon auf die Toilette!«

Doch Hanna schüttelte vehement den Kopf. Ihr Gesicht lief vor lauter Druck rot an und eine Träne rann über ihre Wange, die sich im nächsten Augenblick mit den Regentropfen vom Himmel vereinte. Marta ging zu ihr hin, nahm ihre Hand und schubste sie beinahe in die Kabine hinein. Hanna schrie laut auf: »Nein Marta, bitte, ich will da nicht reinmachen. Da drinnen sind Würmer und ich falle da rein und dann fressen die mich auf!«

Marta stöhnte. In Wirklichkeit hatte sie genau die gleiche Angst wie Hanna, doch in diesem Moment spielte sie sich auf und zuckte gedankenlos die Schultern. So, als würde ihr das alles nichts ausmachen, sagte sie zu Hanna: »Hör zu, ich bleib hier stehen, okay? Ich passe auf und im Notfall halte ich dich fest und zieh dich wieder raus.«

Mit verunsichertem Blick schaute Hanna noch ein paar Mal zwischen ihrer Schwester und dem Furcht einflößenden Loch hin und her. Der Gestank zog jedoch mit jeder Sekunde, die verging, tiefer und tiefer in ihre Nasenflügel, sodass Hanna es schlussendlich nicht mehr aushielt, ihren Rock hochzog, sich die winterlichen, juckenden Strumpfhalter abstreifte und sich behutsam auf das Holzbrett setzte. Ein Strahl, der kein Ende zu nehmen schien, strömte aus ihr heraus und ihr war förmlich die Erleichterung ins Gesicht geschrieben. Als sie fertig war, zog sie ihre Kniestrümpfe wieder hoch und rannte an Marta vorbei in den Garten. Sie schnappte nach Luft, bückte sich und hielt ihre Nase ganz nah an den Erdboden heran, um zwanghaft einen anderen Geruch in die Nase zu bekommen. Vergeblich. Denn Marta zog sie alsbald damit auf, dass das Klo noch immer nicht sauber war und dass die Eltern den jetzigen Zustand gewiss noch nicht für gut befinden würden.

Nach einer qualvollen Stunde sollten die Mädchen dann von der Holzkiste im Schuppen ein paar Nahrungsmittel hervorholen, damit die Mutter das Essen zubereiten konnte. Hanna bekam an diesem Tag nichts mehr runter, zu sehr war ihr der Gestank des Plumpsklos in die Nase gekrochen und hatte ihren Appetit vergiftet. Als dann noch am Abend die Mutter mit dem winzigen Gläschen Lebertran an die Betten der Schwestern kam und ihnen befahl, dieses, wie jeden Abend, zum Zwecke ihrer Gesundheit und Schönheit zu sich zu nehmen, rannte Hanna ins Bad und erbrach sich über der Toilette. Dass eben diese Toilette daran Schuld trug, dass sie das Plumpsklo reinigen musste, hatte sie in diesem Augenblick des Befreiens völlig vergessen. Immer wieder zog sie an der Leine der Zugspülung, ehe sie endlich begriff, dass es unmöglich war, dass ihr Erbrochenes von der Tiefe des Abwasserloches verschluckt werden würde. Daraufhin übergab sie sich gleich noch einmal und im Anschluss daran wurde sie vom Vater dazu beauftragt, ihr Erbrochenes mit einem Becher herauszufischen und ins Plumpsklo hinüberzuschütten. Für Hanna war dies wohl der schlimmste

Tag in ihrem bisherigen Leben, unwissend, dass sie in späteren Jahren wieder eine Begegnung mit dem Plumpsklo machen würde. Und diese Begegnung würde noch ekliger, noch widerwärtiger ablaufen, als sie es sich jetzt mit ihren zarten fünfeinhalb Jahren vorstellen konnte. Doch gleichzeitig würde sie ihr etwas offenbaren, wovon sie jetzt noch nicht einmal wusste, dass es existierte.

Kapitel 4

18. Februar 1957: Der Bürgermeister kommt zu Besuch

»Habt ihr euer Zimmer aufgeräumt?«, fragte der Vater in barschem Ton. Demütig nickten die Mädchen, obwohl keiner von ihnen wusste, weshalb sie dazu verdammt wurden – der Bürgermeister würde ohnehin keinen Blick in ihr Zimmer werfen.

»Kinder, hört mir jetzt genau zu«, sprach der Vater weiter, während er sich zu seinen Töchtern hinunterbeugte. »Der Bürgermeister kommt extra aus der großen Stadt Pietrow in unser bescheidenes Dörfchen, um mit mir Geschäfte zu besprechen. Das ist eine Hochachtung, die er mir gegenüber zeigt. Dieser heutige Tag ist von ganz besonderer Bedeutung, habt ihr das verstanden?«

»Ja, Vater«, sagten die Mädchen synchron, obwohl keine von ihnen eine Ahnung hatte, wovon der Vater sprach.

Der Vater richtete sich wieder auf, wandte sich von den Schwestern ab und ging im Wohnzimmer stolzen Schrittes hin und her, sodass die Dielen knarrten. Er ließ seinen Zeigefinger über den Kaminsims gleiten, schaute auf die Spitze des Fingers und stellte zufrieden fest, dass kein einziges Staubkorn hängengeblieben war.

»Der Bürgermeister, was für eine Ehre«, brabbelte er nun viel mehr zu sich selbst als zu seinen Töchtern vor sich her. »Es wird aufwärts gehen, jawohl. Wenn ich ihm erst einmal gezeigt habe, wie überaus durchorganisiert und –«

In diesem Moment fing das Baby an zu schreien. Die grellen Töne aus dem oberen Stockwerk überschlugen sich mit der singenden Stimme der Mutter, die aus dem Badezimmer ertönte. Die Mutter war gerade mit den letzten Feinschliffen ihres Outfits und ihrer Frisur beschäftigt. Es vergingen Sekunden und die Mutter kam nicht heraus. Wahrscheinlich hörte sie das Baby nicht. Verunsichert blickte Hanna zu ihrem Vater hinauf, der jedoch grimmig die Arme überkreuzte und sich nicht von der Stelle bewegte. Dann schaute Hanna zu ihrer älteren Schwester. Doch diese stand genauso unentschlossen wie sie einfach nur da, nicht wissend, was sie tun sollte. Kurzerhand ging Hanna los, um nach oben zu gehen, doch als sie am Treppengeländer ankam und die erste Stufe betrat, schrie ihr Vater in erbarmungslosem Ton: »Was fällt dir ein, dich von der Stelle zu bewegen?«

Erschrocken fuhr Hanna zusammen. Augenblicklich blieb sie stehen und erwiderte mit zitternder Stimme: »Aber Vater ... das Baby ...«

»Was ist mit dem Baby? Das Baby schreit, ja und? Muss man deshalb gleich aufspringen und dem Schreien nachgeben? Komm sofort hierher zurück, Hania! Auf der Stelle!«

Hanna tat, wie ihr geheißen. Sie umklammerte mit ihren Armen ihren zarten Brustkorb und musste aufpassen, dass das Bibbern ihrer Unterlippe nicht zu stark wurde. Immer wieder kniff sie sich in den Arm, um sich davon abzulenken, was hier gerade geschah. Es war wie eine Erlösung, als die Mutter nach mehreren Minuten endlich aus dem Badezimmer kam und nach oben zu dem Baby ging.

***

»Willkommen, Willkommen Herr Bürgermeister, treten Sie herein!«

Es waren unzählige Gäste von hohem Rang gekommen – Abgeordnete, Menschen, die im Außenministerium arbeiteten, Handelsvertreter und unzählige weitere unaussprechliche Betitelungen, die Hanna im Nu wieder vergessen haben würde. Es kamen eigenartige Gespräche zustande, deren Inhalt die Kinder in der Regel nichts anging. »Wen würde die polnische Armee wohl als Erste erschießen?

Den Deutschen oder den Russen?«, fragte einer jemand anderen in einer Ecke des Wohnzimmers. Er flüsterte, wollte wohl nicht, dass jemand dem Gespräch lauschte, doch Hanna hatte gute Ohren und zudem musste sie zusammen mit ihrer Schwester dabei aushelfen, Tee und Napfkuchen zu servieren, was ihre Anwesenheit in jeder Ecke begründete. »Erst den Deutschen, dann den Russen«, ergänzte eben jener. »Zuerst die Pflicht, dann das Vergnügen.« Dann lachte er spöttisch und Hanna zog eilig von dannen, ehe er bemerken konnte, dass sie sich in der Nähe aufhielt.

Die Gäste tranken im Stehen, setzten sich erst, nachdem sie die Tassen abgestellt hatten und Hanna fragte sich oft, warum sie das taten.

Immer wieder musste sich Hanna anhören, welch süßes Gesicht ihre blonden Löckchen umrahmten. Sie bestaunten ihre hellblauen Augen und schauten dabei immer wieder verwundert zu Marta, die mit ihren ziegelsteinfarbigen Haaren und haselnussbraunen Augen so gänzlich anders als ihre jüngere Schwester aussah. Der Mutter ähnlich, freilich, und deshalb der Stolz in Mutters Augen, aber die Schönheit trug Hanna in ihrem Gesicht. Marta bekam das natürlich mit und machte ein verabscheutes Gesicht. Sie hätte Hanna am liebsten an ihren blonden Löckchen gefasst und mit einer Schere jede einzelne abgeschnitten. Doch das durfte sie nicht, das wusste sie nur zu gut, denn es war verboten. Die Haare eines jeden Mädchens mussten bis zu ihrer Kommunion unberührt wachsen, so war es Tradition und Tradition war das Wichtigste.

Nachdem Hannas Wangen vom vielen Zwicken und Kneifen wehtaten und ihre Füßchen in den schwarzen Lackschühchen brannten, wollte sie sich zusammen mit Marta unbemerkt nach oben verziehen. Doch auf einmal schrie der Vater: »Halt!«

Verängstigt drehte Hanna sich um. Sie wusste nicht, was es dieses Mal war, was der Vater an ihr auszusetzen hatte, doch sie wusste, dass sie es sich nun vor gesammelter Menge anhören musste und sie sich deshalb wünschte, dass der Boden vor ihr aufgehen möge.

»Ja?«, sagte sie zögernd.

»Hania, wie alt bist du jetzt?«

»Fünf«, antwortete sie.

Die Gesichter der Gäste waren starr, wahrscheinlich wussten sie selbst nicht, was ihnen gleich blühen würde.

»Und wie alt ist deine Schwester?«

Hanna drehte sich zu Marta um. Diese stand bereits auf dem Treppenansatz und trat ebenso verunsichert von einem Bein aufs andere.

»Nächste Woche wird sie acht.«

Der Vater räusperte sich, strich sich über seinen Schnurbart und stand schließlich auf. Er ging an den Gästen vorbei, schnappte sich die Zeitung der Kommunistischen Partei vom Ständer und reichte sie Hanna. Diese nahm die Zeitung beklommen entgegen und blickte verwirrt auf die vielen Worte, die sich auf dem Deckblatt befanden. Anschließend setzte sich der Vater zurück auf seinen Platz, strich sich seinen schwarzen Anzug glatt, überschlug die Beine und machte eine auffordernde Handbewegung.

»Na los, Hania. Lies vor.«

Das sofortige Brabbeln und Aufatmen der Gäste bekundete Überraschung und Staunen, manche schienen sogar empört. Doch keiner schaute nun mehr zu Hanna, sondern ein jeder blickte zum Gastgeber.

»Was? Das Mädchen soll lesen können?«, dröhnte es von rechts. »Das gibt's doch nicht, kein Mädchen kann in diesem Alter lesen«, erklang eine tiefe Stimme von links. »So etwas Lächerliches. Wir sollten zum Geschäft kommen, anstatt dem Stottern eines kleinen Mädchens zuhören zu müssen.«

Während eine wilde Diskussion unter den Männern entstand, war Hanna so befangen, dass sie zunächst nicht wusste, ob der Vater es ernst meinte oder er sie vorführen wollte. Doch in diesem Augenblick kam ihr der Gedanke, dass Vater es mitbekommen haben musste, wie Hanna jeden Nachmittag zusammen mit ihrer Schwester lesen lernte. Vielleicht war er ja sogar stolz auf sie!

Eifrig lenkte Hanna ihren Blick auf die ersten Worte des obersten Artikels und sie begann laut vorzulesen.

»*Die Realisierung der Mieterrechte in der Zeit.*« Die Überschrift hatte sie förmlich ausgespuckt, hatte die Vokale noch zu lang gezogen und die Betonung am Ende hochgezogen, sodass es wirkte, als gäbe es keinen Satzabschluss. Doch sie schaute nicht auf, zwang sich dazu, sich von ihrer Nervosität nicht beirren zu lassen. Dann rückte ihr Blick zu dem Textabschnitt, der so viele Worte beinhaltete, die sie noch nicht erforscht hatte, doch in ihr stiegen Enthusiasmus und Ehrgeiz auf, den sie beim Anblick der schön geschwungenen Buchstaben in ihrem Inneren spürte. Und so verband sie einfach die Buchstaben miteinander und ließ den Wohlklang der neuen Worte aus ihrem Mund sprudeln.

»*Der Vorsitzende der Zentralverwaltung der Neuen Wohnviertel bekundete am heutigen Tag, den 18. Februar 1957, dass die Zeit der Fortschritt sei. Nachdem der neue Block für die Werktätigen im vergangenen Jahr fertig gestellt war – die sogenannte ›Siedlung der Erfüllten Arbeit‹ – brach sogleich der Winter ein und die Temperaturen sanken in den Wohnungen auf bis zu sechs Grad. Der arbeitsschaffende Bürger hat jedoch ein Recht auf genau achtzehn Grad. Da zurzeit das Produktionslevel der Heizanlagen beschränkt ist, kommt es zu dieser Diskrepanz. Um die Produktion anzukurbeln, muss es Bahnlinien zwischen dem Kombinat und der Siedlung geben. Wenn dies nicht geschehe, werden die Heizanlagen weiterhin schlecht ausgeführt, die Blocks weiterhin schlecht beheizt und die Arbeit der Menschen wird nicht vollwertig sein. Die Realisierung der Rechte lägen, so der Vorsitzende, ausschließlich in der Zeit.*«

Während Hanna den Artikel, der aus der Zeitung der nahe gelegenen Stadt Pietrow stammte, vorlas, dachte sie gar nicht über den genauen Inhalt nach. Das meiste verstand sie auch nicht. Aber zu spüren, wie einzelne Wörter einen vollkommenen Satz bildeten, berauschte sie.

Als sie fertig war, starrte sie weiterhin die Zeitung an. Am liebsten hätte sie umgeblättert, sich einen weiteren Artikel vorgenommen und das Vorlesen fortgeführt. Doch sie wusste noch immer nicht, was der Vater damit bezwecken wollte, also stockte sie und lauschte dem schnappenden Atmen der Gäste.

»Das hat sie doch auswendig gelernt«, echauffierte sich ein hochgewachsener Mann in der Runde. Doch anstatt dass der Vater sich dadurch angegriffen fühlte, forderte er eben diesen Mann dazu auf, Hanna ein Schriftstück aus seinem Koffer zu geben. Widerwillig kam der Mann der Aufforderung nach. Und als Hanna die Worte auf dem Papier erneut vorlas, fiel der Mann vor Staunen auf seinen Stuhl zurück.

Plötzlich klatschte jemand und Hannas Blick schnellte nach oben. Es war der Bürgermeister. Er schaute anerkennend zum Vater und nickte ihm zu. Dann stiegen auch die anderen Gäste in den Applaus mit ein und Hanna konnte kaum glauben, was gerade geschah. Sie verbeugte sich unbeholfen und ihr Gesicht kam aus dem Strahlen nicht mehr heraus. Obschon der Vater das Vorlesen seiner Tochter wahrscheinlich nur zum Selbstzwecke benutzte – nämlich dem Bürgermeister zu imponieren und somit seine Geschäfte anzutreiben –, löste er bei Hanna in diesem Moment etwas aus, das die erste Schneeflocke einer unsagbar kraftvollen Lawine war. Dies sollte der Vater später noch bereuen.

Was Hanna zudem nicht mitbekam, war der erboste Blick von Marta. Wie angewurzelt hatte diese das Geschehen von der Treppe aus beobachtet.

***

Die Mädchen wurden kurz nach dem glanzvollen Auftritt von Hanna nach oben geschickt, da nun tatsächlich das Gefasel von geschäftlichen Dingen im Vordergrund stand und sie da nichts mehr zu suchen hatten. Doch ehe es tatsächlich dazu kommen sollte, stürmte der Vater aufgeregt zu seinen Töchtern ins Zimmer hinein. Hanna hatte es zuvor geschafft, den Zeitungsartikel, den sie vorgelesen hatte, heimlich herauszureißen, sodass sie sich für immer an diesen wundervollen Moment erinnern konnte. Schnell hatte sie ihn unter ihr Kopfkissen geschoben und als der Vater zur Tür hereinplatzte, hatte sie sich schon längst wieder von ihrem Bett entfernt. Der Vater bremste abrupt ab, schloss hinter sich die Tür und faltete seine Hände hinter dem Rücken.

Im ersten Moment glaubte Hanna, sie hätte doch etwas falsch gemacht, so ernst wie der Vater schaute. Sie stand inmitten des kleinen Raums, Marta war nur wenige Zentimeter entfernt und der Vater trat nun behutsam an Hanna heran. Er beugte sich zu ihr herunter, sein Blick war eindringlich und unberechenbar. Vater hatte zwei gezackte Narben im Gesicht, von denen er den Mädchen erzählte, dass sie aus dem Krieg stammten. Diese Narben schienen in dem dämmrigen Licht des Abends zu flackern, so als wollten sie aus seinem Gesicht springen und Hanna direkt angreifen.

Hannas Herz klopfte wild und ihre Hände wurden schweißnass. Es kam ihr wie eine Ewigkeit vor, bis sich Vaters Mund schließlich zu einem ungewöhnlichen Grinsen verformte und die nachfolgenden Worte sie ins Staunen brachten.

»Das hast du gut gemacht, Hania. Sehr, sehr gut.« Seine wulstigen Finger glitten zart über ihre Wange, während er seine Aussage mit einem bedrohlichen Nicken bestärkte. »Ich bin sehr stolz auf dich«, redete er weiter auf sie ein. Doch dann sagte er nichts mehr. Stattdessen ließ er noch für ein paar Momente weiterhin seine Finger über ihre Wange fahren und hatte damit eine Wirkung auf sie, die sie zugleich erschreckte und elektrisierte. Sie konnte seinen Atem spüren, der nach Tabak stank. Doch das machte ihr in diesem Augenblick nichts aus.

»So, und nun gehe ich wieder nach unten und spreche mit dem Bürgermeister über mein Kaufhaus. Denn ich möchte gleich nebenan eine Nähstube errichten, wisst ihr? Ja ja, in der auch ihr später fleißig das Handwerk des Nähens erlernen sollt.«

Als der Vater sich dann kerzengerade aufrichtete, seine Hacken aneinander klopfte und schnurstracks aus dem Zimmer stolzierte, war es für einige Minuten still im Zimmer.

Hanna konnte kaum glauben, was gerade geschehen war. Hatte sie das nur geträumt? War der Vater tatsächlich stolz auf sie? Die Aussage über das Nähen hatte sie kaum mehr wahrgenommen. Ihre Gedanken kreisten vielmehr in einem freudigen Singsang um Bücher. Sie malte sich aus, dass Vater ihr bestimmt Bücher über Bücher kaufen würde, nur damit sie weiterlesen und noch besser vorlesen konnte. Sie träumte davon, wie sie dem Vater von fernen Geschichten erzählte und wie sie ihm auf diese Weise näherkommen könnte. Vielleicht war der Vater doch nicht so hart, wie er immer tat. Vielleicht interessierte er sich sogar auch für Bücher?

»Ich werde dich nie mehr über meine Schulter schauen lassen! Nie mehr!«, unterbrach Marta Hannas Gedanken. Die ältere Schwester stampfte auf den Boden und ließ sich kurz darauf entrüstet auf ihr Bett fallen. Die Wut, die in Marta aufkeimte, schmerzte in jeder Zelle ihres Körpers. Sie stand in Flammen und wollte Hanna mit sich verbrennen.

»Was? Warum nicht?«, entgegnete Hanna in einem gleichgültigen Ton. Sie war noch so voller Enthusiasmus, dass Martas Zorn wie auf einem Regenschirm an ihr abprallte. Beschwingt legte sie sich rücklings auf ihr Bett, faltete die Hände über ihren Kopf und fing an, von Büchern zu träumen.

»Du wolltest dich hinterrücks bei Vater einschleimen. Eine intrigante Schlange bist du. Deswegen hast du ständig diese Worte von mir abgeschaut. Du hast das die ganze Zeit geplant. Das werde ich dir heimzahlen, Hania, darauf kannst du dich verlassen.«

Als Hanna sich Marta zuwandte, um ihr zu sagen, dass sie gar nicht weiß, wovon sie spräche, hielt diese sich die Ohren zu und summte laut eine Melodie vor sich her. Es war eine bittere Melodie, voller Schwärze und falscher Kränkung. Eine Melodie, die mit ihren tiefsten, negativsten Emotionen behaftet war und sich ganz und gar gegen ihre kleine Schwester richtete.

Kapitel 5

19. Februar 1957: Vater bleibt Vater

»Nimm genau fünf Eisenringe heraus. Hast du verstanden? Fünf!«

»Ja, Mutter.« Hanna schüttelte den Kopf und ging mit schlurfenden Schritten zum Herd. Wie oft hatte sie sich schon an der heißen Eisenplatte verbrannt. Sie hatte Angst vor dem Herd, war er doch so groß und mächtig. Sie wusste ihn nie richtig einzuschätzen. Mutter hatte leicht reden, schließlich waren ihre Hände mittlerweile rau und von der harten Gartenarbeit so stark mit Hornhaut beschichtet, dass sie womöglich die Hitze gar nicht mehr spürte, die von dem Ofen ausging. Doch Hannas Hände waren weich und unverbraucht. Marta zog sie oft deswegen auf, ärgerte sie damit, dass sie wohl nicht genug im Haushalt täte, dass sie faul war. In Wirklichkeit war Marta jedoch die Faule, wie sie Jahre später noch erkennen würde, weil sie sich nicht anstrengte, ihre eigenen Gedanken zu formen.

Was Marta jedoch nicht wusste, war, dass Hanna allen voran den Herd wegen eines ganz anderen Grundes nicht mochte. Wenn die Flamme, die sich unter den Eisenringen hinter der großen metallenen Tür verbarg, zu ersticken drohte, mussten Holz und Kohle nachgelegt werden. Doch so manches Mal war es erforderlich, wenn es die Umstände verlangten, auch Zeitung nachzulegen. Die Zeitung wurde im Hause versteckt, und Hanna war es immer ein Rätsel gewesen, warum. Erst als sie verbrannt werden sollte, wurde sie herausgeholt. Es zerbrach Hanna jedes Mal das Herz wenn das Feuer die vielen ungelesenen Worte auffraß und für immer vernichtete. Hin und wieder gelang ihr zwar noch ein letzter Blick darauf und sie entdeckte ein Wort, das sie noch nicht kannte, doch zumeist war das Feuer schneller als sie. Vielleicht würde das jetzt ein Ende haben, überlegte Hanna hoffnungsvoll. Schließlich hatte der Vater sie gestern vor den Augen des Bürgermeisters vorlesen lassen und war so stolz auf sie gewesen. Vielleicht würde ab heute keine Zeitung mehr verbrannt werden.

Sie streckte sich empor und tippte vorsichtig mit der Fingerspitze auf die Eisenringe. Automatisch zuckte sie wieder weg, obwohl die Hitze sich in Grenzen hielt.

»Herrgott Hania, stell dich nicht so an«, sagte die Mutter fluchend. Sie stand schon mit dem kleinen Kessel neben ihr und wartete ungeduldig darauf, dass ihre Tochter endlich zu Potte kam. »Wenn dein Vater gleich nach Hause kommt, will er eine warme Mahlzeit haben, verstehst du? Doch wenn du dir noch länger Zeit lässt, wird das Essen nicht rechtzeitig fertig werden und du kannst dir vorstellen, dass er darüber nicht gerade erfreut sein wird!«

Hanna biss sich auf die Lippen und nahm schnell die Eisenringe weg. Dann grinste sie ihre Mutter an.

Während die Mutter den Kessel auf die heiße Fläche stellte, kniff sie misstrauisch ihre Augen zusammen. »Warum grinst du jetzt so, Hania? Was hast du bloß?«

Mit schaukelndem Oberkörper antwortete sie heiter: »Vater wird nicht böse sein. Vater ist doch stolz auf mich.« Sie zuckte mit ihren Schultern und drehte sich freudig im Halbkreis, und als sie sich wieder zu ihrer Mutter umdrehte, kippte diese wie ein schwerer Sack voll Kohle plump auf den Boden.

Einen Moment lang war es still in der Küche, zumindest nahm Hanna weder das aufbrodelnde Wasser im Kessel noch das Babygeschrei wahr. Sie starrte einfach nur auf die Mutter, die in einer unnatürlichen Position auf dem Boden lag. Die Augen der Mutter waren geschlossen und ihr Gesicht war blass, als wäre ihr das Blut in Sekundenschnelle vollkommen aus dem Körper entwichen.

»Mama, wach auf«, sagte Hanna flüsternd. Als wären urplötzlich Schallmauern gesprengt worden, drang nun das immer lauter werdende Babygeschrei lieblos in Hannas Bewusstsein. Verunsichert blickte sie zwischen der Mutter und der Holzwiege, die neben dem Tisch stand, hin und her. Sie hatte noch die gestrigen Worte von Vater im Ohr: *Muss man deshalb gleich aufspringen und dem Schreien nachgeben?*

Auch gestern war die Mutter verhindert gewesen, konnte nicht sofort zum Baby laufen. Doch jetzt war die Situation doch eine andere, oder?

Das Geschrei wurde krächzend und Hanna geriet in Panik, dass das Baby vom Schreien ersticken könnte.

»Mama, wach auf«, wiederholte sie erneut, doch ihre Stimme brach ab. Ihr Atem überschlug sich. Sie wollte auch schreien, schreien wie das Baby, doch das ging nicht. Sie musste etwas tun!

Schließlich löste sie sich aus ihrer angewurzelten Position und rannte zur Wiege. Das Gesicht des Babys war puterrot. Hanna wusste nicht, ob es sterben konnte. Man konnte einfach so sterben, das wusste sie, schließlich war es noch nicht einmal ein Jahr her, als ihr Bruder Pawel ebenfalls einfach so tot umfiel. Vielleicht brauchte das Baby Nahrung und wenn es das nicht sofort bekäme, würde es verhungern. Was wusste sie schon?

Hanna griff in die Wiege und schob ihre Hand unter den winzigen Rücken des Babys. Noch nie hatte sie das Baby halten dürfen, sie wusste ja noch nicht einmal, wie das richtig ging. Immer wieder hatte Mutter ihr das verboten gehabt. *»Du chaotischer Wirbelsturm würdest das Baby womöglich fallen lassen«*, hatte die Mutter Hanna weggescheucht.

Und nun hatte Hanna Angst, dass sie die zarten Ärmchen des Babys zu fest greifen würde. Dass sie ihm etwas brechen könnte, es tatsächlich fallen lassen oder es zerquetschen würde. Doch trotz dieser Angst musste sie es wagen. Sie musste es versuchen.

Als sie das Baby hob, bekam sie kurzzeitig einen Schrecken, als das kleine Köpfchen nach hinten kippte. Erst dachte sie, es würde abbrechen, sich vom kleinen Körper lösen und auf dem Boden wegrollen. Und das wäre es dann nicht nur mit dem Baby gewesen, sondern vermutlich auch mit Hanna. Doch dann bewegte sich ihre Hand wie selbstverständlich zum Kopf und hielt ihn fest. Das war der Moment, in dem sie spürte, dass sie für mehrere Sekunden die Luft angehalten hatte.

Mit dem Baby fest an ihrer Brust rannte Hanna nach draußen vor die Tür, um Hilfe zu holen. Es war bereits dunkel und draußen war es bitterkalt. Schnee fiel in dicken Flocken vom Himmel herab und allein das half ihr dabei, in der Dunkelheit etwas sehen zu können. Zitternd blieb sie vor der Tür stehen.

Doch es war niemand auf der Straße.

»Hallo? Ist irgendjemand hier?«, schrie sie in die kalte Winterstille hinein, und es kam ihr vor, als würden ihre Worte bis in den Himmel hinaufsteigen.

Das Baby hörte nicht auf zu schreien. Hanna wiegte es, klopfte zart auf den Rücken und sagte immer wieder: »Ist ja gut, ist ja gut. Hör auf, bitte, es ist doch gut.« Und als sie spürte, wie die eisige Kälte in ihre Knochen kroch, wurde ihr allmählich bewusst, dass dem Baby womöglich ebenfalls kalt war und sie in diesem Augenblick dafür sorgte, dass das Baby erfrieren würde. Sie drehte sich um, machte zwei Schritte in Richtung Haustür, doch bevor sie diese erreichte, wurde sie von hinten gepackt und samt Baby in die Luft gezogen.

»Was machst du da, du ungezogenes Gör?«, erklang die harte Stimme des Vaters. Er packte Hanna bei den Schultern, schleppte sie ins Haus und setzte sie rabiat im Flur auf dem Fußboden ab. Seine Augen flimmerten voll Zorn und es trat etwas Spucke aus seinem Mundwinkel hervor.

Hannas Lippen zitterten mittlerweile, ob vor Kälte oder Angst, wusste sie nicht. Ihre Augen waren vor Schreck weit aufgerissen. Sie konnte nichts sagen, dafür war sie viel zu gelähmt.

»Sprich, Hania!« Er streckte bereits seine Hand aus, um ihren Zopf zu greifen und daran zu ziehen, so wie er es immer tat, wenn er böse auf sie war. Doch kurz bevor er ihn erreichte, trat die Mutter aus der Küche heraus.

»Wo ist mein Baby?«, fragte sie verwirrt. Sie war noch immer blass, doch inzwischen war zumindest ein wenig Farbe in ihr Gesicht zurückgekehrt. Sie sah nicht mehr tot aus, und Hanna begriff, dass dies ihr eigener Tod sein würde.

Die Mutter torkelte auf ihren schwachen Beinen zu Hanna und riss ihr das Baby aus den Armen. »Warum hast du mir das Baby gestohlen? Was ist nur los mit dir, Hania?« Ohne eine Erwiderung abzuwarten, ging die Mutter mit dem Baby nach oben ins elterliche Schlafzimmer.

Hanna zitterte am ganzen Leib, denn der Vater stand noch immer vor ihr. Doch eine seltsame Ruhe war in ihn gekehrt und Hanna fürchtete sich davor, was das zu bedeuten hatte.

Dann fragte er in einem viel zu weichen Ton, der ihr falsche Zuversicht vermittelte: »Was hast du mit dem Baby gewollt? Wolltest du nachsehen, ob es ein Junge ist? Glaubst du deinen Eltern nicht?«

Hanna war es unmöglich zu antworten. Sie war verwirrt, konnte sich nicht zusammenreimen, warum der Vater auf einmal wieder in die völlig andere Richtung schwenkte. Hatte er sich an gestern Abend erinnert? An seinen Stolz, den er für Hanna empfand? Hatte er doch Nachsicht mit ihr? Und als der Vater dann weiter mit warmer, einflussnehmender Stimme auf sie einredete, beruhigte sich allmählich ihr Herz.

»Hania, erzähl es mir. Du kannst mir die Wahrheit sagen. Wenn du mir jetzt sagst, dass du nachsehen wolltest, ob das Baby ein Junge ist – ja, freilich, weil du keine Ahnung von

Geschlechtern hast und bestimmt nur neugierig warst – ja, dann wird dir nichts geschehen. Nur gib es einfach zu, ja?!«

Die Schwachstelle war gefunden und Hanna atmete schwer aus. Ihr war in dem Moment, in dem sie das Baby in den Händen gehalten hatte, noch nicht einmal ansatzweise der Gedanke gekommen, nach dem Geschlecht zu sehen. Sie wusste zu dieser Zeit ja noch nicht einmal die Geschlechtsunterschiede zu benennen. Aber der Vater sagte, dass ihr nichts geschehen würde, wenn sie es jetzt sagte. Also warum hätte sie etwas anderes machen sollen, als es einfach dem Vater recht zu machen?

»Ähm ... also na gut, ich wollte nach dem Geschlecht sehen?« Die Verunsicherung über den Wandel in Vaters Gesicht ließ ihre Aussage als Frage erklingen. Schließlich fing die Hautfarbe des Vaters rötlich zu schimmern an und Hanna wusste instinktiv, was nun passieren würde.

»Aber ... aber«, stotterte Hanna, wissend, dass jeglicher Versuch, einen vernünftigen Satz zu bilden, ohnehin nutzlos war. In diesem Augenblick, in dem seine Hand in einer rasanten Geschwindigkeit ihrer Wange näherkam, keimte in ihr die flüchtige Frage auf, wie Vater wohl aussehen würde, wenn er lachte. Ob es dieser jetzigen Fratze, in der die Mundwinkel weit auseinandergezogen, die Zähne freigelegt und die Augen Furcht einflößend weit aufgerissen waren, ähnlich sah? Ob ein gackerndes Lachen heraustreten würde, das den Lauten einer Henne glich? Ein Schmunzeln verbarg sich unter ihren Lippen, denn der Gedanke war absurd, doch er verhalf ihr dazu, den Schlag, der sie nun traf, innerlich abzufedern. Selbst gestern hatte der Vater, als er sie in seiner berechenbaren Liebkosung gelobt hatte, nicht gelacht, und Hanna wusste, dass dies auch niemals geschehen würde. Das war der Moment, in dem Hanna wusste, dass Vater, so wie sie ihn kannte und fürchtete, sich niemals ändern würde.

***

»Tomek ist sein Name. Versteht ihr? Er wird Tomek genannt!« Die Stimme des Vaters war nun ruhig und fest. Doch Hanna wusste, dass das nicht zu bedeuten hatte, dass sie in Sicherheit war. Es bedeutete lediglich, dass Vaters Energie an diesem Tage aufgebraucht war und er neue Kraft sammeln musste.

Als keiner dem Vater antwortete, wiederholte er seine Aussage mit noch mehr Nachdruck. Er klopfte auf den hölzernen Esstisch, was bedeutete, dass sein Wort Gesetz war. Erst da verstand Hanna, dass von dem Baby die Rede war. Dass das Baby bislang noch keinen Namen gehabt hatte, war ihr nicht ungewöhnlich vorgekommen, schließlich bekam sie es ohnehin kaum zu Gesicht, da die Eltern es immer abschotteten.

»Und du, Hania, wirst dich von Tomek fernhalten! Hast du mich verstanden?«

Hanna nickte müde, obwohl sie nicht wusste, was das alles zu bedeuten hatte. Sie verstand ja noch nicht einmal, warum die Mutter sie angeklagt hatte, nach dem Geschlecht des Babys geschaut haben zu wollen. Das Baby war ein Junge, obwohl es erst ein Mädchen war. Auch das verstand sie nicht, aber sie behielt ihre Gedanken für sich und strich sich über die brennende Stelle auf ihrer Wange.

Kapitel 6

19. Mai 1957: Hannas sechster Geburtstag

Zu jedem Geburtstag war es üblich, dass der Vater ein paar Wochen vorher fragte, was sich das Kind wünschte. Man durfte nur einen Wunsch nennen und so wünschte sich Hanna in diesem Jahr etwas zum Lesen. Was auch sonst? Sie konnte es kaum erwarten, endlich in die Schule zu gehen, um die Bücher zu erhalten, die sie bereits von Marta kannte. Doch bis es soweit war, hatte sie seit dem ersten Mal, als sie dem Bürgermeister vorgelesen hatte, ihren Vater angebettelt, ein Buch für sie zu besorgen. Inzwischen war der Vater immer öfter auf Reisen. Stoffe müsse er besorgen, aus fernen Gegenden, unbekannte und mysteriöse Orte, von denen ein kleines Mädchen, wie Hanna es war, nicht einmal wissen sollte, dass es diese gab. Sein Geschäft lief scheinbar gut und er hatte Hanna gefragt, ob sie sich zum Geburtstag ein besonderes Kleid wünschte. Doch das tat sie nicht. Alles, was sie wollte, war, ein Buch geschenkt zu bekommen.

Als dann endlich ihr großer Tag gekommen war, saß sie aufgeregt im Wohnzimmer und konnte es kaum abwarten, ihr Geschenk zu erhalten. Bis dahin verging jedoch jede Minute quälend langsam. Die Erwachsenen, darunter die Eltern, Tanten und Onkel, unterhielten sich in faden Tönen über Dinge, die Hanna nicht interessierten. Politik stand an oberster Stelle, obwohl hier in Wirklichkeit nur die Männer eifrig darüber diskutierten und die Frauen dazu angehalten wurden, die Meinungen ihrer Gatten allein durch ein Nicken zu bestätigen. Als dann der Kuchen angeschnitten wurde, hätte Hanna ihr Stück am liebsten in den Müll geworfen, so aufgeregt war sie innerlich gewesen. Es dauerte noch Stunden, doch dann war es endlich soweit.

»Hania, komm her«, befahl der Vater und Hanna sprang auf, als läge unter ihrem Po ein spitzer Stein. Sie musste sich zusammennehmen, nicht zum Vater zu rennen, da sie sonst womöglich über ihre eigenen Füße gestolpert und hingefallen wäre und zu guter Letzt auch noch ihr gutes Festtagskleid zerrissen wäre. Als sie schließlich in kerzengerader Statue vor dem Vater stand, zögerte er noch eine weitere Minute, hielt stattdessen eine kurze, völlig unnötige Rede, die hauptsächlich sein eigenes Geschäft belobigte, ehe er ihr endlich das Geschenk übergab.

Das Geschenk war in einem schlichten Grün eingepackt worden, es hatte die Form eines Quaders und genau die Größe eines Buches. Der Vater hatte es tatsächlich möglich gemacht, dachte Hanna aufgeregt, während ihr Herz so sehr schlug, als suchte es einen Weg nach draußen.

Es gehörte sich nicht, ein Geschenk vor lauter Ungeduld wild aufzureißen, stattdessen musste Hanna vorsichtig das Papier auseinanderlegen, um das Innere enthüllen zu können. Doch als sie das tat und dann ein kleines Schächtelchen entdeckte, stieß ihr bittere Galle auf. Warum sollte Vater ein Buch in ein Schächtelchen gepackt haben, dachte sie, und als sie das Schächtelchen aufmachte, wurde ihre schlimmste Befürchtung wahr. Es war kein Buch. Es war ein Kleid. Wie töricht von ihr zu glauben, dass der Vater tatsächlich ein Buch besorgt hätte. Wie töricht! Tränen schossen Hanna in die Augen, doch sie durfte ihren Unmut nicht zeigen, denn sonst würde es Prügel am Abend geben, da sie das Geschenk ihres Vaters nicht würdigte. Also schluckte sie ihre Tränen hinunter und bedankte sich höflich beim Vater. Er klopfte ihr auf den Kopf und sie spürte deutlich, wie er sie damit in ihre Schranken wies. Obschon er nichts sagte, verriet sein Blick ganz genau, was er in diesem Moment mitteilen wollte: *Bild dir nicht zu viel auf dich ein, Kind!* Dann wandte er den Blick ab und ließ sich von den Onkeln und Tanten bewundern, woher er denn solch einen schönen Stoff hatte. Dies war für ihn die Genugtuung, die er sich erhoffte und auf die er mit einem strahlenden Gesicht sofort einging. Innerhalb der nächsten Stunde drehte sich alles um Vaters Stoffladen und sein Geschick, ausländische Stoffe nach Polen zu holen.

***

Mit nassen Augen betrachtete Hanna erneut das kleine Schächtelchen mit dem hübschen Kleidchen darin. Es lag auf ihrem Bett, wo sie es lustlos hingeworfen hatte. Sie konnte noch immer nicht begreifen, wie der Vater ihr ein Kleid geschenkt hatte, obwohl sie doch so gern ein Buch wollte. Sie rieb sich die Augen und war froh, dass sie alleine im Zimmer war und Marta noch unten bei den Eltern saß. Die ältere Schwester blieb bewusst bei den Eltern sitzen, obwohl auch sie die Gespräche langweilten und sie hin und wieder der Gefahr ausgesetzt war, einzunicken. Doch zu Hanna nach oben zu gehen und in ihr trauriges Gesicht zu schauen, wäre für Marta noch viel schlimmer gewesen. Hanna hätte sich bei ihr ausheulen wollen, und ihr Beistand zu leisten war bei Weitem das Letzte, das sie hätte tun wollen. Und so bekam Marta nicht mit, was Hanna als nächstes tat.

Hanna hörte eine Stimme, die immer wieder ihren Namen rief und sie glaubte schon, dass ihre Stoffpuppe Michalina mit ihr sprach. Doch die Stimme brach immer wieder ab, und dennoch kam sie ihr merkwürdig vertraut vor. Je öfter ihr Name ertönte, desto sicherer wurde sie sich, dass sie diese provokative, von Hohn geprägte Stimme kannte. Diese Stimme hatte sich seit vielen Monaten in ihr Bewusstsein geschlichen, sie nicht mehr losgelassen und war ihr an manchen Tagen sogar unheimlich. Doch zumeist rief diese Stimme einen ganz anderen Namen: *Erich*.

Hanna eilte zum Fenster und warf zögerlich einen Blick auf das gegenüberliegende Häuschen, an dessen Türrahmen die alte Großmutter stand. Großmutter war nie eingeladen worden zu den Geburtstagsfeiern, obwohl sie doch den kürzesten Weg hatte. Doch darüber durfte nicht gesprochen werden. Zu Hannas Verwunderung winkte die Großmutter ihr zu und bedeutete ihr, zu ihr herunterzukommen. Sofort bekam Hanna weiche Knie, denn allein zur Großmutter zu gehen war nicht erlaubt. Doch an diesem Tag war Hanna alles egal. Sie war so voller Frust, dass sie kurzerhand beschloss, sich nach unten zu schleichen und die Großmutter zu besuchen. Schließlich kannte diese Geschichten, so wie die von Hänsel und Gretel, und vielleicht konnte die Großmutter ihr die Geschichte nun endlich zu Ende erzählen.

Als Hanna die Treppe hinunterging, beschwerte sich jede einzelne Stufe mit einem krächzenden Knarren über ihr Alter. Bei jedem Mal blieb Hanna stehen, biss sich auf die Lippen und lauschte voller Anspannung, ob sich irgendetwas im Haus regte. Doch es blieb still. Die Augen auf die verschlossene Wohnzimmertür geheftet, ging Hanna langsam weiter und kam schließlich erleichtert unten an. Schnell öffnete sie die Haustür, huschte hinaus und ließ die Tür hinter sich einen Spalt geöffnet, damit sie später wieder unentdeckt ins Haus zurückschleichen konnte. Dann rannte sie geduckt zu dem Haus der Großmutter. Diese nahm das Mädchen jauchzend entgegen und führte es nach drinnen.

Es war das erste Mal, dass Hanna in dem Haus der Großmutter war. Sofort stach ihr das unverblümte Chaos, von dem keine Ecke des Hauses verschont blieb, ins Auge. Zudem war es stickig und es roch nach Essen, das bereits vor einer Woche gekocht worden war. Doch am schlimmsten empfand Hanna den Gestank kalten Schweißes, der von unruhigem Schlaf herrührte.

Die Großmutter setzte sich auf den abgewetzten, braunen Stuhl, kackbraun, wie Hanna es innerlich nannte, denn genau solche Stühle standen auch im eigenen Wohnzimmer. Generell erblickte Hanna beim näheren Hinsehen, dass viele Möbel auch in Vaters Haus hätten stehen können. Doch das war nicht weiter verwunderlich, denn obwohl Hanna in ihrem jungen Leben die Haushalte, in die sie einkehrte, an einer Hand abzählen konnte, wusste sie schon eines: In jedem Haushalt befand sich genau der gleiche langweilige, braune Wandschrank, mit einer Glasvitrine, in der unzähliges Kristall drinstand. Der Schrank selbst war so niedrig, dass man die Oberfläche stets mit Kissen bedeckte, um mehr Sitzmöglichkeiten zu bieten, wenn Gäste kamen. Denn die braunen, zum Schrank passenden Stühle waren begrenzt. Ganz wichtig waren natürlich auch die Gardinen, denn diese mussten so weiß wie möglich sein und so schnell wie möglich aufgehängt werden, auch wenn der nächste Nachbar einhundert Meter entfernt wohnte.

Hanna setzte sich der Großmutter gegenüber auf einen Stuhl und musterte wortlos ein paar Minuten diese seltsame Frau, mit der sie zwar verwandt war, die sie bisher jedoch kaum zu Gesicht bekommen hatte. Sie sah alt aus, beschloss Hanna, obwohl sie vielleicht erst um die fünfzig war. Tatsächlich fiel es Hanna schwer, das Alter ihrer Großmutter einzuschätzen, schließlich redete man zu Hause nicht über sie. Doch jetzt saß sie der Großmutter gegenüber und Hanna hatte genug Zeit, jede einzelne Falte in ihrem Gesicht genaustens unter die Lupe zu nehmen. Wenn Vater nur wüsste, dass sie so genau hinsah, dass sie jemanden so genau inspizierte, sie hätte sofort eine Ohrfeige kassiert. Doch die Großmutter machte überhaupt nicht den Anschein, als wäre es etwas Schlimmes. Im Gegenteil, mit ihrem leichten, zutraulichen Kopfnicken forderte sie Hanna sogar dazu auf.

Die Haare der Großmutter mochten früher einmal blond gewesen sein, doch jetzt standen sie in wüsten Strähnen grau und ungekämmt vom Kopf ab. Sie wirkten ein bisschen wie das Unkraut, das die Mutter immer aus dem Beet zupfte. Die Haare der Großmutter schienen genauso oft von der eigenen Hand gezupft worden zu sein. Dann bewegte die Großmutter die Hände nach oben und Hanna bemerkte, dass weder ein Ring noch ein Abdruck davon an ihrem Finger hervorstach. Das war ganz und gar ungewöhnlich und Hanna fühlte sich mit einem Mal sehr unbehaglich.

»Ich darf eigentlich gar nicht hier sein«, flüsterte sie dann, mehr zu sich selbst als zur Großmutter, als ihr bewusst wurde, in was für eine Situation sie sich selbst gebracht hatte.

»Wer sagt das?«, fragte die Großmutter barsch. Ihr Ton war wütend, und Hanna erschrak. Ihr wurde mulmig zumute und am liebsten wäre sie sofort aufgestanden und hätte das Haus wieder verlassen. Stattdessen blieb sie wie angewurzelt sitzen und antwortete schlichtweg: »Der Vater.«

»Pah«, rief die Großmutter lautstark aus. Sie klatschte sich mit ihrer feingliedrigen Hand auf ihren Oberschenkel. »Dein Vater ist ein Narr!«

Hanna machte große Augen und sofort schlug sie ihre Hand vor den Mund, als hätte sie diese Worte selbst ausgesprochen. Noch nie hatte sich jemand getraut, den Vater einen Narr zu nennen! Selbst die Mutter, die wohl allen Grund dazu gehabt hatte, wo sie doch tagein, tagaus all den Bequemlichkeiten ihres Gatten gerecht werden musste, hatte nie solch ein Wort in den Mund genommen. Doch dann musste Hanna unwillkürlich lächeln, und aus dem Lächeln entstand ein Kichern, das schließlich in einem unkontrollierten Lachanfall seinen Höhepunkt fand.

Als sie sich wieder beruhigt hatte, faltete sie ihre Händchen auf dem Schoß und spielte etwas unruhig mit ihren Daumen herum. Sie verzog ständig ihr Gesicht und die Großmutter konnte dem Mädchen förmlich seine wirren Gedanken ansehen.

»Nun spuck es schon aus, Kind! Ich sehe doch, dass du eine Frage auf dem Herzen hast!«

Hanna blickte vorsichtig zur Großmutter. »Ja, aber es gehört sich nicht, Fragen zu stellen, sagt Mutter immer. Fremde Haushalte gehen mich nichts an.«

»Fremde Haushalte? Na hör mal, du bist in meinem Haus! In dem Haus deiner Großmutter! Und ich bitte dich darum, stell deine Frage! Denn wenn du keine Fragen stellst, bleibst du dumm, hörst du! Und du bist nicht dumm, das sehe ich doch!«

Nein, dumm war sie ganz gewiss nicht, das wusste sie selbst, aber in Schwierigkeiten würde sie sich bringen. Doch die Großmutter stieß ihr noch ein paar Mal mit ihrem klapprigen Daumen gegen die Schulter und ergänzte schließlich: »Außerdem hast du heute Geburtstag, nicht wahr? Und an seinem eigenen Geburtstag darf man so viele Fragen stellen, wie man will!«

»Wirklich?« Hanna spannte ihren Rücken kerzengerade und schien auf einmal ganz nervös. »Also gut ... ich wollte dich fragen ... ähm ... also wer ist Erich?« Als hätte Hanna minutenlang ihre Luft angehalten, stieß sie sie nun mit einem Mal aus. Ihr Körper sackte in sich zusammen, doch sie raffte sich sofort wieder auf, als sie auf die Antwort wartete – doch diese kam nicht.

Die Großmutter verzog stattdessen ihr Gesicht zu einer Miene, deren Gefühle Hanna nicht deuten konnte. Es kam Hanna so vor, als würden die Falten der Großmutter nun noch intensiver werden. Diese tiefen Furchen in Großmutters Gesicht erzählten eine tiefgreifende Geschichte, das spürte Hanna, die Geschichte von Erich. Doch war diese gut oder schlecht? Hanna konnte es einfach nicht deuten.

Für Minuten saß die Großmutter einfach so da, den Kopf auf die Hände gestützt, den Blick zum Fenster gerichtet. Es war offensichtlich, dass Hannas Frage die Großmutter in einen unergründlichen Zustand zurückversetzt hatte und auf einmal fragte sich Hanna, warum sie zuerst ermutigt wurde, wenn die Großmutter sie dann doch in der Luft hängen ließ. War es etwa die falsche Frage gewesen? War sie doch zu forsch gewesen? Oh nein, dachte Hanna verunsichert. Sie biss sich auf die Lippe und wollte sich für ihre Forschheit entschuldigen. Doch in dem Moment, wo sie zum Sprechen ansetzte, legte die Großmutter ihren Zeigefinger auf den Mund.

»Schsch! Nein, Hania, nimm deine Frage nicht zurück! Das wolltest du doch gerade tun, nicht wahr? Weil ich nicht sofort reagiert habe und du Angst hattest, dass du etwas Falsches gefragt hast!«

Jetzt verstand Hanna gar nichts mehr.

»Aber«, druckste sie, »... du sahst so eigenartig aus, als wäre ...«

»Das ist egal! Nimm niemals eine Frage zurück, wenn du sie erst einmal gestellt hast! Denn wenn du das tust, wirst du auch niemals eine Wahrheit herausbekommen. Und selten kommt die Wahrheit auf einer federweichen Wolkendecke, hörst du!«

Hanna nickte, obwohl sie nicht verstand. Doch bevor sie etwas sagen konnte, setzte die Großmutter erneut zum Sprechen an:

»Erich ist dein Opa, Hania. Und du siehst ihm sehr ähnlich. Du glaubst gar nicht, wie viel du mit ihm gemein hast!«

Hanna kniff die Augen zusammen. Sie verstand nicht. »Und wo ist der Opa?« Doch in dem Moment, wo sie diese Frage aussprach, kam sie sich albern vor. Schließlich fragte die Großmutter ja selbst tagein, tagaus, wo der Erich sei, also warum sollte sie es nun auf einmal wissen? Aber sie durfte die

Frage nicht zurücknehmen, das hatte ihr die Großmutter ja zuvor gesagt.

Dennoch – wie zu erwarten war, reagierte die Großmutter nicht auf die Frage, sondern stand stattdessen mit zittrigen Beinen auf. Der Körper der Großmutter war abgemagert – die Schulterblätter ragten unter den Trägern der fleckigen Schürze hervor und die Kniescheiben waren zu eckig und kantig, als dass sie sich geschmeidig in die Form der Beine eingliedern konnten. Hanna fragte sich, warum der Vater die Großmutter nie einlud, damit sie mal ordentlich zu essen bekam. Doch ihre Gedanken wurden unterbrochen, als die Großmutter mit einem Buch in der Hand zu dem Mädchen zurückkehrte.

Sofort war Hannas Aufmerksamkeit voll und ganz dem Buch gewidmet. Ihre Augen waren weit aufgerissen und sie konnte nicht unterscheiden, welches Gefühl in ihr am meisten tobte: die Euphorie, die Überraschung, die Glückseligkeit oder die Angst vor dem Vater, wenn dieser herausbekäme, dass Hanna in dem Haus nebenan bei ihrer Großmutter saß und diese ihr in diesem Moment ein Buch überreichte.

Der Einband war hart und die Oberfläche leicht pelzig. Die Rückseite des Buches war in einem schlichten Lila, doch auf dem Vorderdeckel befand sich ein schachbrettartiges Muster, das abwechselnd lila und beige war. In jedem Kasten war in der jeweils anderen Farbe eine doppelte Lilie zu erkennen, und sofort hatte Hanna das Gefühl, als würde sie in eine andere Welt eintauchen – eine Welt von Ruhm und Adel.

Hanna konnte sich nicht davon lösen, minutenlang darüber zu streichen. Als würde sie rohe Eier über einen wackligen Untergrund balancieren müssen, hielt sie das Buch behutsam mit beiden Händen fest. Noch nie hatte sie ein solches Buch in den Händen gehalten, ein Buch, das dem Leser eine ganze Geschichte offenbaren konnte. Sie war so in Gedanken, dass es sich anfühlte, als würden einhundert Tennisbälle auf einmal auf sie treffen, als die Großmutter sie plötzlich anpackte und die Worte sprach:

»Lies es, Hania! Lies es! Lies es! Lies es! Lies es!«

Hanna wurde auf einmal ganz mulmig zumute. Was machte sie hier überhaupt? Es war verboten! Bis heute hatte sie nicht gewusst, warum der Vater ihr rigoros den Kontakt zur Großmutter verweigerte, doch jetzt hatte sie die Ahnung, dass mit der Großmutter tatsächlich etwas nicht stimmte. Sie war verrückt, dachte Hanna. Einfach verrückt.

»Ich glaube, ich muss jetzt gehen«, sagte Hanna flüsternd und die Großmutter brabbelte noch weiter in sich hinein: »Lies es! Lies es! Lies es!«

Schnell schlich sich Hanna zur Haustür und schielte nach draußen, ob der Vater in Sicht war. Als sie sicher war, dass ihr Verschwinden nach wie vor unbemerkt blieb, rannte sie geschwind zum Haus und stürzte die Treppe nach oben.

Ihr Herz klopfte noch minutenlang in einem unruhigen Galopp, als sie sich aufs Bett setzte und krampfhaft das Buch in den Händen hielt. Was das für ein Gefühl war, ein Buch in den Händen zu halten, das nicht mit Liedern, Gebeten und Auszügen aus der Bibel vollgestopft war. Sie hasste schon jetzt den Tag, an dem ihre erste Kommunion stattfinden würde, bei der sie ebenfalls das Gebetsbuch erhalten würde und ihr erklärt werden würde, dass sie es bis zu ihrem Lebensende gut zu behandeln und immer nur und ausschließlich darin zu lesen hatte. Sie wollte es nicht haben, viel mehr wollte sie Bücher wie dieses hier besitzen: einen richtigen Roman. Dass gerade dieser Roman auf einer schwarzen Liste stand und die Ausgabe, die sie in ihren Händen hielt, eine Piratenausgabe war – illegal kopiert und erworben – war ihr zum Glück nicht bewusst.

Vor Neugierde platzend las sie den Titel des Buches: ›*Madame Bovary*‹, und stellte sich vor, dass die Geschichte wohl von einem Mädchen in einem fernen Land handeln würde. Vielleicht war das Mädchen ja genauso alt wie sie und vielleicht erzählte es von einem Leben, das so gänzlich anders war als ihr eigenes. Doch als sie die ersten Seiten lesen wollte, bemerkte sie, wie jemand langsam, fast geräuschlos die Treppe hinaufkam. Hanna wusste bereits, dass es sich von der Gangart her nur um Marta handeln konnte, da die ältere Schwester bereits jetzt krampfhaft versuchte, einer wohlerzogenen Hausfrau ebenbürtig zu sein. Die meiste Zeit jedoch misslang Marta das aufgrund ihrer stämmigen Figur und ihrer Unbeholfenheit in ihren Bewegungen. Schnell schob Hanna das Buch unter ihr Kissen und legte sich mit dem Kopf darauf.

»Na du kleine Ratte, hast ein schönes Kleidchen bekommen und dich noch nicht einmal darüber gefreut«, sagte die Schwester, als sie in das Zimmer hereintrat.

Hanna reagierte darauf nicht. Stattdessen drehte sie sich auf den Bauch und schloss ihre Augen. Noch immer war sie so voller Euphorie, dass sie sich schlichtweg weigerte, Martas Worten Beachtung zu schenken.

Kapitel 7

6. Juni 1957: Hannas Traum

»Marta, wach auf, wach auf, wach auf!« Hanna stemmte sich immer wieder auf Martas Matratze, sodass die ältere Schwester unliebsam durchgeschüttelt wurde. Es war nicht einmal vier Uhr morgens. Die Dunkelheit hinterließ noch das Gefühl, als würde sich die Nacht weigern, dem Tag das Feld zu überlassen.

»Herrgott, Hania! Was ist denn bloß los mit dir?«

»Ich hatte einen Traum«, sagte Hanna aufgeregt. Sie setzte sich auf die Kante von Martas Bett, woraufhin die Schwester grummelte, als sie dazu gezwungen war, etwas zur Seite zu rücken.

»Warum sollte mich dein Traum interessieren?«

Doch Hanna reagierte darauf nicht. Sie fühlte sich wie ein Wirbelsturm, der nicht zur Ruhe fand. Voller Freude hielt sie sich die Hände an ihre glühenden Wangen. »Sie waren allesamt so bunt, so unterschiedlich dick und groß und es gab so viele davon. Regale über Regale, die voll von ihnen waren. Man brauchte eine Leiter, um an die obersten heranzukommen. Ist das nicht ulkig? Manche waren sogar ganz staubig.« Sie kicherte in ihr Fäustchen.

»Wovon sprichst du eigentlich?«, fragte Marta wütend. Dem Mädchen wurden gerade zwei Stunden Schlaf geraubt und es verfluchte seine kleine Schwester dafür. Damals begriff Marta nicht, dass Hannas Traum tatsächlich der Auslöser für alles war, was Hanna später ausmachte. All die Taten, all die trotzig ausgesprochenen Worte, die noch folgen sollten, waren auf diesen Traum zurückzuführen.

»Na von Büchern! Ist doch logisch!« Gestern kam Hanna zum ersten Mal dazu, in das Buch hineinzuschauen, das ihr die Großmutter gegeben hatte. Es war verzwickt, ständig war jemand um sie herum. Ständig befahl ihr die Mutter, im Haushalt zu helfen oder dem Vater etwas Tee zu bringen. Doch gestern hatte sie es geschafft, für ein paar Minuten ungestört zu sein, um die ersten drei Seiten lesen zu können. ›*Madame Bovary*‹ – schon den Titel konnte sie nicht aussprechen, und die vielen Wörter, die darin standen, waren zum Teil sehr schwierig. Doch genau das war es, was sie anspornte weiterzulesen: das Entdecken neuer Wörter und vor allem neuer Welten.

»Von Büchern? Mein Gott, hast du nichts anderes in deinem kleinen Kopf? Wenn das Vater hört!«

Hanna schreckte zusammen und Marta nahm dies zum Anlass, weiter auf ihre kleine Schwester einzureden.

»Vater würde böse werden, wenn du nicht aufhörst, so wissbegierig zu sein. Eine Frau verpflichtet sich nur dem Heim, dem Herd und, wenn es denn sein muss und weil Mutter es so will, höchstens noch der Kirche, sagt er doch immer. Und willst du mal eine Frau werden?«

Hanna zuckte verunsichert mit den Schultern. Was sollte sie darauf auch antworten?

***

Nachdem Marta ihre kleine Schwester von der Bettkante wegdrückte, drehte sie sich um und schlief noch fast zwei Stunden unbekümmert weiter, ehe die Mutter an die Tür pochte, um das Aufstehen zu befehligen. Hanna hatte indessen die ganze Zeit wachgelegen und an die Decke gestarrt. Ihre Augen hatten sich verfinstert und als sie das Pochen der Mutter hörte, hatte sie keine Lust mehr aufzustehen. Sie wollte im Bett bleiben, sich verkriechen und am liebsten nie wieder aufstehen. Doch Marta machte Hanna einen Strich durch die Rechnung.

Sie riss ihr die Bettdecke weg, öffnete eilig das Fenster, wedelte die bitterkalte Winterluft hinein und rannte sogleich zur Tür: »Das hast du davon, dass du mich vorhin geweckt hast«, sagte sie schnippisch. Marta zeigte Hanna die Zunge und schloss dann hinter mir die Tür.

An jedem anderen Tag hätte Hanna lauthals gequiekt, wäre ihrer Schwester hinterhergejagt, um ihr die Buchse herunterzuziehen, doch heute blieb sie einfach nur liegen. Sie zog ihren Körper zusammen und fing an zu bibbern. Es war ihr egal, dass sie fröstelte.

Als der eisige Wind jedoch durch die Türschlitze kroch und das gesamte Haus abzukühlen drohte, kam die Mutter stürmisch nach oben gelaufen und riss die Tür auf.

»Hania!«, herrschte die Mutter Hanna an. Dunkle Augenringe zeichneten sich auf Mutters Gesicht ab. »Was fällt dir ein, das Fenster sperrangelweit aufzureißen und nicht aufzustehen. Soll dein Bruder etwa krank werden?«

Mutlos drehte Hanna sich um. Noch immer fühlte sie sich nicht danach, ihren gewohnten Trotz zu zeigen. Und dies schien nun auch die Mutter zu bemerken.

»Was ist los mit dir?«, fragte die Mutter gespielt irritiert, während sie das Fenster schloss. »Du bist so merkwürdig ruhig! Bei dem Leiden Christi: Hast du also doch noch Anstand in deinem kleinen Körper entdeckt?«

Vom Badezimmer aus, dessen Tür Marta einen Spalt offen ließ, hörte sie Mutters Worte. Für Marta war dies eine Genugtuung. Endlich hatte sie es geschafft, Hanna zurechtzuweisen und ihr zu zeigen, dass sie sie nicht nerven sollte. Sie fühlte sich in diesem Augenblick mächtig, hatte sie die kleine Schwester doch in ihre Schranken verwiesen. Zu jenem Zeitpunkt hatte Marta tatsächlich geglaubt, sie selbst sei auf dem richtigen Weg. Einem Weg, der Disziplin und Gehorsam als oberste Richtlinie führte.

Nachdem Hanna auf Mutters Worte nicht reagierte, hob die Mutter den Zeigefinger und ergänzte schließlich: »Komm jetzt runter. Du musst deine Milchsuppe essen!«

***

Marta war schon auf dem Weg zur Schule und der Vater schon in seinem Kaufhaus, als Hanna nach unten schlurfte und sich an den kreisrunden Holztisch in der Küche setzte. Die Mutter holte aus dem Emaille-Schubfach des Ofens einen kleinen bauchigen, blauglasierten Keramiktopf hervor. Das Bunzlauer Geschirr hatte die Mutter auf dem Marktplatz von Pietrow erworben und von dem niedlichen Bauernblümchen-Dekor hatte sie noch Tage nach dem Erwerb geschwärmt.

Mit starrem Blick schaute Hanna dabei zu, wie die Mutter die frisch gebackenen Quarkbrötchen in kleine Stückchen zupfte und dann in die aufgekochte Milch gab und ihr schließlich einen Teller davon abschöpfte. Sie hasste diese widerliche Suppe. Doch ein Mädchen musste anständig die Mahlzeiten der Mutter aufessen, ertönte eine ermahnende Stimme in ihrem Kopf. Normalerweise zeigte Hanna dieser Stimme eine lächerliche Fratze, doch jetzt war die Stimme so eindringlich wie noch nie zuvor. Ihr Herz zog sich zusammen. Lustlos nahm sie den Löffel und schaufelte die Suppe in ihren Mund. Ihr Schlucken war so laut zu hören, dass sie sich sofort darauf bei der Mutter entschuldigte. Verwundert blickte die Mutter Hanna an, lächelte dann jedoch anerkennend.

Gerade als Hanna den dritten Löffel in sich hineinzwängen wollte, klingelte es an der Haustür. Sie hörte ein Wiehern von draußen und wusste, dass dies nur eines bedeuten konnte: Der Reiter mit dem Kohlesack war gekommen.

Mutter öffnete die Tür, begrüßte den Reiter und dann fing plötzlich das Baby an zu schreien. Sofort rannte die Mutter nach oben und schrie sogleich nach unten: »Hania, du weißt, was zu tun ist.« Und Hanna hörte, wie die Tür in den Rahmen fiel.

Das hatte gerade noch gefehlt. Als wäre Hanna nicht schon lustlos genug gewesen, musste sie nun auch noch die ganze Kohle allein in den Keller schleppen. Fehlte nur noch, dass sie sie auch zerhacken müsste, dachte sie. Doch dann schlich sich erneut die Stimme in ihre Gedanken und ermahnte sie, dass dies wohl dazu gehöre, will man irgendwann mal eine fromme Hausfrau werden.

Mit ihren kleinen Händen umklammerte Hanna den Sack und versuchte, ihn anzuheben. Als sie merkte, dass sie keinerlei Chance hatte, schaute sie verwirrt zu dem Reiter auf, der an sein Pferd lehnte und dem Mädchen dabei zusah, wie es sich erfolglos abmühte.

»Wollen Sie mir nicht helfen?«, fragte Hanna auffordernd.

»Warum sollte ich?«, antwortete der Reiter selbstgefällig.

Hanna richtete sich auf und stemmte die Hände in die Taille. »Na ... na, weil Sie die Kohle hierhergebracht haben und sehen, dass ich es nicht allein schaffe.«

Der Reiter zuckte mit den Schultern und formte einen Schneeball mit seinen Händen. »Die Kohle hab ich hergebracht, stimmt. Aber alles andere ist nicht meine Aufgabe.«

Hanna war sichtlich irritiert. Sie schlitzte die Augen und trat ein Stück näher an den Reiter heran. »Warum ist es nicht Ihre Aufgabe?«, fragte sie erzürnt. Sie wusste nicht, woher auf einmal diese lodernde Wut kam, doch sie richtete sich in vollem Maße gegen den Reiter, der so selbstgefällig vor ihr stand, mit so vielen Muskeln bepackt war und ihr doch nicht helfen wollte.

»Hör zu, Mädchen, ich werde dafür bezahlt, Kohle hierherzuschaffen, verstanden? Alles weitere, was ich tun würde, wäre etwas, das ich umsonst täte. Würdest du etwas machen, wenn du kein Geld dafür bekämest?«

Hanna schlug die wollige Strickjacke über ihren Oberkörper und rieb sich die Hände. Sie spürte, wie ihr der eisige Wind um die Ohren pfiff und eine Schneewehe spielend ihren Körper umtanzte und ihr die Wärme entzog.

»Ich würde es tun, wenn es mir Spaß täte«, sagte sie schließlich nachdenklich.

»Na, siehst du, da hast du's. Mir macht es eben keinen Spaß, also tue ich nur das, wofür ich bezahlt werde und mehr nicht.«

Sie blickte in das Gesicht des Reiters und erkannte erst jetzt den Kummer, der seine Tränensäcke schlaff hinabsinken ließ, seinen Augen das Strahlen nahm und seinen Mundwinkeln die Fähigkeit, sich nach oben zu ziehen. Auf einmal wurde ihr bewusst, dass er genauso aussah wie sie.

Erschrocken ging sie zwei Schritte rückwärts und verlor dabei das Gleichgewicht. Sie kippte zur Seite und fiel auf den Kohlesack. Eine schwarze Wolke stieg in die Luft auf und vermischte sich mit dem glitzernden Weiß der Schneeflocken. Als sie wieder aufstand und sich die Kohle vom Kleid klopfte, war der Reiter verschwunden.

»Was machst du da, Kind?«, fragte die Mutter. Mit dem Baby im Arm stand sie im Türrahmen und schaute grimmig zu ihrer Tochter.

»Ich ... ich ...«, stotterte Hanna, sich nach rechts und links umblickend. Es dauerte noch ein paar Sekunden, ehe sie begriff, dass der Reiter tatsächlich nicht mehr neben ihr stand. Doch das war auch nicht mehr wichtig, denn sie hatte etwas begriffen.

»Ich wollte gern mal sehen, wie mein weißes Kleid in schwarz aussieht«, kicherte sie so leise, dass die Mutter die Worte nicht verstand.

Schon bald würde sie weiterlesen, ja gewiss, sie würde wieder eine freie Minute abpassen und die nächsten Seiten von ›*Madame Bovary*‹ lesen – unwissend, dass sie nicht so vergnügt sein würde, wie sie es sich in diesem Moment erträumte.

Kapitel 8

1. September 1957: Hannas erster Schultag

Wie lange hatte Hanna darauf gewartet, wie lange hatte sie die Tage gezählt, bis es endlich soweit sein würde. Und heute war es soweit: heute würde Hanna zum ersten Mal zur Schule gehen und zur Krönung des Ganzen zum ersten Mal allein in der großen Stadt sein.

Die Mutter strich noch ein paar Mal Hannas weißen Kragen glatt, aber Hanna schaffte es immer wieder, ihn durch ihre zappeligen Bewegungen unordentlich zu bekommen. Doch dann sagte die Mutter etwas, das Hanna sofort dazu veranlasste, kurz vor dem Eintritt in die Schule noch zehn Mal selbst zu überprüfen, ob der Kragen auch tatsächlich glatt war: »Wenn dein Kragen nicht ordentlich ist, dann darfst du nicht in die Schule eintreten, hast du gehört? Dann wirst du nach Hause geschickt!«

Um zu der Grundschule zu gelangen, die Marta bereits seit zwei Jahren besuchte, mussten die Mädchen einen Fußmarsch von einer Dreiviertelstunde zurücklegen. Nach dem Krieg wurde es auch den Landkindern ermöglicht, zur städtischen Schule zu gehen, womit einem potenziellen Umzug in die Stadt im Grunde nichts mehr im Wege stand. Auch war es möglich, dass die Mutter im Zuge der Industrialisierung in Pietrow hätte Arbeit finden können – hätte sie Tomek nicht zur Welt gebracht –, doch der Vater weigerte sich, aus dem kleinen Dorf Modlica wegzuziehen. Die Stadt versaue den Charakter, so sagte er, und es genüge, dass die Mutter ihrer wichtigsten Arbeit – dem Haushalt – als erste Dienstbotin zur Verfügung stand. Oftmals bezeichnete er die Frauen, die hart arbeiteten und sogar behaupteten, sie führen diverse Arbeiten gewissenhafter, energischer und besser aus als ihre männlichen Genossen, als angriffslustige, gar blutrünstig jagende Evas, die ihrer Schöpfungsintention nicht gerecht werden. Er wusste, dass er die Mutter mit biblischen Vergleichen um den Finger wickeln konnte, obwohl er selbst nicht viel für Religion übrig hatte. Die Mutter war in der Tat mit ihrer Rolle als Hausfrau sehr zufrieden, denn sie konnte sich mit dieser neuen Entwicklung ohnehin nicht identifizieren. In die Schule musste der Vater seine Töchter jedoch schicken, freilich, genauso, wie er selbst tagein, tagaus zur Arbeit nach Pietrow musste, dagegen konnte er sich nicht wehren. Aber in die Stadt zu ziehen brauchte die Familie deshalb noch lange nicht. Bald schon würde diese überbevölkert sein und dann würden die Mädchen die Landluft zu schätzen wissen, sagte er. Warum er selbst jedoch mit dem Auto fuhr und die Töchter den langen Weg zur Schule laufen mussten, konnte er nie so richtig erklären. Natürlich würden die Mädchen das auch nie hinterfragen, das gehörte sich nicht. Im Zweifelsfall galt immer sein Argument, dass es eben für eine wohlerzogene Entwicklung notwendig war.

Nach nicht einmal drei Minuten hatten die Mädchen ihr Dörfchen verlassen und es ging über einen zertretenen Fußpfad weiter. Der Weg war gesäumt von uralten Eichen und Linden, und die Kronen der Akazien spendeten Schatten. Irgendwann endete auch dieser Weg und dann war es nur noch ein Trampelpfad, der durch ein goldgelbes Roggenfeld führte. Von rechts und links hörte man das Zwitschern der Vögel aus den nahegelegenen Mischwäldern, selbst kleine Bäche, die sich ihren Weg vom Riesengebirge bis zu den Feldern bahnten, plätscherten, und schon oft verleitete das selbst Marta dazu, einen Fuß in diese dunkle, mystische Welt zu setzen, in der es wunderbar nach Pilzen roch. Doch Mutter ermahnte die ältere Schwester und an diesem ersten Schultag auch ganz besonders Hanna, immer nur der vertrauten Strecke zur Schule zu folgen und niemals vom Wege abzuweichen, obschon dieser so manches Mal sehr schwer zu erkennen war. Man hätte die Sorge der Mutter ein bisschen mit der Geschichte um Rotkäppchen vergleichen können – die die Schwestern als Kinder selbstredend nie zu hören bekamen –, doch anstatt mit dem bösen Wolf wurde den Mädchen mit den Landminen aus dem Zweiten Weltkrieg gedroht.

Marta ging mit Hanna an ihrem ersten Schultag gemeinsam den Weg entlang, zeigte ihr aber immer wieder markante Stellen, anhand derer sie sich den Weg zurück merken sollte. Freilich, der Großteil des Weges verlief geradeaus, doch als die Schwestern dann die Dreißigtausend-Einwohner-Stadt Pietrow erreichten, hatte Marta die Befürchtung, dass Hannas Aufmerksamkeit auf den Weg sich plötzlich in Luft auflöste. Die kleine Schwester spähte immer wieder mit blinzelnden Augen zu den hübschen, mit Stein-Ornamenten geschliffenen Fassaden, die neben den zerbombten und vollkommen zerstörten Bauten wirkten, als würden zwei gegensätzliche Welten aufeinanderprallen. An einem alten Gebäude, das noch relativ gut erhalten gewesen war, rankte eine aus Stein gemeißelte, bärtige Gestalt. Hanna zeigte mit dem Finger darauf.

»Weißt du, was die zu bedeuten hat?«, fragte sie Marta mit großen Augen, doch diese zuckte nur mit den Schultern und drängte dazu, weiterzugehen.

Dann schritten die Schwestern durch das sogenannte Viertel der weißen Häuser, in dem die Aristokraten und Gelehrten hausten. Anschließend kamen die Blocks, Arbeitersiedlungen, vor deren tristen, neuen Mauern Omnibusse hielten. Zu guter Letzt erblickte Hanna das Stadtbad und sie kam aus dem Staunen gar nicht mehr heraus.

Hanna sog jedes Haus, jeden Baum, jeden Strauch und jede Bank in sich auf und schon bald war klar, dass Martas Befürchtungen, Hanna könne sich womöglich den Weg nicht merken, unbegründet waren. Dennoch wollte sich die große

Schwester doppelt und dreifach absichern, und so setzte sie Hanna sofort eine Grenze: dass sie ja nie auf sie warten sollte und es das erste und einzige Mal sein würde, dass sie gemeinsam den Schulweg gingen.

Als Hanna dann mit Marta an ihrer Seite an der Schule eintraf, staunte sie, als sie die vielen Kinder sah, die alle gleich aussahen. Dieses Staunen ging Marta gehörig auf die Nerven, denn es zeigte ihr nur erneut, dass in Hanna noch immer nicht der Gehorsam eingekehrt war.

Ein jeder trug eine weiße Bluse mit Manschetten mit dem Schulemblem auf dem Ärmel. Und heute trug auch Hanna das Emblem zum ersten Mal. Stolz flammte in ihr auf.

Die Kinder versammelten sich auf dem Hof und es wurde die polnische Hymne gespielt. Die schuleigene Fahne mit dem weißen, polnischen Adler auf dem roten Tuch reichte bis in den Himmel. Dann wurden die Kinder dazu aufgefordert, sich in eine Schlange einzureihen. Nun war es tatsächlich soweit: die Schultür wurde geöffnet und schon bald würde Hanna auf einer Bank sitzen und den Lehrern zuhören.

Als Hanna an der Schultür kontrolliert wurde, zeigte sie dem Lehrer stolz ihren weißen, glatt gestrichenen Kragen und das Emblem. Er schüttelte daraufhin nur verständnislos den Kopf, überprüfte Fingernägel, Ohren und Schuhe auf Sauberkeit und befahl ihr anschließend einzutreten.

Hanna war für ihr Alter relativ groß und so wurde sie aufgefordert, in der mittleren Reihe Platz zu nehmen. Das ärgerte sie, wollte sie doch in der ersten Reihe sitzen und dem Lehrer lauschen. Doch sie durfte ihren Unmut nicht zeigen, wenigstens das wusste sie schon von zu Hause. Also nahm sie auf der hölzernen Bank Platz und packte ihren Rucksack in den Spalt unter der Tischplatte. Neben ihr wurde ein Mädchen mit schwarzen Haaren platziert und bereits hinter ihr begann die erste Reihe der von den Mädchen getrennt sitzenden Jungs.

An diesem Tag wurden den Kindern der ersten Klasse nur der Schulablauf und die allgemeinen Verhaltensregeln erklärt: Der Lehrer durfte nie unterbrochen werden, die Kinder mussten immer ihre Federmappe dabeihaben, einen Füller und ein Tintenfässchen, der Kragen musste stets glatt gestrichen sein, entweder man hatte Strumpfhosen zu tragen oder aber die Strümpfe der Mädchen mussten über die Knie gehen, es durfte sich kein Dreck auf der Bluse befinden. Zu Hannas Enttäuschung wurde sie selbst hier in der Schule von der alles einnehmenden Politik nicht verschont, da der Lehrer gleich am ersten Tag die Bundesrepublik Deutschland als gefährlichsten Feind der Volkrepublik Polen bezeichnete. Sie kannte diese kommunistische Propaganda-Hetze bereits von zu Hause, von den Nachbarn, den Verwandten, von überall her – auch wenn sie damals noch nicht einmal ansatzweise gewusst hatte, was Propaganda überhaupt hieß. Doch in der Schule wollte sie etwas Neues lernen, umso enttäuschter und beinahe schon ängstlich wurde sie, als sie erfuhr, dass der Schultag diese Richtung einschlug.

Irgendwann schaltete Hanna ab und ihre Gedanken verloren sich völlig in dem Anblick der vielen Bücher, die auf dem Lehrertisch gestapelt waren. Es war, als ginge eine magische Anziehungskraft von ihnen aus, als schrien sie: *Hanna, nimm mich, lies mich.* Sie konnte es wahrlich nicht abwarten, bis sie endlich mit ihren Fingern über die dicken Einbände und die dünnen Papierseiten streichen durfte. Umso schwerer fiel es ihr, dem Lehrer ihre volle Aufmerksamkeit zu widmen, zumal sie alle Verhaltensregeln ohnehin schon von Marta erfahren hatte. Doch eines wusste sie nicht: Nachdem sie die Bücher endlich in ihren Händen hielt, wurde sie bereits nach Hause geschickt. Die Schule dauerte an diesem ersten Tag nur eine Stunde an, es gab noch keinen Unterricht und kein Lernen. Das Einzige, das ihr als Trost blieb, war die Vorfreude auf den nächsten Tag.

***

Als Hanna nach einem einstündigen, vertrödelten Spaziergang zu Hause ankam, erblickte sie die Großmutter, die wie eine umhergescheuchte Henne mit einem Blumenkübel wild um ihr Haus herum lief. Großmutters Garten konnte man kaum als solchen bezeichnen, denn das, was sie anpflanzte, passte weder farblich zusammen, noch stiftete es einen ernährungstechnischen Nutzen. Oft rupfte sie Pflanzen, die sie am Tag zuvor stundenlang in den Boden eingegraben hatte – obwohl sich diese sicherlich bereits nach fünf Minuten mit der Erde im Einklang befanden –, übermütig wieder raus.

Die Großmutter wollte mit ihrer dreckigen Schürze gerade wieder ins Haus gehen, als sie auf Hannas unsicheren Blick traf. Die Augen der Großmutter weiteten sich und Hanna hatte das Gefühl, als würde die Großmutter sie mit ihren unheimlich großen Augen verschlingen wollen.

Seit ihrem Geburtstag war Hanna nicht mehr bei der Großmutter gewesen. Sie hatte sich noch nicht einmal richtig für das Buch bedankt, allein der abrupte Abschied schwirrte ihr im Kopf herum. Zwar hatte Hanna die Worte: *»Du bist verrückt«* nicht ausgesprochen, und dennoch fühlte sie sich so, als hätte sie es. Sie schämte sich, doch es war noch etwas anderes, das ihr Kummer bereitete. Und wenn sie jetzt zur Großmutter gegangen wäre, hätte sie es beichten müssen und davor hatte sie Angst. Doch die Großmutter winkte sie in diesem Augenblick zu sich, und diesem Wink nicht zu folgen, wäre unhöflich gewesen.

»Hast du das Buch gelesen, Hania? Hast du?«

Hanna zuckte mit den Schultern und dann wurde sie von der Großmutter ins Haus gezogen.

»Sag mir, wie findest du es?«

Hanna machte ein betrübtes Gesicht. Sie ließ sich auf das Sofa fallen und verschränkte ihre Arme vor der Brust. Dann murmelte sie kaum hörbar: »Ich ... ich ... bin noch nicht so weit. Ständig ist jemand in meiner Nähe. Aber wenn ich es lese, weiß ich nicht, wohin mit meinen Gefühlen. Einerseits ist es traumhaft schön, es spielt in einer anderen Welt und die vielen Details, die dort beschrieben sind, ja, ich kann mir wirklich vorstellen, wie alles aussieht, obwohl ich es noch nie gesehen habe, und manche Wörter auch nicht kenne. Frankreich – was für ein seltsames und wundervolles Land das wohl sein muss und wie die Leute sich ausdrücken. Schon komisch. Nicht immer nur der gleiche Trott, so wie hier, wo jedes Möbelstück in jedem Haushalt gleich aussieht. Nein, dort ist es anders.« Hanna geriet ins Schwärmen und als sie so davon sprach, kamen ihr sogleich die schicken Fassaden, die edlen Kutschen und Gutshäuser in den Sinn. Sie zwinkerte fröhlich, doch dann wurde ihr Ausdruck mit einem Mal traurig. »Ja, aber dann«, fuhr sie fort, »ist es ja doch wieder das Gleiche wie bei uns. Obwohl alles anders aussieht, benehmen sich die Menschen gleich. Die Frau hat hinter dem Herd zu stehen, dem Ehemann zu dienen oder in der Kirche zu knien. Es ist immer dasselbe und deshalb will ich nicht erwachsen werden!«

Es war eine bittere Enttäuschung. Wie hatte sie sich doch an ihrem Geburtstag über dieses Buch gefreut, wie sehr hatte sie gehofft, dass sie das Buch verschlingen würde, war es doch ihr erstes richtiges Buch, das sie je in ihren Händen hielt. Doch nun, da sie es las, war sie nicht mehr so begeistert. Und das ärgerte sie. Obschon die Magie der Worte sie verzauberte, war es die Geschichte, die sie innerlich zum Weinen brachte.

Die Großmutter setzte sich Hanna gegenüber und anstatt dem Mädchen ihr Mitgefühl zu schenken, schaute sie es eindringlich, gar herausfordernd an.

»Sag mir genau, Hania, sag mir genau, was dir nicht gefällt. Lass es raus!«

»Na ja …«, Hanna fasste sich ans Kinn, so wie sie es bei Vater oft beobachtet hatte, wenn er über etwas Geschäftliches nachdachte, »dass man die ganze Zeit nur darauf wartet – wartet, wartet, wartet. Immer nur wartet, dass etwas passiert! Diese Emma macht nichts anderes als zu warten. Warten, warten, warten! Das ist doch blöd!«

Und dann herrschte ein paar Sekunden Stille. Gerade als Hanna die Großmutter fragen wollte, ob sie vielleicht etwas falsch verstanden hätte, fing diese an zu lachen. Wie eine verrückt gewordene Hyäne klopfte sie sich auf die Oberschenkel und stand dann plötzlich auf.

Hanna wich vor Schreck zurück. Misstrauisch beäugte sie den Anfall der Großmutter. Sie wollte wegrennen, doch hätte sie an der Großmutter vorbei gemusst und in dem Moment traute sie sich nicht, der Großmutter zu nahe zu kommen.

»Hania, du bist es! Jawohl! Nicht deine Schwester, sondern du!«, sagte die Großmutter entzückt und Hanna wusste nicht, wovon diese sprach. Es dauerte noch eine Weile, ehe die Großmutter sich beruhigte und sich wieder setzte. Und das war der Augenblick, in dem Hannas Gedanken damit spielten, loszurennen. Doch sie konnte nicht. Sie blieb sitzen, auch wenn in ihrer Brust ihr kleines Herz verrückt spielte.

»Ach, ich finde es ganz wunderbar, dass du so über das Buch denkst.«

Hanna war verwirrt. Sie kniff die Augen zusammen und meldete sich instinktiv, so wie sie es heute in der Schule gelernt hatte, wenn man etwas sagen wollte. Doch noch bevor ihr Finger vollständig in der Luft war, fing sie auch schon an zu sprechen: »Das verstehe ich nicht. Sollte ich nicht gut finden, was in dem Buch steht?«

»Nun ja«, die Großmutter räusperte sich, »solche Bücher wirst du in deinem Leben auch finden, gewiss. Aber was du aus den Büchern entnimmst, ist noch viel wichtiger. Und du, ja du hinterfragst ja ganz und gar kritisch. Ach wie wunderbar. Vielleicht schaffst du es ja sogar, ein bisschen davon in dein eigenes Leben zu übertragen.«

»In mein eigenes ...?«

Draußen hörte Hanna plötzlich, wie jemandem die Schlüssel aus der Hand fielen und sie schrak zusammen. Das Geräusch war nah, zu nah. Sie wusste, dass der Vater zu seiner Mittagspause heimgekommen war und wenn er Hanna nicht in ihrem Zimmer antreffen würde, würde es eine Strafe geben.

Sofort stand Hanna auf und ging zur Tür. Sie lugte nach draußen und wedelte mit ihren Händen ein kurz angebundenes »Auf Wiedersehen« zur Großmutter.

Diese rief ihr noch im Flüsterton zu: »Lies weiter, Hania. Gib nicht gleich auf, wenn dir etwas nicht gefällt. Du musst nicht alles verstehen, manchmal offenbaren sich die Dinge auch erst später. Lies weiter.«

Und dann schlich Hanna sich aus der Tür und eilte hinüber zum Haus. Sie wusste, dass der Vater als allererstes in die Küche gehen würde, um sich von der Mutter ein Glas Wasser geben zu lassen. Es war nicht viel Zeit, doch sie reichte aus, um in das obere Stockwerk zu schleichen und ihre Schulsachen auszupacken.

***

Es vergingen Minuten über Minuten, die der Vater nicht zu Hanna ins Zimmer kam. Obwohl er in jedem Augenblick reinkommen konnte, war sie von dem Gespräch mit der Großmutter so aufgewühlt, dass sie nicht mehr stillsitzen konnte. Ihre Neugierde wuchs mit jeder Sekunde, die verging und sie konnte nicht anders: Sie holte das Buch hervor, um weiterzulesen. Dabei setzte sie sich direkt an die Tür, sodass sie durch die Treppengeräusche mitbekommen würde, wann der Vater nach oben kam, damit noch genug Zeit blieb, um das Buch wieder zu verstecken.

Eine ganze Stunde verging und erst dann nahm Hanna die knarrenden Schritte auf den Holzstufen wahr. Fast hätte sie sie überhört, doch nun sprang sie förmlich wie ein Grashüpfer aus ihrer gehockten Position auf und versteckte das Buch unter ihrem Bett.

Als der Vater zur Tür reinkam, starrte er Hanna ein paar Sekunden lang schweigend an. Er musste wohl gespürt haben, dass in Hannas Kopf mal wieder nur Flausen waren, die nichts mit der auferlegten Zucht und dem gebührenden Anstand zu tun hatten. Also versuchte er, sie auf seine unnahbare Art, indem er sie nicht einmal begrüßte und nach dem ersten Schultag fragte, zum Reden zu bringen.

Und er schaffte es – nur nicht wie erwartet. Denn die Worte, die Hannas Mund verließen, brachten ihn ins Schleudern.

»Vater, was hat diese seltsame, bärtige Figur zu bedeuten, die in Pietrow aus der Wand ragt?«

»Figur? Von was für einer Figur redest du? Du hast zur Schule zu gehen und dich nicht in der Gegend umzusehen! Du treibst mich noch in den Wahnsinn!«

Hanna verstand nicht, warum er diese einfache Frage nicht beantworten konnte. War er nicht hier aufgewachsen? Hätte er es nicht wissen müssen? In den darauffolgenden Tagen und Wochen sollte sie jedoch feststellen, dass kein einziger Pole, den sie nach der bärtigen Steingestalt fragte, ihr eine Antwort auf die Frage nach ihrer Bedeutung liefern konnte.

Als der Vater schon fast wieder aus der Tür war, stellte Hanna schließlich noch eine Frage, ohne zu wissen, woher diese auf einmal kam.

»Wo ist Opa?«

Hanna wusste, dass sie damit eine Grenze überschritt, doch zu sehr nahm die ›*Madame Bovary*‹ sie mit auf eine Reise, die den Eindruck verlieh, dass es noch etwas geben musste.

Etwas anderes, als sich immer nur etwas vormachen zu lassen.

Der Vater bewegte sich mit bedachten Schritten in Richtung Hanna, seine Miene verzerrte sich mit jedem Zentimeter, den er ihr näher kam, zu einer immer hässlicher werdenden Fratze, und dann, wie aus dem Nichts scheuerte er ihr eine. Mit Nachdruck erklärte er ihr: »Der Opa ist tot! Hast du das verstanden? Und mehr gibt es dazu nicht zu sagen!«

Das hätte Hanna zurückschrecken lassen müssen, doch die Wahrheit war, dass sie mit einer Ohrfeige gerechnet hatte. Sie war sie gewohnt und es war nichts Besonderes mehr. Was jedoch besonders war, war die innere Stimme, die der der Großmutter sehr ähnelte und die ihr sagte, dass das vermutlich genau das war, was die Großmutter vorhin angesprochen hatte. Und mit diesem Tag, so wusste sie, würde sie Großmutters Stimme ständig in ihrem Kopf hören, eine Stimme, die nicht länger immer nur nach »Erich« rief, sondern jetzt auch »Hania« raunte.

Kapitel 9

2. September 1957: Das Heimkind

Der zweite Schultag war wesentlich spannender, denn tatsächlich begann nun der Unterricht. Gleich am ersten Tag wurden vier Kinder über eine Stunde lang in die Ecke gestellt. Dort mussten sie auf trockenen Erbsen knien, weil sie entweder ihre Federmappe zu Hause vergessen, oder aber im Unterricht ihrem Nachbarn eine Frage gestellt hatten. Für Hanna war das völlig unverständlich. Nicht jedoch, weil der Lehrer nur einen Tag zuvor alle Schüler darüber aufgeklärt hatte, was passieren würde, wenn man sich nicht benahm, sondern weil sie sich unentwegt die Frage stellte, wie ein Schüler denn die Federmappe zu Hause liegen lassen konnte. Es war doch das Wichtigste, dass man in der Stunde ein Werkzeug hatte, womit man die zauberhaften Wörter auf das Blatt Papier schwingen konnte. Als die Schüler dann am Ende der Stunde aus der Ecke krochen, leierten sie die Worte: »dziękuję bardzo – dziękuję bardzo« vor sich hin – Dankeschön, Dankeschön! Es war das, was die Kinder immer sagen mussten, selbst wenn sie die Schulnote 2 bekamen, welche die schlechteste Leistung repräsentierte.

Als es zur Pause klingelte und alle Kinder in den Flur gingen, blickte Hanna sich um. Direkt neben einer Klassenzimmertür in der Mitte des Flures stand die Tochter des ersten Vorsitzenden der Kommunistischen Partei. Das Mädchen streckte seinen Hals so weit nach oben wie der Gockel in dem Hof der Eltern und zwinkerte liebreizend seinen zwei Freundinnen rechts und links neben sich zu.

Hanna hasste dieses Mädchen.

Schnell wandte sie sich ab und suchte nach einer Stelle, die nicht mit Mädchen besetzt war, die das idealtypische Klischee verfolgten, das ihre Eltern ihnen aufdrängten.

Auf Zehenspitzen und mit hoch gestrecktem Kopf erblickte Hanna noch eine freie Stelle ganz am Ende des Flurganges. Zu Hannas Erleichterung war auch kein einziger Junge dort hinten, da diese alle um die Tochter der Partei kreisten und ihr bei ihren Kaninchenbissen in ihr Brot zuschauten.

Als Hanna sich durch die Masse an Kindern hindurchgekämpft hatte, staunte sie, als sie doch ein Mädchen hier hinten im Gang vorfand. Es war wohl das kleinste Mädchen der Klasse. Mit schlaff hängenden Schultern und verängstigten Augen schaute es unruhig in der Menge hin und her. Vor seiner Brust krallte es seine Hände ineinander, und als Hanna dies erblickte, war das Mädchen auf einmal ganz irritiert.

Etwas ungestüm machte Hanna ein paar große Schritte auf das Mädchen zu. Dieses blickte nun verängstigt und zugleich misstrauisch in Hannas Augen.

»Ich bin Hania«, stellte sie sich dem Mädchen mit den rotglühenden Wangen vor. »Jetzt musst du mir deinen Namen nennen.« Hanna stellte sich neben das Mädchen, doch es zuckte und wich daraufhin ein Stück zurück, so als wäre es es entweder nicht gewohnt, dass jemand mit ihm sprach oder als würden nur böse Worte fallen, sobald ihm jemand Aufmerksamkeit schenkte. Das Mädchen umfasste seinen Oberkörper mit seinen dünnen Ärmchen. Die weiße Bluse seiner Schuluniform hing ihm viel zu locker von den Schultern und sie war mit Flecken nur so übersät.

»Zofia, aber alle nennen mich Zosia«, nuschelte das Mädchen verunsichert.

»Freut mich, Zosia.« Hanna reichte dem Mädchen ihre Hand, und als dieses sie nach elend langen Sekunden endlich ergriff, erblickte Hanna die abgekauten Fingernägel des Mädchens. An manchen Stellen waren die Nägel so weit eingerissen, dass wunde Stellen mit geronnenem Blut die glatte Fläche des Nagels umrahmten. Doch anstatt etwas zu sagen, griff Hanna nach ihrem Rucksack und kramte darin herum. Es dauerte eine Weile, ehe sie unter den vielen Mappen und den chaotisch reingeworfenen Blättern das fand, wonach sie suchte.

Zofia beobachtete unterdessen das Schauspiel mit argwöhnischem Blick. Immer wieder schabten ihre Füße auf dem Boden, so als wollte sie jede Sekunde losrennen, um vor etwas zu flüchten, das ihr unheimlich war. Doch als Hanna schließlich ein Brot vor ihr entpackte, machte Zofia große Augen. Das Mädchen strich sich nervös durch sein borstiges, schwarzes Haar, das an die Mähne eines nicht gestriegelten Pferdes erinnerte.

»Hier, nimm«, sagte Hanna und reichte das Brot Zofia. Erschrocken blickte diese zu Hanna auf.

»Nimm schon, nimm. Und iss auch ja die Kanten auf, davon kriegst du schöne Brüste, sagt die Mama immer. Sie selbst hat schon welche, deswegen isst Mama die Kanten nie, aber wir haben ja noch keine.« Hanna nahm die Hände des Mädchens und legte das Brot in sie hinein. Es dauerte noch ein paar Sekunden, ehe Zofia begriff, was hier gerade geschah. Doch als sie es schließlich tat, verschlang sie das Brot mit nur wenigen Bissen. Als Hanna das sah, musste sie unwillkürlich lachen.

»Hab ich es mir doch gedacht, so mager wie du aussiehst, musst du ja einen Bärenhunger gehabt haben! Bekommst du denn nichts zu essen daheim?«, fragte Hanna, ohne darüber nachzudenken, ob sie das Mädchen damit in die Ecke drängte. Außerdem gehörte es sich nicht, jemanden nach dem Zuhause zu fragen – der Vater würde ihr eine wischen, wäre er jetzt hier gewesen. Wie gut, dass er es nicht war, dachte Hanna schelmisch.

»Ich ... ich«, stotterte Zofia mit halb vollem Mund. Sie wischte mit dem Handrücken über ihren Mund und hustete ein paar Mal, da sie sich verschluckt hatte. »Also, ich bekomme schon was. Aber nur morgens und abends. Für das Essen in der Schule reicht es nicht aus, glaube ich.«

»So? Warum nicht?« Hanna beugte sich vor.

»Ähm ... also, ich glaub, es gibt einfach zu viele von uns ...« Das Mädchen schluckte den letzten Bissen herunter und sein Magen bedankte sich knurrend.

»Zu viele was? Ach herrje, muss man dir alles aus der Nase ziehen?«

»Zu viele ... hmm-kkki ...?«

»Was? Zosia, jetzt nuschel doch nicht so! Ich kann dich ja kaum verstehen. Oder soll ich mein Ohr ganz dicht an deine Lippen halten, vielleicht höre ich dich dann besser.« Obwohl Hanna das scherzhaft sagte, formte sie dennoch eine Muschel mit ihrer Hand und reckte ihren Kopf nach vorn.

Dann, als Zofia sich scheinbar sicher war, dass kein anderer ihrem Gespräch lauschen würde, flüsterte sie: »Ich bin ein Heimkind.« Beschämt schaute sie auf ihre zerlumpten Schuhe und ihre löchrige Strumpfhose.

Fast hätte Hanna das gar nicht mitbekommen, trug Zofia doch die gleiche Bluse und die gleiche Schürze der vorgegebenen Schuluniform wie jedes Mädchen hier in der Schule. Doch als sie dem Blick des Mädchens folgte, fiel ihr nur ein Satz ein: »Also, wenn du mich fragst, finde ich das sehr toll. Dieses Gleichaussehen gefällt mir jetzt schon nicht!« Hanna kicherte vor sich hin und zunächst wusste Zofia gar nicht, wie sie darauf reagieren sollte. Doch als sie realisierte, dass hinter Hannas Lachen keine Bösartigkeit steckte, stimmte sie schließlich ins Kichern mit ein.

***

Am Abend kam der Vater zu Hanna und Marta ins Zimmer. Er setzte sich an den kleinen Schreibtisch, breitete ein paar Papiere aus und lehnte sich angespannt darüber.

Verwirrt schauten die Schwestern einander an, als der Vater irgendetwas von Geschäften und förmlichen Briefen und dem Vorstand faselte. Die Mädchen verstanden kein Wort und erst recht nicht, warum Vater zu ihnen ins Zimmer gekommen war, um mit ihnen über etwas zu sprechen, das sie nicht verstanden. Dann forderte der Vater die Mädchen dazu auf, zu ihm zu kommen und einen Blick auf das Chaos von Papieren zu werfen. Als Hanna die geschriebenen Worte las, ging ihr plötzlich ein Licht auf und sie brach unwillkürlich in Gelächter aus. Marta hingegen stand nach wie vor stocksteif da und zog nun zudem ihre Stirn kraus. Ohne Zweifel standen ihr die Fragezeichen ins Gesicht geschrieben.

»Papa, du kannst ja gar nicht vernünftig schreiben«, krächzte Hanna vor lauter Schadenfreude.

»Hör sofort auf damit! Hör auf!«

Hanna verstummte. Sie hielt sich die Hand vor den Mund, damit kein einziger Laut mehr herauskommen konnte.

»Du Gör kannst von Glück reden, dass du ordentlich lesen und schreiben kannst! Ich hatte nicht das Glück, auf eine Schule zu gehen, verstehst du?! Ich musste im Krieg dienen! Im Krieg! Aber davon verstehst du nichts, bist du ja doch nur ein kleines, ungezogenes Mädchen mit deinen Flausen im Kopf!«

Hanna drehte sich beschämt zur Seite. Sie wollte Vater nicht noch mehr reizen, denn das würde nicht gut ausgehen, das wusste sie.

»Papa, lass mich dir doch helfen«, schritt Marta nun hoffnungsvoll ein. »Hania hatte heute gerade mal ihren ersten Schultag, ich gehe doch aber schon seit zwei Jahren zur Schule.«

»Du?«, fragte der Vater herablassend. »Das hätte ich jetzt nicht erwartet! Lag doch in dir all meine Hoffnung!«

Irritiert ließ Marta ihren Blick senken, da sie sich nicht zusammenreimen konnte, was der Vater damit wohl meinte. Doch er klärte die Tochter schneller auf, als ihr lieb war.

»Nicht, dass du auch noch solche Flausen in den Kopf bekommst wie deine Schwester, Marta. Sei vernünftig, meine älteste Tochter, geh deiner Mutter beim Abendbrot helfen.«

Nach dieser Aussage wusste Marta nicht, wie ihr zumute war. Einerseits freute sie sich, dass der Vater noch Hoffnung mit ihr hatte, Hoffnung, die bei Hanna scheinbar schon längst verloren war. Doch andererseits war Marta wieder einmal wütend auf ihre kleine Schwester. Schließlich wurde ihr erneut das Privileg zuteil, dem Vater einen Gefallen zu tun und sich so bei ihm einschleimen zu können. Widerwillig ging Marta aus dem Zimmer und ließ die beiden allein.

Kapitel 10

30. September 1957: Jungentag

Da Jungentag war, legte ein jedes Mädchen in der Klasse einem Jungen ein Wollknäuel auf die Schulbank und pinnte einen Zettel daran mit den Worten: »Es gibt nichts, was ich nicht kann.« Hanna empfand diese Aussage als lächerlich, denn schließlich diente sie einzig und allein dem Zweck, dass alle Schüler, sowohl Mädchen als auch Jungen, denselben sozialistischen Pflichten nachkommen sollten, unabhängig davon, ob es körperliche Anstrengung bedeutete. Irgendwann jedoch, das wusste sie von dem Buch *›Madame Bovary‹*, in dem sie gestern noch weitergelesen hatte, durfte die Frau nicht mehr alles tun, was der Mann tat. Zumindest war es öffentlich nicht erwünscht. Pah, dachte sie, in missmutiger Stimmung dessen, was sich bereits jetzt schon anbahnte.

Und so musste Hannas Klasse heute nach draußen gehen und das frisch heruntergefallene Laub vom Bürgersteig kehren. Etwas, das sie selbstredend nicht gerne tat, aber da Mädchen und Jungen gleich behandelt wurden, konnte sie sich dem nicht entziehen.

Als das Laub eingesammelt war und Hanna nun endlich wieder in die Schule zum Lernen eintreten wollte, legte der Lehrer zu Hannas Missmut noch eins drauf. Er blickte nach rechts und links, beäugte kritisch die Bänke und Bordsteine um sich herum. Und dann sagte er mit einer freudigen Haltung, als würde er den Kindern gleich eine seltene Süßigkeit anbieten, dass die Bänke und Bordsteinkanten gestrichen werden müssen. Hanna stöhnte laut auf, doch sofort hielt Zofia ihr den Mund zu, sodass die Laute im Keim erstickt wurden.

»Na ist doch wahr«, flüsterte Hanna ihrer Heimfreundin zu. »Wir sind hier zum Lernen da und schon in den ersten vier

Wochen mussten wir ständig irgendetwas tun, was damit nichts zu tun hatte: das Klassenzimmer wischen, Bordsteine und Bänke streichen, Laub kehren, die Straße hier in Ordnung halten!«

»Hania, was hast du denn auf einmal?« Zofia blickte Hanna schräg von der Seite an. Zwar hatte das Heimmädchen seine Freundin nicht als normales Mädchen kennengelernt, aber es wusste, dass sie sich früher oder später gewaltigen Ärger einhandeln würde, wenn sie jetzt noch lauter redete.

Hanna kniete sich nieder zum Bordstein und fing an, mit dem in weiße Farbe getunkten Pinsel wild herumzufuchteln. Wenn sie nicht aufgepasst und sich zusammengerissen hätte, wäre die Bordsteinkante bald voll bekleckst gewesen und sie hätte vermutlich für den Rest des Tages im Unterricht in der Ecke auf getrockneten Erbsen knien müssen. Dessen wurde sie sich in diesem Moment bewusst. Sie erschrak so sehr vor ihrer eigenen Hand, die wie verselbstständigt noch immer zackige Bewegungen in der Luft ausführte. Es war ein irrwitziger Anblick, als ihre linke Hand das rechte Handgelenk ergriff, um ihr eigenes Zappeln zu bändigen.

Was war bloß in sie gefahren? Warum war sie auf einmal so aufgewühlt, dass sie sich selbst in der Schule über etwas aufregte, das, seitdem sie denken konnte, *normal* war und stets auf der Tagesordnung stand? Auch wenn sie sich in diesen Minuten über sich selbst wunderte, ahnte sie nicht, dass dies erst das aufglühende Magma eines Vulkans war, das es nicht für ewig unter der Erde in der Hitze aushalten würde.

Kapitel 11

5. Oktober 1957: Nudeln in der Unterwäsche

Es war gerade einmal ein Monat vergangen, seit Hanna zur Schule ging, als ihr eines Morgens unverhofft der Weg dorthin verweigert wurde – und das alles nur, weil Mutter die Nudeln in Hannas Unterwäsche entdeckte.

»Hania!«, schrie die Mutter, als sie die dreckige Wäsche sortierte und dabei auf sämtliche Schlüpfer von Hanna stieß. »Komm sofort herunter, Kind!«

Hanna hüpfte sorglos die Treppe nach unten, sie konnte ja nicht ahnen, dass dies der Beginn dreier furchtbarer Wochen für sie sein würde.

»Was ist das?«, fragte die Mutter in ermahnendem Ton. Marta konnte sich natürlich nicht zurückhalten und lugte zwischen den Geländerstäben hindurch, um sich innerlich darüber zu freuen, dass Hanna wieder einmal von der Mutter angemeckert wurde.

»Das sind Nudeln«, sagte Hanna naiv.

Die Mutter lachte höhnisch. »Bei dem Leiden Christi, hast du das etwa schon länger? Und du sagst nichts?! Weißt du denn nicht, was das bedeutet?«

Hanna schüttelte den Kopf und machte ein erwartungsvolles Gesicht.

»Es bedeutet, dass du einen Bandwurm hast! Hast du das verstanden? Einen Bandwurm! Und jetzt geh in das Zimmer von Pawel, mach hinter dir die Tür zu und komm nicht mehr heraus! Ich bringe dir gleich einen Topf voll heißer Milch und Salz und da setzt du dich dann drauf!«

Im ersten Augenblick hatte Hanna sich darüber gefreut. Sie hatte ein eigenes Zimmer bekommen, zwar war es das Zimmer von dem älteren Bruder Pawel, der an Blutkrebs gestorben war, doch es war ein Zimmer, in dem sie getrennt von ihrer Schwester sein konnte. Die Mädchen durften nie in dieses Zimmer gehen. Es war streng untersagt und selbst die Eltern hatten es monatelang nicht mehr betreten. Da drinnen war alles so geblieben, wie es Pawel verlassen hatte. Und nun war Hanna die Erste, die in dieses Zimmer gehen durfte. Vielleicht, so hoffte sie, konnte sie ja für immer dieses Zimmer behalten und musste gar nicht mehr zurück zu Marta. Oh, wie sie sich da getäuscht hatte.

***

Zu Hannas Unglück wurde die gesamte Verwandtschaft, natürlich außer der Großmutter von nebenan, ins Haus eingeladen. Sie bekam davon nur so viel mit, als dass sie das aufgeregte Gebrabbel wahrnahm, die Unruhe, in die sich die Familienmitglieder gegenseitig versetzten. Richtige Gespräche konnte sie jedoch nicht hören, denn sie saß hinter einer verschlossenen Tür und wurde völlig abgeschirmt.

Als der Vater nach Hause kam, wurde es kurzzeitig still im Haus. Hanna horchte auf, doch dann kam er zur Tür herein und schrie sie in cholerischem Ton an: »Du mal wieder, ja? Immer nur du! Himmel Herrgott! Hania! Was stellst du nur immer an? Du bist schuld daran, dass du so etwas bekommst! Wie bei den Läusen, die du bereits mit vier hattest. Herrgott! Marta bekommt so etwas nie! Das hast du nun davon: du kannst jetzt so lange nicht zur Schule gehen, bis deine Mutter den Kopf des Bandwurms im Milchtopf entdeckt hat!«

Und dann schloss er die Tür wieder, und in dem Moment wurde Hanna erst bewusst, was der Vater zu ihr gesagt hatte. Damals mit vier, als sie die Läuse gehabt hatte, wurde ihr das Petroleum der Öllampe auf die Haare geschmiert und Hanna hatte geglaubt, die Eltern wollten ihren Kopf anzünden. Sie hatte geschrien und um ihr Leben gestrampelt, so sehr fürchtete sie, dass ihre Haare in Flammen aufgehen würden.

Doch es wurde ihr lediglich ein Handtuch und ein Stück einer alten Gardine um den Kopf gewickelt, womit sie dann drei Tage lang ausharren musste. Als Hannas Kopf schließlich davon befreit wurde und ihr die Haare mit Essig ausgespült wurden, war sie erstaunt über die kleinen, gar winzigen Eier, die in der Brühe schwammen. Damals hatte Hanna gedacht, Eier so groß wie die der Hühner würden auf ihrem Kopf ein Nest bilden, zumindest hatte sich ein derartiges Bild in Hannas Unterbewusstsein festgesetzt, als die Mutter auf ihren mit Läusen bedeckten Kopf schaute. Doch dass es gar so winzige Tierchen waren, war enttäuschend. Marta hatte Hanna im Anschluss daran noch monatelang geärgert, indem sie zu ihr sagte, dass sie stinken würde, nur weil sie dazu gezwungen war, immer und immer wieder ihre Haare mit Essig auszuspülen. Die drei Tage, in denen sie die Läuse hatte, musste sie ebenfalls im Haus verweilen, durfte nicht nach draußen gehen. Dass sie nun aber im Zimmer eingesperrt wurde und nicht zur Schule durfte, war für Hanna erschütternd. Bislang hatte sie tatsächlich geglaubt, es wäre ein Segen, endlich mal von der Familie isoliert zu sein. Ihre Ruhe zu haben. Doch nicht zur Schule zu dürfen war ihr Ende, so dachte sie, jetzt würde sie sterben.

Stundenlang heulte Hanna, klopfte an die Tür, bettelte darum, herausgelassen zu werden, doch irgendwann, nachdem niemand auch nur ansatzweise reagierte, fing sie an, sich Fragen zu stellen. Fragen darüber, ob es tatsächlich stimmte, dass immer nur sie alles Ungewollte ins Haus schleppte, Marta jedoch außen vor blieb. Sie fühlte sich ganz unbehaglich dabei, doch dann entschied sie, dass sie wesentlich tierlieber sei als ihre große Schwester und deswegen die Tiere auf allerlei Art zu ihr kämen. Sie dachte über den Großvater, Erich, nach, darüber, warum die Großmutter noch immer nach ihm rief, wenn er doch tot war. Darüber, warum der Vater nie etwas über ihn erzählt hatte.

Und dann fiel ihr auf, dass auch die anderen Großeltern nie erwähnt wurden. Es musste zwei Großeltern geben, doch keiner von ihnen war jemals in diesem Hause eingekehrt. Noch nie wurde das zur Sprache gebracht und jetzt dachte Hanna bewusst darüber nach. Freilich, auch sie würde es nicht zur Sprache bringen, hatte sie doch schon beim ersten Versuch die Grenzen gesteckt bekommen. Und dennoch hörten die Fragen in ihrem Kopf nicht zu schwirren auf. Die allerschlimmste Frage war natürlich: Warum durfte sie nicht zur Schule gehen? Ja, sie hatte nun so viel Zeit zum Nachdenken, dass ihr förmlich der Kopf brannte und das Herz bebte.

Sie saß nun schon eine gefühlte Ewigkeit auf dem Topf, in dem Milch mit Salz verrührt worden war, hatte noch keine einzige Wurst gemacht, und dann, als ihre Mutter am Abend ins Zimmer hineinkam, wurde alles noch viel schlimmer. Nachdem die Mutter den Topf durchsuchte, den Kopf schüttelte und ihr anschließend Salzheringe mit Salzgurken servierte, wurde Hanna ganz übel im Magen.

»Hier, iss das! Das Salz treibt den Wurm nach draußen. Er zerfrisst dich sonst noch von innen. Also los, ohne Widerrede.«

Hanna tat, wie ihr geheißen, nur um anschließend einen Einlauf zu bekommen, der nach wenigen Minuten alles wieder aus ihr herausspülte. Doch der Kopf des Wurms war noch immer nicht draußen und das sollte auch die nächsten zwei Wochen noch nicht der Fall sein.

Kapitel 12

21. Oktober 1957: Der Wurm ist draußen

Es hatte über zwei Wochen gedauert, ehe der Kopf des Wurms endlich im Milchtopf unter Hannas Fäkalien von der Mutter entdeckt wurde. Ganze fünfzehn Einläufe musste Hanna über sich ergehen lassen, sowie unzählige Salzheringe und Salzgurken, doch was den Teufelswurm tatsächlich herausgedrängt hatte, waren die Pillen, die der Vater ihr vor drei Tagen mitbrachte. Hanna wusste nicht, was das zu bedeuten hatte und noch weniger wusste sie, warum sie nicht bereits vor zwei Wochen die Pillen bekommen hatte, anstatt so lange isoliert und von der Schule ferngehalten zu werden. Sie war entmutigt, enttäuscht und fragte sich, warum die Eltern ihr so etwas antaten. Ja, sie traute sich, nach diesen endlosen zwei Wochen solche Gedanken zu haben. Denn es waren zwei Wochen, in denen ihr Geist, so schien ihr, richtig anfing zu denken. Stundenlang hatte sie immer wieder vor dem Fenster auf ihrem Topf gesessen und auf die Straße geschaut. Dabei war ihr allerhand aufgefallen – Dinge, die der Vater ihr bisher verboten hatte, sich näher anzusehen. Man schaute nicht in die Häuser der Nachbarn, es war unsittlich und gehörte sich nicht. Doch was war ihr anderes übrig geblieben – war sie doch für zwei volle Wochen in Isolation gesteckt worden? Sie hatte sich das nicht ausgesucht, und noch weniger verstand sie den Grund dafür. Wollten die Eltern sie bestrafen? Aber wofür? Sie fing an zu zweifeln und irgendwann, nachdem die ersten, einsamen Tage vergangen waren, stellte sie sich allmählich die Frage, warum so vieles verboten war. Ihre Schwester Marta hätte es wahrscheinlich noch nicht einmal in ihrem tiefsten Unterbewusstsein gewagt, die Worte der Eltern anzuzweifeln. Doch Hanna war diejenige von den beiden Mädchen, die in die Fänge der Großmutter geraten und nun auf einen Weg abgebogen war, der ganz und gar nicht dem entsprach, den die Eltern ihr tagein, tagaus predigten.

Die meisten Nachbarn, die Hanna aus dem Fenster erspähte, eilten hastig vorbei. Der Wind hatte Fahrt aufgenommen, die warmen Tage hinfortgestoßen und so war keine Seele so recht daran interessiert, für längere Zeit draußen zu verweilen. Einer jedoch nahm es sich nicht, sich jeden Tag mehrmals nach draußen zu schleifen, um seiner am Straßenrand stehenden Mülltonne neues Fressen zu überlassen: Herr Wróbel. Sein Aussehen wechselte dabei mit fortschreitender Tageszeit. Während er zur frühmorgendlichen Stunde geschäftlich und zerzaust vom unruhigen Schlaf der Nacht die bevorstehende Arbeit verfluchte, kam er nachmittags in schlaffem Gange zurück, sein Kopf rot angelaufen und die Haare, wenn dies überhaupt möglich war, noch stärker abstehend. Spät am Abend kam er dann ein letztes Mal zur Mülltonne, um, so wie die vorigen Male, etwas in einer braunen Papiertüte hineinzuschmeißen, was ein klirrendes Geräusch verursachte.

Hanna malte sich alle möglichen Dinge aus, die Herr Wróbel in die Tonne schmiss. Doch nichts ergab einen rechten Sinn. Dass der gute Herr Alkoholiker war, konnte sie zu diesem Zeitpunkt nicht erahnen.

Nachdem der Wurm endlich draußen war, wurden sowohl die Bettwäsche als auch Hannas Klamotten, die sie während der Isolation getragen hatte, auf dem Hof verbrannt. Anschließend wurde das Zimmer in allen Ecken bis aufs Äußerste geputzt und desinfiziert. Es wurde renoviert und umgeräumt und schließlich wurde die Wiege des kleinen Brüderchens hineingestellt.

»So, das Zimmer gehört jetzt Tomek!«, hatte der Vater kurz angebunden gesagt. Und obwohl Hanna froh war, dass sie nun endlich am nächsten Tag wieder zur Schule gehen durfte, war sie in diesem Augenblick bis ins Unermessliche bedrückt: denn es bedeutete, dass sie wieder zu Marta ins Zimmer ziehen musste. Zu der Schwester, die ihre Probleme, ihre Flausen im Kopf nicht verstand und sie deswegen permanent verspottete. Das war das einzig Gute an der Isolation gewesen: getrennt von Marta zu sein.

Kapitel 13

15. November 1957: Das Notizbuch

Der Winter hielt in diesem Jahr frühzeitig Einzug und deckte Pietrow und alle umliegenden Dörfer an diesem Novembertag mit weißen Flocken zu. Als Hanna an dem Haus vorbeikam, an dem sie für gewöhnlich jeden Tag der seltsamen, steinernen Gestalt, die aus der Wand ragte, »Guten Morgen« sagte, fand sie diese nicht mehr vor. Schnell wischte sie mit einem Ärmel ihres Mantels über die Fassade und befreite die Gestalt vom Schnee. Zufrieden schüttelte sie das weiße Nass schnell wieder von ihrem Ärmel ab, ehe es zu ihrer weißen Bluse durchdringen konnte oder gar Spuren hinterließ. Dann sagte sie: »Guten Morgen, liebe Gestalt. Einen schönen Wintertag wünsche ich.« Sie verbeugte sich und ging weiter.

Als die Kinder zur Schule kamen, wurde mindestens die Hälfte von ihnen nach Hause geschickt, weil sie auf dem Weg zur Schule dreckig geworden war. Es war ihnen deutlich anzusehen, dass sie eine ordentliche Schneeballschlacht in den morgendlichen Stunden veranstaltet hatten. Hanna hingegen hätte sich niemals gewagt, etwas Derartiges *vor* der Schule zu tun. Zwar konnte sie sich auch kaum zurückhalten, wollte sie doch den weichen Schnee schmecken, riechen und sich darin suhlen, doch die Tatsache, dass sie dann von der Schule ausgeschlossen worden wäre, ließ sie ihren Plan auf die Zeit nach der Schule verlegen. Zu sehr hatte sie darunter gelitten, nicht zur Schule gehen zu dürfen, als der Wurm einen Monat zuvor Nudeln aus ihrem Popo spuckte.

Nachdem die ersten zwei Stunden vorbeirasten wie im Flug, sollten die Kinder auf den Flur gehen und sich in Zweiergruppen an den Händen haltend in eine Art Reihe aufstellen. Der Wintereinbruch brachte es mit sich, dass die Schulkinder nicht mehr nach draußen auf den Schulhof zum

Spielen gehen durften, sondern stattdessen im Flur Runden drehen sollten. Für Marta war das nichts Neues mehr, ging sie doch bereits seit zwei Jahren zur Schule, doch Hanna musste sich erst noch daran gewöhnen. Sie krallte wie selbstverständlich Zofias Hand, die daraufhin dankbar lächelte. Es war dem Heimmädchen anzusehen, dass ihm bang war, niemanden an seiner Seite zu finden. Auch nach den zweieinhalb Monaten, in denen Hanna und Zofia nun befreundet waren, hatte Hanna oft damit zu kämpfen, zu dem Mädchen durchzudringen. Zofia war nicht nur verschüchtert, sondern Hanna hatte das Gefühl, als müsse sie ihr jeden Tag aufs Neue beweisen, dass sie sie nicht im Stich lassen würde.

Als die Kinder wieder ins Klassenzimmer gingen, bebte Hannas Brustkorb vor Aufregung über das, was sie dort sah. Es war die Polnisch-Stunde und auf jedem Platz lag ein kleines Notizbuch. Es war nicht so wie die Schreibutensilien, die sie zur Verfügung hatte, um für die Schule die Hausaufgaben zu erledigen. Nein, es war wesentlich schöner. Es hatte einen starken, festen Einband, der blau und matt war. Sie musste sich zusammennehmen, dass sie nicht losrannte und das Buch öffnete, die Seiten anfasste und darüber strich. Am liebsten hätte sie sofort einen Stift genommen und etwas hineingeschrieben.

»Kinder, setzt euch. Na los!«

Die Kinder taten, wie ihnen geheißen und es wurde augenblicklich still in der Klasse, als der Zeigefinger der Lehrerin in die Höhe schnellte.

»Kinder, vor euch liegt ein Notizbuch. Einige von euch haben noch starke Probleme beim Schreiben des polnischen Alphabets. Ihr sollt dieses Notizbuch für eure Lernübungen nutzen. Ich werde es nicht kontrollieren, aber seid euch gewiss, dass ich in Anbetracht dieses kleinen Geschenks davon ausgehe, dass ihr mir dafür auch etwas zurückgebt.

Wenn wir unseren ersten Test schreiben, erwarte ich Bestnoten!«

In diesem Moment hatte Hanna geglaubt, die Notizbücher hätten ein Vermögen gekostet oder zumindest wäre die Anschaffung mit unzähligen Hürden verbunden gewesen. In Wirklichkeit, so sollte sie viel später erfahren, war der Gatte der Lehrerin in der Buchbinderei tätig und diese Notizbücher waren Fehlauflagen, die von dem Unternehmen andernfalls als Zündholz benutzt worden wären. Für diese neumoderne, pädagogisch wertvolle Geste wurde die Polnischlehrerin Jahre später, als der Direktor sie dabei ertappte, wie sie erneut einer Klasse Notizbücher schenkte, versetzt. Zu sehr war die Lehrerin vom Weg abgewichen, und andere Lehrer hatten darüber einheitlich abgestimmt, dass man so etwas in der Schule nicht gebrauchen könne: eine Lehrmethode, die anstatt der erprobten und beständig gleichgehaltenen Unterrichtsstunden Unkonventionelles zuließ. Hätte Hanna in diesen jungen Kinderjahren bereits gewusst, wie das Schicksal ihrer Lieblings-Polnischlehrerin verlaufen würde, wäre ihre eigene Zukunft vielleicht anders verlaufen. Vielleicht hätte sie sich dann mehr untergeordnet, so wie ihre Schwester es tat. Doch in diesem Augenblick, in dem sie das Notizbuch in ihren Händen hielt, glaubte sie einfach vorbehaltlos an Wunder.

Dass sie das Notizbuch zu einem ganz anderen Zweck nutzen würde, als die Lehrerin es den Kindern der ersten Klasse aufgetragen hatte, war für sie von Anfang an klar.

***

Der Vater kam, wie so oft, pünktlich um dreizehn Uhr nach Hause, um seine Mittagspause für zwei bis drei Stunden daheim zu verbringen. Natürlich war das nur ein weiterer Vorwand, der dazu diente, die Kinder zu kontrollieren. An diesem Tag hatte Hanna die Zeit völlig vergessen gehabt, sodass sie regelrecht zusammenzuckte, als sie die Tür ins Schloss fallen hörte. Es war ein aufregender Tag gewesen, denn als sie nach Hause kam, schnappte sie sich sofort einen Stift, klappte das Notizbuch ihrer Lehrerin auf und fing an zu schreiben. Dabei interpretierte sie den Auftrag der Lehrerin, die polnischen Buchstaben und ersten leichten Wörter zu üben, jedoch etwas freizügiger. Natürlich kamen ein paar einfache Begriffe darin hervor, so rühmte sich Hanna damit, nichts Unrechtes zu tun, doch die meisten Wörter, die sie verwendete, waren schwere Begriffe, die kein Erstklässler zustande bringen würde. Es waren Wörter, die sie benutzen musste, um ihr Leben ordentlich schildern zu können. Sie ging zurück, zu dem Tag, an dem Pawel starb, versuchte sich an die jüngsten Ereignisse, insbesondere den fiesen Wurm zu erinnern und schrieb alles nieder, was ihr noch einfiel. Es war ein wildes Durcheinander. Und dennoch war es das Tagebuch, aus dem sie Marta zweiunddreißig Jahre später vorlesen würde.

Als die Treppe zu knarzen begann, war sie dazu gezwungen, den Stift niederzulegen und das Notizbuch schnell zu verstecken. Vater war nicht derjenige gewesen, der ständig ihr Zimmer durchsuchte, das überließ er in den meisten Fällen der Mutter. Hanna hatte sich ein ganz besonderes Versteck ausgedacht. Ein Versteck, so ironisch es klingt, das so nah an Marta dran war und von dem die ältere Schwester dennoch nie erfahren hatte. Mit ihren sechs Jahren war Hanna gerissener, als Marta ihr je zugetraut hatte, denn sie bewahrte das Buch doch tatsächlich in der Kiste auf, in der Marta ihre alten Schulsachen der ersten Klasse abgelegt hatte und wo sie sich sicher war, dass die Schwester dort niemals mehr einen Blick hineinwerfen würde.

»Was machst du hier?«, fragte der Vater, als er ins Zimmer stürmte. Hanna lag mittlerweile wieder auf ihrem Bett, mit nichts in den Händen. Sie tat so, als hätte sie sich in Gedanken Luftschlösser gebaut.

»Nichts«, antwortete sie leise, woraufhin der Vater argwöhnisch dreinblickte.

»Und warum hast du dich noch nicht umgezogen?«

Herrje, das hatte sie ganz vergessen gehabt. Jeden Tag legte die Mutter die Kleidung, die die Mädchen nach der Schule anziehen sollten, auf den Stuhl. Hanna und Marta mussten stets das Gleiche anziehen – hätten die Schwestern die gleiche Haarfarbe, Größe und Körperstatur gehabt, hätte man sie nicht unterscheiden können. Marta machte es nichts aus, denn schließlich waren sie es ja gewohnt – in der Schule und zu Hause wurde den Kindern die Kleidung vorgeschrieben. Doch Hanna störte es insgeheim, obwohl sie nie ein Sterbenswörtchen darüber verlor.

»Ich ... ich«, stotterte sie nun. »Ich wollte es gerade tun, aber ... nun, ich war so müde und so habe ich mich erst einmal hingelegt.«

Ein merkwürdiges Zucken, das wohl dem Ansatz eines Grinsens nahekommen sollte, umspielte Vaters Mundwinkel.

»So, hörst du nun endlich auf mich, ja? Ruhst du dich also aus, bevor du pünktlich um fünfzehn Uhr deine Hausaufgaben machst?«

Hanna schluckte schwer, denn natürlich hatte sie ihre Hausaufgaben bereits erledigt, obwohl sie wusste, dass der Vater es nicht befürwortete, wenn sie direkt nach der Schule damit begann.

Er musste ihrem verunsicherten Blick entnommen haben, dass sie wieder einmal gegen diese Regel verstieß, denn ohne eine Antwort abzuwarten, brüllte er augenblicklich los: »Ach, hab ich es mir doch gedacht! Hania, du ungezogenes Kind! Wenn ich sage, dass du erst fünfzehn Uhr deine Hausaufgaben machen sollst, dann hast du dies einzuhalten! Wir haben hier Regeln!«

Hanna stützte sich auf ihre Ellenbogen, und obwohl sie spürte, wie ihr das Blut ins Gesicht schoss, traute sie sich, die folgende Frage zu stellen: »Aber warum muss es denn unbedingt fünfzehn Uhr sein? Ich verstehe das nicht. Ich kann doch meine Hausaufgaben schon eher machen. Es macht mir doch Spaß –«

»Hania! Bist du wohl still! Hast du nicht zugehört?« Und dann ging er zu Hanna, griff rabiat ihren Zopf und zog so sehr daran, dass sie laut aufschrie und ihr die Tränen kamen. Und obwohl es schmerzte und sie in diesem Augenblick dachte, dass der Vater ihr buchstäblich den Kopf abreißen würde, war doch der Gedanke an ihr neues, ganz besonderes Notizbuch so hoffnungsgebend, dass sie mit aller Macht versuchte, sich daran festzuklammern.

Kapitel 14

27. November 1957: Eine Strähne der Freundschaft

»Hania, ich muss ins Heim, das weißt du. Wenn die Schulglocke das Ende unserer letzten Stunde läutet, muss ich doch zurück.«

»Sag einfach, du bist bei den Pfadfindern eingetreten! Das macht doch normalerweise fast jeder Schüler.«

»So? Und warum bist du dann nicht eingetreten?«

Hanna zuckte genervt die Schultern. »Weil ich auf diese Kostümierung mit diesen superschicken Uniformen keine Lust habe. Das ist doch lächerlich.«

Die Mädchen lachten beide gleichzeitig prustend los. Seit sie sich kennengelernt hatten, machten sie immer wieder Witze darüber, wie zum Verwechseln ähnlich sie sich doch sahen. Freilich, Zofia war kleiner und bei Gott dünner, doch ihre Haarfarbe war nur einen Tick dunkler und die Locken etwas zerzauster. Was sie allerdings so gleich aussehen ließ, war natürlich die Schuluniform.

Nach einer Weile fragte Zofia schließlich: »Was hast du eigentlich vor?«

»Ich will dir was zeigen.«

Sie kamen an die steinerne Wandgestalt mit dem vollen Bart und dem starren Blick. Hanna pustete die wenigen Schneeflocken, die sich über den Vormittag hinweg auf der Figur abgesetzt hatten, hinfort.

»Wer ist das?«

Hanna schüttelte den Kopf und atmete schwer aus. »Ich dachte, vielleicht hättest du mir darüber etwas erzählen können.«

»Nein. Tut mir leid.«

Dann zuckte Hanna mit den Schultern. »Na, macht ja nichts. Jedenfalls sage ich ihr jeden Tag ›*Guten Morgen*‹, wenn ich an ihr vorbeigehe, und deshalb wollte ich euch mal miteinander bekannt machen.«

Zofia schmunzelte. »Wie nett. Na dann: Hallo und freut mich, Sie kennenzulernen.« Sie winkte unbeholfen, kicherte und blickte dann wieder zu Hanna, die ebenfalls lachte.

»Jetzt muss ich aber wirklich gehen, Hania.« Zofia drehte sich schon um, als Hanna sie am Arm festhielt.

»Nein, warte doch, warte. Wir sind doch nicht ohne Grund hier. Ich brauche doch einen Zeugen.«

»Einen Zeugen?« Zofia sah ungläubig auf die steinig-bärtige Gestalt, auf die Hanna mit ihrem Finger zeigte. »Wofür denn einen Zeugen?«

»Na, einen Zeugen dafür, dass ich dir meine ewige Freundschaft verspreche.«

»Oh«, war das Einzige, was Zofia herausbrachte.

Hanna kramte in ihrem Rucksack, dann holte sie aus ihrer Federtasche eine Schere hervor. Sofort trat Zofia einen Schritt zurück.

»Oh, aber Hania, was hast du bloß damit vor?«

»Na, ganz einfach, die Großmutter hat es mir erklärt. Wir schneiden einander in den Finger, nur einen winzigen Riss, damit ein Tropfen Blut herauskommt. Und anschließend pressen wir unsere Finger aneinander, damit sich das Blut vermischt. Die Großmutter hat es früher auch gemacht, aber nur mit ganz besonderen Freundinnen, weißt du? Eigentlich sogar nur mit einer! Blutsfreundschaft schließen nennt man das.«

»Bluts– was?« Zofia wich einen weiteren Schritt zurück und verschränkte ihre Arme. »Nein, nein, das kann ich wahrlich nicht. Wenn ich auch nur den kleinsten Tropfen Blut sehe, wird mir schlecht und ich falle augenblicklich um. Dann kannst du mich ins Heim *tragen*.«

»Oh.« Hanna blickte auf den Boden. Sie grübelte angestrengt nach. Dann schrak sie auf, feixte vor sich hin und klatschte in die Hände. »Na dann nehmen wir halt eine Locke. Oh ja, gewiss. Wir tauschen einfach unsere Locken miteinander. Du kannst dir meine ins Haar klemmen, das fällt ja kaum auf, schließlich haben wir doch fast die gleiche Haarfarbe.«

Und ehe Zofia widersprechen konnte, zupfte Hanna auch schon eine Locke unter Zofias Mütze hervor und schnitt ihr diese ab. Das Heimmädchen machte ein langes Gesicht und klatschte seine Hand auf den Mund. Schnell schnitt Hanna auch eine ihrer eigenen Locken ab und überreichte sie Zofia. Zögerlich nahm diese sie entgegen, unsicher, was sie mit dieser Strähne nun anfangen sollte.

»So glaube mir, geliebte Freundin Zosia, du kannst dich auf mich verlassen, was auch geschehen möge. Ich bin für dich da, das weißt du!« Es war der feste und unverrückbare Glaube einer unschuldigen Sechsjährigen, doch wäre Marta dabei gewesen, hätte sie wahrscheinlich nur den Kopf geschüttelt und alsbald Hanna darauf hingewiesen, dass ihre Worte albern waren: denn man durfte sich auf niemanden verlassen, das wurde den Schwestern doch beigegebracht. Nur die Familie zählte, und na ja, diese konnte man sich leider nicht aussuchen.

»Ich ... ich ...«, Zofia trat eine Träne ins Auge. »Ich weiß gar nicht, was ich sagen soll.«

»Sag einfach nur, dass du mir das Gleiche versprichst.«

»Aber natürlich Hania. Wie könnte ich auch etwas anderes tun! Du bist meine allerbeste Freundin, meine einzige. Ich werde immer für dich da sein.«

Und so war es vollbracht. Die Mädchen tauschten die Locken und mussten unwillkürlich lachen, als sie feststellten, dass man den Unterschied der Farbe doch in den Haaren bemerkte. Doch das spielte keine Rolle. Die steinerne Gestalt war ihr Zeuge gewesen.

Kapitel 15

14. Dezember 1957: Der Wunsch

Seit der Dezember angebrochen war, viele Kinder in der Schule von Weihnachten sprachen und dies auch im Unterricht ein Thema war, war es um Zofia stiller geworden. Ohnehin war sie ein Mädchen gewesen, das die meiste Zeit die Hände in seiner Schürze vergrub und sein strähniges Haar in sein Gesicht fallen ließ. Zofia saß mit ihrer zarten Größe ganz vorne in der ersten Reihe und Hanna hatte einen freien Blick auf sie. Und so beobachtete sie, wie das Mädchen lustlos und sogar etwas ängstlich mit der Schere herumfuchtelte, als die gesamte Klasse Weihnachtssterne basteln sollte.

Da kam Hanna auf eine Idee.

Es waren nur noch zehn Tage, ehe Heiligabend zelebriert wurde. Und zu jedem Heiligen Abend war es Tradition, ein Gedeck mehr aufzulegen, als Personen offiziell eingeladen wurden. Dieser Platz sollte dann einem hilfsbedürftigen Menschen angeboten werden, den man vielleicht auf dem Heimweg von der Kirche trifft. So wurde diese Tradition selbstredend auch bei den Kowalczyks nicht gebrochen, nur dass das Gedeck von Jahr zu Jahr unbenutzt blieb.

In diesem Jahr beschloss Hanna bei der Mutter zu erfragen, ob sie Zofia als diesen hilfsbedürftigen Gast einladen durfte.

Sie trat an die Mutter heran, welche sich gerade am Mittagessen zu schaffen machte. Sie zupfte an ihrem Rock, so wie es Kleinkinder, die gerade zu laufen begonnen hatten, machten. Die Mutter blickte zu Hanna hinab und streifte ihre Hand beiläufig weg.

»Was ist Hania?«

Hanna faltete die Hände vor ihrer Brust, so als würde sie augenblicklich zu beten anfangen. »Liebe Mutter, bitte, bitte, können wir dieses Jahr Zosia zu unserem Weihnachtsfeste einladen?«

Sofort hielt die Mutter in ihrer Rührbewegung inne. Als erwartete sie, dass der Vater hinter einer Tür stünde und dem Gespräch lauschen könnte, irrte ihr Blick zu jedem Winkel der Küche.

»Wer ist Zosia?«

»Zosia, das Heimkind, Mama. Sie geht in meine Klasse und hat doch niemanden.«

Dann schrak die Mutter auf, sodass ihr der Kochlöffel zu Boden fiel.

»Also Hania, schäme dich! Heimkinder dürfen nicht aus dem Heim heraus! Das weißt du doch! Wir können sie nicht einfach zu uns einladen, das wäre ja ...« Sie suchte nach dem passenden Wort, doch auch Sekunden später wollte ihr dieses nicht einfallen. Also wedelte sie unwirsch mit den Händen herum, hob schnell den Kochlöffel wieder auf und wies Hanna an, den Tisch zu decken. Damit war das Gespräch beendet.

***

Als die Luft rein war und der Vater nach seiner Mittagspause wieder ins Kaufhaus stolzierte, schlich sich Hanna zur Großmutter ins Nachbarhaus. Sie war mittlerweile geübt darin, wie eine Blindschleiche unbemerkt die Treppe hinunterzukriechen, ohne das geringste Knarren der alten Holzstufen zu provozieren.

Die Großmutter war in eine Decke gehüllt, in ihrem Wohnzimmer war es eiskalt. Die Heizung war ausgefallen und einen Kamin besaß sie nicht. Als Hanna hineinkam, schmiegte sie sich an die Großmutter und Hanna wusste, dass der Vater diese Art von Kuscheln womöglich als *Affenliebe* verhätschelt hätte.

Die Tränen, die Hannas Wangen hinabkullerten, fielen auf die weiche Decke und bald schon war ein kleiner nasser Fleck entstanden, der sich nunmehr kalt und rau anfühlte.

»Was hast du Kind, was hast du?«, fragte die Großmutter mit einer Stimme, die erahnen ließ, dass sie der Gefühlsausbruch ihrer kleinen Enkelin nicht verwunderte.

»Ich darf Zosia nicht einladen. Sie darf an Heiligabend nicht zu uns kommen und ich verstehe nicht warum! Es ist genauso wie mit dir! Du bist auch nie bei Festen dabei, nicht an meinem Geburtstag, nicht an Heiligabend ... einfach nie! Und ich verstehe es einfach nicht!«

»Ist ja gut, ist ja gut.« Zärtlich streichelte die Großmutter über Hannas Wangen. Sie sagte nichts mehr, sondern ließ Hanna ihren Kummer ausweinen.

Dann, als die Tränen versiegt und die kindliche Wut verebbt war, richtete sich Hanna auf, sodass sie der Großmutter direkt in die Augen sehen konnte.

»Sag mir, Großmutter, warum? Warum darfst du nie zu uns kommen?«

Die Großmutter machte eine nachdenkliche Geste, ehe sie antwortete: »Nun, hast du dies schon einmal deinen Vater gefragt?«

Hanna schüttelte erschrocken den Kopf. »Aber nein! So etwas darf ich nicht fragen!«

»Hmm ...« Der Gesichtsausdruck der Großmutter wurde wehmütig und dann mischte sich noch etwas Zorniges mit dazu. Ihre Falten zogen sich zusammen, so als hätte sie auf eine saure Zitrone gebissen. Dann schien ihr ein neuer Gedanke zu kommen. »Sag mir Hania, wie weit bist du mit deinem Buch?«

»Mit ›*Madame Bovary*‹? Aber was ...« Hanna verstummte. Sie wusste mittlerweile, dass die Großmutter wirr sprach und alles nie so richtig einen Sinn zu ergeben schien. An irgendeiner Stelle, wenn Hanna sich darüber aufregte, sprach die Großmutter dann immer die Worte: »*Manchmal ergeben die Dinge erst zu einem späteren Zeitpunkt einen Sinn*«, und damit fühlte Hanna sich immer ein wenig entmachtet. Sie musste Geduld üben, doch als Kind mit einem derart rastlosen Gemüt war dies freilich nicht einfach. Also entschied sie sich, die Frage der Großmutter einfach zu beantworten.

»Sie betrügt ihren Ehemann, Großmutter, ihren eigenen Ehemann, der doch so gut zu ihr ist!«

»Ahhhh«, sagte die Großmutter langgezogen und ließ damit der Entrüstung der Enkelin einen gewissen Spielraum. Und schließlich fragte sie: »Und du denkst, das sei falsch?«

Hanna kauerte sich zusammen und zog die Decke bis zur Hälfte ihres Gesichts. »Ich weiß nicht«, sagte sie zögerlich. »Es ist doch unsittlich, nicht wahr? Wir sollen doch sittsam sein und –«

»Wer sagt das?«

Hanna schrak auf. »Na die Kirche! Und der Vater!«

»Hmm ... verstehe.«

Und damit ließ die Großmutter Hanna wieder mit ihren Gedanken allein. Eine Weile herrschte Ruhe und Hanna zappelte unruhig hin und her. Sie zupfte an ihren Lippen und mit jedem Ticken des Sekundenzeigers verzog sich ihr Gesicht mehr und mehr in eine nachdenkliche Grimasse. Dann fasste sie Mut und stellte erneut eine Frage – eine Frage, die sie im eigenen Elternhaus nie hätte aussprechen dürfen: »Haben denn die Kirche und der Vater unrecht?«

Die Großmutter zuckte mit den Schultern und sagte nur ein paar Worte: »*Amor nel Cor!* Weißt du, was das bedeutet?«

Hanna machte große Augen. »Oh, oh! Das kommt im Buch vor! Aber nein, ich weiß nicht, was das bedeutet. Was heißt das?«

»Es heißt: Liebe im Herzen! Und darum geht es, Hania! Nur dein Herz kann dir sagen, was richtig und was falsch ist, niemand anderes sollte das tun!«

Und ehe Hanna darauf reagieren konnte, überraschte die Großmutter sie mit einer weiteren Gegenfrage: »Weißt du, wessen Mutter ich bin?«

Doch Hanna wusste es nicht. Die Großmutter war die einzige Großmutter, die sie zu Gesicht bekam, doch da das Sprechen über sie ja verboten war, wusste sie so gut wie gar nichts.

»Ich bin die Mutter deines Vaters, Hania. Hörst du?«

Hanna nickte, doch sie verstand nicht. Wie konnte der Vater seine eigene Mutter nur so hart ausgrenzen? Was war bloß geschehen?

»Also gut ...« Die Großmutter lehnte sich etwas zurück. Ihre Knochen knackten und in ihr Gesicht kehrte wieder die Entschlossenheit zurück, mit der sie scheinbar gelernt hatte, eine ganze Last an Erinnerungen bereits in vergangenen Tagen zu bewältigen. »Sag mir, Hania, ist deine Freundin Zosia ein gutes Kind? Und damit meine ich nicht, ob sie täglich ihr *Ave Maria* betet, sondern ob sie tolerant und offen ist.«

»Gewiss«, sagte Hanna freimütig, ohne zu wissen, was die Folgen ihrer spontanen Antwort sein sollten.

»Gut.« Die Großmutter stand auf und bewegte sich schmerzenden Schrittes zum alten Wandschrank. Sie kniete sich auf den Boden, zog ein Schubfach hervor und holte einen Zettel, einen Füller und ein kleines Tintenfass heraus. Dann schrieb sie etwas auf und schloss das Schreibwerkzeug wieder ein.

»Hier«, sagte sie schließlich und überreichte Hanna den Zettel. »Gib das deiner Freundin und sag ihr, sie soll an Heiligabend dort hingehen. Es wird ihr gut gehen und ihr soll nicht bang sein, dass sie Strafe im Heim dafür erhält. Sag ihr das.«

Hanna nickte und steckte den Zettel in ihre Schürzentasche.

Kapitel 16

7. Januar 1958: Zofia ist nicht in der Schule

Es war ein scheußlicher Tag. Der Schnee hatte sich zu widerwärtigem, braunem Matsch verwandelt und man musste eine Bürste mitnehmen, damit man sich vor der Schule noch einmal die Stiefel sauber machen konnte, um hinein zu dürfen.

Hanna konnte es kaum abwarten, Zofia zu sprechen und sie auszufragen, ob sie einen schönen Heiligabend erlebt hatte. Sie hatte ihr den Zettel während der letzten Schulstunde des vergangenen Jahres gegeben und musste sie dann sogleich mit tausend Fragen im Gesicht stehen lassen. Sie selbst durfte nicht zu spät zu Hause sein, da es noch bei vielen Vorbereitungen zu helfen galt und sie sonst Strafe erhalten hätte. Umso spannender war es nun, zu horchen, ob Zofia sich tatsächlich aus dem Heim schleichen konnte und zu der Adresse, die Großmutter ihr aufgeschrieben hatte, fand.

Doch als die erste Stunde anfing und der Platz, auf dem Zofia normalerweise saß, leer blieb, bekam Hanna ein mulmiges Gefühl. Was war, wenn sie ihre Freundin ins Unglück gestürzt hatte? Was war, wenn die Aufpasser im Heim Zofias Verschwinden mitbekommen hatten und sie nun tagelang in der Ecke auf getrockneten Erbsen knien musste? Was war, wenn Zofia nun noch weniger Essen erhielt und sie verhungerte? Hanna stellte sich das Heimmädchen völlig abgezehrt und mit zerschundenen Knien vor, mit einem tränenüberströmten Gesicht und einem zerbrochenen Geist, der nicht mehr die Kraft hatte, in die Schule zu kommen. Und all das war ihre Schuld! Hätte sie doch bloß nicht Großmutters Zettel weitergereicht! Hätte sie doch einfach auf die Worte der Mutter gehört, die sie mahnten, dass Heimkinder nicht hinausdurften. Es wird seine Gründe gehabt haben, doch nun hatte Hanna Zofia ins Verderben gestürzt, weil sie nicht hören wollte.

Es war der erste Tag, an dem Hanna nicht mitbekam, was die Lehrerin den Schülern beizubringen versuchte. Das einzig Gute war, dass Hanna ohnehin schon alles in den vorhergehenden Stunden begriffen hatte und diese Stunden im neuen Jahr lediglich der Wiederholung und Festigung des Erlernten dienten.

Als es zur Pause klingelte, mussten die Kinder wie gewohnt in Zweiergruppen durch die Flurgänge spazieren. Hanna wurde von ihrer Sitznachbarin gefragt, ob sie mit ihr gehen wollte. Sie nickte und ergriff sogleich ihre Hand. Doch der Gang war still. Hanna hatte keine Lust, sich zu unterhalten. Immer wieder fing die Klassenkameradin an, etwas von den Festtagen zu erzählen, doch als sie, nachdem Hanna immer nur einsilbige Antworten gab, das Interesse am Gespräch verlor, wurde sie schweigsam wie ein Karpfen.

Mit zerknautschtem Gesicht schielte Hanna aus dem Fenster und plötzlich erblickte sie eine kleine Kindergestalt in der Mitte von zwei erwachsenen Personen. *Das kann doch unmöglich ...*, dachte Hanna aufgeregt. Doch sie war es – es war Zofia, umhüllt von einem warmen Mäntelchen, zu ihr heraufblickend und winkend. Am liebsten wäre Hanna sofort herausgestürmt und hätte die Freundin ausgefragt, doch das konnte sie nicht. Es klingelte zum Unterricht und sie musste noch zwei weitere Stunden ertragen, ehe sie schließlich das Schulgebäude verlassen durfte.

Als sie zu der Stelle eilte, an der die drei gestanden hatten, sackte sie zusammen. Sie waren nicht mehr da. Doch dann machte jemand: »Psst, psst ...« und Hanna drehte sich geschwind um und erblickte Zofia, wie sie mit den beiden Erwachsenen in einer Ecke stand. Geschwind stürmte sie zu ihr, packte sie bei den Schultern und fragte völlig außer Atem: »Zosia, was ... was?«, doch weiter kam sie nicht.

»Hania«, sagte Zofia stolz. Sie stand mit geradem Rücken vor ihr, das Kinn stolz zurückgezogen und ein Lächeln huschte über ihr Gesicht. »Das sind meine neuen Eltern. Ich werde mit ihnen nach Deutschland gehen.«

»Nach ... was? Was soll das bedeuten?«

»Ja, ja nach Deutschland! Es ist kein Land, das nur aus Verbrechern besteht, Hania. Diese Menschen hier waren gütig zu mir. Ich habe noch nie so viel auf einmal gegessen und noch nie hat sich jemand um mich so gekümmert wie diese Menschen an Heiligabend. Und sie sind Deutsche.« Das Wort *Deutsche* flüsterte Zofia dennoch, denn auch sie war schlau und wusste, dass man auf der Straße besser nicht von den Deutschen in so lobenden Tönen sprechen sollte.

»Aber ...« Es war verflixt. Hanna brachte keinen einzigen vollständigen Satz zustande. Sie geriet ins Stottern, wusste sie doch nicht, was das alles zu bedeuten hatte. Nervös warf sie einen Blick auf das Ehepaar, das hinter Zofia stand. Die beiden standen einfach nur da, mit einem wohlwollenden Blick, der ganz und gar nicht der Fratze gleichkam, die in Geschichtsbüchern karikaturistisch zum Ausdruck gebracht wurde. Hanna wusste nicht wohin mit ihren Gefühlen. Sie hatte Angst. Angst, dass die Deutschen ihr Zofia wegnahmen und in Wirklichkeit doch Verbrecher waren, die das arme Mädchen verschleppen und quälen würden. War es nicht das, was Deutsche getan hatten? Der Schulunterricht propagierte das doch immer. Und selbst den Vater konnte sie in diesem Moment vor ihrem geistigen Auge sehen, wie er sagt: *»Die Deutschen, tja, das ist ein Volk, bei dem man nie weiß, woran man ist. Von der einen Minute zur anderen können sie dich rücklings erschießen, während sie kurz zuvor noch lustig trällernd Karten mit dir gespielt haben.«* Dann wurde Vater meist ganz still, schaute an sich herunter und eine unverkennbare Scham deutete sich in seinem Gesichtsausdruck an. Hanna hatte diesen Ausdruck nie verstanden, aber Mutter erklärte ihr dann immer, dass in Schlesien einst fast ausschließlich Deutsche wohnten, und der Vater quasi mit Deutschen aufgewachsen war. Hanna und Marta reimten sich dann oftmals zurecht, dass der Vater wohl selbst einmal deutsche Freunde gehabt haben musste und womöglich bitter enttäuscht wurde. Also, warum in Herrgottsnamen sollte die Großmutter Zofia nun zu solchen Menschen geschickt haben? Es ergab keinen Sinn und so stand Hanna einfach nur da und blickte erschüttert zwischen Zofia und dem deutschen Ehepaar hin und her.

Schließlich sagte Zofia: »Hania, das habe ich dir zu verdanken. Ich kann nun eine Familie haben. Eines Tages werde ich zurückkommen und dich besuchen. Und vielleicht kann auch ich dir dann etwas schenken. Ich werde dich nicht vergessen! Du wirst Briefe von mir erhalten, versprochen. Ich werde sie an die Adresse deiner Großmutter schicken, damit dein Vater nichts davon mitbekommt, ja? Lern ein bisschen Deutsch, tue mir den Gefallen, lass es dir von deiner Großmutter beibringen – du erwähntest doch, sie würde Deutsch sprechen können? Dann kannst auch du mich irgendwann besuchen, ja? Und Hania: ich halte mein Versprechen. Die steinerne, bärtige Gestalt aus der Wand war unser Zeuge. Das weißt du.«

Und mit diesen Worten verschwand sie, an den Händen zweier Deutscher, die Zofia als gutmütig befand. Und Hanna hatte sie dorthin geführt. Sie begriff noch immer nicht, was geschehen war.

***

Am Nachmittag ging Hanna geschwind nach Hause. Sie trödelte nicht – obschon das Wetter ohnehin nicht dazu einlud. An diesem Tag würdigte sie die Bäume, die Schneeglöckchen und selbst den dunkelgrauen Himmel, der baldigen Neuschnee ankündigte, nicht eines Blickes. Nur an einer einzigen Stelle blieb sie unwillkürlich stehen: an der Wand mit der steinernen Gestalt.

Sie schnaufte und lehnte sich an die Fassade. Es war ihr ganz egal, dass ihr Mantel womöglich winterlichen Schmutz annahm. Sie dachte nicht an die Folgen.

»Warum nur? Warum liebe Gestalt, warum nur ist nun meine Zosia weg? Du warst doch mein Zeuge! Ich brauche sie doch! Sie war meine einzige Freundin ...«

Der Wind streichelte ihre Wange und Hanna bildete sich ein, dass die Gestalt es war, die ihr diesen Trost spendete. Doch er war eisig und Hanna presste sich von der Wand weg. Sie blickte starr zu der Gestalt, schaute, ob sie sich bewegte, ob die steinernen Augen blinzelten.

»Sag mir, liebe Gestalt, hat dies etwas zu bedeuten? Ich verstehe es einfach nicht. Warum soll Zosia zu den Deutschen gehen? Hat sie denn gar keine Angst? Warum verlässt sie mich? Und warum waren diese neuen deutschen *Eltern* so nett? Ich verstehe es nicht!«

Einige Minuten noch wartete Hanna ab. Wartete auf eine Reaktion, auf einen erneuten Windstoß, der ihr die Antwort ins Ohr flüstern würde. Doch nichts passierte und Hanna drehte sich um und rannte los.

Zu Hause angekommen, verzog sie sich schnell in ihr Zimmer und holte ihr Notizbuch hervor. Sie schrieb all das auf, was ihr Zofia heute erzählt hatte – dass die Deutschen womöglich doch nicht nur Mörder waren, sondern auch etwas Gutmütiges in sich trugen. Sie schrieb und schrieb, obschon ihre Worte sich im Kreis drehten und die Sätze sich wiederholten. Seit Beginn der Schulzeit wurde den Kindern im Geschichtsunterricht eingebläut, dass alle Deutschen Verbrecher waren. Doch diese Lektion wurde ihnen in Wirklichkeit bereits in die Wiege gelegt, da das Elternhaus in der Regel sein Übriges dazu beitrug. Und nun hatte Hanna heute erfahren, dass ein deutsches Ehepaar Zofia bei sich aufnahm und ganz und gar nicht böse war. Stimmte das? Konnte das wirklich wahr sein? Sie wusste nicht, was sie davon zu halten hatte. Doch sie hatte Angst. Sie durfte das auf gar keinen Fall vor den Eltern erwähnen. Sie malte sich aus, wie die Mutter ihr Notizbuch fand und dem Vater brühwarm erzählte, was für groteske Dinge darin standen. Was sollte sie bloß tun?

Schnell schnappte sie sich erneut ihren Füllfederhalter, tunkte ihn in die frische Tinte, riss ein Blatt vom Buch heraus und schrieb darauf: »Wenn du das liest, Mutter, dann bringe ich mich um und du bist schuld daran!« Dann klemmte sie das Blatt zwischen den Buchdeckel und die erste Seite und betete, dass die Mutter nie das Buch finden möge. Freilich, es war ganz und gar unsinnig, was sie auf das Blatt Papier geschrieben hatte, doch ihre Angst, dass jemand ihre heiklen, von der Gesellschaft missbilligten Gedanken zu lesen bekäme, jagte ihr eine noch viel größere Angst ein.

Kapitel 17

15. Februar 1958: Wenn die Sehnsucht in den Tod führt

Es hat ganze neun Monate gedauert, das Buch ›*Madame Bovary*‹ vollständig zu lesen. An diesem Samstag hatte Hanna die letzten Seiten verschlungen, doch noch immer war ihre Stimmung im dunklen, nassen und hoffnungszerstörenden Keller. Sie versteckte das Buch unter ihrer dicken Jacke und ging nach draußen, um den Schnee vom Hof zu schieben. Als Tomek anfing zu schreien und Hanna sich gewiss war, dass die Mutter für mehrere Minuten abgelenkt sein würde, ging sie schnell um das Haus herum und klopfte an die Tür der Großmutter. Es dauerte eine Ewigkeit, ehe Hanna von innen Schritte hörte. Sie wurde unruhig, trat mit ihren Füßen zappelig auf dem Boden herum und wäre beinahe schon zurückgerannt, als sich zu ihrer Erleichterung endlich die Tür öffnete.

»Hania, wie schön dich –«

Doch Hanna ließ die Großmutter nicht aussprechen. Sie ging schnurstracks an ihr vorbei, setzte sich auf den Stuhl, rieb die Hände aneinander und warf der Großmutter einen bösen Blick zu. Dann holte sie das Buch hervor und warf es auf den Boden.

»Ah«, sagte schließlich die Großmutter, die sich wie gewohnt auf den Stuhl gegenüber setzte. »Du bist also fertig. Glückwunsch.«

»Glückwunsch? Warum tust du mir das an, Großmutter? Warum lässt du mich so ein trauriges Buch lesen? Es ist schrecklich!«

Die Großmutter nickte und schien für den Bruchteil einer Sekunde mit ihren Gedanken abzudriften. Ihr Ausdruck wurde mit einem Mal bitter und verdutzte Hanna, hatte sie ihre Großmutter doch noch nie solch einen Ausdruck annehmen sehen, und als hätte jemand einen hohen Gong geschlagen, fing die Großmutter sich wieder.

»Was genau findest du schrecklich, Hania? Erzähl es mir genau.«

Jetzt ging diese Fragerei wieder los, dachte Hanna erzürnt. Sie stützte sich auf die Lehne und verzog ihr Gesicht, als müsste sie sich wieder einmal dafür wappnen, die tägliche Milchsuppe aufzuessen. Dann stöhnte sie und äußerte schließlich: »Sie bringt sich um, Großmutter! Was ist das nur für eine grausame Geschichte?!«

»Ja gewiss, grausam. Grausam, grausam ... Doch warum denkst du, hat sich Emma umgebracht?«

Hanna lehnte sich zurück. Sie wirkte auf einmal ganz klein und in sich gekehrt. Dann flüsterte sie: »Sie ... sie ist ...«

»Sprich es aus, Hania. Los!«

Hanna blinzelte. Sie war sichtlich verunsichert. »Sie ... also ich glaube, sie hat jemand anderen geliebt als ihren Ehemann.« Ihre Augen weiteten sich und sofort hielt sie sich die Hand vor den Mund, da sie wusste, dass sie soeben eine gegen die Sitten verstoßende Sünde ausgesprochen hatte.

Die Großmutter lachte unterdessen und zuckte leichtfertig mit den Schultern. »Ja und du meinst, das ist falsch?«

»Aber natürlich, Großmutter! Das darf man nicht!« Die Worte kamen barsch aus ihrem Mund und sie erschrak selbst über die Lautstärke. Doch dann wurde sie auf einmal wieder leiser, und murmelnd fügte sie hinzu: »Aber ... andererseits ...«

»Was? Ich bin nicht mehr die Jüngste. So sprich doch lauter.«

Hanna schniefte. »Also andererseits war diese Emma ja ganz und gar unglücklich. Und in Wirklichkeit kann ich ihr das gar nicht verübeln.«

Jetzt schmunzelte die Großmutter und sie nickte freimütig. »Sprich weiter, Hania.«

»Na ja«, sagte sie, schon wesentlich mutiger, »so ein Leben wie die Emma will ich auch nicht haben. Aber ich glaube, das muss ich eines Tages auch, nicht wahr?«

»Vielleicht.«

Hanna stand empört auf. Sie stemmte die Hände in die Hüften und stampfte auf den Boden. »Nein, nein, nein! Ich will aber nicht.« Jetzt war sie ganz und gar das Kind, das seinen eigenen Willen hatte und sich dem Regelwerk der Gesellschaft widersetzte. Und das zauberte der Großmutter ein warmes Lächeln ins Gesicht.

Nachdem sich Hanna wieder beruhigt und hingesetzt hatte, hakte die Großmutter nach: »Sag mir Hania, was genau findest du an dem Leben von Emma so schrecklich?«

»Na ... dass sie immer alles verheimlichen muss. Nie darf sie aussprechen, was sie denkt und was sie fühlt. Aber es gibt tatsächlich so viele andere Gefühle – Gefühle, die sie nicht haben darf, nicht wahr, Großmutter? Und ich –« Sie brach ab. Eine Locke verfing sich in ihren Wimpern, doch sie ließ sie einfach darin hängen, da ihr auf einmal etwas bewusst wurde, das ihr eine furchtbare Angst einjagte. »Ich bin schon Emma«, wisperte sie dann. »Ich darf auch nie etwas sagen ... Vater hat immer etwas dagegen.«

»Hmm. Was passiert dann, Hania? Was passiert, wenn du deinen Mund aufmachst?«

»Ich ... also ich ... Vater ... er wird dann ganz wütend und ...« Es war verboten, davon zu sprechen, was daheim passierte. Doch Hanna konnte nicht anders. Der Kloß in ihrem Hals drohte, sie zu ersticken, wenn sie ihn nicht augenblicklich lösen konnte. Also sprach sie es mit zitternder Stimme aus: »Der Vater ... also er macht manchmal Fäuste und die ... die nutzt er dann gegen mich.«

Die Großmutter schloss kurz ihre Augen, ließ die Worte in der Luft hängen, um dann eine Frage zu stellen, die Hanna verblüffte: »Und was passiert, wenn du deinen Mund nicht aufmachst?«

»Oh. Also ... na ja ... dann ... ich glaube, dann nutzt er auch seine Fäuste. Denn manchmal weiß ich gar nicht, was ich getan habe, wenn er seine Fäuste nutzt.«

»Ha! Da hast du's!«

»Was?« Hanna wäre am liebsten im Boden versunken. Es war ihr unangenehm, so über Vater zu sprechen und sie erinnerte sich daran, wie er immer sagte: *»Ich habe meine Ohren überall! Und auch wenn ihr nicht zu Hause seid, bekomme ich alles mit!«* Sie fragte sich, ob er hier irgendwo lauerte, sich hinter einem Schrank versteckte und sich ganz klein machen konnte, oder ob er Tiere dazu brachte zu lauschen, oder ob der Gott es ihm abends erzählen würde. Sie wusste nicht, wie er es anstellte, aber ihr war bang, dass er es tatsächlich herausbekommen könnte, was sie soeben der Großmutter gebeichtet hatte.

»Es macht also keinen Unterschied, Hania. Ob du nun etwas anstellst oder nicht, macht keinen Unterschied. Das will ich damit sagen. Hab ich recht?«

Das musste Hanna sacken lassen. Sie erwiderte nichts, war sprachlos, doch in ihrem Kopf ratterte es unaufhörlich. Bald schon drückte ihr der Schädel und sie bat die Großmutter um ein Glas Wasser. In einem Zug trank sie es aus und hechelte danach, als wäre sie ein Hund.

»Aber trotzdem – diese Emma aus *›Madame Bovary‹* hat sich umgebracht und das ist etwas, was man doch überhaupt nicht darf. Richtig? Man kommt doch in die Hölle dafür!«

»So so, denkst du das, ja? Wer sagt dir das?«

»Na die Kirche!«, sagte Hanna, als wäre es eine Selbstverständlichkeit, die doch auch die Großmutter zu wissen hatte.

»Die Kirche. Nun gut. Hmm ... sag mir Hania, ist die Kirche gerecht?«

Hanna machte große Augen und erneut fehlten ihr die Worte. Sie schluckte, wusste sie doch, dass die Großmutter Ketzerei betrieb. Doch sie kam nicht umhin zu schwanken. Sie erinnerte sich an all die Male, in denen ihre Mutter sie dazu zwang, zur Beichte zu gehen und dem Priester ihre Sünden zu erzählen. Nie hatte sie auch nur die geringste Ahnung gehabt, warum dies überhaupt Sünden waren und warum sie all das einem fremden Mann bei der Beichte erzählen musste, der die Hoheit besaß, sie freizusprechen. Doch das, was sie wirklich marterte, war die Frage danach, warum der Vater nie zur Beichte ging, obwohl er doch so oft seine Fäuste anwandte und dafür ebenfalls Abbitte hätte leisten müssen. Warum wurde sie andauernd bestraft, wenn der Vater doch ungeschoren mit seinen Sünden davonkam?

Sie verstand es nicht. Sie wusste nur eines: Die Kirche war ganz und gar nicht gerecht! Und wenn es wirklich einen Gott gab, so müsste er doch eigentlich für Gerechtigkeit sorgen.

Die Last der tausend Fragen machte Hanna ganz unruhig. Sie stand auf und drehte sich mit jeder Sekunde, die verging, in eine andere Richtung. Ihr Kopf schmerzte und unwillkürlich lief ihr eine Träne über die Wange.

Hatte die Großmutter zunächst noch minutenlang geschwiegen und das Gefühlschaos der Enkelin beobachtet, stand sie nun ebenfalls auf und machte einen Schritt auf das Mädchen zu. Sie berührte sie nicht, stand einfach nur neben ihr, doch sie gab ihr zu verstehen, dass sie da war – für sie da war.

Dann blickte Hanna zur Großmutter auf. Sie wischte sich die Träne von der Wange und holte tief Luft, um sich für etwas zu wappnen, was ihr gerade bewusst geworden war.

»Großmutter?«

»Ja, mein Kind?«

»Ist das der Grund, warum Zosia fort ist?«

»Was meinst du?«

»Nun ... du hast sie mit diesen Leuten zusammengebracht – mit den Deutschen. Du hast dafür gesorgt, dass sie jetzt nicht mehr da ist und erst war ich ganz sauer auf dich, weil du sie mir ja weggenommen hast. Aber ich glaube, jetzt verstehe ich.«

»Ach ja?«

»Ja ... Also, ich glaube, du hast dafür gesorgt, dass Zosia es schafft, ihre Sehnsüchte zu erfüllen, richtig? Damit sie sich nicht so wie die Emma in *›Madame Bovary‹* am Ende umbringt. Hab ich recht?«

Die Großmutter stand regungslos vor dem Mädchen, starrte ihm in die Augen und ließ einen Freiraum, der Hanna dazu anspornte, weiter nachzuhaken.

»Sag mir Großmutter, würdest du mich auch retten? Wirst du mich auch retten, damit ich nie Gift schlucken muss, wie die Emma?«

Und dann brach Hanna in ein Schluchzen aus, das ihr jegliche Luft zum Atmen nahm.

»Oh Kind, mein armes Kind.« Die Großmutter nahm das Mädchen in die Arme, hielt es fest und wiegte es hin und her. Sie weinte mit ihm und sprach dann in sanften Tönen: »Ich versuche es, ich versuche es.«

Kapitel 18

4. April 1958: Die grünen Kniestrümpfe

In den letzten sieben Wochen kam Hanna nicht umhin, sich immer wieder die Frage zu stellen, warum die Welt so war, wie sie war. Tagelang zermarterte sie sich den Kopf darüber, ob etwas anderes passieren würde, wenn sie nicht mehr brav gehorchen würde und stattdessen viel mehr das machen könnte, wozu sie Lust hatte. Sie erinnerte sich mehr und mehr an Ereignisse, bei denen sie vom Vater bestraft wurde, ohne, dass es dafür wirklich einen Grund gab. Demnach machte es in Wirklichkeit überhaupt keinen Unterschied, wie sie sich benahm! Der Vater war ohnehin immer böse auf sie. Die Großmutter hatte vollkommen recht gehabt. Und so fing Hanna an, vielerlei Albernheiten anzustellen, die ihr nach und nach immer mehr Spaß bereiteten.

An einem Tag, als sie der Mutter beim Backen helfen sollte, vertauschte sie absichtlich das Salz mit dem Zucker. Ein jeder Verwandte steckte sich genau einen Bissen in den Mund, um ihn kurz darauf mit angewiderter Grimasse wieder auszuspucken. Manch einer spuckte das Fehlgemisch so empört aus, dass ein paar mit Speichel versetzte Krümel auf den Boden flogen. Die Verwandten tobten, waren sie doch sonst einen unfehlbaren kulinarischen Perfektionismus der Mutter gewöhnt. Hanna saß ganz still da, beobachtete das Geschehen und ballte dabei ihre Fäuste zusammen. Die Anspannung war ihr förmlich anzusehen und ein jeder, der unwillkürlich einen Blick auf sie warf, hatte vermutlich angenommen, dass sie sich aufgrund des Back-Fauxpas selbst Vorwürfe machte. Die Gäste konnten ja nicht ahnen, dass sich in Hanna ganz andere Gefühle abspielten. Gefühle, die von einer spannungsgeladenen Neugierde über die Verhaltensweisen ihrer Verwandten getrieben waren.

Natürlich war es Hanna, die anschließend den gesamten Boden wischen und das Geschirr abwaschen musste. Doch der Vater stufte die Verwechslung als Versehen ein und so kam Hanna glimpflich davon. Dadurch geriet sie innerlich so in einen Freudentaumel, dass damit der Grundstein für viele bevorstehende Experimente gesetzt war. Es reichte ihr nicht nur aus, mit dem Feuer zu spielen, nein, sie wollte dessen Hitze spüren, denn das gab ihr ein Gefühl der Überlegenheit.

Fortan schien ihr Gehirn nur noch auf folgende Gedanken programmiert zu sein: Wie konnte sie ihre Familienmitglieder zu ihrer Belustigung zu Spielfiguren machen, ohne sich dabei erwischen zu lassen.

Vater hatte es streng untersagt, Schulkameraden mit nach Hause zu bringen. Abgesehen davon, dass diese Kinder womöglich sogar freiwillig dem Haus der Kowalczyks fernblieben. Doch Hanna nahm eines Tages eine Schulkameradin mit. Der Vater war noch nicht zur Mittagspause eingekehrt und die Mutter kümmerte sich gerade um Tomek. Und so zog Hanna die Schulkameradin schnell nach oben, bedeutete ihr immer wieder, sich still wie eine Ameise, die auf einer Straße geht, fortzubewegen und drückte schließlich die Zimmertür zu. Die beiden Mädchen freuten sich tierisch, kicherten und hielten sich die Hände vor die Münder, damit ihre Laute unterdrückt wurden. Es vergingen Minuten, in denen sie an die Tür gelehnt standen und einfach abwarteten. Keiner der beiden schlug vor, die Hausaufgaben zu machen oder über etwas Bestimmtes zu reden. Es war einzig die Euphorie, unentdeckt ins Haus geschlichen zu sein, die den Moment vollkommen ausfüllte. Als dann nach einer halben Stunde die Schulkameradin Hanna daran erinnerte, dass sie jetzt nach Hause müsse, schlichen sich die Mädchen auf demselben Wege wieder nach unten und die Schulkameradin rannte davon.

Und auf diese Weise ging Hannas Spiel noch eine Weile weiter. Sie tat Dinge, die sonst nur Jungs taten, schlich sich heimlich für ein paar Minuten aus dem Haus und war stets auf der Suche nach weiteren Dingen, die sie noch anstellen konnte. Freilich, sie musste aufpassen, denn wirklich erwischen lassen wollte sie sich gewiss nicht. Andererseits tauchte dann immer wieder die Frage auf: Selbst wenn sie erwischt würde – was machte es für einen Unterschied?

Und inmitten all dieser Taten bekam Hanna allmählich immer mehr das Gefühl, dass manche angeblichen Fakten, die die Eltern behaupteten, womöglich gar nicht stimmten. So hatte die Großmutter eines Tages, als es ungewöhnlich warm war, Hanna in der Dorfmitte ein abgepacktes Eis gekauft. Es war kurz nach der Schule gewesen, ihnen blieb nur wenig Zeit. Hanna und die Großmutter hatten sich dort verabredet und die Großmutter besorgte in einem kleinen, unscheinbaren Dorfladen das Eis. Als sie aus dem Laden mit dem Eis herauskam, ging sie einmal um die Ecke, dorthin, wo Hanna sich versteckt hielt und auf die Großmutter gewartet hatte. Ganz verblüfft nahm Hanna das Eis in die Hand, aß es viel zu schnell auf, um daraufhin festzustellen, dass sie noch quicklebendig war und sich noch nicht einmal elend fühlte. Die Großmutter lachte spöttisch auf, als Hanna ihr berichtete, dass der Vater stets behauptete, man bekäme einen Herzinfarkt, wenn man das Eis draußen in der Hitze aufschleckte.

Hanna wollte mehr ausprobieren, mehr Dinge infrage stellen, allerhand testen und schauen, ob manche Dinge trotzdem funktionierten, obschon die Eltern etwas anderes sagten. Man konnte sagen, dass sie Blut geleckt hatte und wie jemand experimentierte, der zum ersten Mal eine ferne Reise machte, die Gerüche eines orientalischen Basars in sich aufsog und sie in allerhand Gerichte streute, ohne zu wissen, ob die Mischung gut harmonisierte.

Und so kam es, dass Hanna gerade auf dem Weg zur Schule war, als sie an einem Stoffladen in Pietrow vorbeikam und ihr eine gefährliche Idee in den Sinn kam. Auch Vaters Kaufhaus befand sich in Pietrow, und es war freilich das größte, doch auch die kleinen Läden existierten weiterhin und wurden vom Staat gefördert. Draußen vor dem besagten Stoffladen standen zwei Kisten mit übriggebliebenen Stoffen, die augenscheinlich baldige Abnehmer finden sollten. Es dauerte keine zwei Augenaufschläge, ehe Hanna ein Paar grüner Strümpfe in einem dieser Kästen entdeckte. Abrupt blieb sie wie angewurzelt stehen, war sie doch unfähig, sich hinunterzubeugen und die Strümpfe genauer zu betrachten. Nervös schielte sie über ihre Schulter, um sich ganz gewiss zu sein, dass nicht plötzlich der Vater auftauchte und ihr eine Standpauke hielt, warum sie denn um diese Zeit vor einem Stoffladen anhielt, der noch dazu nicht seiner war. Doch dann kam der Mut zu ihr zurück und sie griff in die Kiste und zog in Windeseile die Strümpfe hervor. Gewiss waren sie ausrangiert worden, viel zu auffällig waren sie gewesen und jemand, der sie trug, würde viel zu sehr hervorstechen, was natürlich zu vermeiden galt. Hannas Herz hüpfte in ihrer Brust. Spielerisch dehnte sie die Strümpfe, vielleicht um sich sicher zu sein, dass sie noch ganz waren und nicht zerrissen.

Plötzlich kam die Verkäuferin aus dem Laden herbeigeeilt. Sie zog sich ihre Wolljacke über die Schultern und verschränkte die Arme vor der Brust.

»Was suchst du hier, Kind?«, fragte sie zunächst mit erhobenem Kopf, bis sie in die lieblichen, unschuldig blickenden Augen von Hanna sah und nicht anders konnte, als sie anzulächeln. Sie beugte sich zu Hanna herunter.

»Gefallen dir die Strümpfe?«

Hanna nickte verunsichert.

»Ja, ja gewiss. Aber ... ich hab doch kein Geld, um sie zu bezahlen. Ich darf noch nicht mit Geld umgehen.«

»Hmm ... na ja, vielleicht kommst du dann einfach ein anderes Mal mit deiner Mutter oder deinem Vater vorbei.«

Hanna machte große Augen. Mit Vater durfte sie auf gar keinen Fall hierher kommen. Sie schaute betrübt auf die Strümpfe und ließ dabei ihren Kopf hängen. Ihr Blick wanderte nach unten auf den Boden und auf ihre Beine. Und auf einmal richtete sie sich kerzengerade auf und grinste über beide Ohren. Man hätte meinen können, sie hatte einen Schalter an sich, der soeben umgelegt worden war.

»Wollen wir einen Tausch machen?«, fragte Hanna unbefangen. »Ich gebe Ihnen meine Kniestrümpfe und Sie geben mir die grünen?«

Noch ehe die Verkäuferin reagieren konnte, streifte sich Hanna geschwind die Strümpfe von den Beinen, schmiss sie in die Kiste und rannte mit der grünen Beute davon. Wahrscheinlich wäre Hanna zusammengezuckt und hätte augenblicklich kehrtgemacht, wenn die Verkäuferin ihr hinterhergerufen hätte. Die Angst, dass der Vater es dann erfahren würde, hätte sie übermannt. Doch so sehr Hanna auch ihre Ohren aufsperrte, der Wind trug kein einziges, erzürntes Wort zu ihr herüber. Und so rannte sie immer weiter, bis sie kurz vor der Schule haltmachte und die grünen Strümpfe anzog. Es war das erste Mal, dass Hanna etwas anderes anzog, als ihr die Schule oder die Mutter vorgegeben hatte, und es war auch das erste Mal, dass sie etwas anderes trug als ihre Schwester Marta.

Mit strahlenden Augen schaute sie an sich herab und konnte kaum fassen, dass sie tatsächlich so schöne Strümpfe ergattert hatte. Dies war ihr erstes Tauschgeschäft gewesen und sie hatte das, wie sie fand, ganz ausgezeichnet gemacht. Freudestrahlend klatschte sie in die Hände und ging dann stolzen Schrittes und mit einer Nase, die augenscheinlich den Duft des Himmels aufzufangen versuchte, auf den Hof der Schule. Immer wieder blickte sie nach rechts und links, drehte und wendete sich, um auch ja die vielen Blicke der Mitschüler mitzubekommen. Manch einer lachte, manch einer feixte gar, doch der Großteil starrte einfach nur auf Hannas grün bedeckten Beine und hielt sich bestürzt die Hand vor den Mund. Hanna dachte gar nicht daran, dass die Mitschüler empört oder ablehnend über sie urteilten, viel mehr war diese Bestürztheit eine Bestätigung für sie, dass sie sich etwas traute, was im Grunde ein jeder hier am liebsten getan hätte: sich individuell zu kleiden. Und so grinste sie einfach ihre Mitschüler gutgläubig an, zwinkerte ihnen zu und drehte sich ein manches Mal sogar, wenn einer seinen Blick gar nicht mehr abwenden konnte. Ja, sie präsentierte sich, tat das, was in Polen mit äußerster Vorsicht zu genießen war: Sie stellte sich in den Mittelpunkt und hob sich von der Masse ab.

Und es gefiel ihr.

Nachdem sich alle Schüler auf dem Hof versammelt hatten und die Nationalhymne gesungen wurde, fingen die Tuscheleien an. Hanna reihte sich in die Schlange ein und auch Marta erblickte sie nun, da sie nur ein paar Meter vor ihr stand. Die ältere Schwester war schockiert, doch da sie wusste, was gleich passieren würde, hielt ihr Schockzustand nur für etwa drei Sekunden an. Jeder, der Martas Gesicht in diesem Moment beobachtet hätte, hätte ablesen können, wie ihre Anspannung mit jedem Schritt, den Hanna der Schultür näher kam, wuchs. In ihrem Bauch rumpelte es und die Worte ihrer Nachbarin, die unaufhörlich auf sie einredete, bekam sie nur schleierhaft mit. Wo Marta sich sonst so schnell wie möglich Hannas kleiner Gestalt entzog, konnte sie in diesen wenigen Minuten ihre Augen einfach nicht von ihr lassen. Und das alles nur, weil sie wusste, dass Hannas grinsendes, hoffnungsvolles und stolzes Gesicht gleich für den Rest des Tages verschwunden sein würde.

Dann war es soweit. Hanna präsentierte, noch immer voller Freude und naiv wie eine Küchenschabe, die unter die

Holzpantoffeln der Mutter gerät, ihren glatt gestrichenen Kragen, ihre wohlausgerichteten Manschetten und ihre saubere, weiße Bluse dem diensthabenden Lehrer. Doch dieser achtete gar nicht darauf. Nachdem auch er erst einmal schlucken und seine Krawatte etwas lockern musste, um leichter nach Luft schnappen zu können, zeigte er geradewegs den Zeigefinger in eine Richtung, die für Hanna völlig unverständlich war. So viel war sicher: es war nicht die Richtung des Schulinneren.

»Aber nein«, sagte Hanna verängstigt, »ich will doch in die Schule rein. Heute habe ich doch Polnisch und ich –« Doch sie kam nicht dazu, ihren Satz zu beenden. Der Lehrer packte sie an ihrem Kragen, sodass sie halb über dem Boden taumelte. Dann schrie er ihr hinterher, dass sie sich fortscheren sollte und sich schämen sollte, so frech gewesen zu sein. Doch Hanna verstand noch immer nicht. Wie gebannt beobachtete sie von ihrer abseitsliegenden Stelle aus das weitere Vorrücken der Schlange. Und nachdem sie mitansehen musste, wie noch sechs weitere Schüler problemlos in die Schule eintreten konnten, kam schließlich Marta an die Reihe. Mit einem Mal gab Hanna wispernde Laute von sich, mit denen, obwohl sie nur leise an Martas Ohr drangen, ihre gesamte Hoffnung mitschwang. Natürlich hörte die ältere Schwester sie und natürlich hätte diese ihr sogar ein mitfühlendes Lächeln schenken können, ja, das hätte in ihrer Macht gelegen. Doch Marta wollte nicht. Und so ignorierte sie sie einfach, ging geradewegs in die Schule hinein und ließ die kleine Schwester völlig im Stich. Wahrscheinlich hatte Hanna nichts anderes von Marta erwartet, doch es gab immer wieder Momente, wo sie im Grunde ihres Herzens niemals aufgab, darauf zu hoffen, dass sich ihre Schwester eines Tages doch noch mit ihr verbünden würde. Dass dies leider erst einunddreißig Jahre später geschah, war etwas, das Marta heute gerne geändert hätte. Doch damals wusste sie es einfach nicht besser.

***

»Warum, warum, warum? Ich verstehe es einfach nicht! Was habe ich denn getan? Ich bin immer fleißig, bin die Klassenbeste, rede nie im Unterricht und vergesse niemals meine Federtasche! Warum wurde ich von der Schule ausgeschlossen? Das ist ungerecht, ja wirklich ungerecht!«

»Ja Hania«, schrie die Großmutter, »die Welt ist ungerecht, wahnsinnig ungerecht – du hast es erfasst!« Dass die Großmutter so laut werden konnte, hatte Hanna gar nicht für möglich gehalten. Umso überraschter blieb sie nun völlig regungslos auf der Stelle stehen und schaute erschrocken zur Großmutter. Diese saß auf ihrem Stuhl, denn nachdem sie ein paar Mal versucht hatte, Hanna zu ergreifen und sich das Mädchen immer wieder losgerissen hatte und wild umhergegangen war, verlor sie einfach die Geduld. Es sah aus, als würde die Großmutter von dem Stuhl, auf dem sie saß, bald verschlungen werden – die magere Statur der Großmutter war unverändert.

»Und vielleicht ist es nicht einmal schlecht«, fuhr die alte Frau mit einer etwas sanfteren Stimme fort, »dass du das schon mit deinen jungen Jahren erkennst! Es wird in deinem Leben unzählige Dinge geben, die du nicht verstehst. Freilich kannst du dir den Kopf darüber zermartern, aber ändern wirst du sie doch nicht können. Und im Grunde kommt es darauf auch gar nicht an. Denn niemals darf dich etwas davon abhalten, Dinge zu tun, die *du* für richtig hältst. Du musst eine Resilienz aufbauen, die auch in den schwierigsten Situationen unerschütterlich bleibt. Aber bitte, Herrgott noch einmal, mein Kopf brennt schon und meine Glieder schmerzen. So beruhige dich doch. Du machst mich ja ganz nervös und wie soll ich das nur aushalten, wo ich doch selbst die Hälfte der Zeit bereits nervös bin!«

Die Großmutter schien gar nicht bemerkt zu haben, dass Hanna inzwischen wie eingefroren vor ihr stand.

Es dauerte noch eine Weile, bis Hanna sich aus dieser Starre lösen konnte und sich schließlich auf den Stuhl gegenüber der Großmutter fallen ließ. Auch sie hatte nun jegliche Kraft verloren und konnte froh sein, dass der Körper das Atmen noch immer ohne ihr aktives Zutun beherrschte.

»Was bedeutet *Resilienz*?«, fragte Hanna schließlich.

»Nun, es heißt, dass du eine starke, psychische Widerstandsfähigkeit aufbauen musst, die es dir ermöglicht, selbst in Krisenzeiten das Licht am Ende des Tunnels zu sehen. Verstehst du?«

Doch Hanna war erst sechs, natürlich verstand sie nicht.

Nach einem Moment der Stille ergänzte die Großmutter schließlich: »Ich bin stolz auf dich.«

»Stolz? Aber warum das denn? Ich durfte heute nicht in die Schule hinein!«

Hanna verschränkte abwehrend die Arme, denn den Stolz der Großmutter befand sie ganz und gar befremdend.

»Nun, Hania, dass du nicht in die Schule hineingekommen bist, ist natürlich eine Frechheit, doch die Frage ist, ob der Ursprung der Frechheit tatsächlich auf deinem Verhalten beruht, oder ob es nicht eher eine Frechheit ist, dass es so erbärmliche Regeln wie die der Kleiderordnung gibt! Wenn du mich fragst, hast du alles sehr richtig gemacht! Denn was die Menschheit am meisten benötigt, sind Menschen, die sich unsinnigen Regeln widersetzen.«

»Aber ich kam nicht in die Schule! Wie kann es dann richtig gewesen sein?«

»Es war für dich richtig und das ist alles, worum es im Leben geht.«

»Nein! Nein, nein, nein! Ich wollte in die Schule und deshalb war es nicht richtig für mich!«

»Aber ja, aber ja! Und dennoch – wie hat es sich angefühlt, als du die grünen Kniestrümpfe getragen hast?«

Hanna atmete schwer aus. Doch es dauerte nicht lange, bis sie das Grinsen, das sich immer stärker auf ihrem Gesicht abzeichnete, nicht mehr unterdrücken konnte. Und bald schon nickte sie so heftig wie ein Specht, der gegen einen Baum trommelt.

»Es war ganz großartig. Ich habe mich gefühlt, als könnte ich alles erreichen, als wäre ich frei und müsste nie mehr dem Vater gehorchen. Ja, als wäre ich ganz stark!«

»Na siehst du! Und dieses Gefühl musst du in dir behalten, es ganz tief in dich einsaugen und es mit dir eins werden lassen, denn es nimmt dir niemand mehr weg! Ach, was ist schon ein Tag, an dem du die Schule verpasst hast, du bist doch eh schlau, das holst du nach. Aber dieses Gefühl, von dem du gerade gesprochen hast, kann dich, wenn du es zulässt, für immer begleiten. Denk immer daran, Hania, auch wenn dir etwas Böses widerfährt, denk immer an diesen Moment, wo du etwas getan hast, was ganz allein von dir ausging und wie du dich dabei gefühlt hast.«

Hanna verengte ihre Augen zu Schlitzen und ließ die Worte in ihren Ohren nachklingen. Manchmal verstand sie nicht so recht, warum die Großmutter so geschwollen sprach, von etwas, das man weder anfassen noch sich bildlich vorstellen konnte. Doch auf eine eigenartige Weise schaffte sie es immer, Hanna zu besänftigen, sodass sie nie mit schlechter Laune das Haus verließ, obwohl sie davor noch schreien hätte wollen.

Kapitel 19

19. Mai 1958: Hannas siebter Geburtstag

Es war Montag, ein gewöhnlicher Schultag und Hannas Geburtstag. Die Gäste zu der langweiligen Familienfeier würden erst am Sonntag kommen und so tat Hanna an ihrem Geburtstag das, wonach ihr der Sinn stand: Sie ging zu ihrer Großmutter. Sie wusste, dass diese bestimmt etwas ganz Besonderes für sie hatte. Letztes Jahr hatte sie ihr ein Buch geschenkt und sie damit in eine Welt eintauchen lassen, die zwar schändlich ihrer eigenen ähnelte und dennoch ein Umdenken in ihr auslöste. Umso aufgeregter war Hanna jetzt, da ihr Leseverständnis sich noch um einiges verbessert hatte und sie schneller und gründlicher lesen konnte. Und nicht nur das: Aufgrund Zofias vieler Briefe war auch das Deutsch nicht mehr allzu fremd, und wer weiß, vielleicht schenkte die Großmutter ihr dieses Jahr ein deutsches Buch. Oh, welch gefährlicher Gedanke. Hanna wurde immer neugieriger und konnte es kaum mehr abwarten. Obwohl an jedem anderen Tag undenkbar, wünschte sie sich heute tatsächlich hoffnungsvoll den Schulschluss herbei.

In der Schule gab es ein großes Angebot an Freizeitaktivitäten, für die man sich engagieren konnte. Die Eltern redeten Hanna zu, sich für wenigstens eine Aktivität einzuschreiben und so erzählte sie der Mutter, dass sie mittlerweile in der Theatergruppe war. Zu ihrem Glück fand das Treffen dieser Gruppe immer montags statt und Hanna gelang es an diesem Tag, sich frühzeitig von der Gruppe zu verabschieden, weil es schließlich ihr Geburtstag war und man zu Hause auf sie wartete. Ja, das erzählte sie, doch es stimmte freilich nicht.

Die Großmutter hatte die Tür offen gelassen, sodass Hanna keine einzige Sekunde vor dem Haus warten musste und damit riskiert hätte, erwischt zu werden.

»Na, jetzt bist du schon sieben, mein Mädchen!«

Hanna machte große Augen, denn die Großmutter hielt ihre Hände hinter dem Rücken und es wirkte so, als hielte sie bewusst etwas versteckt. Doch dann ließ die Großmutter die Hände an den Seiten baumeln und Hanna stellte mit Entsetzen fest, dass die Hände leer waren. Kein Buch! Oder hielt sie es woanders versteckt? War es vielleicht in dem Wandschrank oder lag es noch in der Küche? Die Minuten vergingen, in denen die Großmutter Hanna nach ihrem Gemütszustand fragte, ohne dass irgendein rechteckiger Gegenstand, der einem Buch hätte ähneln können, hervorgeholt wurde. Schließlich hielt Hanna es nicht mehr aus. Eifrig hob sie die Hände und sah die Großmutter mit weit geöffneten Augen an.

»Großmutter, sag, hast du ein Geschenk für mich? So wie letztes Jahr?«

»Freilich habe ich das!« Doch die Großmutter rührte sich nicht.

Hanna schluckte schwer. Das Wohnzimmer war so stickig, als hätte die Großmutter seit Tagen nicht gelüftet. Die weißen Vorhänge schimmerten grau vor Staub und Hanna bekam das Gefühl, als könnte sie keine Sekunde länger auf ihren Beinen stehen.

»Sag, ist es wieder ein Buch? So wie letztes Jahr? Ein Buch über ein anderes Land?« Hannas Stimme zitterte nunmehr und als die Großmutter schmatzte und ihren Kopf langsam von rechts nach links bewegte, überfiel Hanna eine Traurigkeit, die sie unfähig machte, ein weiteres Wort zu sagen.

»Was ist los, Hania? Was hast du?« So besorgt die Worte auch sein mochten, in der Stimme der Großmutter klang dennoch etwas Ironisches mit. »Verrat es mir, was fühlst du? Sprich!« Die Großmutter beugte sich hinab und schaute Hanna direkt in die Augen, sodass diese das Gefühl hatte, als würde ihr die Großmutter direkt in ihre Seele schauen.

»Ich ... ich«, stammelte Hanna, da sie nicht wusste, wie sie sich ausdrücken sollte. »Ich dachte einfach, du würdest mir wieder ein Buch schenken.«

»Ich weiß.«

»Du weißt? Aber warum ...«

»Ach, liebe Hania, weil ich dir zeigen wollte, wohin dich Erwartungen bringen, wenn du nicht achtgibst, sie einzudämmen. Sie machen dich traurig und schlimmstenfalls hindern sie dich daran, das, was ich mit dir vorhabe, vollends zu genießen. Nämlich etwas, das du ganz gewiss nicht erwartet hast!«

Wieder diese eigenartige Weise zu sprechen! Was trieb die Großmutter nur dazu an, Hanna ständig so zu verwirren? Doch ehe das Mädchen etwas sagen konnte, nahm die Großmutter es bei der Hand und führte es auf die Straße hinaus.

Hanna sträubte sich, sagte immer wieder: »Nein, nein! Man wird uns sehen! Und dann kann ich nie wieder zu dir kommen!« Doch die Großmutter zog sie immer weiter, schließlich war sie ein Leichtgewicht und selbst für die alte Frau alles andere als eine körperliche Herausforderung.

Als Hanna auf der Straße stand und sich schützend hinter den Beinen der Großmutter versteckte, sah sie erst auf den zweiten Blick das Fahrrad, das zwischen zwei Bäumen stand. Moos, Zweige und grüne Blätter verdeckten es und Hanna fragte sich, ob die Großmutter es schon die ganze Zeit auf diese Weise versteckt hielt.

»Ich zeige dir heute, wie man Fahrrad fährt. Na, was hältst du davon?«

Langsam kroch Hanna hinter den Beinen der Großmutter hervor, blickte immer wieder zu ihrem Elternhaus hinüber, in der Hoffnung, dass die Mutter nicht gerade jetzt mit Tomek auf dem Arm aus dem Fenster lugte.

»Tatsächlich? Aber ... aber wir können doch nicht hier auf der Straße fahren? Was ist, wenn der Vater nach Hause kommt? Vielleicht ist er auch schon da und kommt gleich nach draußen. Herrje, wenn er mich auf einem Fahrrad sieht. Er sagt doch immer, dass das viel zu gefährlich sei.«

»Gefährlich, pah! Und in deinem Haus zu leben wäre weniger gefährlich?«

Hannas geöffneter Mund klappte zu, als hätte ein Frosch eine Fliege gefangen.

Ohne eine erneute Widerrede zuzulassen, ging die Großmutter zum Fahrrad, befreite es vom Grünzeug und schnappte sich einen Besen. Was sie damit wollte, war Hanna völlig unklar. Dann schob die Großmutter das Fahrrad die Straße hinunter. Sie blickte sich nicht um, schaute nicht, ob Hanna ihr nachkam. Doch sie kam ihr nach.

Nachdem die Großmutter das Ende der Straße erreicht hatte, fing der Fußpfad an, den Hanna jeden Morgen zur Schule beschritt. Es war auch der Weg, auf dem Marta jeden Tag nach der Schule nach Hause kam. Und, um es zu erwähnen, es war auch die Zeit, zu der dies für gewöhnlich geschah. Doch daran dachte Hanna in diesem Augenblick nicht.

»Komm, steig auf.«

»Was, ich?«

»Ja aber natürlich! Siehst du vielleicht noch jemand anderen neben dir stehen? Hania, du bist schlau, stell nicht solche dämlichen Fragen!«

Hanna spürte kaum den Boden unter sich, nahm auch das Knacken der kleinen Zweige nicht wahr, als sie wie gebannt zu dem Fahrrad ging. Selbst das Vogelgezwitscher, an dem sie sich frühmorgens immer ergötzte und ihre Schwester damit in den Wahnsinn trieb, blendete sie völlig aus.

Das Fahrrad war groß und mächtig, und Hanna wurde sich dieser Gewalt in dem Augenblick, als sie vor ihm stand, bewusst.

»Da komm ich nicht hoch, nein, nein, oh je, wie soll ich nur?«

»Ich halte dich ja fest. Na los!«

Die Großmutter schob das Hinterrad zwischen ihre Beine, packte Hanna mit ihren Händen an der Taille und zog das Kind auf den Sattel hinauf. Ein kleines, unerwartetes Freudengeheul drang aus Hannas Kehle, und ehe sie sich versah, schubste die Großmutter das Rad auch schon an und Hanna schrie auf und verkrampfte ihre kleinen, zarten Finger um die Lenkergriffe.

Sie drehten ein paar Runden, bis die Großmutter das Fahrrad samt Hanna darauf gegen einen Baum lehnte und den Besen ergriff.

»Was hast du damit vor, Großmutter?«

»Ha! Das wirst du schon sehen!«

Die Großmutter holte etwas Schnur aus ihrer Schürzentasche, klemmte das hintere Ende des Besenstils senkrecht auf den Gepäckträger und band ihn dort ganz fest.

Als Hanna sich, noch immer auf dem Sattel sitzend und mit beiden Händen am Baum abstützend, zu dem Stil umdrehte, grunzte sie vor Lachen. Mit dem Besen, der weit in die Höhe reichte und im Wind flatterte, fühlte sie sich wie ein Hund, der mit seinem in den Himmel gestreckten Schwanz aufgeregt wedelte.

»So, jetzt halte ich nur noch den Besen fest, einverstanden? Du fährst dann fast schon alleine.«

»Was? Wirklich?«

»Ja, natürlich, warum denn auch nicht?«

»Aber das kann ich doch noch nicht, ich kann es ganz bestimmt noch nicht.«

»Wer sagt das?«

Hanna stockte. »Na, ich?« Es war mehr eine unsichere Frage als eine Aussage, denn sie spürte, dass Großmutter gleich darauf mit einem Argument dagegenhalten würde, das ihr wieder einmal die Sprache verschlagen würde.

Doch anstatt etwas zu sagen, das ihre Persönlichkeit und ihr Denken herausforderte, sagte die Großmutter einfach nur: »Na, dann ist es ja wirklich schlimm. Dann kannst du es wirklich nicht.«

»Was?«

»Aber ja. So ist es nun einmal. Und nun steig ab!«

Hanna wusste nicht, wie ihr geschah. Sie stützte sich noch immer am Baum ab und auch ihr Po machte keine Anstalten, sich vom Sattel zu lösen.

»Aber ... aber ...«, stammelte sie, und die Großmutter stoppte ihr Gebrabbel, indem sie die flache Hand nach oben schwenkte.

»Nein, nein, so ist es. Ganz recht. Wenn du gesagt hättest, dass der Vater glaubte, du könntest es nicht, nun gut. Ich hätte dir die Ohren lang gezogen und gesagt, tu es trotzdem, denn der hat ja keine Ahnung. Doch nein, so war es nicht. *Du* hast gesagt, du kannst es nicht. Und wenn du das sagst, tja dann ist es so. Da kommen keine Mächte dagegen an, erst recht nicht die einer verrückten, alten Frau, wie ich in deinem Hause bezeichnet werde. Aus und vorbei. Das Spiel ist verloren.«

Hanna dachte noch nicht einmal daran, dass die Großmutter womöglich einen Trick anwandte, um sie doch noch zu motivieren. Stattdessen verzog sie ihr Gesicht und wenn es ihr in dieser Position möglich gewesen wäre, das Gleichgewicht zu halten, hätte sie entrüstet die Hände in die Taille gestemmt.

»Doch, doch, ich kann das. Ganz bestimmt. Ich hab mich geirrt. Bitte, Großmutter, lass es uns versuchen. Ich sage auch nicht mehr, dass ich es nicht kann. Ich will es ja versuchen. Ich habe nur ein bisschen Angst, weißt du?«

»Ach, Angst zu haben, ist in Ordnung«, winkte die Großmutter ab, »das allein hat noch keinen umgebracht. Doch wenn die Angst dein Handeln und deine Einstellung vergiftet und dir sagt, dass du etwas nicht kannst, tja, dann kommt jede Hilfe zu spät.« Die Großmutter wollte noch weiter sinnfaseln, fühlte sie sich doch augenscheinlich wohl in der Rolle, vor ihrer Enkelin die Weise spielen zu können, doch Hanna strampelte auf einmal mit den Füßen, um zu signalisieren, dass sie es nun endlich versuchen wollte.

»Ist ja schon gut, ist ja gut!«

Die Großmutter griff den Stil des Besens und stieß Hanna an. Diese trampelte mit einer Wucht in die Pedale, dass sie beinah umgekippt wäre. Doch sie fand ihr Gleichgewicht und ehe sie sich versah, radelte sie auf gerader Strecke hin und her und bemerkte gar nicht, dass die Großmutter schon längst losgelassen hatte. Erst als sie wendete und das Gesicht der Großmutter entdeckte, erschrak sie so sehr, dass sie zur Seite hinweg auf den harten Fußpfad fiel. Doch anstatt zu weinen, lachte Hanna, so sehr, dass ihr Bauch schon nach kurzer Zeit wehtat.

Dieses Lachen hörte Marta.

Die Schwester war höchstens zweihundert Meter entfernt und in der Regel bemühte sie sich nicht, schnellen Schrittes zu gehen. Doch um dem Lachen von Hanna, das sich auch aus tausend Metern Entfernung in ihre Ohren gebohrt hätte, ein Ende zu setzen, sprintete sie los.

Als Marta an der Stelle, aus dessen Richtung sie das Lachen vernommen hatte, ankam, war nur noch das Rauschen der mit Jungblättern übersäten Bäume zu hören. Sie war sich sicher, dass Hannas Stimme von hier gekommen sein musste, doch so verwirrt wie sie war, ging sie noch weiter, bis sie am Haus angelangte und nicht verstand, wo sich dieses kleine Gör befand.

Dass sich die Großmutter und Hanna hinter den Bäumen versteckt hatten, tja, darauf war Marta nicht gekommen. Doch eines war so sicher wie die harte, unbarmherzige Stimme des Vaters, wenn die Kinder sich ihm widersetzten: Hätte Marta Hanna und Großmutter an diesem Tage entdeckt, wäre sie damit brühwarm zu den Eltern gegangen, um ihnen davon zu berichten. Weder hätte sie darauf Rücksicht genommen, dass Hanna Geburtstag hatte, noch, dass sie etwas lernte, das Marta, wenn sie sich mit ihr verbündet hätte, womöglich auch hätte lernen können.

»Was willst du noch tun?«, fragte die Großmutter Hanna, als Marta schon längst nicht mehr in Sichtweite war.

Hanna überlegte keine Sekunde. »Schwimmen, jawohl, schwimmen wäre auch ganz toll. Im Meer und bei Sonnenschein.«

Die Großmutter lachte und zog die Augenbrauen nach oben. »Nun, meine kleine Hania, ich glaube, das wird etwas sein, das du eines Tages selbst erlernen musst.«

»Aber ... aber du bringst mir doch alles bei, Großmutter, du musst es mir beibringen!«

Anstatt etwas zu antworten, lächelte die Großmutter nur bedeutungsschwer und signalisierte Hanna, nun wieder zurückzukehren, damit der Schwester tatsächlich erst gar keine Vorlage zu ungewollter Fragerei geboten wurde. Hanna schaute die Großmutter den ganzen Weg über von der Seite aus an, doch keiner von beiden sagte mehr ein Wort.

Kapitel 20

27. August 1958: Das neue Nachbarskind

Es war ein heißer Tag, der wohl heißeste in diesem Jahr, und Hanna und Marta wurden dazu verdonnert, der Mutter mit den Sauerkraut-Fässern zur Vorbereitung für den nächsten Winter zu helfen. Unzählige Kohlköpfe hatte die Mutter geschnitten und schmiss diese nun in die Fässer. Hanna und Marta sollten dort hineinklettern und den Kohl zerstampfen.

»Das ist gut für eure Füße«, sagte die Mutter immer wieder und zumindest Marta glaubte ihr und stampfte noch kräftiger.

Hanna hatte die Schulferien satt. Sie wollte nur noch, dass der September endlich begann und sie von der lästigen Hausarbeit losgeeist wurde. Marta hingegen genoss die Hausarbeit, schließlich wurde dadurch ihre Schönheit gefördert, in allen möglichen Dingen, die sie so tat, sagte die Mutter.

An diesem Tag wurden die Schwestern jedoch abgelenkt. Sie waren noch immer zwei kleine Mädchen, die neugierig waren. Hanna selbstredend mehr als Marta, denn die große Schwester hatte sich mittlerweile schon ganz gut im Griff. Als in eines der Nachbarshäuser eine neue Familie einzog, kletterte Hanna eilig aus dem Fass heraus und stellte sich auf ihre Fußballen, um über den Zaun zu spähen. Sie konnte nichts sehen, war sie doch erst sieben und der Zaun viel zu hoch. Von drüben schwappten allerdings so viele Geräusche herüber, dass Hannas Neugierde überhandnahm. Sie schlich sich am Haus vorbei in den Vordergarten und öffnete das gewaltige Holztor. Es vergingen keine zwei Minuten, ehe sie schreiend zurückkam: »Mutter, Mutter, wir haben eine Diebin als Nachbarin!« Sie deutete auf ihre eigene Hand.

»So?«, fragte die Mutter kühl.

»Ja, ja wirklich. Dem Nachbarsmädchen fehlt eine Hand! Sie wurde ihr gewiss abgehackt, weil sie etwas gestohlen hat!«

Die Mutter schniefte ein paar Mal und nickte. »So ist es, Hania. Lass dir das eine Lehre sein.«

Eifrig nickte Hanna, doch dann runzelte sie die Stirn. »Und warum hat sie noch die andere Hand? Warum wurden ihr nicht beide Hände abgehackt, als sie gestohlen hat?«

Die Mutter zuckte mit den Schultern und wirkte nun gar ein wenig erbost. »Also Hania, was du für Fragen stellst. Das Mädchen ... hat wahrscheinlich nur ein bisschen gestohlen!«

»Ein bisschen gestohlen? Wie kann man denn nur ein –«

»Jetzt hör schon auf! Wenn du noch weiter so viele Fragen stellst, wird dir noch die Zunge abgeschnitten, also Schluss jetzt!«

»Aber ich dachte, das passiert nur, wenn man lügt?«

Der Blick der Mutter wurde jetzt noch ernster. So ernst, dass Hanna zusammenzuckte, schnell wieder ins Fass stieg und ihren Frust wegstampfte.

Allmählich verstand Hanna überhaupt nicht mehr, was wann gemacht wurde und welche Regeln es einzuhalten galt, damit einem auch ja alle Körperteile erhalten blieben. Und traf dies überhaupt für alle Menschen zu? Zum Glück hatten ihr die Eltern nicht gesagt, dass man einen Schlag auf den Kopf bekam, wenn die Gedanken unangebracht waren und in die falsche Richtung verliefen. Dann hätte sich Hanna womöglich niemals getraut, ihren Gedanken freien Lauf zu lassen.

Kapitel 21

9. Oktober 1958: Das Tor fällt zu

Schon seit Beginn der Schule musste Hanna jeden Donnerstag vor der Schule zum Vorbereitungsunterricht für die erste Kommunion. Und heute war Donnerstag.

Sie hasste die Donnerstage.

Es bedeutete, dass sie noch früher aufstehen musste, und allmählich wurden die Tage wieder kürzer, sodass sie noch im Dunkeln das Haus verlassen musste. Wenn sie an die Liste dachte, die sie jede Woche ausarbeiten musste, wurde ihr ganz mulmig. Es war eine Liste, in der sie gute und schlechte Taten und Gedanken gegenüberstellen musste, und nach Ansicht des Priesters führte Hanna viel zu viele schlechte Taten aus. Beim Gedanken daran, dass die Mutter sie dann wieder in die Beichte schicken würde und sie die Liste vorlesen musste, wurde ihr ganz übel. Wie sie das hasste! Warum musste sie einem wildfremden Menschen so etwas Persönliches erzählen? Noch dazu saß sie hinter einem Furcht einflößenden Gitter, als wäre Hanna im Gefängnis. Und genau so fühlte es sich in diesen kurzen Minuten der Beichte auch an.

Pah, dachte Hanna, *wenn meine schlechten Taten eh schon überwiegen, dann setze ich heute noch eins drauf!* Und so beschloss sie, statt über die Hauseingangstür über den Hof nach draußen zu gelangen. Es war eigentlich streng untersagt, dass die Kinder ohne Erlaubnis der Eltern auf den Hof gehen durften. Sie waren aufgefordert, das Haus immer nur über die Hauseingangstür zu verlassen. Doch Hanna reizte ihre Grenzen mal wieder aus. Nachdem sie ihre Milchsuppe aufgegessen hatte und anschließend drei Minuten lang die Zähne putzte, um diesen widerlichen Geschmack loszuwerden, schlich sie sich samt ihrer Schulsachen ins

Hinterhaus. Sie hatte das Gefühl, kaum den Boden unter ihren Füßen zu spüren, so vorsichtig und behutsam glitt sie darüber. Vor der Tür, die nach draußen in den Hof führte, hielt sie kurz inne.

Ihr Herz klopfte wie wild und dieses elektrisierende Gefühl versetzte sie in Aufregung. Sie gab sich einen Ruck und als sie nach draußen gelangte, krähte der Hahn im Hof und Hanna ließ vor Schreck die Tür los. Nur in letzter Sekunde konnte sie sie festhalten, bevor sie womöglich ruckartig und mit einem großen Knall in den Rahmen gefallen wäre.

Der Wind war an diesem Tage stürmisch und sofort wurden ihre blonden Löckchen zerzaust, sodass sie sich immer wieder die Haare aus dem Gesicht strich, damit ihr Blickfeld frei war.

Schnell bog sie um die Ecke des Hauses und ging über die Schienen, die sich im Hof vor dem gewaltigen Holztor befanden. Schon oft hatte Hanna sich gefragt, ob hier früher einmal Pferdekutschen reingeritten waren und was das wohl für eine Zeit gewesen sein musste. Sie geriet dann ins Träumen, malte sich Dinge, Menschen und Gegenstände aus, die es vermutlich noch nicht einmal gegeben hatte.

Dann öffnete sie das große Tor einen Spalt und quetschte sich hindurch. Sie freute sich, dass niemand ihren Gang durch den Hof bemerkt hatte und schmunzelte tückisch. Schließlich war es auch ungefähr die Zeit, zu der Vater oft das Haus verließ, doch sie hatte Glück, auch er schien heute ein paar Minuten später zur Arbeit zu gehen als sonst.

Als Hanna jedoch das große Tor, das von außen mit eisernen Streifen verziert war, wieder schließen wollte, drückte plötzlich der Wind das Tor mit einer solchen Wucht zu, dass Hanna nicht genug Zeit blieb, ihre Finger aus der gefährlichen Spalte herauszuziehen. Ihre Fingerspitzen wurden eingequetscht und vor Schreck stieß sie das Tor mit einem Fuß wieder ein Stück auf, sodass sie ihre Hand herausziehen konnte. In der ersten Sekunde spürte sie gar nichts, doch dann durchzog ein gleißender Schmerz ihren kleinen Körper, auf den sie nicht vorbereitet war. Sie krümmte sich, hielt die wunde Hand mit der anderen Hand fest umschlossen und knickte dabei mit den Beinen ein, als müsse sie dringend auf die Toilette. Doch anstatt wieder ins Haus zu gehen, rannte sie plötzlich los. Um nichts in der Welt wollte sie Vater und Mutter zeigen, was sie angestellt hatte. Um nichts in der Welt durften sie erfahren, dass sie durch den Hof gegangen war.

Nach ein paar Metern bremste sie ihren schnellen Schritt ab und torkelte in winzigen, nun deutlich langsameren Schritten weiter. Sie wollte weinen, wollte schreien, doch die Angst davor, dass jemand sie hörte, hielt sie davon ab. Und so musste sie alles unterdrücken, in sich behalten, bis sie auf den Boden blickte und sah, wie unter ihr eine rote Spur entstanden war. Hastig drehte sie sich um. Tatsächlich hatte sich schon seit mehreren Metern eine schmale Blutstraße gebildet.

Noch immer hielt sie krampfhaft ihre verwundete Hand fest, doch dann hob sie ihre Hände nach oben, direkt vor ihr Gesicht und ließ die linke Hand von der rechten Hand los. Es war Panik. Die pure Panik, die Hanna in diesem Moment durchströmte, als sie ihre Fingernägel, die in einem Neunzig-Grad-Winkel abstanden, erblickte. Jetzt konnte sie nicht mehr an sich halten. Sie schrie so laut in die morgendliche Stille hinein, dass augenblicklich sämtliche Lichter in den Häusern aufflammten. Ein paar Hausbewohner brüllten zurück, was das Mädchen sich doch erlaube, so laut auf der Straße herumzuschreien. Doch dann kamen besorgte Mütter hinausgeeilt, die um Hanna einen Kreis bildeten. Das war gar nicht gut. Denn obwohl sie Hanna helfen wollten, wusste sie doch, dass sie am heutigen Tage aus der Reihe tanzte. Und so etwas gehörte sich nicht. Mutter und Vater würden das ganz und gar missbilligen, was sollten die Nachbarn nur von Hanna und ihrer Familie denken?!

Eine Frau, sie hieß Danuta Nowak, beugte sich sofort zu Hanna herab und schaute sie ganz eindringlich an: »Wie ist das passiert?«, fragte sie in einem ernsten, gar Furcht einflößenden Ton. Sie musterte den gesamten Körper des Mädchens und hielt dabei kräftig seinen linken Oberarm fest, so als müsse Hanna Rechenschaft ablegen. Es war das erste Mal, dass Hanna die Stimme von Frau Nowak hörte. Sonst hielt sich die Frau stets im Hintergrund, fiel nie auf und äußerte schon gar nicht ihre Meinung. Sie lief immer ein bisschen hinter ihrem Ehemann, nie auf gleicher Höhe, und ihren Kopf hielt sie dabei immer leicht gesenkt, sodass ihr Blick lediglich auf die Unebenheiten der Straße gerichtet war.

So nah wie Frau Nowak bei Hanna stand, war es unvermeidbar, dass Hanna die leicht bläulichen Striemen an den Schultern der Frau bemerkte. Zwar hatte Frau Nowak einen gestrickten Überwurf um ihre Schultern gelegt, doch dieser war in dem Moment abgerutscht, als sie ihren Oberkörper zu ihr heruntergebeugt hatte. Als Frau Nowak mitbekam, dass Hanna die Striemen entdeckt haben musste, ließ sie das Mädchen erschrocken los und rannte, unruhig nach rechts und links blickend, zurück zu ihrem Haus.

Die anderen Nachbarsfrauen begleiteten Hanna nun an ihre Haustür und als sie klopften, übertrumpfte die Angst vor dem Vater und seinen Wutanfällen den Schmerz, den Hanna bis gerade eben noch in ihren Fingern gespürt hatte. Sie biss sich auf die Lippe, blickte starr nach unten und ließ die Tränen, die nun unweigerlich von ihren Wangen abperlten, schonungslos fließen. Jetzt war es sowieso zu spät. Jetzt würde die tatsächliche Gefahr erst anfangen.

Die Mutter öffnete mit Tomek auf dem Arm und einem Handtuch in der Hand die Tür. Hanna hätte schwören können, dass für mehrere Sekunden die Zeit stehen geblieben war, so schockiert und starr wirkte das Gesicht der Mutter, als diese Hannas blutige Hand erblickte. Doch dann rief sie nach dem Vater und Hanna wäre am liebsten im Boden versunken. Die Erde unter ihr sollte sie auffressen und nie wieder ausspucken, so sehr wünschte sie sich, dass der Vater um diese Zeit, so wie sonst, nicht mehr zu Hause war. Doch er war da und sie machte sich darauf gefasst, dass die Hand heute nicht die einzige Wunde sein würde, mit der sie zu Bett gehen würde.

Es polterte und eine Unruhe, die von allen Seiten auf Hanna einzuströmen schien, machte sich breit. Schließlich stand der Vater vor ihr, doch seine Miene wirkte neutral, lediglich ein kaum hörbares »Hania wieder« kam aus seinem Munde. Doch dann packte er sie und fuhr mit ihr ins Krankenhaus nach Pietrow.

***

Zu späteren Zeiten dachte Hanna oft darüber nach, warum der Vater in diesem Moment nicht, so wie gewohnt, in Rage geraten war. Sie schob es auf die Nachbarsfrauen, die einen Kreis um das Mädchen gebildet hatten, und denen gegenüber er sich womöglich nicht die Blöße geben wollte. Manchmal kam ihr aber auch der Gedanke, dass der Vater bereits zu diesem Zeitpunkt Hanna aufgegeben hatte. Er wusste vermutlich bereits, dass sie sich nie so entwickeln würde, wie er es vorgesehen und mit aller Macht versucht hatte.

Im Krankenhaus fand Hannas Panik ihren Höhepunkt Sie schrie und zappelte, denn sie hatte Angst, dass ihr die Nägel abgerissen werden. Immer wieder fragte sie den Vater, ob ihre Nägel dranbleiben würden und er bejahte es: »Hör schön auf, Hania. Es wird alles gut. Deine Nägel bleiben dran. Vertrau mir. Alles wird gut.«

Und obwohl Hanna bereits in den letzten Monaten angefangen hatte, immer mehr an den Aussagen der Eltern zu zweifeln, wollte sie in diesem Moment den Worten des Vaters

Glauben schenken. Wie Mutter immer zu sagen pflegte: »Vaters Worte sind Gesetz!« Sie konnte ja nicht wissen, dass an diesem Tag dieses Gesetz schmerzhaft gebrochen werden würde.

Als sie aufgerufen wurde, schaute sie wehleidig zum Vater hoch, doch dieser sagte nur: »Geh schon Hania, geh. Sieh mich nicht so an, ich komme nicht mit. Was soll ich da drin? Geh!« Also stand sie mit tränennassen Augen auf, drehte sich immer wieder zum Vater um, in der Hoffnung, dass er doch noch aufstehen möge, um sie zu begleiten und ihr Trost zu spenden. Doch er blieb sitzen, überschlug die Beine und schaute ihr nicht einmal mehr hinterher.

In dem kleinen Arztzimmer, in das sie geführt wurde, tummelten sich mehr Schwestern um sie herum, als ihr aufgeregtes Herz ertragen konnte. Sie schloss die Augen und versuchte, die Hand stillzuhalten, damit der Arzt die Finger angemessen untersuchen konnte. Doch als dieser eine Schwester um die Zange bat, riss sie ihre Augen sperrangelweit auf. Als wäre sie von einer Schlange gebissen worden, stieß sie sich stürmisch vom Sitz ab und war drauf und dran, aus der Tür zu rennen, wäre da nicht die Überzahl an Schwestern gewesen, für die es ein Leichtes war, ein so kleines Mädchen festzuhalten.

Ohne Betäubung wurden Hanna drei Nägel herausgezogen und das Letzte, an das sie sich bewusst erinnern konnte, waren ihre eigenen Schreie, die klangen, als würde sie wie Vieh lieblos geschlachtet werden.

An diesem Tag verlor Hanna nun endgültig den Glauben an Vaters Worte. Er hatte Unrecht gehabt! Doch noch viel schlimmer war, dass er es womöglich gewusst und ihr etwas anderes vorgegaukelt hatte – wie damals, als Hanna das Baby in der Hand hielt und er von ihr hören wollte, dass sie nach dem Geschlecht sehen wollte. Erst jetzt begriff sie, dass Vaters angebliche Wahrheiten nur Lügen waren.

Der Vater fuhr mit Hanna zurück nach Modlica.

Hanna war während der gesamten Fahrt still, weinte nicht mehr und als sie an der steinernen, bärtigen Gestalt vorbeifuhren, hob sie ihre gesunde Hand und presste sie gegen die Fensterscheibe. Mehrmals musste sie blinzeln, denn sie bildete sich ein, dass die Augen der Gestalt sie verfolgen würden. Plötzlich wirbelte der Wind unzählige bunte Blätter vom Straßenrand auf. Eine kleine Windhose bildete sich, die dem Vater die Sicht versperrte. Er kam ins Schleudern, fluchte schändlich und war schließlich gezwungen stehenzubleiben. Seine Brauen zogen sich vor Zorn zusammen, doch Hanna starrte indes nur ungläubig auf das ungewöhnliche Naturschauspiel. Rundherum bewegte sich kein Ast, kein Zweig, kein Blatt, nur direkt vor Vaters Auto schien sich die Natur unsäglich aufzuregen. Dann huschte die Windhose direkt auf das stehen gebliebene Auto zu, belegte es mit all den feucht-klammen Blättern, die in der Nacht zuvor in Matsch getränkt wurden, und der Sturm beruhigte sich.

»Das kann doch nicht wahr sein!«, schrie der Vater, als er die Fahrertür öffnete und sich das Unheil von außen ansah. Das gesamte Auto war in Schmutz eingehüllt. Es würde Stunden dauern, dies wieder zu säubern. Und Hanna ahnte leider, wem diese Aufgabe zuteilwerden würde.

Und dennoch musste sie schmunzeln, denn zugleich beschlich sie ein unnennbares Gefühl, das wie ein Parasit war und ihre ganze Wahrnehmung fortan beeinflussen würde.

Kapitel 22

22. März 1959: Das Schlachten unter der Nachbarschaft

Der Frühling hatte die ersten Sonnenstrahlen durchdringen lassen und die Mutter hatte angefangen, kräftig das Gemüse im Garten aufzuziehen. Schon jetzt hatten sich einige der Nachbarn erkundigt, ob sie dieses Jahr etwas mehr Tomaten oder Karotten erhalten könnten, da Nachwuchs auf die Welt gekommen war.

Es war üblich, dass die Familie Kowalczyk ihre Lebensmittel in der Nachbarschaft ganz kommunistisch, so wie es der Staat predigte, teilte und tauschte. Ein Teil der Nachbarschaft hatte mehr Vieh als andere, und die Mutter hatte eben einen nährhaften Boden, der das Gemüse besser zum Wachsen brachte als überall anderswo.

An diesem Tag stand das Schlachten eines Kalbs auf der Tagesordnung und drei Nachbarsfamilien versammelten sich bei der Familie Wieczorek. Die Familie Wieczorek bestand nur aus dem Elternpaar und der unverheirateten Tochter, die bereits das achtzehnte Lebensjahr überschritten hatte. Warum das Ehepaar nie mehr Kinder bekam, wusste keiner – und darüber zu spekulieren war unsittlich. Doch Hanna tat es insgeheim, denn das Haus des Ehepaars war riesengroß und im Garten hätte man Fußball spielen können. Doch statt vieler Kinder tollten sich nun allerhand Schweine, Hühner und Kälber auf dem Rasen herum. Die Hühner und Enten der Familie Kowalczyk waren mittlerweile alle tot – und der Vater hatte durch den Aufschwung in seinem Stoffwarengeschäft keine Zeit mehr gehabt, sich um neues Vieh zu kümmern. Stattdessen versorgte er gelegentlich die Nachbarn mit guten Stoffen, während die Mutter das Gemüse bereitstellte. Ja, so hatte jeder im Dorf Modlica seinen nützlichen Platz eingenommen und wehe dem, der sich an der Gemeinschaft nicht beteiligte. Diese Beteiligung war natürlich ganz und gar zweckmäßig, denn auf einer sozialen oder gar zwischenmenschlichen Ebene unterhielt man sich nicht.

Für Hanna war es das dritte Mal, dass sie am Schlachten teilnehmen musste. Bei den ersten Malen hatte sie stumm den Anordnungen des Vaters gehorcht. Sie hatte brav die Zinkkanne unter das Kalb gehalten, um das Blut in dem Moment aufzufangen, in dem der Herr des Hauses die Kehle durchschnitt. Das Kalb hatte dabei rücklings an einem Seil am Teppichklopfgestell gehangen. Was anschließend folgte, war eine widerwärtige Angelegenheit: Man musste für Ewigkeiten das Blut rühren, damit es ja nicht gerinnt und es im kalten Zustand dann schnell weiterverarbeitet werden konnte. Traditionell wurde dann aus den gesäuberten Därmen entweder eine Suppe zubereitet oder die Därme wurden mit Hackmasse gestopft und zu Wurst verarbeitet. Doch an diesem Morgen hatte die Mutter ihren Töchtern freudig erklärt, dass es ihre geliebten Tollatschen aus ihrer Heimat Danzig geben würde – süß-saure Klößchenscheiben aus Mehl, Panierbrösel, Zucker, Rosinen, Schmalz und Schlachtblut, gewürzt mit Zimt, Anis und Thymian. Die Klöße wurden innerhalb weniger Minuten in der Wurstbrühe gar und dann mit Apfelringen und süßer Blutwurst gegessen. Es war eine Delikatesse aus ihrer Heimat, doch Hanna verabscheute dieses Gericht.

Nun war es wieder soweit. Den Kindern, darunter Hanna, Marta und zwei weitere Nachbarskinder in ihrem Alter, wurden Zinkkannen in die Hände gedrückt und sie sollten sich möglichst nah an das noch strampelnde Tier ranstellen. Marta schaute weg, hielt sich die Hand vor die Augen, doch Hanna blickte direkt auf des Messers Schneide. Ihr Blick wurde dabei von Sekunde zu Sekunde zorniger und ihr Herz fing an zu rasen. Herr Wieczorek war für einen Moment abgelenkt, als er zunächst mit einem Hammer an den Kopf des Kalbes schlug und anschließend mit dem Messer ansetzte und auf die wütenden Augen von Hanna stieß. Er rutschte ab und der Schnitt war alles andere als sauber, und so war es unumgänglich, dass die Gedärme heraussprangen, was eigentlich vermieden werden sollte. Hanna ließ vor Schreck die Kanne fallen und das Blut, das sich bereits darin angesammelt hatte, floss über die steinige Fläche des Hofs. Flügelschlagende Gänse stürzten hinter einem Geräteschuppen hervor und Frau Wieczorek schrie laut auf. Sie bedeutete ihrer Tochter, sofort nach drinnen zu gehen, um Eimer mit Wasser zu holen. Wenn sich das Blut erst einmal in den Stein gefressen hatte, würde auf ewig ein dunkler Abdruck bleiben.

Vater erhob zugleich die Stimme und brüllte Hanna an: »Du unachtsames Kind!« Dann ließ er es gut sein, denn mit diesen Worten wollte er lediglich die Zustimmung der Nachbarn einholen, die nur darauf zu warten schienen, dass der Vater Hanna zurechtweist, damit so etwas nie wieder geschehe. Die richtige Strafe würde es erst noch zu Hause geben. Und da Hanna dies wusste und sich im Klaren war, dass sie die Strafe ohnehin nicht mehr abwenden konnte, stemmte sie ihre Hände in die Hüften und fing plötzlich an, wie ein aufgescheuchtes Huhn hin und her zu hüpfen. Passend dazu äffte sie auch die Laute eines Huhns nach und die Nachbarn standen wie angewurzelt da, ungläubig dessen, welches Schauspiel sich ihren Augen gerade bot. Um der Schande, die Hanna gerade über die Familie brachte, ein Ende zu setzen, machte der Vater ein paar große Schritte auf das Mädchen zu, um es sich zu schnappen. Der erste Versuch schlug noch fehl, denn Hanna war in ihrer Zurschaustellung kaum aufzuhalten. Sie setzte noch eins drauf, tat so, als hätte sie ein Messer in der Hand und würde es sich nun selbst an die Kehle setzen, um diese durchzuschneiden. Dann wurde sie still und der

Vater konnte sie endlich am Arm packen und weg von diesem Grundstück ziehen.

Zu Hause musste Hanna sich eine Predigt darüber anhören, wie unverschämt falsch sie sich mal wieder benommen hatte und dass sie durch ihr freches Getue niemals einen Mann finden würde, wäre sie erst einmal erwachsen.

Darauf antwortete sie barsch: »Mir doch egal, ich will sowieso niemals einen Mann.«

Und damit fand die Wut des Vaters ihren Höhepunkt.

Als der Vater seine Augen bedrohlich groß aufriss und sein Gesicht puterrot anlief, rannte Hanna schreiend ins Badezimmer und schob den Haken davor, um den Einlass zu versperren. Sie schob den Badevorhang schützend vor ihren Körper, kauerte sich hin und zitterte vor Angst. Dann nahm sie das Furcht einflößende Geräusch wahr, wie der Vater den Gürtel hervorzog.

»Wer den Eltern nicht gehorcht, der wird dem Hundsleder gehorchen!«, brüllte er und Hanna schrie verräterisch auf, sodass Vater wusste, dass sie sich im Badezimmer eingeschlossen hatte. Es war ein Leichtes für ihn, sich gegen die Tür zu stemmen, sodass der Haken herausbrach. Er packte sie an den Haaren und zerrte sie heraus. Es gelang ihr, sich loszureißen und auf ihr Zimmer zu flüchten, aber der Vater holte sie mit dem Ledergürtel in der Hand wieder ein.

Die ganze Szenerie dauerte nur wenige Minuten, bis die Mutter ins Haus kam und das freche Gör in die Küche holte, um es zu verarzten.

Während aus Hannas Nase und aus ihren Ohren das Blut tropfte, strafte Mutter sie noch zusätzlich mit harten Worten: »Sieh nur, was du angerichtet hast, Hania! All die zerstörten Blumenkübel, die du heruntergerissen hast! Warum machst du den Vater auch immer nur so wütend? Jetzt kannst du morgen nicht zur Schule – sieh nur, wie du aussiehst! Nach wem kommst du bloß? Keiner ist so in der Familie!«

Hanna hörte der Mutter kaum zu. Ihre Gedanken schweiften völlig ab, nahmen so viele unterschiedliche Richtungen an, wie sie es noch nicht erlebt hatte. Denn obwohl Hanna freilich bitterlich weinen musste, gewann sie gleichzeitig eine wichtige Erkenntnis: Ungeachtet dessen, dass sie sich offensichtlich falsch benommen hatte, komplett gegen die Regeln des Vaters verhalten und sich zum ersten Mal etwas getraut hatte, das frei und unzensiert ihrem Inneren entsprungen war, taten die Schläge auch nicht mehr weh, als sonst. Sie waren von gleicher Härte, genauso rau und erbarmungslos wie sonst auch. Es machte keinen Unterschied. Und obwohl sie morgen nicht zur Schule durfte, fühlte sie sich längst nicht so traurig wie sonst, als ihr dies verweigert wurde.

Kapitel 23

5. April 1959: Wessen Schuld?

Der weiße Sonntag war üblicherweise der Tag der Erstkommunion, und in diesem Jahr wurde Hanna die Ehre zuteil. Bei Gott, eine Ehre hätte sie es jedoch wahrlich nicht genannt.

Die Mutter war an diesem Tage besonders aufgeregt. Für sie war diese Zeremonie von erheblicher Bedeutung, sicher, sie war streng katholisch, aber der wahre Grund lag vermutlich in der Hoffnung, dass in Hanna damit nun endlich auch die Frömmigkeit einkehren würde. Also stand die Mutter die ganze Zeit an Hannas Seite, während sie ihr weißes Gewand anziehen musste, die Kordel um ihre Hüften befestigte und die Bänder mit dem gelben Stickmuster, das an griechische Vektoren erinnerte, über die Schultern legte. Schließlich nahm die Mutter eine Art Eisenzange zur Hand, die sie immer wieder ins Feuer legte, um kurz darauf Hannas ohnehin schon gewelltes Haar in strukturierte Locken zu verwandeln. Marta beobachtete das Geschehen aus dem Hintergrund und ärgerte sich innerlich darüber, dass ihre kleine Schwester sich äußerlich in einen richtigen Engel verwandelte. Der geflochtene Myrtenkranz auf Hannas Kopf tat dann auch noch sein Übriges. Widerlich, dachte Marta. Das Einzige, was sie aufmunterte, war der beißende Schmorgeruch, immer dann, wenn die Mutter vor lauter Aufregung die Zange zu lange in Hannas Haaren verweilen ließ.

Als Hanna dann in der Kirche in der vordersten Reihe saß, knurrte ihr Magen laut. Natürlich war es ein typisches Zeichen ihrer Nüchternheit, denn nur so – in voller Reinheit – durfte sie die heilige Oblate entgegennehmen. Die heilige Oblate war im Grunde nichts anderes als eine aus einem Teig gebackene Scheibe, die in der katholischen Kirsche heilig gesprochen wurde. Marta schüttelte in dem Moment den Kopf, denn für sie war es, als hätte Hanna das Magenknurren bewusst hervorgerufen, nur damit sie so ihren Widerstand allen mitteilen konnte.

Schließlich war es dann soweit. Während der Priester den Weihrauch hin und her wedelte und zwei Ministranten die Glocken schlugen, musste Hanna zusammen mit sieben anderen Mädchen nach vorn treten und sich niederknien. Marta beobachtete die Szenerie von weiter hinten, von wo aus sie natürlich keinen Blick auf Hannas Gesicht erhaschen konnte. Hätte sie es gesehen, hätte ihr die pure Langeweile entgegengegähnt.

Auch wenn Hanna müde war, ihre Augen schwer und sie ihren Körper woanders hinwünschte, stellte sie sich dennoch viele Fragen: *Was soll das Fest? Was soll es für einen Nutzen haben? Was soll es ändern?* Freilich, äußerlich tat sie, wie ihr geheißen: sie beugte sich demütig, ließ sich bekreuzigen und ließ sich die heilige Oblate in ihren Mund führen. Doch als sie dazu verpflichtet war, nun dafür innerlich zu danken, dass sie einen Teil Gottes zu sich genommen hatte, verfluchte sie stattdessen den Gott, der doch so ungerecht war. Und als sie anschließend zurück zur Sitzbank gehen musste, sich erneut hinkniete, dreimal mit der Faust auf ihre Brust schlug, sagte sie nicht wie jeder andere im Raum: »Meine Schuld, meine Schuld, meine sehr große Schuld.« Nein, viel mehr tauschte sie das *m* gegen ein *s*, sodass der Klang zwar gleich war, doch die Bedeutung ihren Zorn widerspiegelte: *Seine Schuld!*

Kapitel 24

10. Juni 1959: Das schwarze Kind

Hanna kam aus dem Badezimmer heraus. Sie stockte, rieb sich die Hände und zupfte dann mehrere Male an ihrer Unterlippe. Gedanklich legte sie sich ihre Worte zurecht, doch wie sie es auch drehte und wendete, im Grunde wusste sie, dass sie es schlussendlich war, die wieder den Ärger einzubüßen hatte, obwohl sie ganz und gar unschuldig war.

Es war bereits Abend und sie hatte den Eltern noch immer nicht gebeichtet, was heute in der Schule passiert war. Die Lehrerin hatte ihr aufgetragen, die Eltern darauf anzusprechen, denn, so sagte sie, das Wort, das Hanna verwendete, war ein deutsches und kein polnisches – und deutsche Wörter zu benutzen, war strengstens untersagt. Normalerweise wäre es die Pflicht der Lehrerin gewesen, die Eltern auf ein Gespräch in die Schule einzuladen, doch da die Polnischlehrerin Hanna sehr mochte, wollte sie einen unförmlichen und weniger stressigen Weg gehen. Sie konnte ja nicht wissen, wer Hannas Vater war.

Aber hier nun die Geschichte, die sich in der Schule ereignete: Es war Freitag, und Hanna sollte heute aufschreiben, was es freitags daheim immer zu essen gab. Ganz unverhohlen schrieb sie Matjes mit Pellkartoffeln auf, denn das war es schließlich, was es doch in ganz Polen am Freitag zu essen gab, oder nicht? Doch ihre Polnischlehrerin stutzte beim Blick auf ihr Blatt und Hanna wusste sofort, dass etwas nicht stimmte. Die Lehrerin sagte ihr, dass, auch wenn Schlesien einst zu Deutschland gehörte und freilich die polnische Sprache lange Zeit – bis zum Ersten Weltkrieg – unterdrückt wurde, es nun umso mehr die Pflicht aller sei, das Polnisch in seiner reinsten Form zu sprechen, ohne etwaige deutsche Einflüsse, die es auszumerzen galt. Natürlich wurde

Hanna ja dank Zofias Briefe seit mehreren Monaten heimlich von der Großmutter in der deutschen Sprache unterrichtet. Doch das Mädchen setzte alles daran, niemals die Wörter, die es beigebracht bekam, in der Öffentlichkeit laut auszusprechen. War es ihm mit dem Wort »Matjes« nun doch passiert? Dabei konnte Hanna sich gar nicht daran erinnern, dass die Großmutter dieses Wort jemals fallen lassen hatte.

Langsam schlich sich Hanna an die Schlafzimmertür der Eltern heran. Jetzt wollte sie es nur noch hinter sich bringen. Doch als sie nur noch einen halben Meter von der Tür entfernt war, hörte sie, wie die Eltern miteinander sprachen.

»Sie hat ihn betrogen«, waren die Worte, mit denen der Vater Hanna unweigerlich noch näher an die Tür lockte. Alles, was entgegen der gesellschaftlichen Norm war, was der Kirche und der Wohlerzogenheit trotzte, schien Hanna von Tag zu Tag, von Woche zu Woche mehr anzuziehen. Mittlerweile, so schien es, strengte sie sich nicht einmal mehr großartig an, ihre Neugierde zu verbergen. Statt wie geplant den Eltern vom heutigen Geschehen zu berichten, verwarf sie ihr Vorhaben innerlich im Nu, sagte sich, dass die Polnischlehrerin davon ja nichts erfahren musste, und drückte ihr Ohr gegen die Tür.

»Ja, betrogen«, wiederholte der Vater brummig. »Herrgott, die Gute hat einen Verlobten gehabt. Schande ist das, Schande! Und dann gebärt sie ein schwarzes Kind! Was soll man dazu sagen? Es war das einzig Richtige, was dann passiert ist! Das einzig Richtige!«

»Ja, was denn, was ist denn passiert?«, fragte die Mutter besorgt. Hanna konnte förmlich spüren, wie die Mutter den Arm des Vaters tätschelte und ihn auf diese Weise ermutigte, weiterzusprechen. Ihre vollkommene Abhängigkeit, dachte Hanna, das ist es, was die Mutter dem Vater damit demonstrierte.

»Es wurde nicht der Verlobte gerufen. Oh nein, der Vater dieser Unsittlichen wurde ins Krankenhaus gerufen. Ja und dann haben die das schwarze Kind mit einem Kissen erstickt! Ganz recht, wenn du mich fragst! Ganz recht! Du kannst dir vorstellen, dass wir die junge Frau natürlich sofort aus unserem Unternehmen geworfen haben!«

Hanna schreckte zurück und hielt sich die Hand vor den Mund, um den aufkeimenden Laut zu ersticken. Sie musste ihren Atem regulieren, denn oft, wenn sie so aufgeregt war wie jetzt, hechelte sie wie eine wilde Hyäne.

»Sag das nicht zu laut! Gerade du solltest so etwas niemals zu laut sagen! Das weißt du!« Dass die Mutter den Vater zurechtwies, war ganz und gar ungewöhnlich. Hanna schüttelte den Kopf ängstlich und lauschte ein letztes Mal.

»Was soll denn passieren? Wir sind doch unter uns und keiner weiß um meine Vergangenheit! Außer natürlich Mutter, aber die sagt eh nichts. Schließlich war sie diejenige, die mich einst in diesen ganzen Schlamassel reingeritten hat. Es war die richtige Entscheidung, sie auszugrenzen, ja, vertraue mir, ansonsten plaudert sie es eines Tages doch noch aus. Außerdem, ich sage dir, hätte ich anders abgestimmt in der Firma, ja, dann wären sie misstrauisch geworden. Schau dir doch unser Nachbarland an, wie angstvoll die Deutschen sich dort nicht einmal mehr trauen, ihre Meinung zu sagen. Und die Polen hingegen sind weiterhin antisemitisch. Ich muss den Schwarzen hassen, so ist das nun einmal.«

Hanna eilte in ihr Kinderzimmer, legte sich unter die Bettdecke und zitterte wie Espenlaub. Marta richtete sich auf und schaute genervt zu ihr herüber.

»Herrgott Hania, was hast du denn jetzt schon wieder? Was ist denn nur los?«

Vorsichtig lugte Hanna unter ihrer Bettdecke hervor. Ihre Augen wirkten in diesem Moment so groß, als wären sie riesige, glasige Murmeln, die Marta von der Seite anleuchteten.

»Ein Baby wurde getötet, Marta, ein kleines Baby!«, flüsterte Hanna. Sie wollte ihre große Schwester einweihen, sie auf ihre Seite ziehen, ein Bündnis mit ihr eingehen, was ihr schlichtweg nie gelang. Und dennoch, so schien es Marta, gab Hanna nicht auf.

»Hania! Spinnst du?«, ermahnte Marta sie nun. »Hast du etwa wieder bei den Eltern gelauscht? So etwas darfst du doch nicht tun!«

»Aber Marta«, bettelte Hanna sie nun schon fast weinerlich an. Es ging ihr so nahe, als wäre es der eigene Vater gewesen, der dieses unschuldige Kind getötet hatte. Sie war noch immer ganz blass und ihre Zähne klapperten, als würde sie in einem Eisbad sitzen. »Marta, Marta, hast du denn nicht gehört?«

»Das hast du erfunden! Wie oft habe ich dir schon gesagt, dass du dir nicht solche Dinge ausdenken sollst? Wie oft?« Marta spielte es herunter, glaubte ihr kein Wort. Obwohl sie im Nachhinein – Jahre später – nicht sagen konnte, ob sie ihr nicht glauben wollte, oder tatsächlich so naiv war und es schlichtweg für unmöglich hielt.

»Ich weiß, was ich gehört habe, ich weiß es!«, brabbelte Hanna in sich hinein, zog die Bettdecke wieder über den Kopf und knipste ihr kleines Nachttischlämpchen aus.

Kapitel 25

24. Juni 1959: Das Buch von kurzer Dauer

Es war ein wunderschöner Sommertag, und obwohl Hanna und Marta den ganzen Tag der Mutter im Garten helfen mussten, verlor Marta ihre gute Laune nicht. Hanna jedoch war missgestimmt, was wohl zu einem großen Teil daran lag, dass die Schulferien begonnen hatten und dies die Zeit war, die sie am meisten hasste.

Tomek spielte im Hof mit kleinen Holzbauklötzern. Er war ein braves Kind, machte kaum Anstalten und beschäftigte sich fast den ganzen Tag mit sich selbst, ohne nach der Mutter zu schreien. Ein bisschen seltsam war es schon, aber so benehme sich ein anständiges Kind, pflegte der Vater zu sagen. Irgendwann lief Tomek jedoch ins Haus und die Mutter befahl Hanna, ihn da wieder herauszuholen, damit die Schwestern ein Auge auf ihn haben konnten, was er trieb. Da Hanna ohnehin kaum Lust auf irgendetwas an diesem Tag hatte, folgte sie ohne Widerstand der Anweisung. Sie ging ins Haus und staunte nicht schlecht, als Tomek wider Erwarten nicht im Wohnzimmer vorzufinden war. Er musste weitergelaufen sein.

Hanna schlängelte sich den Flur entlang und war überrascht, als sie Tomek am Fuß der Treppe vorfand, ein Bein ausgestreckt auf der ersten Treppenstufe, das andere fest auf dem Boden verankert. Seine kleine Hose war gerissen und Hanna schüttelte den Kopf. Da arbeitete der Vater nun in einem Stoffladen und besorgte aus fernen Ländern die feinsten und edelsten Stoffe, doch was diese nützten, wenn sie aufgrund einer leichten Grätsche gleich rissen, war ihr unklar.

Hanna schnappte sich Tomek und pikste ihn in den Bauch. Und auf einmal kam ihr ein Gedanke, den sie seit zwei Jahren verdrängen musste. Was war, wenn Tomek in Wirklichkeit doch ein Mädchen war? *Sie haben halt einfach aus dem Schwesterchen ein Brüderchen gemacht*, hatte Marta ihr eingetrichtert gehabt, da die ältere Schwester es ja selbst nicht besser wusste.

Die Mädchen wurden ja nie aufgeklärt.

Hanna konnte nicht anders. Sie musste es wissen. Also nutzte sie die Gelegenheit und wagte einen Blick zwischen Tomeks Beine. Die Aufregung, die durch ihren gesamten Körper fuhr, war berauschend, und dennoch hatte sie das Gefühl, als wäre es etwas anderes, das sie in diesem Augenblick noch viel stärker für sich einnahm. In diesem jungen Kindesalter von gerade einmal acht Jahren konnte sie dem Gefühl kaum Ausdruck verleihen. Doch Jahre später bezeichnete sie das Empfinden von damals als den ersten Anflug von Erhabenheit. Eine Erhabenheit, die den Worten der Eltern, den Worten der Gesellschaft trotzte und versuchte, einer inneren Stimme zu folgen, die ihr sagte, dass etwas nicht stimmte. Und jetzt war sie dafür bereit, es herauszufinden.

Schon seit ein paar Monaten trug Tomek keine Windel mehr, es war also ein Leichtes, den kleinen Schlüpfer ein Stück zur Seite zu schieben, um einen Blick auf seine Genitalien zu werfen. Als Hanna das entdeckte, was sie bei sich auch vor einer gewissen Zeit unten entdeckt hatte, zuckte sie zusammen. Sie hatte also tatsächlich recht gehabt: Tomek war nach wie vor ein Mädchen und wurde nicht umgebastelt!

Diese Erkenntnis brachte ihr eine innere Ruhe ein, wie sie sie noch nie zuvor gespürt hatte. Und gleichzeitig versetzte sie sie in Aufruhr. Sie musste mit der Großmutter darüber sprechen, musste ihr das alles erzählen und sich einen Rat holen, was sie zu tun hatte. Wie sollte sie weiterhin unter dem Dach einer Familie leben, die sie täglich anlog?

Doch dann kam der Vater frühzeitig nach Hause. Er erblickte Hanna, wie sie im Flur mit Tomek – der nicht länger Tomek für sie war – stand und stemmte seine Hände in die Hüften.

Hanna hielt das Kind weiterhin im Arm und die nackte Panik ergriff sie. Sie erinnerte sich daran, was das letzte Mal passierte, als der Vater sie mit dem Baby entdeckt hatte. Obwohl der Trieb zu flüchten in diesem Moment mehr als dominant in ihr war, blieb sie dennoch stocksteif stehen und schaute dem Vater starr in die Augen. *Schlag mich doch*, dachte sie eiskalt, *ich weiß dennoch, dass du mich belügst. Ich weiß es und werde mich nie wieder davon abbringen lassen, etwas anderes zu glauben, als das, was ich in mir spüre.* Hanna fühlte sich stark, beinahe unbesiegbar mit ihren acht Jahren, ihrem kleinen, schmächtigen Körper und ihrem erhabenen Geist, dessen Macht sie zum ersten Mal deutlich wahrnahm. Doch der Vater stieß sie bloß rabiat zur Seite, verkündete ihr hastig, dass sie sich ihr Sonntagskleid anziehen sollte und ging dann eilig zu der Mutter und Marta in den Garten, um ihnen dasselbe mitzuteilen.

Da wusste Hanna, dass etwas nicht stimmte. Es war mitten unter der Woche und ganz und gar unüblich, dass sie ihre Sonntagskleidung anziehen sollte.

Nach nur fünf Minuten stand die gesamte Familie vor dem Hauseingang und der Vater zeigte in Richtung des Hauses der Großmutter. Marta war verwundert und wusste nicht so recht, was die Familie da drüben sollte, hatten sie der Großmutter doch noch nie einen Besuch abgestattet. Sie wusste zu dem Zeitpunkt ja nicht, dass Hanna hingegen bereits viele, viele Male dort gewesen war.

So als würden kleine Küken ihrer Entenmutter hinterherschwimmen, liefen die Mutter und die Mädchen dem Vater vorsichtig hinterher. Er öffnete die Tür und die Familie ging ins Haus. Sofort kam ihnen ein unangenehmer Geruch von Faulheit entgegen und Marta wurde übel. Sie verstand, dass die Großmutter, die sie ohnehin nie zu Gesicht bekam, der Familie nun bald völlig fernbleiben würde. Es berührte sie kaum, warum sollte es das auch? Doch in diesem

Moment blickte sie zu Hanna, deren Gesicht wie erstarrt war, als sie die Großmutter auf dem Sofa mitten im Raum liegen sah. Die Großmutter musste wohl von der Treppe gestürzt sein, zumindest würde das die große Schramme an ihrem Kopf erklären.

Ein jeder von der Familie sollte sich kurz und knapp von der Großmutter verabschieden und dann wieder aus dem Haus verschwinden. Martas Verabschiedung fiel in der Tat mehr als knapp aus. Sie reichte ihr die Hand, die die Großmutter schwach ergriff, und nickte ihr zu. Dann eilte sie zur Tür, blieb an der Schwelle stehen und beobachtete Hanna, die mit langsamen Schritten auf die Großmutter zuging.

Hanna kam ihr ganz nahe, sodass sich ihre Gesichter fast berührten. Eine Träne kullerte über ihre Wange und ihre Lippen bibberten. Es war ihr unmöglich, etwas zu sagen, ihren Gefühlen Ausdruck zu verleihen. In diesem Moment, in dem Hanna in die verzweifelten, müden Augen der Großmutter sah, erblickte sie eine Endgültigkeit, die ihr Angst einjagte. Es war nicht die Endgültigkeit des körperlichen Lebens, sondern die Endgültigkeit einer mentalen Stütze, die sie in diesem Augenblick verlor.

»Hania«, flüsterte die Großmutter so leise es nur ging. Der Vater stand nur wenige Fußlängen entfernt. Auch wenn er dem Geschehen den Rücken zuwandte, durfte sie sich nie sicher fühlen: *»Ich sehe alles, auch wenn ich nicht da bin«*, waren die Worte, mit denen er sich seit frühester Kindheit Tag für Tag von ihr verabschiedete.

»Du darfst den Glauben nicht verlieren, hörst du?«, sprach die Großmutter weiter. Der Vater zuckte ein wenig und die Großmutter dämpfte noch mehr die Stimme. Ihre Augen wechselten dabei warnend zwischen Hanna und dem Vater hin und her. »Du musst weiterhin kritisch sein, hinterfragen, hörst du? Es ist nicht alles so, wie es scheint!« Und dann holte die Großmutter ein Buch unter ihrer Decke hervor.

»Hör mir gut zu, Hania«, sprach die Großmutter in einem ernsten Ton, den Hanna noch nie zuvor vernommen hatte. Es klang fast wie der Vater, außer dass dessen Ton noch wesentlich bedrohlicher war. »Das ist das letzte Buch, das ich dir schenken kann, doch anders als die anderen Bücher, ist dieses Buch nicht das, wonach es scheint. Es ist verboten, ja verboten. Aber darauf kommt es nicht an. Das Buch hält viele Überraschungen bereit und eine davon könnte dein eigenes Leben für immer auf den Kopf stellen. Verstehst du?«

Doch Hanna verstand nicht.

Dennoch nickte sie eifrig, und sofort verspürte sie den Drang, das Buch aufzuschlagen. Sie hatte wohl vergessen, dass der Vater noch immer hinter ihr stand. Als Hanna jedoch die erste Seite aufschlagen wollte, schlug die Großmutter kräftig mit ihrer dünnen Hand auf den Einband, sodass dieser rau zuklappte. Erschrocken schaute Hanna die Großmutter an, doch diese schüttelte mit eisernem Blick den Kopf. Jetzt war es Zeit zu gehen, dachte Hanna verängstigt. Und so schwer es ihr fiel, sie verabschiedete sich mit einem Kuss auf die Stirn von der Großmutter, versteckte das Buch unter ihrem Kleid und rannte nach draußen, als hätte sie die bittersten Bauchschmerzen, die man sich nur vorstellen konnte.

***

Für ein paar Minuten war Hanna allein im Zimmer, doch wie immer gönnte Marta es ihr nicht, diese Stille ohne sie zu genießen.

Die ältere Schwester platzte ins Zimmer hinein, als wäre nichts passiert, als hätten sie nicht gerade der Großmutter für immer Lebewohl gesagt. Misstrauisch beäugte sie Hanna von der Seite. Diese lag auf ihrem Bett und Marta sah ihr an, wie sie damit kämpfte, ihr ihre bitteren Tränen nicht zeigen zu wollen.

Nachdem ein paar Minuten vergangen waren, Hanna sich nicht von der Stelle bewegte und Marta sich schon wunderte, warum sie so seelenruhig auf ihrem Kopfkissen liegen blieb, blitze plötzlich etwas Rotes unter Hannas Kopfkissen hervor. Zuerst hielt Marta es nur für eine Illusion, dachte, dass sie sich verguckt hatte, doch dann war sie sich sicher, dass Hanna vorsätzlich auf dem Kissen liegen blieb. Und so riss Marta Hanna erneut aus ihren trübseligen Gedanken.

»Dafür, dass wir die Großmutter nie zu Gesicht bekommen haben, bist du aber ganz schön traurig!«

Hanna schaute ihre Schwester nicht an, sagte noch nicht einmal etwas. Doch das war in Ordnung, denn allein ihr schockierter Gesichtsausdruck, ertappt worden zu sein, war Marta eine Genugtuung. Also trieb die Schwester es noch auf die Spitze.

Mit einem listigen Hintergedanken sagte Marta: »Du sollst im Übrigen nach unten gehen und beim Vorbereiten der Speisen helfen. Sicher kommen einige Nachbarn und Verwandte vorbei, die sich ebenfalls von der Großmutter verabschieden wollen und danach bei uns etwas zu essen erwarten. Die Mutter hat schon nach dir gefragt und Vater ist eh schon böse, dass du dich hier so lang verkrochen hast. Keinen Anstand hast du, sagt er.«

Hanna stöhnte. Schon seit langer Zeit hatte sie der Schwester immer weniger ihrer Lügen abgekauft, doch an diesem Tag war sie so von Traurigkeit übermannt, dass sie scheinbar nicht darüber nachdachte, was Marta gesagt hatte.

Mit hängenden Schultern stand sie auf und ging schlurfend an Marta vorbei. Sie war auf der Hälfte der Treppe angelangt, als sie plötzlich begriff, dass ja niemals jemand die Großmutter besucht hatte. Warum also sollte nun jemand kommen, um sie zu verabschieden? Es vergingen noch ein paar Sekunden, in denen sie lauschte, ob der Vater sie doch nach unten rief, doch es blieb still.

Die Wut kochte in Hanna hoch, als sie wieder nach oben ging und die Zimmertür öffnete.

»Warum hast du das gemacht? Warum erzählst du so etwas, wenn du ganz genau weißt, dass niemand kommen wird?«

»Natürlich weiß ich das«, sagte Marta leichthin. Sie lehnte sich auf ihrem Bett zurück und drehte Däumchen. Diese Pose wirkte so gelassen, so überlegen, dass Hanna misstrauisch wurde. Und plötzlich überschlug sich ihr Herz und sie stolperte vor Schreck fast über ihre eigenen Beine, als sie zu ihrem Kopfkissen stürmte. Sie zog es nach oben, doch da drunter war nur ihr Laken zu sehen – sonst nichts. Wie ein Wirbelwind drehte sie sich zu Marta um und rannte auf sie zu.

»Wo hast du es? Wo hast du es? Es gehört mir! Gib es mir zurück!« Sie warf sich Marta an den Hals und schlug auf sie ein. Ihr Gesicht wurde feuerrot und sie vergaß völlig, dass sie noch immer ihr hübsches Sonntagskleidchen trug und kurz davor war, es ernsthaft zu beschädigen. Doch das kümmerte sie in diesem Augenblick herzlich wenig. Immer wieder stellte sie Marta die Frage, wo sie das Buch versteckte, das sie von Großmutter erhielt. Doch als Marta anfing, gehässig zu lachen, biss Hanna unbedacht und vor lauter Zorn in den Bauch ihrer Schwester.

Die Zeit blieb für Sekunden stehen, als Hanna erblickte, was sie angerichtet hatte. Dunkles, süßliches Blut floss aus Martas Bauch heraus, sodass sich alsbald das Laken rötlich färbte. Marta schrie, schubste Hanna weg und hielt sich verbissen die Wunde zu. Auch als die Mutter ins Zimmer gestürmt kam und erschrocken auf Marta zulief, während sie Hanna aus dem Weg schubste, realisierte Hanna noch nicht, was sie angerichtet hatte. Niemals hätte sie es für möglich gehalten, dass eine solche Kraft in ihren kleinen Zähnen lag, dass sie damit sogar durch die weiche Haut eines Bauches stoßen konnte. Sie hatte das Gefühl, als würde sie in einer Seifenblase stehen, den Blick starr auf das Geschehen gerichtet und doch abgeschirmt davon. Dann aber wurde ihre kleine, schützende Blase plötzlich zerstochen, als sie spürte, dass jemand von hinten an ihrem Zopf zerrte. Unliebsam fiel Hanna nach hinten auf den Boden und sie wusste, ohne hinaufschauen zu müssen, dass nun auch der Vater ins Zimmer gekommen war.

Was danach passierte, nahm Hanna nur noch verschwommen wahr: Wie ein Geist schwirrte die Mutter hin und her, hielt in der einen Hand ein Handtuch fest, während sie mit der anderen unbedacht ein paar Haarsträhnen von ihrem Kopf riss. Marta fluchte indessen über ihre kleine Schwester, doch auch das schien dem Vater nicht zu passen. Er hielt seiner ältesten Tochter mahnend den Zeigefinger hin, um ihr zu bedeuten, dass allein er die Macht dazu besaß, in diesem Haus Wörter zu benutzen, die nicht der normalen Alltagssprache entsprangen.

Nach etwa einer halben Stunde hörte das Schreien auf. Marta war inzwischen behelfsmäßig versorgt. Sie lag noch immer auf ihrem Bett, das Laken war inzwischen gewechselt und die Kissen aufgeschüttelt worden. Wollte die Mutter noch vor ein paar Minuten mit ihr ins Krankenhaus fahren, schüttelte der Vater, kritisch auf die Wunde blickend, nun den Kopf.

»Das sieht doch gar nicht so schlimm aus! Wie ein kleiner Messerstich beim Zubereiten von Essen ... woran du dich früher oder später auch gewöhnen musst! Jammere nicht so rum, Marta. Es gibt viel schlimmere Wunden! Bei dem Leiden Christi, hätten die Männer im Krieg jedes Mal so einen Aufstand wie du gemacht!«

»Aber Vater«, flehte Marta, »das ist doch nicht nur irgendeine Wunde! Hania hat mir das zugefügt! Sie hat mich gebissen! Wie ein Tier! Sie ist irre! In sie ist der Teufel gefahren!«

»Du blöde Kuh«, begehrte Hanna auf. Sie saß auf ihrem Bett, die Hände auf dem Schoß liegend ineinander verschränkt. Noch immer trug sie ihr hübsches Sonntagskleid, und was ihr bisher noch gar nicht aufgefallen war, stach ihr nun unweigerlich ins Auge: es hatte ebenfalls ein paar Blutspritzer abbekommen. Sie wollte sich verbal wehren, den Eltern erklären, warum sie so wütend geworden war, doch das konnte sie nicht. Sie wusste, wenn sie dem Vater erzählte, dass Marta ihr ein Buch weggenommen hatte, sie dieses Buch nie wieder sehen würde. Vater hätte es in Windeseile versteckt, in den Müll geworfen oder am schlimmsten: einfach als Brennstoff für das Feuer im Herd verwendet. Und so blieb Hanna nichts anderes übrig, als einfach nur dazusitzen und darüber zu schweigen, warum sie ihre große Schwester angegriffen hatte.

Zu Hannas Überraschung schwieg Marta ebenfalls. Zwar äußerte sie sich lautstark darüber, wie angewidert sie von ihrer kleinen Schwester war und dass sie es am liebsten hätte, dass der Vater Hanna nun ordentlich bestrafen würde. Doch mit keiner Silbe erwähnte sie das Buch, oder dass sie vermutete, dass es wohl nicht das erste Buch war, das Hanna von der Großmutter erhielt.

Hanna fragte sich, aus welchem Grund Marta sie nicht an den Vater verpfiff. Das missfiel ihr ganz und gar. Irgendetwas heckte ihre Schwester aus, da war sie sich sicher. Und sie sollte recht behalten.

***

Hanna war inzwischen wieder mit Marta allein im Zimmer. Die Schwestern schauten einander an, starr, jede auf ihrem Bett sitzend, die Arme verschränkt. Es war wie ein Wettbewerb, bei dem diejenige verlor, die als Erste zu sprechen begann. Schließlich war es Hanna, die nachgab, denn sie war es, der etwas genommen wurde.

»Wo hast du es, Marta?«

Die Schwester zuckte unschuldig mit den Schultern. »Ich weiß wirklich nicht, wovon du redest. Du hast mich in den Bauch gebissen, und das, ohne einen Grund zu haben!« In diesem Moment fühlte Marta sich noch nicht einmal schuldig, dass sie Hannas Buch weggenommen hatte. Sie bezeichnete es zu jenem Zeitpunkt noch nicht einmal als Stehlen, denn hätte sie gestohlen, wären ihr die Hände abgehackt worden. Nein, sie hatte lediglich etwas richtiggestellt. Denn es war ein Unding, dass Hanna ein Buch lesen wollte, schließlich hätte der Vater es missbilligt. Also tat Marta etwas, das voll und ganz im Sinne des Vaters war. Sie war gut und sittsam, redete sie sich immer wieder ein.

Hanna sah das natürlich anders. Jetzt, da der Vater nicht mehr im Raum war, hielt sie Martas angeblichen Lügen nicht mehr aus. Sie stand stampfend auf, machte zwei große Schritte auf Martas Bett zu, doch dann blieb sie abrupt stehen, als auch Marta sich aufsetzte und zu schreien begann: »Willst du mich jetzt schon wieder angreifen?«

Erschrocken hielt Hanna den Zeigefinger auf ihren Mund. Sofort rannte sie zur Tür, machte diese auf und lauschte, ob jemand nach oben kam. Doch es war still. Sie schloss die Tür, drehte sich wieder um und ließ sich mit dem Rücken dagegen fallen. Es war vergeblich – von Marta würde sie niemals erfahren, wo sie das Buch versteckt hielt.

Kraftlos schlurfte sie zu ihrem Bett, ließ sich darauf niederfallen, zog ihre Beine hoch an ihre Brust und umklammerte sie. Eine Träne kullerte ihre Wange hinab, doch sie zwang sich dazu, nicht zu schluchzen. Diese Genugtuung wollte sie Marta nicht auch noch geben, denn diese hätte sich wahrlich daran ergötzt.

Dieser Tag, der Hanna anfangs mit so viel Zuversicht erfüllte, einer Zuversicht, die ihr das Gefühl gab, dass sie nicht verrückt war, dass sie tatsächlich auf ihre innere Stimme hören durfte, hatte mit dem Abschied von der Großmutter eine bittere Wendung genommen. Hannas Tränen waren erst der Anfang ihrer einsamsten und fürchterlichsten Nacht, in der sie kein Auge zumachen und keinen klaren Gedanken fassen konnte. Denn sie wusste, ohne den Rückhalt der Großmutter konnte sie unmöglich das aussprechen, was sie heute gesehen hatte: nämlich, dass Tomek doch ein Mädchen war.

Kapitel 26

28. Juni 1959: Die Beerdigung

Es war, als hätte der Sommer willentlich eine Ruhepause für diesen traurigen Sonntag eingelegt. Es war frisch und ein kühler Nordwind wehte. Hanna bekam eine Gänsehaut – ob vom Wind oder weil sie innerlich schauderte, konnte nicht mit Sicherheit gesagt werden.

Die Beerdigung der Großmutter war ein kurzer Prozess. Am liebsten wäre es dem Vater gewesen, wenn die Kinder zu Hause geblieben wären, war es doch nur die alte, verrückte Großmutter, die zu ihren Lebtagen wie eine Ausgestoßene behandelt wurde. Doch das hätte auch bedeutet, dass die Töchter auf Tomek hätten aufpassen müssen, und dem misstraute er. Nicht etwa, weil er befürchtete, Hanna oder Marta hätten nicht genug acht auf ihn geben können, sondern weil er Hanna misstraute. Sie wusste es inzwischen, und auf irgendeine Art und Weise spürte er wohl, dass sie cleverer war als Marta.

Doch Hanna fing an diesem Tag das Schweigen an.

Sie hatte ihre Tränen bereits vergossen gehabt und starrte nun auf den praktisch geschnittenen, keineswegs hübschen Sarg, der in die Erde gelassen wurde. Der Friedhof war trostlos, gar verunstaltet. Überall rankten hartnäckige Efeustränge, das Unkraut wurde schon seit Monaten nicht mehr gezupft und es schien, als überließe man diesen Friedhof sich selbst. Auf den Marmorplatten der Grabsteine blätterte die Schrift ab, Blumensträuße, Kerzen oder Gedenkbänder gab es hier kaum. Doch woher sollten diese auch kommen, wenn es so schwer war, zu wissen, welches Grab welchem Verstorbenen gehörte – schließlich waren so viele der Namen auf den Grabsteinen unkenntlich gemacht worden. »Die Deutschen, ja die Deutschen liegen hier«, flüsterte irgendjemand, dem Hanna keine weitere Beachtung schenkte. Sie dachte nicht darüber nach, was das zu bedeuten hatte. Für sie stand nur eines fest: dies war zweifellos ein Ort, an dem Menschen begraben wurden, die keines Besuches würdig waren.

Während der Vater nun langsam unruhig wurde, andauernd auf die Uhr blickte und schließlich sogar den Bestatter aufforderte, endlich das Prozedere zu Ende zu bringen, schielte Marta zu Hanna rüber. Die ältere Schwester hatte den Eindruck, als würde Hanna einem Schauspiel zusehen, das sie nicht ansatzweise emotional berührte. Ihre Gesichtsmimik war wie eingefroren.

Seit dem Tod der Großmutter waren nur wenige Tage vergangen. Der Vater wollte die Sache so schnell wie möglich hinter sich bringen, das wusste Hanna. Sie wusste auch, dass sie die Großmutter nie wieder sehen würde und nie wieder würde sie Hanna Ratschläge geben und ihr Mut zureden. Doch was sie nicht wusste, war, warum die Großmutter ihr überhaupt über zwei Jahre lang Mut zugeredet hatte. Wofür? Um wieder und wieder vom Vater bestraft zu werden? Um nicht dazuzugehören und behandelt zu werden, als wäre sie ebenfalls verrückt? Verrückt, wie die Großmutter? All die Fragen, die sie sich getraut hatte zu stellen, brachten ja doch nichts!

Für was war das alles gut?

Obwohl Hanna äußerlich keine Miene verzog, tobte in ihr die Wut. Sie drohte überhandzunehmen und zerriss sie in alle Richtungen. Ihr Herz tat weh, unwillkürlich fasste sie sich an die Brust, als würde sie es jeden Moment herausreißen wollen, nur um es los zu sein. Der Schmerz war einfach zu überwältigend und ihr fehlte das Ventil. Was sollte sie denn jetzt bloß machen? Doch ehe sie bewusst die Frage für sich beantworten konnte, hatte sie sich unbewusst schon längst entschieden.

Bereits in den letzten Tagen hatte sie sich zurückgezogen. Hatte das gemacht, was von ihr gefordert wurde, ohne ein Widerwort. Sie hatte keine Kraft mehr, obschon ihr Innerstes ihr stets ein Zeichen gab, dass es falsch war, was sie tat. Zu weit war sie schon gekommen. Doch es ergab einfach alles keinen Sinn mehr. Sie wusste, dass in ihrem Haus noch mehr Lügen existierten, als sie sich in diesem Augenblick vorstellen konnte. Doch das Schlimmste daran war nicht, dass es diese Lügen gab, sondern dass Hanna fortan weiterhin darin gefangen sein würde. *Ich muss mich anpassen, ich muss mich anpassen*, sagte sie sich an diesem trüben Tag in jeder freien Sekunde.

Das Einzige, das sie beim besten Willen nicht mehr über sich brachte, war, weiterhin zum Religionsunterricht nach der Schule zu erscheinen. Sie würde ihn schwänzen, auch nicht mehr beichten, würde so tun, als würde sie dort hingehen und sich schlussendlich im Wald verstecken und warten, bis eine Stunde vergangen war, bevor sie nach Hause ging. Denn die Kirche, und vor allem Gott, hatte sie nun mehr als verraten. Und wenn sie es schon zu Hause nicht mehr wagte, Gegenwind zu blasen, so konnte sie wenigstens dem ungerechten Herrn ihr Erzürnen zeigen. Schließlich hatte er sie als Erster verlassen.

»Hania, wo ist das Wachstuch, das hier drauf lag?« Die Mutter riss sie völlig aus ihren Gedanken heraus. Die Familie war mittlerweile wieder zu Hause angekommen und die Mutter schaute, ob ja noch alles sauber und ordentlich war. Wovon etwas in der Zwischenzeit hätte dreckig werden sollen, war Hanna ein Rätsel. Doch warum sollte sie die Taten der Mutter noch hinterfragen. Sie blickte auf die kleine Kommode, auf der bis zuletzt noch ein Wachstuch gelegen hatte. Dieses hässliche Tuch mit dem seltsamen Blumenmuster, dessen unnatürliche Farben Hanna noch nie bei echten Blumen gesehen hatte, war ihr völlig egal gewesen.

Doch für die Mutter war es eine Selbstverständlichkeit, dass Hanna etwas mit dem Verschwinden zu tun haben musste.

Hanna zuckte mit den Schultern und nuschelte: »Ich weiß es nicht. Ich weiß es wirklich nicht.«

Daraufhin stöhnte die Mutter und verschwand in der Küche.

Ja, dachte Hanna, *vermutlich wäre ich auch noch der Bösewicht, selbst wenn ich gar nichts mehr tue.* Was machte es also für einen Unterschied? Es war die Frage, die die Großmutter ihr, nachdem sie das Buch ›*Madame Bovary*‹ gelesen hatte, stellte. Die Frage, die sie selbst alles infrage stellen ließ. Aber dennoch, so gestand sie sich ein, war sie doch erst acht Jahre alt, und wie sollte ein achtjähriges Mädchen sich gegen etwas stellen, von dem es noch nicht einmal wusste, welche Ausmaße es annehmen könnte?

TEIL II

Kapitel 27

1. September 1966: Tomek ist jetzt Agata

Es war das dritte Jahr, in dem Agata am ersten Schultag des neuen Jahres einen Aufstand machte, als würde sie auf dem Weg zum Scheiterhaufen bereits die Flammen auf ihrer Haut spüren. Dass Agata, ehemals Tomek, nun doch als Mädchen anerkannt wurde, war lediglich der Bürokratie zu verdanken. Denn als sie vor drei Jahren eingeschult wurde, wussten die Eltern bereits, dass sie mit ihrer Lüge nicht mehr durchkommen würden. Schon ein halbes Jahr davor fingen sie an, wirres Zeug zu reden. »Du musst auch eine Schuluniform tragen, so wie Hania und Marta«, hatte die Mutter zu ihr gesagt. »Ob du ein Mädchen oder ein Junge bist, das ist noch nicht so richtig raus. Das entscheidet sich erst bei deiner Einschulung«, hatte der Vater gesagt. Während Marta sich die Aussagen der Eltern anhörte und innerlich verwirrt war, hatte Hanna ganz ruhig in einer Ecke gesessen und sich so starr wie eh und je verhalten. Man konnte nichts mehr aus ihrem Gesicht ablesen – weder, ob sie Wut, Trauer, Freude oder Glück empfand. Es war unmöglich geworden. Sie befolgte widerstandslos die Befehle des Vaters, half zuvorkommend der Mutter im Haushalt und machte es jedem recht.

Selbst den Pfadfindern war sie kurz nach der Beerdigung der Großmutter beigetreten. Marta konnte sich noch erinnern, wie Hanna sich über die Pfadfinder, die den Unterricht in der ersten Klasse gleich an einem der ersten Tage unterbrochen hatten, aufgeregt hatte: *»Diese blöden Pfadfinder, die einfach den Unterricht stören und uns vom Lernen abhalten und noch dazu mit ihrer Tracht angeben«*, hatte sie damals geschimpft. Doch die Pfadfinder mit ihren Uniformen, die denen der polnischen Armee ähnelten, waren die

Lieblingskinder der Nation, denn sie waren das, was bereits beim jungen Volk Patriotismus auslöste. Sie erfuhren den Nächstendienst am eigenen Leibe, halfen Behinderten und Gebrechlichen, bauten an Straßen, Brücken und Krankenhäusern mit. Es war das, was man den *›Dienst an Polen‹* nannte – ein Dienst, der mithilfe von Mahnwachen zugleich an die Schuld der Deutschen erinnern sollte. Fast jeder hatte sich damals in der ersten Klasse gemeldet, den Pfadfindern beizutreten, doch Hanna tat dies nicht. Sie war zu dem Zeitpunkt bereits in den Fängen der Großmutter gewesen, die sagte, dass Pfadfinder bloß die Marionetten der politischen Partei wären. Als der Vater dann Hanna in der dritten Klasse erneut darauf ansprach, ob sie sich nicht endlich den Pfadfindern anschließen wolle, tat sie es ohne weitere Widerrede.

Für Marta war dies ein widerlicher Wandel, denn sie genoss es, dass allein Hanna in der Vergangenheit die Zielscheibe von Vaters Zurechtweisungen war. Durch Hannas eigenartigen Gehorsam ließ der Vater allmählich von ihr ab und knöpfte sich stattdessen auch immer öfter Marta vor.

An diesem ersten Schultag nach den Sommerferien also wurden Hanna und Marta, so wie in den zwei Jahren zuvor, wieder nach ein paar Stunden zu Agata in die Grundschule gerufen. Früher hätte Hanna einen Aufstand gemacht, dass sie aus ihrem geliebten Unterricht abrupt herausgerissen wurde, doch nun folgte sie einfach der Anweisung.

Die älteren Schwestern fanden eine hysterische Agata vor, die mitten im Klassenzimmer auf dem Boden rollte und aus Leibeskräften schrie. Marta versetzte es jedes Mal aufs Neue in Panik und sie stellte sich die Frage, was in Herrgottsnamen nur mit diesem Kind verkehrt war. Hanna jedoch packte Agata bei den Schultern und zog sie nach oben. Sie wusste schon damals, was sich keiner auszusprechen traute: nämlich, dass Agata unter erheblichen Identitätsproblemen litt. War dies denn auch verwunderlich? Im Grunde wussten es insgeheim alle. Auch Hanna sprach es nicht aus, stattdessen erduldete sie es gleichgültig, wenn Agata sich daheim wiederum benahm, als wäre nichts geschehen. Dieses Theater hielt die Familie nun schon seit Jahren auf Trab und Hanna machte den Eindruck, als ließe sie alles kalt.

Anfangs kam Marta nicht umhin, Hanna ab und an zu fragen, warum sie sich denn so äußerst seltsam benähme. Sie wandte bei ihrer Schwester ihre gewohnten Sticheleien an, doch alsbald fand sie keinen neuen Nährstoffboden mehr. Marta fand es erbärmlich. Hanna machte nichts mehr, was gegen die Regeln des Hauses gestoßen hätte – sie lauschte nicht mehr am Zimmer der Eltern, machte ihre Hausaufgaben zu der Zeit, wann Vater es bestimmte und tat auch sonst fast alles, was die Eltern ihr befehligten. Marta langweilte sich und gleichzeitig hasste sie Hanna noch mehr – denn Hanna war zu dem Ideal geworden, das Marta hätte sein müssen. Ohne zu wissen warum, lebten die Mädchen beide fortan in einer Welt, die nur noch aus einer Illusion bestand. Sie fügten sich, passten sich an und bildeten sich ein, dies sei die Rolle, die sie zu spielen hätten. Vielleicht hasste Marta Hanna auch nur so sehr, weil sie immer geglaubt hatte, sie sei diejenige von ihnen, die es tatsächlich schaffen könnte, etwas zu tun, was nicht erlaubt war. Marta hasste den Gedanken daran, dass sie nie Mut dazu besaß, doch nun hasste sie es, dass Hanna ihr die Hoffnung nahm.

Dies, das musste Marta zugeben, wurde ihr allerdings erst jetzt, viele Jahre später bewusst. Wie seltsam es doch war, dass man die Gründe für ein bestimmtes Verhalten, für bestimmte Gefühle, Hoffnungen oder Gedanken manchmal erst Monate, gar Jahre oder, wie in ihrem Fall, Jahrzehnte später ergründet. Und dann, so schien es ihr nun, versteht man das einstige Ich aus der Vergangenheit plötzlich nicht mehr.

Kapitel 28

24. Dezember 1966: Heiligabend und das mysteriöse Päckchen

Nachdem ein jeder der Familie entweder etwas Selbstgebasteltes aus Papier, ein paar Äpfel oder Nüsse an den Christbaum gehangen hatte, gingen die Kowalczyks in die Kirche. Als sie anschließend zurückkamen, natürlich ohne einen Obdachlosen mitgenommen zu haben, wurden zwölf Speisen zu Ehren der zwölf Apostel aufgetischt. Höhepunkt war freilich die polnische Sauce mit Karpfen. Die gesamte Verwandtschaft war dieses Jahr in das bescheidene Haus gekommen. Vermutlich fieberte sie den neuen Stoffen entgegen, die der Vater wie auf einem Basar neben sein neues, buntes Sofa hing. Das Sofa hatten die Eltern vor ein paar Wochen angeschafft und es stellte alle anderen Möbelstücke in den Schatten: denn es war wie mit bunten Klecksen, die ein Maler willkürlich auf die Leinwand spritzte, übersäht. Es war die Farben-Attraktion des Wohnzimmers, ein Hingucker aus einem strammen Segeltuch, und natürlich war der Heilige Abend der beste Zeitpunkt, an dem man solch ein prachtvolles Sofa präsentieren konnte. Zuvor war es über Wochen eingeschweißt gewesen und natürlich würde der Vater es sofort, nachdem alle Gäste fort sein würden, erneut mit einer großen Decke schützen.

Die Gäste nahmen überall, wo es Sitzmöglichkeiten gab, Platz. Der Vater, als Familienoberhaupt und ehrenhafter Gastgeber, holte die heilige Oblate hervor, wohlwissend, dass dieser Prozess, so wie Marta es mittlerweile bezeichnete, eine Ewigkeit dauern würde.

Die Oblate hatte ein weihnachtliches Motiv und die Mutter hatte sie bereits Tage zuvor in der Kirche gekauft. Sie schmeckte im Grunde nach einem Hauch von Nichts, doch sie war das Heiligste an diesem Tage und sie musste mit der ergebensten Ehrfurcht in den Händen gehalten werden. Der Vater hielt sie als Erster wie eine Krone, die nun bald einen neuen König ehren würde.

Er hielt eine unerschöpfliche Rede, sagte über jeden Einzelnen in seinem Haus ein paar Worte und sprach dann über die Dinge, die in diesem Jahr gut und weniger gut gelaufen waren. Ein jeder tat so, als würde er mit gespitzten Ohren dem Vater aufmerksam zuhören – mit den typischen Hilfsmitteln wie einem gelegentlichen, zustimmenden Nicken oder einem echauffierten Stöhnen, wenn es um die Wirtschaft ging. Doch im Grunde wartete jeder nur auf den ersten Stern, der sich am Himmel offenbaren sollte, damit die Gäste etwas zu essen bekamen, doch es war vergeblich: Es war bereits stockfinster, doch noch immer war kein Stern in Sicht. Eine düstere Wolkendecke hatte sich am Himmel aufgezogen und die Unruhe, die sich in der Menge breitmachte, war unerträglich. Ein jeder hatte den gesamten Tag gefastet und war völlig ausgehungert. Und so wurde die Rede des Vaters ins Unendliche gezogen.

Als dann schließlich der erste Stern am Himmel erschien – zumindest schrie einer der Gäste laut auf; vielleicht war es aber auch nur Einbildung oder der leere Magen, der nun schon zu Halluzinationen führte –, nickte der Vater abschließend und ein jeder musste zu dem Herrn des Hauses gehen, um sich ein Stück von der Oblate abzubrechen. Anschließend musste jeder noch mit jedem die Oblate teilen, bis schließlich nur noch ein paar Krümel der Oblate zwischen den Fingern klebten, die man sich nun endlich in den Mund stecken konnte.

Ein Onkel mütterlicherseits war nach dieser ewiglangen Zeremonie eilend in Richtung Toilette verschwunden – hatte er sich doch zuvor nicht getraut, eine unliebsame Störung zu verursachen. Er raste so schnell davon, dass er stolperte und schließlich auf die Nase fiel. Als er sich wieder aufrappelte, erblickte er ein kleines Päckchen auf dem Boden, das in weihnachtlichem Papier glänzte. Nachdem er sein Geschäft erledigt hatte, kam er mitsamt dem Päckchen zurück in die Stube.

»Ich glaube, hier ist ein Weihnachtspaket übersehen worden. Es ist von einem ... oh ... der Name ist ja ... also so etwas gibt es doch nicht: *Brosig ...*«, sagte er frei heraus, ohne sich der Konsequenzen seiner Worte bewusst zu sein. Der Onkel war nicht der hellste, aber sicherlich einer der liebsten, die Hanna hatte. Er war offen und ehrlich und hatte noch nie ein verurteilendes Wort gesprochen. Freilich, er war naiv und der Vater bezeichnete ihn gar als dumm, doch Hanna wusste, dass dies nicht der Fall war.

Die Erschrockenheit in Vaters Gesicht, als er das Päckchen erkannte, war nicht nur für die Aufmerksamen unter den Gästen zu sehen. Er stand sofort von seinem Platz auf, entriss dem Onkel das Päckchen und schwenkte es hinter seinen Rücken, so als wäre er ein Magier, der der Menge weismachen wollte, dass dieses Päckchen unsichtbar wäre. Doch das lenkte die Aufmerksamkeit der Gäste nur umso mehr darauf und sofort erklangen Stimmen, die ihn anwiesen, den Inhalt des Päckchens zu offenbaren.

Es war das erste Mal, dass Hanna und Marta mitbekamen, wie der Vater ins Schwitzen geriet. Die Röte seiner Wangen erkannte man trotz des schummrigen Lichts. Doch was am meisten auffiel, war der nervöse Blick, der immer wieder in die Richtung seiner Töchter fiel.

Hanna richtete sich auf. Den ganzen Abend über hatte sie kein Sterbenswörtchen gesagt, was mittlerweile seit Jahren normal gewesen war. Doch nun regte sich etwas in ihr, das etwas Altes, längst Vergessenes war und sie innerlich zum Stocken brachte.

Ein jeder legte seine Gabel weg und stellte sein Glas ab. Es schien, als hätten sie allesamt vergessen, dass sich ihre Mägen noch Minuten zuvor vor Hunger lauthals beschwert hatten. Es war unausweichlich: der Vater musste das Päckchen aufmachen.

»Na gut, na gut. Es ist ein Päckchen ... aus Deutschland«, sagte er, als wäre es etwas ganz und gar Normales. Dabei war es das nicht. Keiner bekam ein Päckchen aus Deutschland, denn niemand wollte mit den Mördern aus dem Nachbarland etwas zu tun haben.

Der Vater riss den Karton auf und als das Gut darin zum Vorschein kam, hielt er erneut kurz inne. »Also ...«, stammelte er, »es ist so, nun ... nun wie ihr wisst, habe ich im Krieg gedient. Und jawohl, das hier ist einfach ein Päckchen von jemandem, den ich während meiner Dienstzeit kennengelernt habe. Er ... nun ... er lebte, nun ja, in Danzig, jawohl in Danzig! Und ...« Er hustete ein, zwei Mal, so als hätte er mit einem großen Schleimpfropfen in seiner Kehle zu kämpfen. Vorsichtig beäugte er die Verwandten. Es schien Sinn zu ergeben – schließlich lernten die Mutter und der Vater sich in Danzig kennen. Und dennoch hatte Hanna das Gefühl, dass der Vater noch immer nervös war, obwohl es doch dafür augenscheinlich keinen Grund mehr gab.

»Ach, nun zeig schon her«, sagte erneut ein Onkel, der die Schwester der Mutter geheiratet hatte. Und in diesem Augenblick fiel Hanna zum ersten Mal auf, dass die gesamte anwesende Verwandtschaft allein Mutters Wurzeln entstammte. Der Vater hatte keine Geschwister, so sagte er immer, und die Großmutter von nebenan war tot. Seine Frau und Kinder waren seine Familie und mehr gab es nicht zu wissen. Doch nun war sich Hanna nicht mehr so sicher, ob es nicht doch etwas gab, was niemand wusste.

»Danzig, ja da kommt ihr doch auch her! Und die Stadt war doch geteilt«, stammelte der Vater weiter, da er scheinbar bewusst ausblendete, dass ihm niemand mehr so recht zuhörte. »Und da gab es auch Deutsche … und …«

Der Onkel zog ein Foto aus dem Päckchen und die gesamte Masse bewegte sich wie eine umfallende Dominoreihe nach vorne, um einen Blick auf das Bild erhaschen zu können. Der Mann auf dem Bild hatte blond gelockte Haare und einen Schnurbart. Er stand vor einem heruntergekommenen Haus und seine Augen schauten nicht direkt in die Kamera. Es schien, als würde er etwas anderes anvisieren, was seine gesamte Aufmerksamkeit einforderte.

Im Päckchen selbst waren noch ein bisschen Gebäck drin und ein Brief. Doch diesen schnappte sich der Vater ganz heimlich, als er glaubte, seine Gäste seien vom Foto abgelenkt genug. Er bemerkte nicht, dass Hanna ihn ganz genau beobachtete und nicht, wie jeder sonst hier, nach vorne gesprungen war, um sich wie ein verhungertes Tier auf ein Stückchen Sensation zu werfen. Schnell schob der Vater den Brief in seinen Hosenbund und ließ sein glatt gebügeltes Hemd darüber fallen.

Nachdem ein jeder das Foto begutachtet hatte, ebbte die Neugierde ab und man begab sich schließlich zurück zu dem wesentlichsten Teil des Abends: dem Essen. Auch Hanna lehnte sich zurück und sprach noch immer kein Wort. Doch der Mann auf diesem Foto hatte etwas bei ihr ausgelöst, das neun Jahre zuvor nur die verachtete Großmutter geschafft hatte.

Kapitel 29

15. Januar 1967: Du sollst geben ... und der Priester nimmt

»Nein, nein, nein!«, fluchte die Mutter, obwohl sie selbst niemals das Wort *›Fluchen‹* für ihr aufbrausendes Gezeter verwendet hätte. »Ich sehe immer noch eine Falte, Hania! Jetzt streng dich doch ein bisschen an. Siehst du nicht, wie unordentlich die Tischdecke liegt? Jetzt zieh sie straff. Herr im Himmel, lass mich das durchstehen.« Die Mutter bekreuzigte sich und warf Hanna einen strengen Blick zu.

Alles musste perfekt sein, wenn der Priester eintraf. Dieses Jahr kam er sehr zeitig. Vor mehreren Tagen hatte die Familie auf die Liste gesehen, auf der die Daten standen, zu welchem Zeitpunkt er welches Haus abklapperte. Und seit diesem Tag war die Mutter ganz aufgeregt.

Sie stand schon den ganzen Vormittag in der Küche und bereitete das beste Essen vor, das sie aus ihrer Heimat kannte: es gab Galuschel – getrocknete Pfifferlinge mit Speck und Zwiebeln, einem Schuss Sahne und reichlich Petersilie. Und als wäre dies nicht genug, kramte sie auch noch ein weiteres Rezept hervor, das aus Rauchfleisch mit Backobst und schlesischen Klößchen bestand. Das *›Schlesische Himmelreich‹* nannte sie es, oder zumindest stand diese Betitelung in ihrem Rezeptbuch drin – handschriftlich, liederlich und in Eile aufgeschrieben, wobei es definitiv nicht Mutters Handschrift war, die diese Rezepte einst niederschrieb.

Als es schließlich klingelte, sollten die Kinder sich setzen, die Beine stillhalten und sich von ihrer besten Seite zeigen. Die Mutter führte den Priester und zwei Ministranten an den Tisch, und dem Priester war an seinem Bauch bereits anzusehen, dass sein Magen-Darm-Trakt mit der Arbeit nicht mehr hinterherkam. In wie vielen Familien er wohl schon mit der besten Mahlzeit des Hauses beköstigt wurde?

»Nun, wie ihr wisst, komme ich, um die Geschenke für unseren heiligen Herrn Jesus abzuholen und euer Haus zu segnen.« Er schaute jede einzelne der Schwestern an, blieb ein paar Sekunden lang bei Agatas weit aufgerissenen Augen hängen, bis er schließlich bei Hannas skeptischem Gesicht landete. Kannte er das Gesicht eines jeden Mädchens, das brav und fromm zur Beichte ging? Und auch die Gesichter derer, die sich dem verweigerten? Hanna wurde ganz bang, und dennoch hielt sie seinem Blick stand, während sie sich innerlich tausende von Ausreden einfallen ließ. Als wäre Hannas religiöse Verweigerung ihr direkt ins Gesicht geschrieben, erinnerte der Priester die Mädchen ausdrücklich an ihre Pflicht, täglich und gewissenhaft in der Bibel lesen zu müssen. Abschließend erzählte er ihnen kurz und knapp, dass am 6. Januar die Heiligen Drei Könige Jesus die Geschenke brachten. Und in der heutigen Zeit sei es die Aufgabe eines jeden Priesters, nach diesem besonderen Tag in jedem Haus ein Geschenk, was gleichbedeutend mit Geld war, einzusammeln. Nachdem der Priester ein paar Bissen aß, reichte die Mutter ihm wie jedes Jahr einen prall gefüllten Umschlag, woraufhin er nur kurz nickte und kurz darauf verschwand. Das Essen erkaltete und ein Quietschen von Kreide ertönte. Es kam von der Haustür, an der jemand das alljährliche Kreuz hinterließ. Erleichtert blickte die Mutter dem Priester nach. Niemals würde sie es zulassen, dass die Nachbarschaft über sie zu reden hatte. Das Kreuz befreite ihren Geist. Sie war ihrer Pflicht nachgekommen.

Warum schlummerte in Hannas Kopf ausgerechnet in diesem Jahr die törichte Frage, warum der Priester immer nur nahm, während sie noch niemals Zeuge davon wurde, dass dieser auch einmal gab? Sie schüttelte die Gedanken beiseite und half sogleich, den Tisch wieder freizuräumen.

Kapitel 30

3. März 1967: Das vergessene Buch

Für den Sonntag in zwei Tagen lud der Vater wieder einmal allerhand große Leute ein. Einer bedeutender als der andere, und demnach auch einer langweiliger als der andere. Mit der Anzahl an Menschen, die in das Haus der Kowalczyks einkehren sollten, übertrumpfte der Vater sich dieses Mal selbst. Es waren geschlagene zweiundzwanzig Personen, und die Mutter wütete schon seit drei Tagen in der Küche herum, damit auch ja niemand das Haus mit der Behauptung verlassen konnte, dass man bei der Familie Kowalczyk nicht genügend zu essen bekam. Demzufolge war die Mutter zu einer unberechenbaren Hyäne geworden, die ihren Kindern befehligte, ihr zu helfen, wo sie nur konnten. Da der Mutter zudem bang war, dass das einzige Klo, das sie im Haus zur Benutzung freigeben konnten, womöglich verstopfen könnte, sollte Hanna auch das Plumpsklo in einen reinlichen Zustand bringen – soweit dies überhaupt möglich war.

Hanna fühlte sich derart zurückversetzt in all die vergangenen Male, da sie als junges Kind das Plumpsklo reinigen musste. Sie hätte auf der Stelle brechen können.

Freudlos machte Hanna sich an die Arbeit, ging mit Eimer und Bürste nach unten in den Garten und schrubbte, was das Zeug hält. Sie war fast fertig, als sie noch den Rand des Loches mit angehaltenem Atem abbürstete und sich dabei unwillkürlich über das Loch hinüberbeugen musste. Da stach ihr etwas in die Augen, das sie stocken ließ. Sie vergaß, dass sie bis eben noch die Luft angehalten hatte, und sog nun in einem Zug all den Sauerstoff ein, der in dieser winzigen Kabine übriggeblieben war. Sie musste beinahe erbrechen von dem Gestank, der ihr in die Nase kroch, von den Würmern, die in diesem widerwärtigen Sud umher schwammen, als wären sie die Nudeleinlage in einer Suppe. Doch dann war da noch etwas, was definitiv nicht dahin gehörte. Es war weiß und hatte ein seltsames Muster, soweit man dies in dem zähflüssigen Braun erkennen konnte.

Und dann wurde Hanna bewusst, was es gewesen war.

Sie schreckte zusammen, setzte zwei Schritte zurück und fiel über die Kante des Klos im Garten auf den Rücken. Doch sie beachtete den Schmerz nicht, sondern rappelte sich stattdessen sofort wieder auf, um im Schuppen nach etwas zu suchen, das ihr als Angel dienen konnte. Kurzerhand nahm sie die verrostete Schaufel, die nur anfangs im Garten zum Gebrauch kam, als die Mutter noch wild entschlossen war, alle möglichen Obstbäume einpflanzen zu wollen. Vermutlich ahnte sie zum damaligen Zeitpunkt noch nicht, dass sie sich eines Tages um drei Kinder zu kümmern hatte.

Zurück im Plumpsklo ließ Hanna die Schaufel in das Loch hinunter, und als sie gleichermaßen hörte und spürte, wie das Eisen des Schaufelblatts die Wasserfläche zerteilte, schloss sie für den Bruchteil einer Sekunde ihre Augen, um sich neuen Mut zuzusprechen. Sie wusste nicht, was sie sich von ihrer Aktion erhoffte, aber sie spürte ein seltsames Kribbeln, das sie dazu veranlasste, weiterzumachen. Dann fing sie dieses Teil auf, das, wie sich herausstellte, das Wachstuch war, nach dem die Mutter am Tag der Beerdigung der Großmutter gefragt hatte.

Wie kam dieses nur hier rein?

Seltsamerweise war es schwerer, als es hätte sein dürfen, und kurz hatte Hanna die Vermutung, dass es vollgesogen war mit Fäkalien. Beinahe hätte sie vor Ekel die Schaufel selbst in das Loch geschmissen, doch dann erkannte sie die rechteckige Form des Tuchs und sie wusste, dass etwas da drin stecken musste, das hoffentlich nicht aus dieser Masse entstanden war.

Vorsichtig ließ sie die braungelbe Flüssigkeit vom Schaufelblatt tropfen und als sie schließlich dieses rechteckige, mit dem Wachstuch überzogene Teil vollständig aus dem Loch gehoben hatte, wusste sie nicht so recht, wo sie es jetzt hinlegen sollte. Kurzerhand stellte sie die Schaufel ab. Dann riss sie sich etwas von ihrem Rock ab und wischte damit den Restsud vom Wachstuch, bis sie es schließlich öffnen konnte und einen Einband vorfand, der ihr gleichermaßen vertraut als auch fremd vorkam.

Ja, Marta musste Jahre später zu ihrer Schande gestehen, dass sie es gewesen war, die das Buch, das Hanna damals am Sterbetag der Großmutter erhalten hatte, in das Wachstuch eingebunden und in das Loch geschmissen hatte. Sie wollte es Hanna heimzahlen, dachte, dass Hanna es schon viel eher finden und ihrer Schwester gar auf die Schliche kommen würde. Es hatte sich für Marta zu einer Art Spiel entwickelt, Hanna stets im Wege zu stehen und sie immer wieder zurück in die gesteckten Grenzen einer Welt zu katapultieren, der Marta, warum auch immer, treu bleiben wollte. Insgeheim wartete Marta natürlich nur darauf, dass Hanna es fand, damit es wieder einen ordentlichen Streit gab, bei dem Hanna schlichtweg die schlechteren Karten gehabt hätte. Marta wäre dann die Überlegene gewesen. Denn hätte Hanna Marta vor den Eltern schuldig gesprochen, hätte sie auch zugeben müssen, was sie von der Großmutter erhalten hatte. Und dass dann das Buch für immer verbannt worden wäre, wussten die Schwestern beide. Im Grunde hatte Marta Hanna also einen Gefallen getan, so redete sie es sich ein, indem sie es auf diese Weise für Hanna aufbewahrt hatte. Marta konnte ja nicht ahnen, dass Hanna sich völlig zurückziehen und erst acht Jahre später dieses Buch finden würde.

Hanna rieb mit ihrem Stofffetzen das Schaufelblatt sauber, wickelte anschließend das Wachstuch darin ein und schmiss es angewidert in den Müll. Die Schaufel spülte sie noch mit

Wasser ab, ehe sie sie zurück in den Schuppen stellte. Dann rannte sie nach oben in ihr Zimmer, legte sich aufs Bett und öffnete behutsam die erste Seite. Das Buch hieß: ›*Adriana, ein römisches Mädchen*‹, und sofort verschlang Hanna eine Seite nach der anderen.

Mittlerweile war sie schnell geworden im Lesen. Damals, mit sechs, als sie die Geschichte der ›*Madame Bovary*‹ aufsog, fiel es ihr noch schwer, so viele unbekannte Wörter aufzunehmen und sofort verstehen zu können. Doch jetzt, nach all den Jahren im Bücherclub in der Schule, hatte sie kein Problem mehr, schnell über die Seiten zu fliegen. Doch je weiter sie im Buch fortschritt, desto mulmiger wurde ihr zumute.

Die Römerin war ganz und gar nicht dem Gesellschaftsideal in Polen ähnlich. Sie stahl und klaute – doch ihr wurden nicht die Hände abgehackt. Sie war frech und log – doch ihr wurde nicht die Zunge abgeschnitten. Und zu allem Überfluss schlief sie auch noch mit allerhand Männern, was als Prostitution bezeichnet wurde. Hanna wusste nicht, was das zu bedeuten hatte und das Buch klärte sie auch nicht auf. Was hieß es, mit einem Mann zu schlafen? Hanna und Marta bekamen jahrelang erzählt, dass selbst die Berührung eines Mannes schon verwerflich war. Und jetzt wurde davon gesprochen, dass Mann und Frau sich ein Bett teilten, ein Paar, das nicht verheiratet war. Hanna war ganz verwirrt, wie das überhaupt möglich war. Doch die Römerin gab ihren Körper frei, so beschrieb das Buch es, und verdiente sich damit ihr Geld. Hanna kam nicht umhin, sich die Hand vor den Mund zu halten und den Kopf zu schütteln, doch innerlich breitete sich auch eine eigenartige Wärme aus, die sie verloren geglaubt hatte. Anders als bei ›*Madame Bovary*‹ kämpfte die Römerin gar nicht dagegen an, sich zu verstellen, nur um dem gesellschaftlichen Ideal zu entsprechen. Sie empfand sogar wahre Freude daran, anders zu sein.

Es vergingen Stunden, ohne dass Hanna überhaupt die Zeit bemerkte. Sie befand sich in einem Rausch. Wenn sie ein Kapitel beendet hatte, löste sie nachdenklich ihren Blick vom Buch und starrte gegen die Decke. Ihre Gedanken ratterten. Und je weiter sie im Buch vorstieß, desto erstaunter war sie darüber, dass die Welt doch anders sein konnte. Es war doch nicht überall gleich, gewiss nicht, und tatsächlich gab es Orte, wo man so sein konnte, wie man wollte. Das zeigte ihr das Buch, doch warum taten dann bloß alle so, als wäre es überall auf der Welt so wie in Polen? Sie verlor sich völlig in ihrer Fantasiewelt, war auf einmal selbst Adriana und trotzte der Kirche und dem sittlichen Verhalten.

Es löste etwas in ihr aus, das sie viel zu lange unterdrückt hatte. Etwas, das in ihr Wut, Traurigkeit und Hoffnung zugleich aufkeimen ließ. Kokett malte sie sich aus, wie sie die Stimme der Adriana in ihren Gedanken für sich selbst nutzte und sich stark machte, sich lustig machte und über andere spottete. Sie konnte gar nicht mehr aufhören zu lesen, vergaß alles um sich herum, und als sie bereits in der Mitte des Buches angelangt war und die nächste Seite umblätterte, hätte sie um ein Haar laut aufgeschrien.

Statt auf die nächste mit Buchstaben gefüllte Seite zu stoßen, um die Wörter, Sätze und Interaktionen der Römerin zu bewundern, fand Hanna ein rechteckiges Loch vor. Auch die folgenden Seiten waren auf diese Weise ausgeschnitten worden, weil etwas den Platz beanspruchte.

Ein Schlüssel.

Es war wohl der schönste Schlüssel, den Hanna je gesehen hatte: träumerisch verspielte Ornamente, die wie Knospen und Blüten aussahen, waren in der Reide – dem Endstück des Schlüssels – zu erkennen. In welches Schloss dieser Schlüssel wohl passte? Und warum hatte die Großmutter ihn in das Buch gesteckt und Hanna überreicht? Gott, was hätte sie dafür gegeben, jetzt mit der Großmutter sprechen zu können.

»Hania, Herrgott, was ist nur los mit dir? Kommst du nun endlich runter? Vaters Gäste sind gleich da und du willst dich doch nicht vor deinen Pflichten drücken?!«

Die Schritte, die von der Treppe aus ins Zimmer hallten, kamen immer näher. Vor Schreck klappte Hanna das Buch zu, sie hatte gar nicht mitbekommen, dass die Mutter nach ihr rief und nun bereits auf dem Weg nach oben zu ihr war. Schnell schob sie das Buch unter das Kissen, doch dann fiel ihr ein, dass das keine gute Idee war. Auf diese naive Weise war ihr dieses Buch vor acht Jahren schon einmal verloren gegangen. Also zog sie es wieder hervor, schaute sich unruhig im Zimmer um und seufzte dann schon fast vor Erleichterung, als ihr einfiel, wo sie jahrelang ihr Tagebuch vor ihrer Schwester versteckt hielt. Viel zu lange war ihr letzter Eintrag her, doch jetzt war nicht die Zeit, darüber nachzudenken. Sie öffnete die alte Kiste, die mittlerweile von oben bis unten mit Martas alten Schulsachen gefüllt war. Jedes Jahr kümmerte Marta sich nur darum, die voll geschriebenen Materialien schnellstmöglich loszuwerden, indem sie sie oben auf den Stapel schmiss und die Kiste schnell wieder verschloss. Dinge auszusortieren, daran dachte Marta gar nicht. Und Hanna wusste das. Ganz unten in der Kiste befand sich auch *›Madame Bovary‹* und nun wollte Hanna *›Adriana, ein römisches Mädchen‹* dazulegen. Ihr Herz folterte sie mit seinen festen, unaufhörlichen Schlägen, als sie die Bücher hin und her bewegte. Fast schon glaubte sie, dass die Mutter bereits im Zimmer stand und sie jede Sekunde den anklagenden Ton einer Predigt hören würde. Doch sie schaffte es, machte die Kiste wieder zu, stand auf und griff dann zur Zimmertür, um sie im gleichen Moment aufzuziehen, wie die Mutter dagegen drückte.

»Ich wollte gerade runterkommen, Mutter.«

Die Mutter schaute misstrauisch, als Hanna an ihr vorbei ging und die Treppen hinunterraste. Doch sie war nicht so clever, eins und eins zusammenzuzählen.

Kapitel 31

22. April 1967: Das verborgene Schubfach

Es war Sonnabend und für die meisten Menschen in Polen wohl der schönste Tag der Woche. Obwohl an diesem Tag noch bis zum frühen Nachmittag geschuftet werden musste, war es der wohlverdiente Abend, der ein friedliches, gar strahlendes Lächeln in die Gesichter zauberte. Wenn Hanna von der Mädchenschule, auf die sie mittlerweile ging, nach Hause kam, begegnete ihr eine Schar von Arbeitern: Fabrikarbeiter, die sich in Omnibusse drängelten und bereits einen in der Krone hatten; Buchhalter, die es kaum erwarten konnten, einen ganzen Tag lang nur in Unterhose durch das Haus zu streifen; Parteiaktivisten, die sich gähnend darauf freuten, einmal in der Woche zwei Stunden länger schlafen zu können. Ja selbst die Mädchen in der Schule erzählten von den Waldspaziergängen, denen sie am Sonntag bei sonnigem Wetter entgegenfieberten. Seit ein paar Wochen jedoch hasste Hanna den Sonnabend.

Jahrelang hatte sie versucht zu untergraben, dass sie sich notgedrungen an etwas angepasst hatte, was nicht ihrem tiefsten Inneren entsprach. Doch seit sie das vergessene Buch in den Händen gehalten hatte, schaffte sie es einfach nicht mehr, ihre innere Stimme zu ignorieren.

Als Hanna ihre müden Füße ins Haus setzte, war auch der Vater bereits daheim, was untypisch war, da er immer länger als die normale Arbeiterschaft im Laden blieb. Hanna schlich in die Küche, wo die Mutter mit Agata saß und auf sie einzureden versuchte.

»Was ist los?«, fragte Hanna, und zu ihrer eigenen Verwunderung stellte sie fest, dass sie schon viel zu lange keinen Satz mehr gebildet hatte, der in der Betonung am Ende stieg. Der Mutter schien dies jedoch gar nicht aufzufallen.

»Dein Vater bekommt Besuch«, entgegnete die Mutter, ohne, dass sie zu Hanna aufblickte.

»Wieder ein Empfang?«

»Nein, nein. Der PIH kommt – *›Państwowa Inspekcja Handlowa‹* – die Staatliche Handelskontrolle. Dein Vater hat es heute erfahren, der gute Mann soll bereits am Montag dem Kaufhaus einen Besuch abstatten.«

»So? Und warum hat er Angst?«

Erst jetzt wandte die Mutter sich Hanna zu – mit verblüfften, zornigen Augen und aufgeklapptem Mund. Eine Entschuldigung wäre angebracht gewesen, doch Hanna spürte etwas seltsam Vertrautes in ihr aufsteigen – eine Frechheit, die so manches Mal der unerwünschte Begleiter der Wahrheit war. Und obschon Hanna ihre lange zurückgehaltene Frechheit als bewusste Gefahr wahrnahm, löste sie in ihr auch eine gewisse Genugtuung aus. Hanna erstarrte für ein paar Sekunden, von ihren eigenen Worten und den dadurch ausgelösten Gefühlen überrascht. Es war womöglich ihr Glück, dass schon kurz darauf Agata wieder die Aufmerksamkeit der Mutter auf sich lenkte und Hanna sich somit schnell wegstehlen konnte.

Sie ging nach oben, hörte, wie der Vater stöhnte und wie Papier raschelte. Offenbar war der Vater im Arbeitszimmer und hatte ganz vergessen, die Tür zu schließen. Als Hanna im oberen Flur ankam, stand sie wie gebannt am Rande der Treppe, setzte keinen weiteren Schritt in Richtung ihres Zimmers, sondern starrte einfach nur auf den Vater, der an der Wanduhr stand, mit ein paar Schriftstücken in den Händen.

Diese Wanduhr – wann hatte Hanna sie zuletzt gesehen? Es musste Jahre her gewesen sein, doch erneut kribbelte es auf ihrer Haut, als würden einhundert Ameisen über sie hinwegkrabbeln.

Tick tack, tick tack. Das Pendel schlug von rechts nach links, von links nach rechts, von ... und dann weitete Hanna verdutzt die Augen, als sie erblickte, wie sich der Vater bückte und seine rechte, zitternde Hand zur Wanduhr streckte. Hatte er da etwas in den Händen? Gewiss! Es war länglich und passte perfekt in ein kleines Loch, das augenblicklich knackste, als der Vater die Hand drehte. Ein Schlüssel, der ein verborgenes Schubfach in der Wanduhr öffnete.

Hanna wich nun einen Schritt zurück. Sie hatte Angst, dass der Vater womöglich ihren unruhigen Atem vernehmen könnte. Doch der Vater war offensichtlich selbst ganz vertieft in seine Gedanken, denn er schaute weder auf, noch drehte er sich um – was gänzlich untypisch für ihn war.

In was für Unterlagen der Vater wühlte, konnte sie aus ihrer Position nicht erkennen. Doch sie roch den Schweiß, der auf Vaters Stirn winzige Tropfen bildete.

Es mochte noch nicht einmal eine Minute vergangen sein, als der Vater alles wieder zurück in das Schubfach steckte und der Schlüssel in die entgegengesetzte Richtung gedreht wurde. Er steckte den Schlüssel jedoch nicht zurück in seine Hosentasche. Stattdessen ging er um seinen Schreibtisch herum, zog dort das klapprige Schubfach auf und legte den fein geschwungenen Schlüssel, der die Macht besaß, das Innere der Wanduhr zu enthüllen, ins Fach. Und als er das tat, hüpfte Hannas Herz und blieb an der höchsten Stelle für einen Bruchteil der Sekunde stehen. Obwohl sie mehrere Meter entfernt war, war sie sich dennoch sicher: es war genau der gleiche Schlüssel, den sie vor wenigen Wochen in Großmutters Buch gefunden hatte! Aber warum nur besaß Großmutter ebenfalls einen Schlüssel? Gehörte ihr womöglich einst die Wanduhr?

Jetzt kam der Vater aus dem Zimmer und um ein Haar hätte Hanna die Sekunde verpasst, in der ihre Füße sich zur Flucht bewegen sollten. Doch wohin? Würde sie in den Flur treten, käme sie auf direktem Wege in die Fänge von Vaters unkontrollierbarer Wut. Würde sie nach unten sprinten, hätte sie sich durch die knarzenden Geräusche der Treppe ebenso verraten. Schlussendlich schlich sie nur ein paar Stufen hinunter, um in dem Augenblick, als der Vater die erste Stufe der Treppe erreichte und auf sie niederblickte, so zu tun, als wäre sie gerade, ganz unschuldig, auf dem Weg nach oben gewesen.

Zu Hannas Überraschung beachtete der Vater sie kaum. Nachdem er, noch immer völlig in seine Gedanken versunken, in das gespielt ruhige Gesicht von Hanna geblickt hatte und vor Schreck ein wenig zusammengezuckt war, streifte er sich nun barsch an ihr vorbei und würdigte sie keines Blickes mehr. Ungläubig schaute Hanna dem Vater hinterher. Sie hörte, wie er die Küchentür öffnete und sofort von der Mutter mit unverständlichen Worten konfrontiert wurde.

Noch bevor sie einen klaren Gedanken fassen konnte, setzten sich ihre Füße in Bewegung. Sie kramte das Buch der Großmutter hervor, in das sie den schön geschwungenen Schlüssel nach dessen Entdeckung wieder versteckt hatte, und zog ihn heraus. Ihr Atem ging so schnell und laut, dass sie das Gefühl hatte, er würde ihren gesamten Körper beherrschen. Jeden Moment rechnete sie damit, von unten gerufen zu werden, doch ihre Sinne waren derart geschärft, dass sie selbst das Knistern des Papiers hörte, als dieses in den Herd gelegt wurde.

Es war das erste Mal, dass Hanna Vaters Arbeitszimmer betrat. Er hatte es nie für nötig gehalten, die Tür abzuschließen, zu sehr war er der Überzeugung gewesen, dass die Kinder den Zorn fürchteten, wenn einer von ihnen seine aufgestellten Regeln missachtete. Und da Hanna in den letzten Jahren – zumindest, was ihre Familie rein äußerlich wahrnahm – zur Vernunft gekommen war, hegte er keinen

Zweifel daran, dass auch sie ihre ungezügelten Marotten der kindlichen Neugier abgelegt hatte.

Mit zitternder Hand öffnete Hanna die Glastür der Wanduhr und tatsächlich konnte sie auf den ersten Blick sehen, wie sich direkt unter dem Pendel ein kleines Schubfach verbarg. Sie steckte den Schlüssel hinein, musste einmal tief durchatmen, um schließlich auch den Mut zu finden, ihn herumzudrehen. Dann knackste es und das Schubfach würde seine Geheimnisse enthüllen, sobald sie es hervorziehen würde. Doch die Zeit war wie stehen geblieben, und Hanna hatte kurzzeitig das Gefühl, neben sich zu stehen, aus lauter Angst, was sie im Schubfach entdecken könnte. Sie stellte sich vor, wie sie wirtschaftliche Dokumente vorfinden könnte, die sie nicht verstand, die jedoch den Ruin für Vaters Geschäft prophezeiten. Gleichermaßen könnte sie auch einfach nur die Geburtsurkunde von Agata finden, die bewies, dass sie doch von Anfang an ein Mädchen war. Das wäre nichts Neues, und womöglich hätte sie all das auch nicht aus der Bahn geworfen. Stattdessen fand sie, wie sie instinktiv erhoffte, das Foto und den Brief vor, den Vater am Heiligabend schnell hinter seinem Rücken zu verstecken versucht hatte.

Ihre Hände waren eiskalt und verschwitzt, als sie den Brief auseinanderfaltete. Sie musste schlucken. Er war in Deutsch geschrieben. Einer Sprache, der sie nie mächtig hätte sein dürfen, doch es dank Zofias Briefe und Großmutters heimlichen Unterrichts zumindest im Schriftlichen halbwegs war. Zofias Briefe trafen zu jener Zeit in regelmäßigen Abständen in Großmutters Haus ein, und als diese starb, wurde auch der Briefverkehr abgebrochen, zu groß war die Gefahr, dass der Vater sonst herausbekommen hätte, dass Hanna deutsche Briefe erhielt.

Immer wieder wischte Hanna sich die Hände an ihrem Rock ab, damit kein Tropfen Schweiß die liederlich geschwungenen

Buchstaben noch weiter verzerrte. Und dann begann sie zu lesen.

Mein lieber Sohn,

nach all den Jahren, die vergangen sind, ist mein Gefühl von Reue ins Unermessliche gestiegen. Ich weiß, dass du mich hasst, mich verachtest, noch mehr wahrscheinlich als deine Mutter, doch glaube mir, wenn ich dir sage, dass sie am wenigsten Schuld trägt. Wir waren jung, und die Liebe ist Herrgott nicht immer etwas, das man einkalkulieren, planen und an dessen Regeln man sich halten kann. Regeln sind etwas, was die Menschheit erschaffen hat, in mancher Hinsicht ein Segen, in mancher Hinsicht eine Zumutung.

Ich bitte dich um Verzeihung und auch ich verzeihe dir.

Wie dem auch sei.

Von deiner Mutter habe ich zu ihren Lebzeiten noch erfahren, dass du drei Kinder hast, und zu gerne würde ich meine Enkel einmal begrüßen. Wirst du es mir jemals erlauben?

Bitte schreibe mir zurück und vielleicht kommt ihr mich bald in Berlin besuchen? Ich kann leider nicht mehr viel gehen, bin die meiste Zeit ans Bett gefesselt. Na ja, ich dachte, das Leben wäre nach dem Krieg für mich alsbald erledigt gewesen, aber vermutlich lässt mein Geist einfach noch nicht los ...

Bitte, tu mir den Gefallen, mein Sohn. Ich wünsche es mir so sehr.

Erich Brosig

Erich, Großmutters Erich. Der Großvater, der laut Vaters Aussage tot war. Doch wie konnte jemand aus dem Grab heraus einen Brief verfassen? Hannas Schläfen pochten, vielleicht ging sie zu weit, vielleicht hätte sie diese Lawine niemals ins Rollen bringen sollen. Aber was war schon ein Leben, das man in einer Lüge führte?

Sie kramte noch ein bisschen weiter im Schubfach, und tatsächlich waren auch Dokumente darin zu finden, die etwas mit der Handelsaufsicht zu tun hatten. Hanna mochte sich diese nicht durchlesen, sie wollte nicht wissen, ob der Vater im Kaufhaus alles mit rechten Dingen zugehen ließ. Das interessierte sie nicht. Also packte sie diese Blätter beiseite und stieß dann auf zwei Fotos, deren immensen Stellenwert sie sich in diesem Moment nicht ausmalen konnte. Sie wusste nicht, was sie zu bedeuten hatten – für den Vater, für ihre Familie, für sie. Doch sie spürte, wie sich ihr Herz verengte und ihr ein deutliches Signal zur Flucht gab.

Auf dem einen Foto war Erich zu sehen, in voller Nazi-Kluft, mit dem Hakenkreuz auf der Schulter und einem Gewehr in der Hand. Er stand mit drei weiteren Burschen zusammen, lächelte, unwissend, welchen Schrecken der kommende Krieg verbreiten würde. Und auf dem anderen Foto war der Vater zu sehen, ebenfalls in deutscher Wehrmachtsuniform!

Die Erkenntnis war niederschmetternd: Der Vater hatte im Krieg für die Deutschen gekämpft, für das Volk von Mördern! Der Vater selbst war ein Mörder, ein Deutscher, der neben

Juden auch kommunistische Polen verschleppt und in Konzentrationslager gebracht hatte.

Und jetzt, als hätte der Blitz eingeschlagen und den Himmel für den Bruchteil einer Sekunde zum Leuchten gebracht, ergab auch alles einen Sinn: Warum der Vater so schlecht polnisch schreiben konnte, unzählige Rechtschreibfehler sich bei ihm einschlichen. Warum die Großmutter, die das Geheimnis um ihren deutschen Sohn bewahrte, der sogar im Krieg für die Deutschen gekämpft hatte, niemals eingeladen wurde. Denn sie hätte es jederzeit ausplappern können. Warum Mutters Eltern, die anderen Großeltern, die die Deutschen mehr hassten als alle anderen Völker, niemals zu Besuch kamen. Sie, ja sie mussten es ebenfalls gewusst haben, im Gegensatz zum Rest der Verwandtschaft.

Doch neben all diesen Dingen, die sich allmählich in Hannas Kopf wie Puzzleteile zu einem Bild zusammenfügten, gab es noch unzählige Fragen, die Hanna sich nicht erklären konnte: Warum hatte der Vater für Deutschland gekämpft und anschließend eine Polin geheiratet? Wie konnte der Vater in Polen leben, vorgeben, ein Wohltäter für sein eigenes Dorf Modlica, die ganze Stadt Pietrow und die Umgebung mit seinem riesengroßen Kaufhaus zu sein, während er die ganze Zeit seine Identität als Halb-Deutscher und Mörder verschleiert hat? Wie war es ihm möglich, seinen Kindern polnische, kommunistische Werte aufzudrücken, obwohl er sich selbst sein ganzes früheres Leben für etwas anderes eingesetzt hatte? Wie konnte er von Hanna verlangen, wöchentlich zur Beichte zu gehen, wenn er selbst nie zur Beichte ging, obwohl seine Schuld und Last doch am größten war? Und vor allem: Warum wurde Hanna ständig von ihm für etwas bestraft, doch der Vater, der Gott weiß wie viele Menschen im Krieg erschossen hatte, wurde mit einem Kaufhaus und dem Respekt der Leute gesegnet?

Hannas Lungen waren aufgebläht und sie merkte, wie sie die ganze Zeit über die Luft angehalten hatte. Sie musste sich zwingen, weiter zu atmen. Sie hörte, wie unten die Tür aufging und jemand die Küche verließ. Vielleicht war es der Vater, der erneut nach oben kam, um nach dem Rechten zu sehen. Doch das war ihr egal. Vielleicht provozierte sie es sogar ein bisschen, denn sie rührte sich nicht von der Stelle. Minuten vergingen, doch sie bekam keine Gesellschaft. Eine überraschende Welle der Enttäuschung überkam sie, und schließlich packte sie schnell die Dokumente wieder in das Schubfach, schloss es ab und ging aus dem Arbeitszimmer hinaus. Sie hinterließ alles so, wie sie es vorgefunden hatte, doch sie selbst würde nie wieder dieselbe sein.

Kapitel 32

23. April 1967: Die Unerträglichkeit des Wissens

Am Folgetag fühlte Hanna sich wie eine Spannfeder, die zusammengedrückt wurde und jeden Augenblick auseinanderspringen konnte. Ihre innerliche Unruhe war ihr förmlich ins Gesicht geschrieben. Mehrmals versuchte Marta, sie zu piesacken, etwas aus ihr herauszubekommen, irgendeine Information, mit der sie sie hätte verspotten können. Doch es war vergeblich.

Es war Sonntag und tatsächlich hatte der Vater an diesem Tag einen Familienausflug geplant. Der Ausflug hätte etwas mit Entspannung und einem netten Picknick zu tun haben können oder einem Wandertag im Riesengebirge, zumal die Sonne hoch am Himmel stand. Doch der Vater bestand darauf, dass die Familie an einen Ort fuhr, an dem Knochen ausgegraben wurden.

Während Marta unbekümmert daran vorbeitrottete und Agata mit der Mutter etwas abseits stand, bekam Hanna ein mulmiges Gefühl.

»Was ist das hier?«, fragte Hanna mit zitternder Stimme.

»Ach Hania«, gaukelte Marta albern herum. »Das sind doch bloß Knochen von Tieren, was glaubst du denn?«

Doch das barsche »Nein!« vom Vater wies die älteste Tochter ordentlich zurecht. Sofort blieben die Mutter und die drei Schwestern starr stehen.

»Das sind Menschenknochen. Habt ihr das verstanden?« Er schaute eine nach der anderen an. Mutter senkte den Blick. Agata tat so, als würde der Vater über alltägliche Dinge sprechen. Marta verschränkte die Arme vor Empörung. Doch Hanna stand einfach nur da, starrte den Vater angstvoll an und versuchte offensichtlich, ihre vergessene Gesichtsmimik wieder in den Griff zu bekommen.

»Polnische Menschenknochen!«, fuhr Vater fort. »Als 1939 die deutsche Wehrmacht in Polen Einzug hielt, hat sie polnische Zivilisten umgebracht. Tausende. Mit der Begründung, dass die Polen sich an den Deutschen vergriffen hätten, sie schuldlos ermordet hätten, sie *verraten und getäuscht* hätten. Habt ihr das verstanden? Die Knochen liegen hier schon seit Jahren vergraben, doch keiner hat sie bisher entdeckt, vermutlich weil keiner mehr den Ort wusste, an dem man suchen muss. Nun ja, davon gibt es ja viel zu viele, als dass man da noch den Überblick behalten kann. Doch ich wusste den Ort, ich kannte ihn ganz genau. Und heute Morgen habe ich ihn gemeldet!« Obwohl der Vater sich mit seinen Worten an seine gesamte Familie richtete, war es doch Hanna, der er unaufhörlich einen mahnenden Blick zuwarf.

Während sie mit roten Wangen und weichen Knien regungslos zuhörte, platzte es aus Marta heraus: »Oh, Vater sag, warst du auch dabei? Du konntest entkommen, nicht wahr? Ja, das konntest du.«

Doch der Vater antwortete nicht und Hanna wurde in diesem Augenblick speiübel. Sie glaubte genauso wie ihre ältere Schwester, dass der Vater dabei gewesen war. Jawohl. Doch Martas naive Annahme, dass er auf polnischer Seite entkommen konnte, teilte sie definitiv nicht. Jetzt nicht mehr! Wie oft hatte der Vater vor den Verwandten erwähnt, dass er im Krieg gedient hatte, und wie oft hatten die Verwandten angenommen, dass er für das polnische Vaterland eingestanden hatte, obwohl er doch niemals, ja niemals, äußerte, auf welcher Seite er eigentlich gestanden hatte. Wie oft hatte er erwähnt, dass die Deutschen ein unberechenbares Volk waren, das seelenlos Menschen erschoss und in Konzentrationslagern folterte und tötete, und wie oft war er bei diesen Erzählungen dann feuerrot geworden, vor Wut, vor

Pein, vor Scham? Dass diese Scham ihm selbst galt – nein, das hatte Hanna nicht für möglich gehalten.

Mehrmals schluckte sie heftig und dann spuckte sie auch noch auf die raue Erde, wohl wissend, dass sich Spucken nun wahrlich nicht für ein frommes Mädchen schickte.

Sie konnte den Vater nicht anblicken, denn dann hätte sie vermutlich in seinem Gesicht die Bestätigung dafür finden können, dass er *es* gewusst haben musste. Wie war er ihr nur so schnell auf die Schliche gekommen? Hatte sie nicht alle Spuren in der Wanduhr verwischt? Zu ihrer Schande musste sie sich eines eingestehen: Vaters Versprechen, dass er alles, aber auch wirklich alles, was sich in seinem Hause abspielte, mitbekam, hielt er gnadenlos ein.

Hanna drehte sich um, umklammerte ihren Brustkorb und fing an, still zu schluchzen. Marta hielt sie für eine Memme, die noch nicht einmal ein bisschen Geschichte ertragen konnte. Doch in Wirklichkeit war es die pure Panik, die Hanna ergriff: Würde der Vater nun auch sie umbringen?

Kapitel 33

Sommer 1967: Das Familiencamp und Hannas böser Trieb

Vor etwa vier Jahren hatte der Vater, als Leiter des hiesigen Kaufhauses, beschlossen, ein Betriebs-Erholungsheim an der Ostsee zu erbauen. Dieses Ferienlager bestand im Wesentlichen aus vielen einzelnen Holzhütten und war dafür gedacht, dass die Angestelltenfamilien – in der Regel die Mütter und ihre Kinder – in den Sommerferien dort hinfahren konnten. Zwei Wochen wurden vollständig vom Kaufhaus übernommen und falls noch Ferienplätze übrig waren, wurden diese an die Handelsgenossenschaft gemeldet. Ja, der Vater war in der Tat ein Wohltäter für die Familien seiner Angestellten. In aller Munde war er, und er konnte stolz darauf sein, was er erreicht hatte. So wurde über ihn gesprochen und von seinen Töchtern wurde erwartet, dass sie ebenso von ihrem Vater dachten – was sie jedoch nicht taten. Marta in allererster Hinsicht nicht, weil sie sich all die Jahre aufgeopfert hatte, es Vater recht zu machen, ihm zu zeigen versuchte, dass sie sein Ideal – das polnische Ideal – erfüllen wollte. Doch alles, was Marta tat, reichte ihm nicht aus, und das enttäuschte sie. Und Hanna, nun sie spürte längst, dass Vaters Ideale auf einer undurchsichtigen Lüge aufbauten.

Jedenfalls schickte der Vater seine Frau und seine Töchter ebenfalls jedes Jahr in dieses Ferienlager, ob es ihnen gefiel oder nicht. Doch anstatt der üblichen zwei Wochen, bestand der Vater in diesem Jahr darauf, dass sie vier Wochen wegblieben. Auch wenn weder Hanna noch der Vater bis dato ausgesprochen hatten, was Hanna entdeckt hatte, war spürbar, dass die Spannung zwischen den beiden in den vergangenen Wochen ins Unermessliche gestiegen war. Für Hanna war es unerträglich geworden, im Haus zu sein. In jeder auch noch so kleinsten Bewegung, die vom Vater ausging, witterte sie einen Angriff. Als sie im Mai Geburtstag hatte und die Mutter dem Vater das Küchenmesser reichte, hatte sie für den Bruchteil einer Sekunde geglaubt, dass er es fassen und sie damit erstechen würde. Wenn sich der Tag zur Nacht wandelte, lauerte sie darauf, dass der Vater ins Zimmer schleichen und sie unter dem Kopfkissen ersticken würde. Manchmal schreckte sie aufgrund eines winzigen Geräuschs auf, suchte mit ihren Augen blitzschnell die Umgebung ab und atmete dann erleichtert aus, wenn sie sicher war, dass der Vater auch aus der düstersten Ecke nicht plötzlich hervorkroch. Für Marta, die natürlich nicht eingeweiht war, war Hannas Verhalten einfach nur ein weiteres Indiz dafür, dass sich die Schrauben in ihrem Kopf immer mehr lockerten und es schon bald laut klirren würde, wenn das ganze Metall von ihr abfiel.

Aber selbst der Vater war ganz froh, dass die Sommerferien begonnen hatten und er die Töchter eine Weile loswerden konnte. Vermutlich benötigte er diese Zeit, um darüber nachzudenken, was geschehen würde, wenn Hanna die Wahrheit ans Licht bringen würde.

Und das zu Recht, denn in Hanna brodelte es unaufhörlich.

Sie war wie das Magma eines Vulkans, das nur auf den Vulkanausbruch wartete, um endlich aufsteigen und seine ganze Umwelt mit sich ins Verderben reißen zu können. Mit Marta konnte sie nicht sprechen und auch mit der Mutter nicht. An Agata traute sie sich erst recht nicht heran, da das Mädchen genug mit sich selbst zu kämpfen hatte. Das Verlangen nach einem Ventil, um ihre unaufhaltsame Ladung an widersprüchlichen Gefühlen endlich ablassen zu können, wurde mit jedem Tag, der verging, stärker. Und so kam es, dass sie der Mutter zum Trotz gleich am ersten Tag ins Meer sprang.

Die Mutter heulte auf, rief ihr hinterher: »Du kannst doch nicht schwimmen, hör auf damit! Wenn das Vater erfährt! Du ertrinkst, Herrgott!«

Doch es war ihr egal. Sie war sechzehn Jahre alt und konnte nicht schwimmen. Erbärmlich, dachte sie innerlich. Sie erinnerte sich an das Gespräch mit der Großmutter, als diese ihr das Fahrradfahren beigebracht hatte.

»Nun, meine kleine Hania, ich glaube, das wird etwas sein, das du eines Tages selbst erlernen musst«, hatte die Großmutter prophezeit, als Hanna auch das Schwimmen von ihr beigebracht bekommen wollte. Und ja, nun war es tatsächlich höchste Zeit – auch wenn es bedeutete, unbeholfen im flachen Wasser die ersten Schwimmversuche zu starten und Unmengen an Salzwasser schlucken zu müssen, aus der Unfähigkeit heraus, die Wellen richtig einzuschätzen. Nachdem die Mutter bemerkte, dass sie mit der Kraft ihrer hohen, kreischenden Stimme nicht an das Mädchen herankam, beschloss sie nach einer Weile, zurück zur Kommune zu gehen. Wenn jemand erführe, dass die Familie des Kaufhausleiters sich nicht an der Zubereitung des Abendessens beteiligte, wäre der Aufruhr groß gewesen. Dazu durfte es selbstverständlich nicht kommen.

Jeden Tag ging Hanna gleich nach dem Frühstück zum Meer und blieb stundenlang im Wasser. Sie mochte blaue Lippen bekommen haben, die bis ins Unermessliche bibberten, und schrumpelige Füße, die wie eingetrocknete Orangen aussahen. Doch das war ihr egal. Das Meer entführte sie in eine Freiheit, nach der sie sich sehnte. Sie blickte weit hinaus zum Horizont, stellte sich die Tiefe des Ozeans vor und was da unten alles für Pflanzen und dunkle Kreaturen verborgen waren. Es war eine Unendlichkeit, die in ihr für die kurzen Stunden, die sie im Meer verbrachte, eine Hoffnung aufflammen ließ. Sie erzählte den Quallen und Fischen von ihrer Familie und vom Vater, der für sie nichts anderes als eine Lüge mehr war. Wenn sie dies unter Wasser aussprach, musste sie nicht fürchten, dass jemand ihre Worte aufschnappte und sie sofort ihrer Mutter erzählen würde. Sie musste keine Angst haben, dass die Fische einen Kreis um sie bildeten und sie ins dunkle Tief des Meeres zu ziehen versuchten. Es waren nur Fische, die sich nicht darum kümmerten, was Hanna tat und ob dies in Gottes Augen richtig oder falsch war.

Nach vier Tagen konnte sie perfekt schwimmen, und das Salzwasser, das ihr am Anfang so zugesetzt hatte, war nunmehr zu etwas geworden, das sie hin und wieder für sich ausnutzte. Sie hielt ihren Kopf zum Himmel hoch, legte sich auf den Rücken und ließ Arme und Beine in der Schwerelosigkeit des Salzes fallen. So trieb sie minutenlang dahin, bis der Wind an Stärke zunahm, die Wellen größer wurden und sie dazu gezwungen war, sich wieder umzudrehen, um gegen die Wellen Widerstand zu leisten. Völlig erschöpft verließ sie sodann das Meer, warf einen letzten Blick zurück und ging schnell zu ihrer Holzlaube, um sich für das Abendbrot umzuziehen.

Sie krempelte sich ihren Badeanzug herunter, wrang sich die Haare aus, und die vielen Wassertropfen rannen wie Perlen an ihrer nackten Haut herunter. Plötzlich bemerkte sie einen Schatten vor ihrem großen Fenster und sie blickte sofort nach oben. Vor ihrer Hütte stand ein etwa zehnjähriger Bursche, der Hanna wie erstarrt anblickte. Er hatte rotes, wirres Haar und viele Sommersprossen. Sein kleiner Körper war schlaksig und seine dünnen Beinchen schauten aus seinen kleinen Buchsen hervor, als wären sie dünne Zweige, die jedoch kaum elastisch waren. Sein Gesicht wurde in der Sekunde, als Hanna seine Augen traf, starr, so als hätte er noch nie ein Mädchen gesehen. Und dann fing er wie wild an zu kichern. Er krümmte sich vor Lachen, hielt sich die Hand vor den Mund und zeigte schließlich auf ihre entblößte Brust.

»Hast du aber Titten«, sagte der Junge unverfroren und Hanna zuckte zusammen. Entkleidet wie sie war, stürmte sie aus ihrer Laube, ging schnurstracks auf den Jungen zu und gab ihm eine gepfefferte Ohrfeige. Der Junge rannte heulend davon und Hanna beeilte sich, geschwind ihre Kleidung zu wechseln.

Am Abend saßen alle Familien auf Baumstümpfen an dem großen, stämmigen Tisch, um gemeinsam das Abendessen einzunehmen. Hanna war gerade auf dem Weg zu ihrem Platz, als die Mutter ihre Hand ergriff und sie hinter ein weißes Laken zog, das zwischen einem Baum und einem Strommast aufgespannt war. Der Schatten, der sich hinter diesem Laken bildete, tat gut, obschon Hanna wusste, dass eine Abkühlung nicht der Grund war, weshalb die Mutter sie dorthin gebracht hatte.

»Was fällt dir ein Hania? Was fällt dir in Gottes Namen ein?«

Hanna zuckte trotzig die Schultern. Sie tat so, als wüsste sie nicht, wovon die Mutter sprach. Und so wurde diese noch wütender.

»Was glaubst du eigentlich, wie ich mich für dich schäme! Hast du gehört? Wenn das der Vater erfährt – Gott bewahre, was sollen bloß die anderen Familien von uns denken? Die Tochter des Kaufhausleiters hat keine Anständigkeit! Einen armen, kleinen, unschuldigen Jungen schlägt sie! Pah!«

»Unschuldig? Der Bengel hat sich über meine Brüste lustig gemacht! Was soll daran unschuldig sein?«

»Hania! Hörst du nun auf! Es reicht mir mit dir! Jahrelang hast du dich benommen und nun fängst du wieder an durchzudrehen? Was ist nur falsch mit dir? Geh jetzt und iss etwas und danach gehst du ins Bett, hast du verstanden? Für heute ist Schluss mit deinen Flausen. Und morgen früh entschuldigst du dich bei den Eltern des Jungen!«

Die Mutter streckte den Arm aus und zeigte mit dem Finger auf die große Tafel, an der die Familien, neugierig zu Hanna und der Mutter hinüberblinzelnd, saßen. Wütend stampfte Hanna zurück. Doch anstatt auch nur eine Speise anzurühren, verschränkte sie die Arme vor der Brust und sprach kein einziges Wort mehr. Stattdessen blickte sie verloren auf ihren Teller und fragte sich, warum sie sich in solch einer ungerechten Welt befand.

***

Am nächsten Tag kam ein kleiner, struppiger Hund mit vanillefarbigem Fell zu Hanna gelaufen. Sie war gerade zum Strand gegangen, in voller Montur, sodass ihre Brust nicht einmal ansatzweise durch den Wind entblößt werden konnte, ging am Wasser entlang und auf einmal hatte sie einen kleinen, zotteligen Begleiter an ihrer Seite. Sie kraulte ihm den Kopf und fing an, schneller zu laufen, um den Hund anzuspornen, mit ihr um die Wette zu rennen. Immer wieder blickte sie zurück, klatschte in die Hände und ließ sich dann vom Hund überholen. Dieser wartete dann hechelnd auf sie, sodass sie ihn wieder überholen konnte und das Spiel von Neuem begann. Als sie dann wieder zurückblickte, merkte sie nicht, dass sie direkt in die Laufbahn eines Joggers rannte, der sich augenscheinlich nicht die Mühe machte, ihr den nötigen Platz einzuräumen. Und auf diese Weise prallte sie direkt gegen ihn und fiel zur Seite um.

Sofort stützte Hanna sich auf, schaute ihrem Gegenüber ins Gesicht und echauffierte sich darüber, warum er nicht Platz machen konnte.

»Du musst mich doch gesehen haben!«, sagte sie, während sie aufstand und sich den Sand von ihren Schenkeln abklopfte.

»Klar hab ich das. Und?«

»Und? Ja, also ... warum bist du dann nicht zur Seite gegangen?«

»Warum sollte ich?« Die Person, die nun mit strammen Schultern hochmütig vor ihr stand, war längst kein junger Bursche mehr. Es war ein Mann, der nur mit einer Badehose bekleidet war. Am liebsten hätte Hanna über die vielen Haare auf seiner Brust geschmunzelt, doch sie musste sich ermahnen, dass sie so etwas nicht tun sollte – schließlich wäre sie dann genauso albern wie der Junge vor ihrer Hütte gewesen.

»Wohnst du in einer der Lauben in den Dünen?« Die Frage kam so unerwartet, dass Hanna zunächst nicht wusste, was sie darauf antworten sollte. Wusste er bereits, wer sie war? Hatte er bereits erfahren, was sie gemacht hatte?

Also nickte sie nur zögerlich und strich sich den Schweiß von der Stirn. Ihr fiel gar nicht auf, dass der Hund zwischen ihnen stand und zwischen ihr und dem fremden Mann hin- und herblickte. Doch dann beugte sich der junge Mann hinunter und tätschelte den Kopf des Hundes und augenblicklich bekam Hanna ein schlechtes Gewissen.

»Bist du sein Herrchen?«, fragte sie und ihr Gesicht errötete.

»Klar bin ich das, aber wenn ich ihn mir so ansehe, mag er dich im Augenblick weit mehr als mich.«

Hanna lachte peinlich berührt, denn sofort sprang der Hund zu ihr hoch, um sich auch von Hanna den kleinen Kopf tätscheln zu lassen.

»Ich bin Patryk und du bist wohl die, die man in den Dünen Hania nennt, richtig?«

Gerade als Hanna ihm die Hand reichen wollte, zuckte sie zurück. Also doch! Er wusste, wer sie war! Die Schamesröte stieg ihr ins Gesicht und noch bevor er etwas Weiteres sagen konnte, entschuldigte sie sich und ging weg.

»Warte, wohin willst du denn? Wir sind doch gerade erst ins Gespräch gekommen und da fliehst du schon vor mir?«

Doch Hanna drehte sich nicht mehr um. Das Letzte, was sie jetzt noch gebrauchen konnte, war ein weiterer Kerl, der sich über sie lustig machte. Dass er es überhaupt wagte, so direkt zu sein! Ihr auf eine unmissverständliche Art deutlich zu machen, dass sie das Gespött des gesamten Ferienlagers war! Zorn stieg in ihr auf. Sie schleuderte mit ihren Füßen den feinen Sand zu allen Seiten, nicht darauf achtend, ob jemand rechts oder links neben ihr ging, dem die Sandkörner in die Augen geraten könnten.

***

Beim Abendbrot erblickte Hanna Patryk an der äußeren rechten Ecke des langen Tisches. Immer wieder ermahnte sie sich dazu, nicht zu ihm herüberzuschauen, zumal ein Mädchen an seiner Seite saß, das immer wieder mit seinem Ellenbogen in seine Taille stieß und ihn damit zum Lachen brachte. Das Mädchen hatte wunderschönes rotes Haar, das in leichten Wellen über seinen Schultern hing. Man hätte es als Elfe bezeichnen können, so fein waren seine Gesichtszüge geschnitten, doch Hanna empfand das Mädchen als Hexe, die sich als Unschuldsengel tarnte.

Hanna schlitzte ihre Augen, lehnte sich abwechselnd nach vorn und nach hinten, um an all den Menschen vorbeizuschauen und einen freien Blick auf Patryk zu haben. Die Mutter nahm an, dass es der Baumstumpf war, auf dem Hanna saß, der sie dazu veranlasste, ständig ihre Sitzposition zu ändern, woraufhin sie Hanna barsch auf die Schulter klopfte.

»Hania! Jetzt bleib endlich still und setz dich gerade hin. Bei dem Leiden Christi, mit dir kann man sich auch nirgendwo zeigen lassen!«

Und so war Hanna gezwungen, den Rest des Abends auf ihren Teller zu starren, mit dem stetigen Gefühl, beobachtet zu werden.

***

Niemals hätte Hanna zugegeben, dass sie mittlerweile tagtäglich zum Strand lief, nur um eventuell Patryk zu begegnen. Sie hätte es vehement abgestritten, ihn als Narr bezeichnet, als jemanden, der keinen Anstand besaß, obwohl die Worte einer derartigen Anklage aus ihrem Munde freilich etwas ironisch gewirkt hätten. Warum sie sich ständig umdrehte, die Ohren spitzte, um zu horchen, ob ein Hund – Patryks Hund – in der Nähe war, wusste sie selbst nicht. Und das machte sie im Grunde wütend, denn dieser Patryk hatte etwas in ihr ausgelöst, das sie nicht verstand. Und etwas, das sie nicht verstehen konnte, brachte sie auf die Palme.

»Hey, na, hast du mir aufgelauert?«

Sofort drehte Hanna sich im Halbkreis, um Patryk, der ihr viel zu nahe stand, in die Augen zu schauen.

»Ich dir aufgelauert? Sag mal, was fällt dir ein? Du hast mich doch abgepasst, nicht andersherum!«

Patryk zuckte die Schultern. »Na ja, sei es drum. Im Grunde spielt es ja auch keine Rolle, oder?«

»Was? Was meinst du denn damit schon wieder?«

Doch er schwieg. Stattdessen setzte er an, um am Strand spazieren zu gehen und der Hund war natürlich auch an seiner Seite. Unsicher blickte Hanna ihm hinterher, nicht so recht wissend, was sie tun sollte. Es gehörte sich nicht, zu ihm zu gehen, an seiner Seite zu laufen und mit ihm ein Gespräch anzufangen. Andererseits einfach so stehen zu bleiben und auszusehen wie ein begossener Pudel war etwas, wozu sie zu stolz war. Also machte sie ein paar große Schritte, holte ihn fix ein und ging dann mit ihm auf gleicher Höhe.

Sie traute sich kaum, zu ihm herüberzublicken, doch wenn sie es tat, vernahm sie sein leichtes Lächeln, in das sie tausend verschiedene Dinge interpretieren hätte können. War er einfach nur frech oder fühlte er sich wohl? Hatte er komische Gedanken, machte er sich über sie lustig oder genoss er die Sonne, die sich sanft über das ruhig gewordene Meer legte? Lächelte er wegen seines Hundes, dessen Pfoten sich immer wieder an Hannas Rockzipfel verfingen, oder wegen Hanna selbst, die den Hund daraufhin am Kopf tätschelte und ihn somit fälschlicherweise ermutigte, weiterzumachen?

Es machte sie ganz kirre und irgendwann fragte sie verlegen: »Du hast also von mir gehört? Und du weißt schon, was ich getan habe?«

Nächtelang hatte sie wach gelegen und sich die Frage gestellt, warum sie es eigentlich gewesen war, die fluchtartig das aufkeimende Gespräch verlassen hatte. Warum er es nicht gewesen war, wenn er denn wusste, wer sie war.

»Ja, klar, Mutter und Schwester haben es mir erzählt.« Er sagte das so heiter, als würde er über einen Film von Marilyn Monroe reden, von dem ihm Kinogänger berichtet hatten. Als das Wort *Schwester* fiel, fiel Hanna ein ungewollter Stein vom Herzen, und sie hätte sich dafür ohrfeigen können, dass sie so etwas empfand.

»Und ... und warum redest du dann überhaupt mit mir?«

Patryk lachte laut auf: »Na, also erstens glaube ich, dass du gerade ein Gespräch mit mir angefangen hast, ich kann ja kaum etwas tun, außer höflich zu antworten, oder?« Er machte eine kleine Pause, in der er Hannas Gesichtszüge, die kurz davor waren, zu entgleisen, genau beobachtete. Doch bevor die Situation tatsächlich eskalierte, fügte er schnell hinzu: »Und zweitens: Kennen dich denn meine Mutter und meine Schwester? Hast du schon mal mit ihnen geredet? Ich glaube nicht, davon wüsste ich doch, und wahrscheinlich wären wir uns dann auch schon früher begegnet.«

Er zwinkerte ihr zu und sie verstand nicht, warum es ihm so völlig egal war, was seine Familie dachte. Doch auch wenn sie es nicht verstand, erwärmte sich ihr Herz in diesem Moment.

Sie gingen noch eine Weile nebeneinander her, schauten einander immerzu an und blickten anschließend synchron auf die stürmischen Wellen des Meeres. Ab und zu verlor sich ein Wort, ein Satz oder gar eine Frage in der Luft, doch hätte man Hanna nach mehreren Minuten gefragt, worüber sie sprachen, hätte sie es nicht wiedergeben können.

***

Am nächsten Tag trafen sich Hanna und Patryk frühmorgens, um zu dem drei Kilometer entfernten Bäcker im nächstgelegenen Dorf zu laufen. Dort gäbe es die schmackhaftesten, mit Beeren gefüllten Hefezöpfe in ganz Polen, und jeden Tag machte sich eine Gruppe Jugendlicher auf, um dem ganzen Ferienlager das Frühstück zu versüßen. Patryk und Hanna gingen jedoch nur zu zweit, und allein diese Tatsache versetzte Hanna in einen Rausch – schließlich war es ganz und gar unsittlich, sich mit einem Mann allein zu treffen.

»Na, wie hast du geschlafen?«, fragte er sie unverhohlen und nahm zugleich ihre Hand, um ihr darauf einen sanften Kuss zur Begrüßung zu geben. Sie wusste, dass sich das so gehörte, wenn ein Mann eine Frau begrüßte, verabschiedete oder sich für etwas bei ihr bedankte. Der Mann war der Kavalier, der sich dem weiblichen Geschlecht gegenüber stets ritterlich zu verhalten hatte. Doch wem war Hanna bis jetzt schon begegnet? Ihren männlichen Verwandten reichte sie sicherlich nicht ihre Hand und für Jungs hatte sie bislang kaum etwas übrig gehabt. Dennoch hätte sie wie selbstverständlich auf den Kuss reagieren sollen, mit den Schultern zucken und nicken können, um ihm die Gewissheit zu geben, dass sie es gewöhnt war, sich die Hand küssen zu lassen. Stattdessen blickte Hanna Patryk schüchtern von der Seite an. Seine stechend grünen Augen erinnerten sie an die Petersilie, die sie so gern in ihren Kartoffeln hatte.

»Ganz gut, denke ich, und du?«, antwortete sie schließlich, noch immer die Hand hinhaltend, ohne zu bemerken, dass es längst an der Zeit war, sie ihm wieder zu entziehen.

»Ich habe kaum geschlafen.«

»So? Warum denn nicht?« Endlich befreite sie sich, doch mehr aus dem Grund heraus, da Patryk dazu ansetzte, weiterzugehen.

Doch anstatt ihr zu antworten, zwickte er sie in die Seite und lachte laut auf. Es war ein starkes Lachen, eines, das Selbstbewusstsein und eine gewisse Unerschrockenheit offenlegte. Hanna hatte das Gefühl, als würde das Lachen als Echo im gesamten Wald zu hören sein und als hätten die Vögel ihm sofort darauf mit ihrem Gezwitscher geantwortet.

Dann winkte Patryk plötzlich jemandem zu und Hanna blieb auf der Stelle stehen. Sie hatte gar nicht mitbekommen, dass ihnen auf dem Feldweg hin und wieder Menschen entgegenkamen.

Der Mann, der jetzt näher kam, wurde von Patryk mit einem lockeren Handschlag begrüßt, und Hanna fiel auf, wie viel Bart dieser Mann hatte. Auf einmal fragte sie sich, wie alt Patryk wohl sein mochte.

»Darf ich dir Hania vorstellen. Sie ist zurzeit, genauso wie ich, im Ferienlager.«

»Im Ferienlager? Ah ja, soso, na dann will ich euch mal nicht länger aufhalten. Wir sehen uns dann in der Uni, Patryk. Wenn der Herr sich da auch mal wieder blicken lässt ...« Der Mann kicherte seltsam und Hanna hätte ihn am liebsten aufgefordert, unverzüglich damit aufzuhören, wäre er nicht so verdammt schnell geflüchtet. Was für ein seltsames Verhalten, dachte sie.

»In der Uni? Du studierst?«

»Klar tue ich das!«

»Und du bist ... im zweiten Semester, nehme ich an?«

»Im zweiten? Oh, ha ha, nein, ich bin bereits im zehnten Semester. Ich stehe kurz vor dem Diplom.«

»Was?« Die Falten, die sich auf Hannas Stirn bildeten, kamen denen ihres Rockes gleich, wenn sie zu lange auf der Schulbank in ein und derselben Position gesessen hatte. »Aber ... aber wie alt bist du denn dann?« Sie rechnete selbst schnell im Kopf nach. »Dreiundzwanzig?«

»Oh, nein, ich bin fünfundzwanzig. Ich habe erst mit zwanzig angefangen, war davor im Ausland gewesen, weißt du.«

»Fünfundzwanzig!«, wiederholte sie. Das waren neun Jahre, die sie trennten. Neun ganze Jahre! Ihr hätte mulmig werden müssen. Es wäre ihre Pflicht gewesen, unverzüglich zurück zum Lager zu gehen und der Mutter von diesem frechen Knaben zu erzählen, damit diese seine Mutter zurechtweisen konnte, was dieser Bursche sich doch erlaubte, eine Minderjährige anzusprechen. Stattdessen trampelte Hanna einfach eine Weile auf der Stelle herum und beschloss dann, mit ihm den Weg fortzusetzen.

»Aber ... aber was machst du dann in einem Ferienlager?«

»Na ja, meine Schwester hat mich lange Zeit nicht gesehen. Ich war viel zu sehr mit mir selbst beschäftigt, als dass ich daran dachte, mich auch mal wieder daheim blicken zu lassen. Das nimmt eine so entzückende Schwester, wie ich sie habe, einem ganz schön übel. Zumindest tut sie immer so. Sie ist siebzehn und ich glaube, in Wirklichkeit will sie durch mich nur an ältere Kerle herankommen, aber das würde sie natürlich nie zugeben.«

»Hmm, verstehe.« Hanna schwieg eine Weile, trat auf kleine Zweige, die unter ihrem Gewicht in zwei Teile zerbrachen. Sie traute sich nicht, noch eine Frage zu stellen, obwohl sie doch so viel erfahren wollte. Es klang so völlig anders, als ihre Welt daheim und am liebsten hätte sie sich Patryk geschnappt und jede Einzelheit aus ihm herausgequetscht. Doch das musste sie gar nicht, denn er plapperte von ganz allein weiter.

»Na ja, wie dem auch sei, ich glaube, wenn sie erst mal selbst an die Uni geht, werde ich dieses Problem auch los sein, schließlich wird sie sich dort allerhand älterer Burschen bedienen können.«

Jetzt konnte Hanna tatsächlich nicht mehr an sich halten: »Deine Schwester wird auch studieren gehen?« Sie hatte das Gefühl, als hätte sie keine Kontrolle mehr über ihre Gesichtsmimik, so sehr war sie über Patryks Aussage verwundert.

»Ja, klar! Warum denn auch nicht?« Patryk wirkte sichtlich irritiert. Und als Hanna nicht antwortete, sondern immer noch wie aus einer anderen Welt vor ihm stand, ergänzte er etwas sensibler: »Hast du nicht mitbekommen, wie viel mittlerweile dafür getan wird, dass Mädchen auch studieren können? Selbst technische Berufe können sie erlernen, in die Landwirtschaft gehen oder etwas Rechtswissenschaftliches anstreben. Es ist doch zu etwas Selbstverständlichem geworden.«

»Und deine Familie, dein Vater unterstützt das?«

»Natürlich! Er fährt ja jetzt bereits meine Schwester täglich zum Bahnhof, damit sie im neu eröffneten Bau- und Elektronik-Technikum in Augustów ihr Abitur fachgerecht absolvieren kann.«

Hanna zog so sehr ihre Brauen zusammen, dass ihr die Stelle zwischen den Augen wehtat. Sie wusste nicht, wie sie sich fühlen sollte. All die Jahre, in denen sie sich zurückgehalten hatte, förmlich resignierte, hatte der Vater immer wieder zu ihr gesagt, dass sie das Schneiderhandwerk erlernen könne. Das Schneiderhandwerk habe eine weibliche Tradition und das würde er unterstützen. Sie könne somit für sein Kaufhaus arbeiten, genauso wie Marta es ab September tun würde. Etwas anderes käme nicht infrage, schließlich müssten die Mädchen ja noch eine Familie gründen, und das habe Vorrang. Unerwähnt blieb natürlich, dass der Vater seine Töchter auf diese Weise noch weiter in seiner Obhut behielt. Obwohl Hanna innerlich spürte, dass es das nicht gewesen sein konnte, war sie einfach zu deprimiert gewesen, um sich Vaters Anordnungen zu widersetzen. Doch der Vater war ein Lügner!

»Erzähl mir mehr, Patryk! Erzähl mir davon, wie ein Studium abläuft. Davon, wie den Mädchen die Wege geöffnet werden, was wir für Möglichkeiten haben. Bitte erzähl mir mehr!«

Und Patryk fing ohne Umschweife an zu erzählen. Er schwärmte von den vielen Tanzlokalen und daraufhin musste er Hanna erst einmal genau erklären, was genau das war, da es etwas Derartiges in ihrem Umkreis daheim nicht gab. Dann beschrieb er ihr seine Lieblingsmusik: französischer Chanson, und er sagte, dass er westliches Radio hörte, da dies ja nicht verboten sei und er mit seinem Zimmergenossen einen Sender gefunden hatte, der tatsächlich Chanson übertrug. Er sagte ihr, dass er sich selbst einen blauen Vogel nannte, jemand, der frei im Geist sei, ungebunden und ortsunabhängig. Er erzählte ihr von seinen Reisen und Hanna hätte ihm stundenlang weiter zuhören können. Doch dann tauchte die Bäckerei auf, und der süße Duft von frisch gebackenem Brot und süßen Zöpfen verlangte nach Hannas Aufmerksamkeit.

***

Hanna hasste es, wenn Patryk und sie zurück im Ferienlager ankamen und ihre Wege sich trennten. Doch sie wusste, dass es so sein musste, denn sie wusste, dass Marta sie ansonsten bald entdecken und alles an die Mutter weitertragen würde.

Heute war es unter anderem Hannas Familie, die das Essen für den Abend zuzubereiten hatte. Aus diesem Grunde musste sie bereits nach dem Frühstück mit den Vorbereitungen beginnen. Hanna und Marta wurden von der Mutter beauftragt, Sauerampfer für die Suppe zu sammeln und während Marta bereits nach ein paar Minuten ihre mit wohligem Fett ummantelten Knochen wehtaten, schien Hanna in dieser Tätigkeit ganz aufzugehen. Marta wusste nicht, was mit Hanna los war, aber ihrer kleinen Schwester schien es nichts auszumachen, diese stupide, ermüdende Tätigkeit auszuführen. Marta verteufelte Hanna dafür, denn im Grunde wusste sie, dass irgendetwas hinter ihrem Rücken ablief. Sie schwor sich, es so schnell wie möglich herauszubekommen und Hanna auffliegen zu lassen.

***

Am nächsten Tag brachte Patryk Hanna die Zeitschrift ›*Przyjaciółka*‹ mit – Freundin. Er fledderte Hanna die Zeitschrift förmlich gegen die Brust und sie hatte Mühe, sie so aufzufangen, dass sie nicht in den Sand fiel.

»Was ist das?«, fragte sie irritiert.

»Na eine Frauenzeitschrift. Hab sie von meiner Schwester geklaut, die hat sie eh schon durch. Außerdem denke ich, dass du sie gerade viel dringender benötigst, denn offensichtlich scheinst du ja noch immer in der *alten Zeit* zu wandeln.«

Die beiden setzten sich unter ein umgedrehtes Boot, das am Strand lag, und Hanna fing sofort an, in der Zeitschrift zu blättern. Obschon Patryk ihr zusicherte, dass es okay war, wenn sie die Zeitschrift mit in ihre Laube nahm, wusste Hanna es besser: denn dann hätte Marta sie mit Sicherheit gefunden. Und so versuchte Hanna innerhalb kurzer Zeit so viel aufzusaugen, wie sie nur konnte.

Sie blätterte die Seiten durch, als hinge ihr Leben davon ab. Die unzähligen Artikel forderten derart ihre Konzentration ein, dass sie gar nicht mitbekam, wie nah Patryk bei ihr saß. Hin und wieder spürte sie zwar seinen Atem auf ihrer Schulter, doch sie wirbelte andauernd mit ihren Armen aufgeregt hin und her, dass er gezwungen war, einen gewissen Abstand einzuhalten. Dennoch nahm er es sich nicht, sie die ganze Zeit, während sie las, zu beobachten. Amüsiert schmunzelte er über ihre sich ständig wechselnden Gesichtsausdrücke.

Irgendwann schnaubte sie jedoch und seufzte melodramatisch.

»Was ist?«, fragte Patryk.

»Bei uns ist es anders, alles, ich glaube, wir sind stehen geblieben in unserem kleinen Kabuff.«

Patryk lachte auf. »Na ja, ich würde lügen, wenn ich sagte, dass ich das nicht schon bemerkt hätte.«

Doch Hanna ignorierte seine Stimme und sprach stattdessen weiter: »Hier wird suggeriert, dass Beruf und Ehe unter einen Hut gebracht werden können. Dass selbst der Vater sowohl an der Erziehung der Kinder als auch an Pflichten im Haushalt teilzunehmen hat. Aber in welcher Form frage ich mich? Denn mein Vater lässt sich wahrlich alles von meiner Mutter auf einem Silbertablett servieren. Pah! Ein jeder Artikel ist davon geprägt, dass die emotionale Stabilität in einer ehelichen Beziehung an erster Stelle steht. Dass die Bedürfnisse der Familie im Vordergrund stehen, noch vor den Bedürfnissen der Gesellschaft. Wir Frauen können studieren und werden dafür anerkannt? Ach, wenn alles nur so einfach wäre.«

»Das kann es doch sein. Was spricht dagegen, dass du nach Poznań oder Warszawa gehst, um ein Studium nach deinem Schulabschluss anzufangen? Du musst dich lösen, Hania, an dich selbst denken, und ich merke, dass du das ganz offensichtlich auch willst.«

Wie recht er hatte und wie schwierig all das umzusetzen war.

Eine Weile lang schwiegen sie, bis plötzlich der Wind stärker wurde und das Boot anfing, eigenartige Geräusche zu machen. Es knarrte und der stürmische Ostseewind ließ es ab und zu vibrieren. Hanna kicherte, denn in ihrer Fantasie malte sie sich aus, wie sie statt unter einem Boot auf einem riesigen Schiff saßen und der Sonne entgegen blinzelten.

Der männliche, leichte Schweißgeruch von Patryk strömte zu ihr herüber und für einen Augenblick hielt sie die Luft an, um den Duft für immer in ihren Nasenflügeln festhalten zu können. Dann flog etwas in ihr Auge, und sie erschrak so sehr, dass sie die gesamte angehaltene Luft plötzlich aus ihren Lungen prustete.

»Was ist los? Was ist passiert?«, fragte Patryk erschrocken. Er riss die Augen weit auf und legte sofort eine Hand auf ihre Schulter.

»Mir ist etwas ins Auge geflogen. Es brennt. Ich bekomme es nicht heraus. Jesus, Maria und Josef, tut das weh!«

»Warte, warte, lass mich mal sehen.«

Es war Hanna peinlich, dass ihr just in dem Moment, in dem Patryk sich zu ihr herüberlehnte, ihr ganz nah kam und in ihr linkes Auge blickte, eine Träne herauskullerte. Mit dieser Träne wurde auch die kleine, schwarze Fliege weggespült und Hanna sagte sofort: »Ich glaube, es geht schon wieder. Ja, ich glaube, es ist weg.«

Noch immer verharrte Patryk in der Position – sein Gesicht nur wenige Zentimeter von ihrem entfernt. Er hatte Sommersprossen, ganz winzige und kaum merklich, doch so nah wie er ihr war, hätte Hanna jede einzelne davon genau beschreiben können.

Und dann kam er noch näher und Hanna hielt die Luft erneut an. Anstatt die Augen zu schließen, sperrte sie sie nur noch weiter auf. Sie merkte gar nicht, wie sie ihren Mund spitzte, und dass es gar unbeholfen aussah. Alles woran sie dachte, war, dass dieser junge Mann gleich ihre Lippen berühren würde.

Und als seine Lippen schließlich nur noch wenige Millimeter von den ihren entfernt waren, öffnete er seinen Mund, um, nicht wie erwartet, sie zu küssen, sondern etwas zu sagen: »Das ist ein guter Trick.«

Hanna kippte fast um, so sehr zuckte sie vor ihm zurück. »Was?«

Er lachte schelmisch. »Na ja, zu behaupten, etwas sei in deinem Auge, um mir schlussendlich einfach nur näherzukommen. Wirklich gerissen. Das haben noch nicht einmal die älteren Mädchen in meinem Studiengang drauf.«

»Also hör mal! Wie kannst du es wagen, so frech zu sein! Ich hatte tatsächlich eine Fliege in meinem Auge.« Hanna rieb an ihrer Wange und schaute sogleich auf ihre Finger, in der Hoffnung, ihm das Beweisstück vorhalten zu können. Doch ihre Hand war lediglich mit weißem Sand beschmutzt, nach etwas Schwarzem suchte sie vergeblich. Entrüstet stand sie auf, stieß sich dabei ihren Kopf am harten Holz – offenbar hatte sie vor Aufregung vergessen, dass sie unter einem Boot gesessen hatte.

»Verdammt«, schrie sie, ohne darauf zu achten, wer sich in ihrer Nähe befand, der ihr Fluchen sogleich im Lager hätte melden können.

Patryk stand ebenfalls auf. Er war noch immer heiter, beobachtete Hanna intensiv und lachte freimütig, als sie so hilflos dastand, ohne zu wissen, was sie jetzt tun sollte. Und dann befreite er sie endlich und küsste sie.

Obwohl Hanna den Kuss nur wenige Minuten zuvor noch erwartet hatte, kam er nun so überraschend, dass sie gar nicht wusste, wohin mit ihren Gefühlen.

Als sich schließlich ihre Lippen voneinander lösten, legte sie ihre Hand auf ihren Bauch. Sie blickte hinab und ihr Atem wurde noch unruhiger, als er es zuvor schon war.

»Was ist? Was hast du?«, fragte Patryk verwirrt.

»Nun ... ich habe Angst.«

»Angst wovor?«

»Davor, dass ich nun ... schwanger bin!«

»Schwanger?« Patryk wich einen Schritt zurück und zog seine Schultern hoch. »Du wirst doch nicht schwanger, nur weil wir uns geküsst haben, Hania.«

»Nicht?« Auf einmal genierte Hanna sich unglaublich. Sie verschränkte die Arme vor der Brust und zog einen Schmollmund.

»Oh je, mir scheint, als benötigst du nicht nur die ›*Przyjaciółka*‹, sondern noch etwas ganz anderes.«

***

Dass Patryk Hanna zu seiner Schwester führte, war mehr als seltsam. Zunächst hatte Hanna geglaubt, dass er die Zeit für reif gehalten hatte, sie einander vorzustellen. Doch als die Schwester dann eine Broschüre hervorholte, die ganz und gar unschicklich war, hatte Hanna die Vermutung, dass das Treffen einem ganz anderen Zweck diente.

Patryk war mittlerweile aus der Laube gegangen, und so saßen die beiden jungen Mädchen alleine in einem viel zu engen Raum mit einem viel zu bedrohlichen Heft.

»Was ist das?«, fragte Hanna.

»Das sind Positionen.«

»Positionen?«

»Ja, nicht vom Küssen wird man schwanger, sondern von solchen Positionen.«

Das waren freilich merkwürdige Positionen. Die Zeichnungen des Mannes und der Frau, die sich auf verquere

Art und Weise gegeneinander pressten, ließen Hanna erahnen, dass die Mutter und der Vater das ganz und gar nicht befürworten würden, sich so etwas anzusehen. »Aber das ist ja widerlich!«, äußerte sie sogleich.

»Widerlich? Warum findest du das denn widerlich?«

»Na, weil man sich da so verstellen, so krümmen und verdrehen muss.« Plötzlich erinnerte sie sich, wie in dem Buch *›Adriana, ein römisches Mädchen‹* oftmals die Rede davon war, dass die Römerin mit Männern schlief. Entsetzt schüttelte Hanna ihren Kopf. »Also das bedeutet es, wenn eine Frau mit einem Mann schläft? Solch eigenartige Posen muss man dafür machen? Herrje, aber das hat ja gar nichts mit schlafen zu tun! Da will ich lieber keine Kinder bekommen, wenn das so kompliziert ist.«

Patryks Schwester lachte. »Aber was hast du denn dann bisher geglaubt, wie Kinder gezeugt werden?«

Hanna spürte, dass sie sich gedemütigt fühlte. Sie wollte dem Gefühl nicht nachgeben und dennoch klangen ihre nächsten Worte trotziger, als sie es beabsichtigte: »Nicht weit entfernt von meiner Mädchenschule gibt es eine Jungenschule, und oft laufen ganze Klassen auf einer Straßenseite entlang. Ich sollte dann lieber immer die andere Straßenseite nehmen, hat mir Mutter eingetrichtert. Schließlich könnten die gierigen Blicke der Männer und deren Berührungen mir meine Jungfräulichkeit nehmen. Sag mir, stimmt das? Ich habe Patryk geküsst, bin ich jetzt schon keine Jungfrau mehr?«

Die Schwester kicherte sich ins Fäustchen. Eine Weile lang schien sie sich nicht einzukriegen und als Hanna sie an die Schulter boxte, riss sie sich zusammen.

»Nein, Hania. Das stimmt nicht. Du bist noch immer Jungfrau, sei beruhigt. Und schwanger bist du auch nicht. Deine Familie ist streng katholisch, richtig? Herrje, was da einen immer nur beigebracht wird. Meine Familie ist es nicht

– Gott sei Dank! Dadurch sind Patryk und ich wenigstens frei im Denken.«

Hanna runzelte die Stirn und nickte nachdenklich. Sie warf einen erneuten Blick auf diese Broschüre. Dann tippte sie aufgeregt mit dem Zeigefinger auf einen Textabschnitt.

»Aber sieh doch, was da geschrieben steht: ›*Wenn die Frau und der Mann nicht zusammenpassen, so bleiben sie ineinander stecken.*‹ Oh wie schrecklich, und dann muss der Arzt kommen und die ganze Nachbarschaft erfährt, dass man unehelich verkehrt hat.«

»Hania«, die Schwester lachte wieder unbehelligt. »Das steht doch nur da drin, damit der Geschlechtsakt nicht vor der Ehe ausgeführt wird. Verstehst du nicht?«

Doch Hanna schüttelte den Kopf. An diesem Tag verstand sie es bei Gott tatsächlich nicht.

Es war ja klar, dass all dieses Geschwätz von Mutter und Vater auch nur Lügen waren. Darauf hätte sie auch selbst kommen können. Und dennoch waren ihr die sexuellen Beschreibungen völlig fremd, und sie fühlte sich, als hätte sie jahrelang in einem Bunker gesessen, völlig abgeschnitten von der Außenwelt, und jegliche Aufklärung war an ihr vorbeigegangen. Warum erzählten ihr Mutter und Vater solche Dinge nicht? Warum nur? Es gab so viel auf der Welt, was sie nicht kannte und keiner sagte ihr etwas.

***

Als Hanna Patryk am darauffolgenden Tag in die Augen blickte, hätte sie schwören können, dass ihr die Schamesröte buchstäblich bis unter die Lider stieg.

»Was ist?«, fragte er unverblümt, als hätte der Tag davor nichts verändert.

Hanna hob ihre Schultern an und ließ sie dann schwermütig wieder fallen. Kurz blickte sie auf das schäumende Meer, bevor sie dann ansetzte, um eine Runde spazieren zu gehen.

»Ihr seid wirklich beide sehr ... offenherzig.«

»Wer?«

»Na du! Du und deine Schwester!«

»Warum?«

Fragte er das allen Ernstes?

»Jetzt tu doch nicht so unschuldig!« Ihre Scham verwandelte sich in Wut. »Schließlich warst du es gewesen, der, berechenbar wie du bist, mich in diese seltsame Broschüre hat einblicken lassen. Wozu nur? Wolltest du mich damit verstören? Das hast du geschafft!«

Er schüttelte heftig den Kopf und legte sogleich eine Hand auf Hannas Schulter. Sie schrak zurück, obwohl sie jetzt freilich wusste, dass sie davon definitiv nicht schwanger werden konnte.

»Ach Hania ... Ich meinte es doch nur gut. Du hast so viel Energie in dir, doch diese wirst du nicht nutzen können, solange du dich selbst einsperrst.«

»Ich mich selbst ...?«

»Ja! Natürlich! Jeder hat eine Wahl.«

»Eine Wahl?« Sie wusste nicht, was sie dazu sagen sollte, doch sie musste sich auch keine Sekunde Gedanken machen, denn mit der nächsten Frage, brachte Patryk sie völlig aus der Fassung.

»Hania, magst du nicht mitkommen?«

»Was? Wovon sprichst du?«

»Ich bleibe hier nur noch eine Woche, dann reise ich weiter. Ich rede davon, dass es super wäre, wenn du mitkämst – auf meine Reisen.«

Ein verlegenes Kichern trat aus Hannas Kehle. Sie hielt sich die Hand vor den Mund und schüttelte den Kopf. Erst glaubte sie, dass Patryk scherzte, doch dieser zog ein so ernstes Gesicht, dass sie ins Zweifeln geriet.

»Moment mal, du meinst das ernst?«

»Ja klar, warum denn auch nicht? Willst du nicht auch ein blauer Vogel sein? Hania, in dir steckt so viel und ich merke doch, wie du dir selbst Grenzen setzt. Das darfst du nicht, du musst –«

»Patryk!« Hanna blieb jetzt stehen. »Du kennst mich doch kaum. Hörst du nicht, was du da sagst?«

»Ja, du hast recht! Ich kenne dich kaum. Aber auch deine Eltern scheinen dich kaum zu kennen! Und das, was sie kennen, scheinen sie zu missbilligen. Hania, auch wenn ich dich nur wenig kenne, weiß ich dennoch, dass du jemanden verdienst, der dich in deiner Persönlichkeit bestärkt. Nenn mich arrogant, oder was auch immer, aber ich glaube, ich kann derjenige sein, der diese Rolle übernimmt. Ich möchte es sein, Hania! Ich möchte dir die Welt zeigen, ich möchte dich aus deinem kleinen Kasten herausholen!«

Hanna wusste nicht, wie sie reagieren sollte. Es waren Worte, die sie erweichten und ihr gleichzeitig Angst machten. Konnte er wirklich derjenige sein, der ihre Welt auf den Kopf stellen konnte? War es tatsächlich möglich, dass sie endlich sie selbst sein konnte, ohne, dass sie dafür bestraft wurde?

Patryk griff nach ihrer Hand und drückte fest zu. Seine Hand war weich und Hanna spürte, wie das Blut in seinen Adern pochte. Sie hätte diese Hand am liebsten niemals wieder losgelassen.

Er schaute sie jetzt flehend an, so, als ginge es um sein eigenes Leben, das er in den Händen hielt.

Das war alles zu viel.

Sie hatte ihn doch erst vor wenigen Tagen kennengelernt. Was war, wenn er nur Albernheiten aussprach, die nichts mit der Realität zu tun hatten? Ihr wurde ganz schwindlig, und in dem Moment, in dem sie fast umgekippt wäre und er näher an sie herankam, um sie festzuhalten, löste sie sich aus seinem Griff und rannte davon.

***

Vermutlich hätte Hanna auch nicht reagiert, wenn jemand ihr einen Stock gegen den Kopf geworfen hätte. Sie saß den ganzen Abend über still und unbeweglich vor ihrer Abendmahlzeit, nahm nichts zu sich und schaute ins Leere. Patryk war nicht unter der Tischgesellschaft, was sie umso mehr dazu veranlasste, sich eine gnadenlose Schuld einzureden. Warum hatte sie ihm nur nichts antworten können? Warum war sie vor ihm weggerannt?

»Hania«, schimpfte die Mutter flüsternd. »Merkst du nicht, dass du von jedem angestarrt wirst? Es ziemt sich nicht, nichts zu essen. Alle fragen sich sicherlich schon, warum du nichts isst! Und letzten Endes werden ihre Schlüsse auf mich fallen. Denn wenn ein Kind nicht isst, nimmt man an, dass es mäkelig ist und die Mutter somit versagt hat. Versagt, ihr Kind ordentlich zu erziehen, dass es alles zu essen hat, was auf den Tisch gestellt wird!«

Wie fremdgesteuert griff Hanna zur Gabel, nahm sich einen Bissen und schluckte ihn demonstrativ nach unten. Sie hatte keine Ahnung, was sie da gerade aß, genauso gut hätte es auch ein Kuhfladen sein können.

Als sie schließlich kurz nach dem Abendessen ins Bett ging, der Mutter den Vorwand lieferte, dass es ihr nicht so gut ginge, tat sie die ganze Nacht kein Auge zu. Sie bewegte sich nicht, starrte trostlos an die Decke und wägte alles gründlich ab, was sie heute erlebt und vorgeschlagen bekommen hatte. Erst in den frühen Morgenstunden des nächstes Tages, als die Möwen wild über den Dünen schrien, traf sie eine Entscheidung.

***

All die Tage zuvor hatten sich Hanna und Patryk an ein und derselben Stelle am Strand getroffen, immer um die gleiche Zeit. Hanna hoffte, dass er auch an diesem Tag kommen und nicht wütend auf sie sein würde. Sie war so aufgeregt, denn sie hatte Patryk etwas mitzuteilen.

Sie wusste, dass es unmöglich war, mit ihm auf Reisen zu gehen, doch hatte sie die Hoffnung, dass ein Kavalier wie er, der so zärtlich und hoffnungsgebend ihr gegenüber war, die Geduld besaß, auf Hanna warten zu können. Ja, sie wollte reisen, unbedingt, sie wollte die Welt erkunden, wollte entdecken, wie es tatsächlich woanders war. Und das würde sie auch tun, gleich nach dem Schulabschluss – in zwei Jahren. Oh, wie lächerlich sie sich auf einmal vorkam. Gerade war sie noch völlig überzeugt gewesen, dass Patryk diese Idee außerordentlich positiv aufnehmen würde, doch als sie auf das stürmische Meer blickte, wechselte ihre Stimmung ins Negative. Warum sollte ein fünfundzwanzigjähriger Student, der tagtäglich von erwachsenen, jungen Damen umgeben war, die fernen Hoffnungen einer sechzehnjährigen Schülerin erfüllen wollen? Es war abstrus und Hanna merkte gar nicht, wie die Zeit verging, und selbst als die dunklen Wolken am Himmel bereits weitergezogen waren, stand sie noch immer am Strand und blickte auf die Wellen.

Dann bekam sie ein flaues Bauchgefühl, das sie nicht ignorieren konnte. Woher dieses Gefühl auf einmal kam, wusste sie nicht. Doch es war da, stechend, quälend.

Sie drehte sich um, suchte rundherum den Strand mit ihren Augen ab, doch Patryk war nicht in Sicht. Jetzt wusste sie, dass etwas nicht stimmte. Er kam nie zu spät, niemals. Als würde sie sich beinahe einmachen, wechselte sie unruhig von einem Bein zum anderen. Sie wollte nach ihm rufen, ihn auffordern, aus seinem Versteck herauszukommen, doch weit und breit gab es nur Sand und Wasser und ihr Blickfeld wurde durch nichts beeinträchtigt. Sollte sie zurückgehen zum Ferienlager? Vielleicht hielt seine Schwester ihn auf!

Nervös kratzte sie sich am Unterarm, als plötzlich zwei Gestalten hinter einer Düne hervorkamen. Sie wollte schon aufatmen, denn im ersten Augenblick hatte ihre Hoffnung ihre Wahrnehmung verzerrt und ihr ein Bild vor Augen kreiert, das Patryk und seine Schwester zeigte. Doch dieses Bild zerfloss wie Tinte, denn nun kam eine dritte Gestalt dazu und das ergab keinen Sinn. Ja, die Personen, die auf sie zukamen, waren ihr nur allzu vertraut: Agata, Mutter und natürlich Marta, und nicht zu vergessen: zwei Koffer, die sie bei all der Sinnlosigkeit zum Strand schleppten – und das alles nur, damit sie nicht noch einmal zurück zum Lager mussten.

Marta hatte es tatsächlich herausbekommen, dass Hanna regelmäßig jemanden traf, und sie hatte nichts lieber getan, als es der Mutter zu verraten, die, so wie Marta gehofft hatte, sofortige Maßnahmen einleitete. Und als Marta Hannas verzerrtes Gesicht entdeckte, die weit aufgerissenen Augen, der grausam schockierte Mund und die zusammengefallenen Wangen, wusste sie, dass sich ihr Petzen gelohnt hatte.

***

Die Zugfahrt nach Hause dauerte mehrere Stunden. Stunden, in denen Marta ihren Blick nicht von Hanna abwenden konnte. Hanna war die Verzweiflung anzusehen, und die Gedanken, die ihr durch den Kopf gingen, mussten von zerschmetternder Natur gewesen sein.

Marta ergötzte sich daran.

Hanna kannte noch nicht einmal Patryks Adresse. Sie konnte ihm nicht schreiben, sie konnte ihn nicht ausfindig machen, sie würde ihn nie wiedersehen. Und obwohl diese

Tatsache so sicher war wie Vaters Faust, wenn er die Geschichte von Mutter erfahren würde, konnte Hanna nicht umhin sich zu fragen, ob es nicht doch irgendeinen Weg gab, um Patryk und seine fantastische Welt, in die sie für kurze Zeit eintauchen konnte, nicht für immer loslassen zu müssen. Doch je näher sie ihrem Einsiedlerdorf Modlica kamen, desto härter stach das Messer der Wirklichkeit in Hannas Herz: Der Sommer war vorbei und ihre Hoffnung wurde wieder einmal unter schweren Schottersteinen vergraben.

Kapitel 34

8. Oktober 1967: Hanna stellt die Nachbarn bloß

Nachdem Hanna sich den Rest der Ferien fast ausschließlich im Zimmer eingeschlossen hatte und Marta die ersten Schnuppertage in der Nähstube im Kaufhaus verbrachte, hatte die Schule wieder begonnen. Der Unterricht war womöglich das Einzige, das Hanna etwas ablenken konnte, auch wenn es ihr schwerfiel, sich darauf zu konzentrieren. Mit der Mutter redete sie nur das Nötigste und mit Marta redete sie gar nicht. Ihr einziger Freund in diesen Wochen war ihr Tagebuch gewesen, das Marta, hätte sie davon gewusst, liebend gern gelesen hätte, um Hanna später vorzuführen.

War Marta es eigentlich leid? Schließlich war es immer das Gleiche und selbst sie musste doch irgendwann so etwas wie Beschämung, Gewissensbisse oder Schuldbewusstsein gespürt haben. Die Antwort lautete schlicht und ergreifend: nein!

1989 jedoch, viele Jahre später, schämte sie sich in Grund und Boden.

Als Hanna an diesem Tag von der Schule nach Hause kam, ging sie geradewegs in die Küche, um einen Schluck Wasser zu trinken. Der Herbst hatte bereits die ersten Nordwinde durchs Land gefegt und so war die Familie gezwungen, vorzeitig den Ofen anzuzünden. Die Mutter war fast den ganzen Tag lang damit beschäftigt gewesen, Kohle aus dem Keller nach oben zu schleppen. Scheinbar war sie am Ende ihrer Kräfte, denn sie bekam noch nicht einmal mit, dass Hanna die Küche betrat. Es war jedoch nicht der schwarze Ruß in Mutters Händen, sondern etwas gänzlich anderes, das zwischen ihren Fingern in die vernichtende Glut geriet.

»Was ist das?«, rief Hanna aufgeregt, die Antwort bereits kennend.

Die Mutter zuckte zurück, betrachtete ihre Tochter schuldbewusst und beeilte sich dennoch, den Rest der Briefe eiligst loszuwerden.

»Neeeein!«, schrie Hanna entsetzt, lief zum offenen Feuer im Herd und schleuderte unbedacht ihre Hände in die Hitze. Erneut schrie sie auf, dieses Mal vor körperlichem Schmerz. Die Mutter musste Hanna heftig bei den Schultern packen, all ihre letzte Kraft zusammennehmend, um Hanna vom Herd wegzubekommen. Doch Hanna gab nicht auf, griff immer wieder ins Feuer hinein, um wenigstens einen einzigen Brief zu retten.

Es war vergeblich.

Schließlich fiel sie zurück auf den Boden, krümmte sich und weinte bitterlich. Vor lauter Verzweiflung schnappte die Mutter sich einen Eimer Wasser und schüttete ihn über Hannas verglühten Hände. Das Mädchen stöhnte noch nicht einmal auf, als das nasse Kalt seine Kleider durchtränkte.

Minuten vergingen. Vielleicht auch eine halbe Stunde. Die Zeit war relativ. Denn für Mutter und Tochter schien in diesen Momenten die Welt stehen geblieben zu sein. Keine Frage nach dem Warum, keine Erklärung. Doch eines war so sicher wie das tägliche Gebetsritual der Mutter: Die Briefe, die soeben verbrannt wurden, waren von Patryk. Er hatte Hanna nicht aufgegeben, nein, wahrlich nicht, doch niemals würden die Eltern es zulassen, dass Hanna jemals die Adresse erfuhr. Niemals. Die Frage danach wäre sinnlos gewesen.

Als Hanna wieder vom Küchenboden aufstand, wirkte sie wie fremdgesteuert. Sie blickte die Mutter nicht an, stieß sie barsch zur Seite und stürmte nach draußen. Eilig schnappte sich die Mutter ihren Mantel und folgte ihrer Tochter.

»Hania, jetzt warte doch mal, wo willst du denn hin? Lass uns doch sprechen!«

Wie lächerlich! Worüber sollten sie reden? Keine Begründung der Welt konnte das wiedergutmachen.

Hanna schaute nach rechts, nach links. Sie brauchte ein Ventil für ihre Wut. Ihr Verstand setzte aus. In dem Moment erblickte sie Herrn Wróbel. Er stand gerade über der Mülltonne, ließ etwas hineinfallen, das ordentlich klapperte.

»Sie alter Alkoholiker«, zischte Hanna in seine Richtung.

Herr Wróbel blickte irritiert auf. Seine Augen waren milchig und es fiel ihm sichtlich schwer, einen bestimmten Punkt zu fixieren.

»Sie haben mich schon gehört, Herr Wróbel! Ich weiß es, seit ich sechs bin, sprich, seit ganzen zehn Jahren! Und die ganze Nachbarschaft weiß es ebenfalls, doch verschweigt es jämmerlich. Jawohl, alle verschweigen sie, was in Wirklichkeit selbst Kinder schon mitbekommen haben. Schweigen, schweigen, schweigen, niemals reden! Doch wissen Sie was? Durch das ewige Schweigen bleiben die Kinder tatsächlich dumm! Jawohl! Wussten Sie, dass ich bis vor kurzem nicht einmal wusste, wie Babys gezeugt werden? Wussten Sie, dass ich tatsächlich meiner Mutter geglaubt habe, dass man allein von einer Berührung schwanger werden kann? Ist das nicht albern? Und ich bin sechzehn Jahre alt, Herrgott! Das ist doch vollkommen absurd! Warum erzählt man uns solche Lügen?«

Hanna brüllte mittlerweile so laut, dass unmittelbar Türen aufgerissen und neugierige Köpfe rausgestreckt wurden. Die Empörung der Nachbarschaft schwappte wie eine dreimeterhohe Welle zu ihr herüber, doch anstatt die Luft anzuhalten und unterzutauchen, hieß sie die kühle Bedrohung willkommen. Sie drehte sich im Halbkreis, und als sie das Ehepaar Wieczorek erblickte, schrie sie laut »Pah!«

Ordentlich gewappnet, die Hände in die Hüften gestemmt, tobte sie weiter in Richtung des Ehepaars: »Und Sie können keine Kinder mehr kriegen! Nicht wahr? Ich weiß nun, wie der Hase läuft, obwohl man uns Kinder natürlich jahrelang für dumm verkauft hat! Aber ja, ich weiß, dass es einen Geschlechtsakt erfordert, um Kinder zu bekommen und ich weiß auch, dass man sich dabei fürchterlich verrenken muss und dass das zwangläufig dazu führt, dass man Geräusche verursacht! Das alles habe ich erfahren! Doch bei Ihnen im Haus ist es immer mucksmäuschenstill. Man hört nie etwas, nicht einmal Stimmen! Lediglich Ihre Tiere schreien rum, aber das war es dann auch schon. Seit Ihre Tochter weg ist, ist die Stille um Ihr Haus herum ja kaum mehr auszuhalten. Dabei ist Ihr Garten so groß, dass eine ganze Fußballmannschaft darin Platz finden würde! Was ist es, das Sie verheimlichen? Was nur? Gehen Sie fremd, Herr Wieczorek? Sind Sie nach der Geburt Ihrer einzigen Tochter unfruchtbar geworden, Frau Wieczorek?«

Die Ehefrau schnappte nach Luft, während der Ehemann, dessen Gesicht vor Schamesröte rot angelaufen war, zurück ins Haus verschwand. Bingo, dachte Hanna innerlich. Doch was hatte sie gewonnen?

Dann kam Danuta Nowak hervorgekrochen, wie immer ihre Schultern sorgsam bedeckt und der Blick in Alarmbereitschaft. Hanna erinnerte sich an den Tag, als das Tor zugefallen war, ihre Finger eingequetscht wurden und Danuta Nowak ihr helfen wollte. Die blauen Striemen auf ihren Schultern waren so frisch gewesen und doch so alt, denn Hanna hätte schwören können, dass sie nie aufhörten, in einem warnenden Gemisch aus Blau und Lila zu glänzen.

Hannas Ton wurde ruhiger, eine Zerbrechlichkeit lag nun darin. »Frau Nowak«, sagte sie und pustete dabei schweren Herzens all ihre Traurigkeit aus. »Warum nur, warum müssen wir uns so etwas antun lassen? Warum zeigen Sie mir nicht, dass es noch eine andere Welt gibt, wenn man zur Frau geworden ist? Warum nur wird es, egal wie alt man ist und in welchem Hausstand man sich befindet, nie enden? Doch nach außen hin ist heile Welt, nicht wahr? Ja, wir friedlichen Polen, wir, die doch in einer ach so beschaulichen Welt leben wollen und doch immer wieder nur beraubt und hin und her geschubst werden. Wir Unschuldigen! Doch ich frage euch, was macht einen unschuldig, wenn man trinkt, fremdgeht und jemanden so sehr schlägt, dass einem das Blut aus der Nase läuft?«

Wen Hanna nicht bemerkte, war der Vater, der um die Ecke gelaufen kam und sich vor lauter Verwunderung über die Ansammlung der ganzen Nachbarschaft zunächst relativ weit hinten einreihte. Er erkannte seine Tochter erst, als sie wieder das Wort ergriff.

»Aber wisst ihr, was das Schlimmste ist?«, fragte Hanna wehmütig in die Runde hinein, auf den Boden blickend, zu sich selbst sprechend. »Das Schlimmste ist, dass all eure Sünden nichts im Gegensatz zu dem sind, was ich bin. Denn ich bin etwas, das die ganze Gesellschaft verabscheut, etwas, das wir fürchten, da es den Tod verursacht. Vermutlich kommen daher auch nie die Großeltern mütterlicherseits zu uns. Ja, sie meiden mich, denn Menschen wie ich werden Mörder genannt. Mörder. Ja, hört es euch nur an, denn ich bin zum Teil *Deutsche*!«

Ein schrilles Aufatmen durchzuckte den Himmel, dessen graue Wolken das trostlose Bild im Dorf ironischerweise perfekt untermalten. Dann ertönte ein Lachen, so hysterisch und unheilverkündend, dass Hanna sofort wusste, um wen es sich handelte: den Vater.

Er stieß sich durch die Menge hindurch, schnappte Hanna herrisch am Arm und warf ihr einen Blick zu, der sie wahrscheinlich zur Vernunft bringen sollte. Vermutlich hätte er bei ihr auch eine Gänsehaut verursacht, wenn nicht das Gefühl der völligen, schwermütigen Gleichgültigkeit übertrumpft hätte.

»Was sie nur erzählt!«, warf der Vater nun in die Menge als Köder hinein. Die Nachbarschaft schnappte sofort zu, denn sie war dankbar, dass die Qual der wahren Worte ein Ende hatte. »Sie ist verrückt, ja, verrückt! Liebeskrank, ja, liebeskrank. Ihre erste kleine Liebschaft hat sie hinter sich und erlaubt sich nun einen Höhenflug, da sie denkt, sie weiß, wie die Welt funktioniert. Deutsche, pah. Sag Hania, wenn du Deutsche bist, muss es ja einer von uns auch sein, nicht wahr? Deine Mutter oder ich! So ein Unfug. Weiß doch jeder hier, dass ich ein angesehener Pole bin, der das Kaufhaus in Pietrow führt. Fast hätte ich vergessen ...« Er ließ seinen Blick über jeden einzelnen der Nachbarn gleiten, fixierte sie kurz, sodass er sich sicher war, vollste Aufmerksamkeit zu erhalten, und vollendete dann seinen Satz: »Wir haben neue Stoffe bekommen, wunderschöne Stoffe! Angora-Schale und weiche Handschuhe! Es wird Winter, liebe Nachbarn. Lasst es mich wissen, wenn ihr etwas benötigt.«

Die Menge nickte mechanisch, noch immer irritiert, aber auch spürbar erleichtert. Für den Bruchteil einer Sekunde hatte sich ein kleines Loch in der heilen Welt aufgetan, doch es war nur ein winziges gewesen, und der Vater hatte bereits einen Flicken vorgenäht und mit viel Kleber auf das Loch gewälzt. Kaum merklich also, und die Nachbarschaft würde in den nächsten Tagen bei ihm Bestellungen abgeben.

»Du kommst jetzt mit, Gnade dir Gott Hania, ab nach Hause mit dir!«

Dass sie Gott bereits seit vielen Jahren keinen Besuch mehr abstattete, wusste Vater natürlich nicht.

***

Am Abend ging Hanna vor die Haustür, ohne dass die Familie es mitbekam. Sie war mittlerweile eine Meisterin im Schleichen gewesen und auch wenn sie und Marta nach wie vor im selben Zimmer schliefen, war Marta oft diejenige, die als Erste von der Dunkelheit eingehüllt und ins Land der Träume geschickt wurde.

Hanna tat an diesem Abend etwas, das sie seit nunmehr acht Jahren nicht mehr getan hatte: sie schlich sich in das Haus auf der gegenüberliegenden Seite – in das Haus der verstorbenen Großmutter.

Seit die Großmutter tot war, hatten weder Marta und Agata noch der Vater, die Mutter oder Hanna einen Fuß in ihr staubiges Haus gesetzt. Dem Vater war die ganze Angelegenheit zuwider, er ließ das Haus schlichtweg verrotten. Selbst auf einen Verkauf hatte er nicht viel Wert gelegt – schließlich hätte er sich dann gedanklich mit seiner Mutter auseinandersetzen müssen, und das wollte er offenbar tunlichst vermeiden. Auch Hanna wollte die Gedanken an die Großmutter ein für alle Mal verbannen – was ihr die meiste Zeit selbstredend nicht gelang. Doch in all den Jahren, in denen Hanna innerlich tot war, empfand sie es als Farce, sich mit Großmutters Aura zu beschäftigen. Und so mied auch sie das Haus – bis zu diesem Abend.

Das Schloss von Großmutters Haus war nur provisorisch verriegelt und ließ sich mit ein paar Handgriffen leicht öffnen. Das Erste, was Hanna tat, als sie ins Innere gelangte, war, ihre Nase zuzuhalten. Es muffelte ganz entsetzlich. Der Drang, sofort alle Fenster aufzureißen und den nötigen Sauerstoff ins Haus zu lassen, übermannte Hanna, doch sie konnte ihm nicht nachgeben – zu sehr befürchtete sie, dass der Vater es mitbekäme. Also schloss sie die Augen und versuchte, sich einen Wunschgeruch einzubilden.

Das Licht blieb aus, die Vorhänge geschlossen. Mit tapsenden Schritten bewegte Hanna sich ins Wohnzimmer. Was in Herrgottsnamen wollte sie hier eigentlich? Eine plausible Erklärung wollte ihr partout nicht einfallen, aber insgeheim wusste sie, dass es gerade das war, was sie mit der Großmutter verband.

Für eine Weile blieb sie einfach mitten im Raum stehen, stellte sich vor, wie die Großmutter mit einer Decke umhüllt auf dem Stuhl sitzen und stolz lachen würde. Ja, ganz gewiss, es war gewagt, dreist, ungezogen gar, was Hanna sich heute geleistet hatte. Doch es war die Wahrheit! Endlich einmal hatte sie die Wahrheit ausgesprochen – und das tat so gut! Sie fühlte sich befreit, leicht und vollkommen – ein Gefühl, das wieder einmal nicht von Dauer sein würde.

Es mochte wohl noch eine halbe Stunde vergangen sein, bis Hanna sich schließlich lösen konnte und das Haus der Großmutter wieder verließ.

Der Wind stieß die Tür hart in den Rahmen, doch das war es nicht, was Marta wach machte. Vielmehr war es Hannas Stimme, von der Marta zunächst annahm, dass sie sie nur in ihrem Traum verfolgte. Sie fühlte sich schon genervt, wollte Hanna am liebsten zurechtweisen, dass sie gefälligst aus ihren Träumen verschwinden sollte. Nach kurzer Zeit nahm die Stimme jedoch eine ungeheuerliche Gewalt an, sodass Marta halb schlafwandelnd ans Fenster torkelte. Sie erblickte das blonde, lockige Haar, das in diesem Moment völlig zerzaust war. Und als Hannas Worte in einer Art Wiederholungsschleife erklangen, als würde eine Schallplatte springen, wusste Marta, dass Hanna genauso verrückt wie die Großmutter geworden war: »Patryk, Patryk, mein blauer Vogel, wo bist du?«

Kapitel 35

9. Oktober 1967: Hanna wird offiziell für irre erklärt

»Steh auf, na los mach schon, Hania!«

Der Vater öffnete die Fenster sperrangelweit und ließ die kalte Herbstluft ins Zimmer strömen. Es war ihm egal, dass auch Marta in diesem Zimmer unter der Bettdecke lag und vor Kälte zitterte. Mehrere Male ging er auf und ab, als hätte er die ganze Nacht wachgelegen und nur darauf gewartet, Hanna endlich wecken zu können.

Es war ganz und gar ungewöhnlich, dass der Vater mit seinen Töchtern so früh am Morgen bereits sprach, daher weckte er umso mehr Martas Neugier. Sie blinzelte ein paar Mal. Alles war noch von der verschleierten Dunkelheit der Nacht verschwommen, und dann schärfte sich ihr Blick und sie erkannte, dass der Vater einen kleinen Koffer vor sich herschob. Sofort richtete sie ihren Oberkörper auf, um einen Blick auf Hannas Gesicht zu werfen.

Hanna rieb sich müde die Augen, auch sie wusste noch nicht, was geschah. Der Vater packte sie am Arm, trieb sie ins Badezimmer, wo sie genau fünf Minuten Zeit bekam, um sich notdürftig frisch zu machen. Dann sagte er ihr, dass sie sich für eine Weile von ihrer Mutter und ihren Schwestern verabschieden konnte und in dem Moment muss ihr bewusst geworden sein, dass sie aus dem Haus geschickt wurde. Doch wohin? Sie war doch erst sechzehn – Kinder durften erst mit achtzehn aus dem Haus der Eltern ausziehen! Wo sollte sie nur leben? Was würde mit ihr geschehen? Und so erschrocken wie sie über diese Neuigkeit war, so unfähig war sie, sich auch nur einen Zentimeter zu bewegen. Sie warf Marta einen verzweifelten Blick zu, doch diese zuckte nur mit den Schultern. Gewiss, Marta mochte ihre Schwester nicht, ja, sie ärgerte sie sogar ziemlich oft. Dennoch hatte Hanna die

Hoffnung, dass Marta ihr in dieser ungewissen Situation beistehen würde. Und so schauten die Mädchen einander an, als wäre die Zeit für ein paar Sekunden um sie herum stehen geblieben. Alles, was Marta in Hannas Augen sehen konnte, war ein Hilfeschrei, der doch noch etwas in Marta auslösen sollte, und sie reagierte darauf nicht. Sie konnte einfach nichts sagen. Und so sah Marta zu, wie der Vater Hanna am Ärmel packte, barsch hinunterzerrte und sie ins Auto befehligte.

Vaters Chauffeur fuhr sie an einen Ort, von dem sie schon einmal gehört hatte. ›*Das Krankenhaus*‹, nannte es der Vater schlichtweg, doch es war weit mehr als das. In aller Munde wurde es nur die ›*Klapse*‹ genannt und selbst Hanna wusste, dass, wenn jemand dorthin kam, mit demjenigen ganz und gar etwas nicht stimmen konnte.

Und nun war sie die Irre.

Die Klapse war nicht weit weg, vielleicht dreißig Minuten, doch während der Fahrt hatte Hanna das Gefühl, als wäre eine tickende Zeitbombe unter ihrem Sitz versteckt, die nur darauf wartete, sie ins Unglück zu stürzen.

Tick tack, tick tack.

Dann kamen sie an. Der Vater stieg aus, verschränkte seine Arme und klopfte unruhig auf seinen Oberarm. Er verbarg nicht, dass er das so schnell wie möglich hinter sich bringen wollte.

»Aber Vater, wie lange bloß, wie lange muss ich hier bleiben?«, fragte Hanna ängstlich, während sie noch immer auf dem Rücksitz saß und sich weigerte, auszusteigen.

»Das weiß ich nicht, Hania. Aber du musst da jetzt rein. Komm endlich!«

»Ich verstehe es nicht. Ich hab doch nichts weiter getan. Warum, Vater, warum?«

»Nichts weiter getan? Hania, du bist eine Schande für die ganze Familie! Du kannst dich nicht benehmen! Was habe ich nicht alles getan, damit du anständig wirst, was habe ich nicht alles getan! Ich hatte nicht so eine Kindheit, in der es immer ein warmes Haus gab und ein Bett, in das man sich legen konnte, wenn man müde war. Ich war im Krieg, hast du das gehört?! Und du hast keinen Respekt, Hania! Du weißt einfach nicht, was es zu bedeuten hatte! Und jetzt reicht es!«

Hannas Unterlippe zitterte, als wäre sie minutenlang im kalten Eisbad untergetaucht. »Aber dann kann ich doch nicht zur Schule! Und ich gehe doch so gerne zur Schule. Wer bringt mir denn dann weiter etwas bei?«

»Du gehst danach wieder zur Schule. Das holst du schon nach, verdammt! Und jetzt komm, oder willst du, dass ich ...« Er spannte seine Faust an und Hanna schüttelte sofort den Kopf.

Als Hanna endlich ausstieg, schob er sie am Rücken von sich weg in Richtung des Krankenhauses. Er selbst blieb stocksteif stehen, warf ihr lediglich ihren Koffer hinterher und sagte dann: »Ich muss jetzt zu einem Termin. Wenn du dich benimmst, kommst du bestimmt bald wieder raus. Vielleicht ist das nun endlich eine Lehre für dich. Und jetzt geh!«

Das waren seine letzten Worte, mit denen er sie allein ließ. Noch bevor Hanna beim Pförtner angekommen war, war Vaters Auto davongefahren. Und so meldete sie sich selbstständig an. Für einen kurzen Moment hatte sie es in Betracht gezogen, einfach wegzurennen und irgendwo unterzutauchen, doch da rief der Pförtner sie auch schon zu sich.

»Warte ein paar Minuten«, sagte der bärtige Pförtner gelangweilt zu ihr. »Du wirst gleich abgeholt.«

Doch die paar Minuten schienen endlos, zumindest kamen sie Hanna so vor, und dann trudelten noch drei weitere Mädchen ein, bis schließlich eine Schwester kam und sie alle bat, ihr zu folgen.

Sie wurden in den Keller geführt, wo sie sich nackt ausziehen sollten. Hanna bekam am ganzen Körper Gänsehaut. Sie genierte sich und zog ihre Wäsche ganz langsam aus, doch die Schwester klatschte ungeduldig ihren Handrücken auf die Handfläche der anderen Hand, sodass Hanna bang wurde, dass die Schwester sich jeden Moment auf sie stürzen würde und ihr den Hals umdrehen könnte.

Als Hanna so nackt dastand, sich die Hände schützend vor ihre Scham hielt, musste sie zusehen, wie ihr ganzes Hab und Gut, sprich auch die Kleidung, die sie bis eben noch angehabt hatte, in einen matrosenähnlichen Stoffsack gesteckt wurde, der mit einem Ring an der Decke befestigt war. Anschließend wurde ihr Name auf einen Zettel geschrieben, der dann an diesen Sack angepinnt wurde. Dann wurde ihr die Krankenhauswäsche übergeben: kratzige Wollsocken, weiße Unterwäsche, ein blau-weiß gestreiftes Shirt, weiße Hosen und ein Unterhemd.

Die drei Mädchen, die mit Hanna zusammen im Keller waren, wurden als Erste abgeführt. Hanna würde sie nie wieder sehen. Dann schließlich kam Hanna dran. Eine andere Schwester, nämlich die, die für die Etage zwei verantwortlich war, brachte sie in dieses Stockwerk und schob sie in ein Zimmer, in dem bereits eine etwa vierzigjährige Frau untergebracht war. Hanna warf noch einen Blick zurück auf die Schwester, auf ihr viel zu stark geschminktes Gesicht, doch diese wandte sich ab und schmiss mit eiskalter Miene die Zimmertür zu. Dann waren Schlüssel zu hören und schließlich wusste Hanna, dass sie nun mit dieser Frau im Zimmer eingesperrt war.

»Hallo, ich bin Hania«, sagte sie, doch die Frau reagierte kaum. Sie lag im Bett, die Decke über die Schultern gelegt und nickte nur kurz. Dann kehrte ihr Blick zurück zur Decke und ihre Augen schienen wie vernebelt.

Das Zimmer war noch spärlicher eingerichtet, als Hanna es von zu Hause kannte. Die zwei Stahlbetten nahmen wohl den größten Platz im Raum ein. Die Matratzen waren mit Heu gefüllt, und wenn man sich daraufsetzte, ertönte ein quietschendes Geräusch, das die Unbequemlichkeit der Betten ankündigte. Sowohl am Fuß- als auch am Kopfende waren Gitter, so als müsste verhindert werden, dass die Beine raushängen könnten. Am Fußende des leeren Bettes war zudem ein Zettel befestigt. Darauf wurde Hannas gesamte Persönlichkeit lediglich auf ihren Namen und ihr Geburtsdatum reduziert. Links neben dem Bett befand sich ein kleiner Stahlnachttisch, doch darauf stand keine Lampe. Offensichtlich wollte man nicht, dass man sich hier großartig mit sich selbst beschäftigte und gar etwas las – wie auch, ohne persönliches Hab und Gut. In einer Nische des Zimmers befanden sich ein Waschbecken und die Toilette, und Hanna wurde ganz mulmig zumute. Dass jemand Fremdes mitbekommen würde, wenn sie ihr Geschäft zu erledigen hatte, war ihr mehr als unangenehm.

Es verging noch nicht einmal eine halbe Stunde, ehe die Schwester von eben erneut in der Zimmertür erschien, mit einem kleinen Tablett in der Hand.

»Nimm, und stell keine Fragen. Schluck einfach!« Der Befehlston der Schwester jagte Hanna eine ungeheure Angst ein und sie wusste nicht, ob sie es wagen sollte, sich zu widersetzen. Sie dachte an Vaters letzte Worte: *»Wenn du dich benimmst, kommst du bestimmt bald wieder raus.«* Sollte sie ihm vertrauen? Wahrscheinlich nicht, denn seine Worte waren nichts wert. Doch was blieb ihr anderes übrig, als die Tablette zu nehmen und sie hinunterzuschlucken? Die andere Frau in ihrem Zimmer schien davon auch nicht zu sterben – was sollte also schon Schlimmes passieren?

Kapitel 36

26. Oktober 1967: Der Stuhl

»Die Decken hier sind wirklich ganz schön weiß«, sagte Hanna, während sie auf ihrem Bett lag und mit starrem Blick nach oben sah. Doch die Frau im anderen Bett antwortete nicht. Das war Hanna mittlerweile gewohnt. Sie konnte praktisch Selbstgespräche führen, und wahrscheinlich tat sie das auch. Mit Bestimmtheit konnte sie das aber nicht sagen, denn das Leben hier in der Klapse ging an ihr vorbei, ohne dass sie den Wechsel zwischen Morgen, Mittag und Abend mitbekam. Stets musste sie sich im Zimmer aufhalten, nur hin und wieder durfte sie raus auf den Flur, um dort drei Runden zu drehen. Danach fühlte sie sich jedoch völlig ermattet, und es war ihr ganz recht, dass sie dann zurück ins Zimmer musste.

Das war es dann auch schon. Mehr Abwechslung gab es nicht.

Wäre Hanna sich dieser Trostlosigkeit in diesen vier Wänden in vollem Maße bewusst gewesen, wäre vermutlich ein jeder Tag quälender als der vorhergehende gewesen. Aber die Pillen, die sie frühmorgens und abends einzunehmen hatte, transportierten sie in einen schwerelosen Zustand der vollkommenen Gleichgültigkeit. Ab und zu zwickte sich Hanna selbst in die Unterseiten ihrer Arme, nur um zu spüren, ob sie noch Schmerz beziehungsweise überhaupt irgendeine Empfindung wahrnahm. Und an anderen Tagen, so wie an dem heutigen, starrte sie einfach stundenlang die Decke an und versuchte einen Punkt auszumachen, der dunkler sein möge, als das vollständig gleichmäßige Weiß. Irgendwann fand sie diesen Punkt, meistens dann, wenn ihr die Augen zufielen, sie sie vor Schreck wieder aufsperrte und die Dunkelheit noch nachwirkte.

Schlüssel klapperten vor der Tür und dann fand einer ins Schloss. Die stark geschminkte Schwester öffnete die Tür und rief laut »Frühstück«, so als würde sie sich inmitten einer Horde von Kindern befinden, die nicht mitbekamen, dass jemand ins Zimmer kam. Die Schwester schob ihren Wagen voran und Hanna hielt ihren Blechbecher hin, in den ihr etwas Tee gegossen wurde. Dann bekam sie eine Scheibe Brot mit Marmelade und die Schwester wandte sich der anderen Frau im Zimmer zu. Diese war mittlerweile aufgestanden und verharrte nun am Fenster. Sie blickte nach draußen in die Ferne, reagierte nicht, als die Schwester zu ihr sprach. Kurzerhand nahm die Schwester einfach eigenständig den Becher der Frau, füllte ihn, legte die Scheibe Brot auf den Nachttisch und verschwand.

Während die Frau am Fenster das Brot noch nicht einmal anschaute, biss Hanna von ihrem eigenen ab. Doch schon nach dem ersten Bissen verkrampfte sich ihr Magen. Er rebellierte, bekam er doch zu selten etwas wahrlich Nahrhaftes, und wenn es schließlich doch soweit war, wusste er damit kaum umzugehen, als hätte er verlernt zu verdauen. Und somit musste Hanna sich zwanzig Minuten Zeit lassen, um ihr Stück Brot zu kauen. Es war nicht sättigend, doch das Gefühl für Hunger hatte Hanna hier ohnehin verloren. Mittags gab es stets Suppe: Gurkensuppe, Spargelsuppe, Kohlsuppe. Und abends wieder eine Scheibe Brot mit Käse. Lediglich der Sonntag sorgte für Abwechslung, da anstatt des Käses eine Wurstscheibe auf das Brot gelegt wurde.

Hanna erschrak, als erneut die Tür geöffnet wurde, die stark geschminkte Schwester im Rahmen stand und sie mit ihrem Zeigefinger zu sich orderte.

»Komm mit, du musst jetzt zum Arzt!«

»Zum Arzt? Aber ich war doch erst gestern beim Arzt!«

»Ja, aber das ist jetzt ein anderer – ein Gynäkologe. Verstehst du? Ein Arzt, der nur für die Frauen da ist.«

Hanna erstarrte. »Aber, ich bin noch Jungfrau ... ich muss da doch noch nicht hin«, sagte sie im Flüsterton. Die andere Frau im Zimmer rührte sich noch immer nicht vom Fenster. Es war ihr offensichtlich völlig egal, wovon das Gespräch gerade handelte.

»Jetzt komm einfach mit! Keine Widerrede! Der Arzt muss dich untersuchen!«

Hanna war nun schon über zwei Wochen in dieser merkwürdigen Klinik, in der es keinerlei Gespräche gab, sondern nur Rückschlüsse auf die geistige Gesundheit aufgrund von physiologischen Untersuchungen gezogen wurden. Damals hatte Hanna keinerlei Ahnung gehabt, wozu dieses ständige Röntgen, diese Blutabnahmen, diese Labortests und Hautuntersuchungen nötig waren. Als sie das erste Mal von einem Arzt untersucht worden war, hatte sie noch Fragen gestellt. »Warum nehmen Sie mir Blut ab? Können Sie anhand meines Blutbildes sehen, ob etwas in meinem Kopf nicht richtig ist? Warum muss ich geröntgt werden? Können Sie anhand dieses grau-weißen Bildes etwa Abnormitäten erkennen, die verantwortlich dafür sind, dass ich aus dem gewünschten Muster der Gesellschaft heraussteche?« Doch keiner der Ärzte hatte ihr eine Antwort gegeben. Sie schauten Hanna jedes Mal nur verdutzt an, schüttelten dann müde den Kopf, so als wüssten sie ganz genau, warum Hanna sich hier befand. Dann widmeten sie sich wieder ihrer Arbeit, senkten beschämt den Kopf und schwiegen, als würden sie sich bei einer Friedhofszeremonie befinden. Ja, so war es damals in Polen: Wurde man dabei ertappt, der Trunkenheit zum Opfer gefallen zu sein, wurde man in eine Einrichtung gesteckt und von der Familie verachtet. Hatte man zugeben müssen, dass eine körperliche Krankheit die Macht über die eigenen Gliedmaßen übernahm, wurde man weggesperrt und mit Medikamenten vollgedröhnt, deren Bezeichnungen unaussprechlich waren. Hatte man sich gegen die Gesellschaft gestemmt, war völlig ausgeflippt und hatte die eigene Familie vorgeführt, wurde man in diese Einrichtung hier eingewiesen, wo auch kleine Pillen auf einen warteten und man das Gefühl für das Leben verlor.

Hanna war nun schon lange genug hier, um das Gefühl zu haben, dass alles aus Gummiwänden bestünde. Sie stand zwischen den Zeiten und wusste nicht, wo vorne und wo hinten war. Sie ließ alles über sich ergehen, denn die Kraft, sich dagegen zu wehren, verlor man zwangsläufig. Mit der Zeit wurde ihr alles mehr und mehr egal. Doch dann geschah etwas, das Hanna ganz und gar nicht egal war, und was sie regelrecht aus ihrem schlafwandelnden Zustand herauskatapultierte.

»Warte hier«, sagte die Schwester monoton, »der Arzt kommt gleich.« Die Schwester verschwand und ließ Hanna in diesem Furcht einflößenden Raum zurück.

Das Erste, und wahrscheinlich auch Einzige, was Hanna wie ein Dorn ins Auge stach, war dieser hölzerne, starre Stuhl, der mit einem Wachstuch überzogen war. Dieser Klotz schien den gesamten Raum einzunehmen und er wirkte alles andere als bequem, geschweige denn vertrauenserweckend. Als Hannas Blick über die Beinhalter streifte, musste sie schlucken. Es war ganz und gar unmöglich, dass Hanna ihre Beine so weit auseinanderspreizen konnte.

Mit einem Mal wurde ihr ganz kalt und sie fing an zu zittern. Das Bild vor ihren Augen verschwamm und es wirkte, als würde der Stuhl sich ruckartig hin und her bewegen, wie ein Rodeo, das seinem hochmütigen Bändiger eine Lektion erteilte. Als dann der Arzt hinter ihr stand und ihr auf die Schulter tippte, schrie sie unwillkürlich auf, drehte sich im Halbkreis und schaute konsterniert in die dunkelbraunen, tiefliegenden Augen des Arztes. Der Mann war alt, zumindest hatte Hanna in ihrem zarten Alter das Gefühl, als wäre er bereits ein Greis. Sein Kopf war klein und sämtliche Haare waren ihm bereits ausgefallen, lediglich ein paar weiße, einzelne Strähnen bedeckten noch seinen Schädel. Ein Ekel überkam Hanna, als sie die schmierig-feuchte Unterlippe des Arztes bibbern sah. Er leckte sich mehrmals darüber und schnell wurde Hanna bewusst, warum die Lippe so schimmerte.

»Entkleide dich«, sagte er monoton, als wäre er gelangweilt von jungen Mädchen, die noch nichts von der Welt gesehen hatten.

»Aber nein, nein ... ich bin noch Jungfrau. Ich schwöre, ich muss nicht untersucht werden. Bitte!«

»Pah! Das sagen sie alle. Das werden wir gleich sehen, also los, mach schon, zieh dich aus und setz dich auf den Stuhl.«

Hanna spürte, wie ihr Puls in die Höhe schoss und ihr wurde schwarz vor Augen. Doch sie riss sich zusammen, hielt sich an dem kleinen Schrank, der an der Wand stand, fest und zog sich schließlich aus. Auch am Tag ihrer Ankunft hatte sie sich bereits völlig entkleiden müssen, doch das war etwas anderes gewesen. An jenem Tag stand sie inmitten von Frauen, die ihr weder zu nahe kamen, noch sie berührten. Doch hier wusste sie, dass sie gleich berührt werden würde, und das jagte ihr eine ungeheure Angst ein.

Auf wackeligen Beinen ging sie an die Frontseite des Stuhls, doch als sie davor stand, riss sie ihre Augen auf und sagte dem Arzt erneut, dass sie doch Jungfrau sei. Sie wusste nicht, wie sie dort hochklettern sollte, war sie doch seit ein paar Jahren nicht mehr sonderlich gewachsen. Plötzlich spürte sie die rauen Hände des Arztes, der sie nach oben drückte.

Geniert ließ Hanna ihre Beine auf dem Stuhl geschlossen, hielt ihre Hände vor ihr Geschlecht, doch dann nahm der Arzt ihre Knöchel, zerrte sie auseinander und schnallte sie schließlich auf den Beinhaltern fest. Dies versetzte Hanna in einen Zustand, als hätte ihr jemand mit einer Keule auf die Brust geschlagen. Sie spürte, wie eine Welle der Panik ihren gesamten Körper durchfuhr. Und als der Arzt schließlich mit seinen widerwärtigen Händen in sie hineinglitt und dann noch sein Gesicht an sie herandrückte und etwas machte, wovon sie wusste, dass so etwas ganz gewiss niemals ein Arzt machen durfte, verfiel sie in eine Starre, aus der sie für Minuten nicht herauskam. Es kam ihr so vor, als würde ihr Geist ihrem Körper entweichen und über sie schweben. Sie weigerte sich regelrecht, das Leid, das dieser Arzt ihr in diesem Moment antat, anzunehmen. Sie floh in eine Traumwelt, in der sie grünen Rasen sah, einen dicht bewachsenen Wald und ihre Großmutter, die ihr zuwinkte, damit sie zu ihr käme. Eine Welt, in der sie noch ein junges Kind war, in der sie noch Hoffnung hatte und nicht von ihrem eigenen Schicksal niedergerafft wurde. Die Welt, die sie vor wenigen Monaten versucht hatte, wieder aufleben zu lassen, als sie Patryk kennenlernte. Doch diese Welt hatte sie überhaupt erst an diesen Ort gebracht. Und als Hanna aus dem Augenwinkel beobachtete, wie der Arzt in der echten Welt eine Art Gummibirne ergriff, die mit einer Pumpe versehen war, und diese zu ihrer Scham bewegte, wünschte sie sich aus tiefstem Herzen, dass sie in Ohnmacht fallen würde. Doch das tat sie nicht. Und so wurde sie durch den unsäglichen Schmerz zurück in das Hier und Jetzt geschmissen.

Wie ein Donnerschlag dröhnten die Worte »Na, bist du doch keine Jungfrau mehr!« zu ihr, während der Arzt sich die Finger ableckte.

***

Der liebliche Nebel, der Hannas Geist einhüllte und sie zu beschützen versuchte, verschwand, als Hanna das Blut auf dem Fußboden entdeckte. Ein krächzender Schrei entwich ihrer Kehle, und obwohl er in diesem kleinen

Untersuchungszimmer binnen kurzer Zeit verhallte, würde er Hanna noch minuten-, stunden-, ja tagelang begleiten.

Der Arzt befehligte ihr, sich wieder anzuziehen. Er würde nun die Schwester holen, die sie zurück zu ihrem Zimmer brächte, erklärte er Hanna. Als die Schwester schließlich kam, fing Hanna zu weinen an. »Schwester, Schwester, ich bin verletzt. Schauen Sie nur das ganze Blut, ich ...«

»Das ist normal! Hab dich nicht so. Und jetzt komm mit.«

Die Kälte, die aus dem Mund der Schwester wie trockene Winterluft strömte, ließ Hanna so sehr erschaudern, dass sie nur noch imstande war, mechanische Bewegungen auszuführen. Sie konnte nicht mehr klar denken, lief der Schwester einfach nur hinterher.

Zurück im Zimmer hörte sie, wie die Tür hinter ihr geschlossen wurde. Unfähig, auch nur einen weiteren Schritt zu machen, stand sie regungslos in der Mitte des kleinen Raums. Die andere Frau stand immer noch am Fenster, hatte sich während all dieser Minuten, die Hanna wie ein ganzes Leben vorkamen, das zerstört wurde, nicht vom Fleck bewegt. Auch das Frühstücksbrot lag noch auf dem Nachttisch und Hanna wusste, dass es keine Hilfe für sie gab. Sie würde sich gleich ins Bett legen, einschlafen und hoffen, dass sie nie wieder aufwachen würde.

Doch dann passierte etwas, womit sie nicht gerechnet hatte.

Die Frau an der Fensterbank drehte sich zu ihr um und ihr Gesicht nahm eine Mimik an, die durch Mark und Bein ging.

»Was ist passiert? Herrgott, Mädel, sprich mit mir, was ist passiert?«

All die Tage hatten Hanna und die andere Frau im Zimmer kein einziges Wort miteinander gewechselt. Ein jeder trieb sich in seiner Geisterwelt herum, bekämpfte seine eigenen Dämonen und befand sich in einem Zustand der Mattigkeit. Doch nun hörte Hanna zum ersten Mal die tiefe Stimme der Frau, die vom Leben ermüdet und gezeichnet zu sein schien.

Hanna konnte nicht mehr, sie plärrte und schrie, als wäre es das Letzte, wozu sie in diesem Leben noch fähig war.

Schnell holte die Frau aus der Schublade des Nachttisches eine aus Stofffetzen selbst genähte Binde hervor. Hanna nahm sie mit zitternder Hand entgegen und fing damit das Blut, das noch immer rote Schlieren an ihren Beinen hinterließ, auf.

»Sag mir, Mädel, wer hat dir das angetan? Wer?«

Doch Hanna musste gar nichts sagen, denn es war offensichtlich, dass die Frau eins und eins zusammenzählen konnte.

»Hör mir jetzt gut zu, Mädel. Du kommst hier raus, hast du verstanden? Ich werde dafür sorgen, dass du hier rauskommst!«

Hanna nickte, obwohl sie tief in ihrem Inneren wusste, dass das unmöglich war. Kein einziges Mal hatte sie telefonieren dürfen, kein einziges Mal Besuch empfangen dürfen. Es war eine Sache der Unmöglichkeit, hier rauszukommen. Doch die andere Frau im Zimmer machte es tatsächlich möglich – wie, war ihr bis heute ein Rätsel – und schon am nächsten Tag wurde Hanna vom Vater aus der Klinik abgeholt.

Kapitel 37

27. Oktober 1967: Hanna wird vom Vater abgeholt

Jetzt wird alles gut, jetzt wird alles gut, dachte Hanna. Sie ging unruhig im Zimmer auf und ab und hielt ihre Hände abwechselnd vor der Brust und dann wieder vor den Mund. *Jetzt wird alles gut. Vater wird für Gerechtigkeit sorgen. Vater wird dem Arzt die Hölle heißmachen. Er wird mich beschützen, er muss es einfach*, ging es Hanna durch den Kopf. Und als der Vater schließlich kam und Hanna auf ihn einzureden versuchte, schnitt er ihr das Wort ab.

»Sei still, Hania. Du erzählst deiner Mutter zu Hause davon. Ich will jetzt nichts hören.«

Und so wurde sie zum Auto geführt, ohne dass der Vater die gesamte Klinik zusammenbrüllte. Ohne dass er mit der Faust auf den Tisch haute, und ohne dass er ein Machtwort gegen die stark geschminkte, kaltherzige Schwester sprach.

Als Hanna zu Hause ankam, schnappte die Mutter sie sich und führte sie in die Küche. Sie schloss die Tür hinter sich, lehnte sich dagegen und ließ Hanna gerade einmal drei Minuten Zeit, die Geschichte zu erzählen, bis sie sie schließlich unterbrach.

»Was für eine Schande, Hania. Was für eine Schande!«

Hanna nickte, denn sie glaubte freilich, dass die Mutter vom Arzt sprach und hoffte nun, dass sie ihr Trost spenden würde. Dass sie noch einmal zum Vater gehen und ihm sagen würde, dass er nun doch etwas zu unternehmen hatte. Die Eltern mussten doch erkennen, welch furchtbaren Fehler sie gemacht hatten, Hanna in dieses ›*Krankenhaus*‹ zu schicken. Sie mussten es doch erkennen! Doch dann sprach die Mutter weiter, und Hannas Hoffnung erwies sich als fundamentaler Irrglaube.

»Was hast du nur wieder angestellt, Hania! Hast du dem Arzt hübsche Augen gemacht? Nach der Sache im Ferienlager, ja? Du stehst wohl auf ältere Männer. Was soll nur aus dir werden? Kein einziger Mann wird jetzt noch an dir Interesse zeigen, wenn das herauskommt. Kein einziger. Und was erst die Nachbarn sagen werden! Das darf nie jemand erfahren, hörst du?! Wenn das rauskommt, Heilige Mutter Maria! Du darfst nie jemandem davon erzählen, verstanden! Was für eine Schande!«

Dann ging die Mutter aus der Küche und Hanna hörte, wie die Kellertür geöffnet wurde. Das Mittagessen war überfällig und wahrscheinlich war das auch etwas, wofür man Hanna die Schuld gab.

***

Am Nachmittag schlich Hanna sich nach draußen. Sie legte einen Marsch von fünfundvierzig Minuten zurück, und als sie schließlich die bärtige Steingestalt erblickte, seufzte sie bekümmert. Viel zu lange hatte sie sie nicht mehr besucht.

Sie lehnte sich gegen die Wand, fühlte die Kälte, die von dem Gemäuer ausging, und dennoch empfand sie in diesem Moment eine sanfte Wärme, die sie umschloss. Sie konnte nichts sagen, wollte nichts sagen, sie wollte einfach nur eine Weile aus ihrer Welt fliehen. Und als es schließlich zu dämmern anfing und Hanna wusste, dass bald das Abendbrot aufgetischt würde, löste sie sich, um zurück zu dem Haus zu gehen, das sich, so absurd das auch war, ihr Zuhause nannte.

Als sie dort ankam, blieb sie jedoch vor Schreck stehen. Schnell versteckte sie sich hinter einem Baum, doch sie musste aufpassen, dass sie nicht ausrutschte, denn der Boden unter ihr war aalglatt.

Mutter, Vater, Agata und Marta waren dabei, Eimer voll Wasser aus dem Haus zu tragen. Es hatte in dem kleinen Dorf

Modlica einen unglaublichen Sturm gegeben und eine unvorstellbare Masse an Regen war vom Himmel hinuntergefallen. Nur ein paar hundert Meter weiter war jedoch alles trocken geblieben. Als wäre das nicht schon ärgerlich und seltsam genug, gab es auch noch irgendwo eine undichte Stelle im Haus, sodass der gesamte Keller mit Wasser vollgelaufen war. Seit Stunden suchte die gesamte Familie diese undichte Stelle, doch keiner von ihnen konnte sie ausfindig machen. Es war zum Mäusemelken.

»Was ist denn hier los?«, kündigte Hanna sich nun an. Anscheinend war sie sich bewusst, dass es nun ohnehin vergebens war, sich wieder unbemerkt ins Haus zu schleichen.

»Wo warst du, Kind?«, fragte der Vater barsch, doch für großes Gezanke blieb kaum Zeit, denn das Wasser drohte, die Vorräte im Keller zu zerstören. Würde der Winter vorzeitig Einzug halten und der Keller in diesem katastrophalen Zustand bleiben, würde die Familie große Probleme mit der Vorratshaltung bekommen. Also packte Hanna mit an, und insgeheim war sie sogar dankbar dafür, denn so konnte sie sich wenigstens ablenken.

Kapitel 38

1. Dezember 1967: Blutschnee

Der erste Schnee in diesem Jahr kam in der Nacht. Es fröstelte draußen und dennoch blieben die Fenster in den Schlafzimmern über Nacht offen. *»Ihr benötigt Sauerstoff, um beim Schlafen gut atmen zu können und nicht zu ersticken«*, waren die Worte der Mutter. Hanna hielt sich bei derlei Kommentaren nur noch die Ohren zu.

Unter der Bettdecke war es kalt. Marta zog sie sich über die Schultern, zitterte noch immer jämmerlich und war somit hellwach, als sie Hannas Schreie hörte.

Beinahe jede Nacht erklangen sie nun seit mehreren Wochen. Anfangs waren sie noch dumpf und matt, doch mit der Zeit hörten sie sich an wie die jämmerlichen Rufe einer wilden Hyäne. Es war unerträglich. Einmal stieß Marta Hanna an, riss sie hart aus ihren Träumen, fragte sie, warum sie in Herrgottsnamen so einen Aufruhr betrieb. Daraufhin wurde Marta gnadenlos von Hanna zur Seite gestoßen, sodass Marta sofort losging, um es den Eltern zu petzen. Anstatt der erwarteten und von ihr erhofften Reaktion sagte die Mutter gänzlich unbeeindruckt zu ihr, dass sie zurück ins Bett verschwinden sollte. Der Vater machte sich noch nicht einmal die Mühe, ihr Aufmerksamkeit zu schenken. Marta verstand es nicht und vor allem erfuhr sie nicht, warum alle in diesem Haus sich anschwiegen und sich kaum eines Blickes würdigten. Und so war sie der Überzeugung, dass Hanna wieder irgendetwas angestellt haben musste.

Als Hanna in dieser Nacht aufschrie, griff sie panisch unter ihr Nachthemd. Marta rieb sich ihre Augen und blickte zu Hannas Bett herüber, doch Hanna war bereits aufgestanden und zitterte am ganzen Leib. So schnell konnte Marta gar nicht begreifen, was geschah, da rannte Hanna auch schon aus dem Zimmer, den Flur entlang nach unten und öffnete die Haustür. Wie eine Schlafwandlerin torkelte Marta ebenfalls nach unten. Der kalte Wind blies ihr in unberechenbaren Schüben entgegen, sodass sie schwören hätte können, dass sich ihre Haut augenblicklich rötete und sich Frostbeulen darauf bildeten. Als sie am Türrahmen ankam, nahm sie diese Kälte jedoch nicht mehr wahr. Vielmehr fühlte sie sich körperlos, gedankenlos und bewegungslos vor Schock.

Hanna kniete im Schnee, weinte bitterlich, und unter ihr war ein Blutfleck entstanden. Er war düster, bildete ein makabres Muster und der süßliche Geruch des Blutes verdrängte die Frische des aufkommenden Winters.

Sowohl Hanna als auch Marta wussten vermutlich tief in ihrem Inneren, dass es lediglich der Ausbruch ihrer Periode sein musste, doch in den ersten Sekunden des Schocks nahm es ein jeder von ihnen auf unterschiedliche Weise als bitterliche Verletzung wahr. Während Marta dachte, dass Hanna sich womöglich beim Aufprall ihrer Knie auf den Schnee verletzt hatte, stand für Hanna fest, dass sie erneut vergewaltigt wurde. Sie griff sich in den Schritt, schaute immer wieder auf das Blut in ihren Händen und schrie: »Nein, nein, nein, bitte nicht!«

Hätte Marta zu ihr gehen sollen, sie trösten und sie zurück ins Bett bringen sollen? Natürlich! Zu ihrer Rechtfertigung tat sie das auch. Zu ihrer Schande ließ sie jedoch den emotionalen Part aus. Sie verzichtete darauf, Hanna in den Arm zu nehmen, ihr warme Worte zuzuflüstern, ihr über das Haar zu streichen. Hanna gehörte ins Bett, sie musste schlafen und morgen wieder zur Schule gehen. Ja, das sagte Marta ihr. In einem Ton, den Hanna nicht verdient hatte. Dann gab Marta ihr eine Stoffbinde und ärgerte sich innerlich darüber, dass Hanna wegen ihrer ersten Periode so herumschreien musste. Die kleine Schwester war sechzehn Jahre alt, eine Spätzünderin quasi, und obwohl alle Welt um sie herum ihr vermutlich bereits erzählt hatte, wie die ganze Sache ablief, musste sie dennoch so einen Aufstand machen. Wie hätte Marta auch ahnen können, was Hanna wirklich widerfahren war, wenn sie doch so blind durch die Welt stolzierte.

Kapitel 39

18. Januar 1968: Der unerwartete Besuch

Seit fünf Wochen schien über dem kleinen Örtchen Modlica keine Sonne mehr. Sie hatte sich verkrochen, hinter den düsteren, grauen Wolken versteckt, traute sich nicht mehr zu zeigen. Wenn Hanna zur Schule lief, knarzte unter ihr der Schnee und so manches Mal rutschte sie auf einer zugefrorenen Eisstelle aus und flog auf ihren Hintern. Mutlos schüttelte sie sich dann den weiß gewordenen Rock ab und lief weiter.

In der Schule sollte heute die Entscheidung gefällt werden, aus welcher Jungenschule im kommenden Frühling eine Klasse eingeladen werden sollte. Hanna war von dieser ganzen Sache angewidert, denn Jungs waren für sie gerade das Letzte, was sie interessierte. Die Mädchen in ihrer Klasse machten daraus aber ein großes Furore, schließlich war es der Höhepunkt des Jahres und etwas Spannenderes gab es nicht.

Als Hanna an der Schule ankam, stand ein Mädchen mit einem roten Mantel vor dem Gebäude. Es war der schönste Mantel, den sie jemals gesehen hatte. Es war eine Albernheit: wenn Hanna diverse Stoffe aus Vaters Kaufhaus geschenkt bekam, interessierte sie sich nicht die Bohne dafür. Ja, sie wollte sie dann am liebsten zerschneiden und in ihrer Wut zerstören. Doch wenn sie bewundernswerte Stoffe in anderen Läden oder bei anderen Personen entdeckte, so wie damals die grünen Kniestrümpfe, oder wie heute den roten Mantel des Mädchens, konnte sie kaum an sich halten. So wie jetzt: Am liebsten wäre Hanna zu dem Mädchen gerannt und hätte den Stoff berührt, seine Weichheit gespürt und das Rot von Nahem bewundert. Doch das musste sie gar nicht. Denn als das Mädchen Hanna erblickte, löste es sich aus seiner Position und kam Hanna entgegen.

Je näher das Mädchen Hanna kam, desto mehr erkannte sie dessen feine Gesichtszüge und die großen, erwartungsfreudigen Augen, die Hanna direkt anblickten. Diese Situation erinnerte Hanna an etwas – etwas, aus früheren Tagen, und unwillkürlich blieb sie stehen. Schon einmal hatte jemand auf sie vor der Schule gewartet, doch damals war es ein trauriger Tag gewesen, denn ihre beste und einzige Freundin war nach Deutschland ausgereist. Konnte es wirklich sein, dass in dem roten Mantel Zofia steckte?

»Hania! Hania, du bist es wirklich! Ach wie hab ich gehofft, dass du hier zur Schule gehst, doch sicher war ich mir nicht. Ich warte hier schon seit sechs Uhr morgens, Herrgott, ich bin vielleicht durchgefroren!«

Den Tag, an dem Hanna das letzte Mal so sprachlos war und dagestanden hatte wie eine Schaufensterpuppe, die, so menschlich sie auch aussah, völlig unfähig war, sich zu bewegen, hätte sie nicht benennen können. Sie glaubte zu träumen, kniff Zofia daraufhin in die Wangen, um zu sehen, ob es tatsächlich menschliches Fleisch war, in das sie hineinpiekte, oder doch nur eine Luftblase der Einbildung.

»Du bist es wirklich!«, sagte sie schließlich, noch immer fassungslos, dass Zofia so unverhofft vor ihr stand.

»Aber ja, natürlich! Weißt du noch? Ich habe dir versprochen, dass ich dich besuchen komme.«

Hanna nickte nur. Sie hörte, wie die Schulklingel läutete und normalerweise wäre sie vor Panik, die erste Stunde zu verpassen, sofort losgerannt, um rechtzeitig am Tisch zu sitzen. Doch heute nahm sie das Klingeln nicht einmal wahr.

»Aber was machst du hier?«

»Mein Adoptivvater arbeitet bei einer deutschen Zeitung, weißt du? Er möchte eine Reportage über Polen schreiben, damit sich das deutsch-polnische Verhältnis wieder bessert. Wir reisen durch das ganze Land und Vater hat sogar einen Betreuer an die Seite gestellt bekommen. Ich finde das ganz spannend, aber Vater sagt sehr viele Dinge, die er öffentlich nicht aussprechen darf, deswegen müssen wir behutsam sein. Ich habe es mir natürlich nicht nehmen lassen, dich zu besuchen und Vater hat es erlaubt, auch wenn unangenehme Folgen daraus entstehen könnten.«

Hanna nickte erneut. Sie wusste, was Zofia damit meinte: Seit Zofia zu den Deutschen übergesiedelt war und offiziell nun auch als Deutsche galt, war es ein Wagnis für sie, wenn sie mit einer Polin sprach. Die Deutsche könnte der Polin etwas antun, sie verschleppen oder sogar umbringen. Sie könnte Hanna ausspionieren, sie über den Unterricht ausfragen, was sie in Militärkunde lernte und dann schließlich die Geheimnisse der Landesverteidigung an die Deutschen weitergeben. Sogar gegenüber der DDR, die die allgemeine polnische Bevölkerung vermutlich als den *besseren* Teil von Deutschland ansah, wurde eine recht misstrauische Beziehung gepflegt. Ob nun Freund oder Feind, man musste als Pole wachsam sein. Demnach war es unbedingt notwendig, diesen verdächtigen Gast, den Zofia nun repräsentierte, schnellstmöglich wieder loszuwerden.

Die Gedanken beiseiteschiebend riss Hanna sich plötzlich aus ihrer starren Haltung los und umarmte Zofia so fest, dass sie sie fast erdrückte. Bittere Tränen tropften auf den roten Mantel und sofort wischte Hanna ihre Seelenqualen weg.

»Herrje, Hania, so hab ich dich aber nicht in Erinnerung! Was ist bloß los?«

Nur schwer löste Hanna sich aus der Umarmung. Sie blickte auf den Boden, war kaum in der Lage, ihrer Freundin in die Augen zu blicken.

»Ich weiß nicht, wie ich das alles noch aushalten soll, Zosia. Ich bin gefangen – gefangen in einem Leben voller Lügen, Ungerechtigkeit und Widerwärtigkeit. Ich möchte raus, ich möchte einfach nur noch einen Weg da rausfinden. Doch so sehr ich mich auch bemühe, ich weiß keinen Rat.«

»Schon gut, ist ja gut.«

Zofia streichelte Hannas Wange, wischte ihr die Tränen weg und nahm sie schließlich erneut in die Arme.

»Bitte, Zosia«, schluchzte sie, »bitte, nimm mich mit. Ich will nicht länger hier sein, ich will bei dir sein und bei deinen Eltern. Bitte lass mich nicht hier.«

Von dieser flehenden Bitte wurde Zofia so sehr überwältigt, dass ihr ebenfalls die Tränen hochstiegen und auch sie nicht mehr an sich halten konnte. Eine Weile lang standen die Freundinnen einfach nur da – sich gegenseitig schützend vor der Außenwelt, wie in einem Kokon.

»Vielleicht kannst du das sogar«, sagte Zofia dann still, denn sie traute sich kaum, die Worte gar zu laut auszusprechen.

»Was?«

»Ja, vielleicht kannst du mit nach Deutschland kommen. Ich kann meine Eltern fragen, aber sie sind so nette Menschen, Hania, sie werden dich bestimmt auch aufnehmen. Ganz gewiss.«

»Wirklich?«

Zofia nickte, doch das Nicken war mit etwas Unangenehmem verbunden, das nur noch nicht ausgesprochen war. Das hoffnungsvolle Leuchten in Hannas Augen war jedoch so hell, dass Zofia schnell Gewissensbisse bekam und doch noch das aussprach, was unvermeidlich war.

»Nur ... nur nicht jetzt, Hania.«

Hanna zuckte zurück. Ihre Lippen bibberten und sie hatte das Gefühl, als wäre die Temperatur noch weiter ins Minus gefallen. »Aber ... aber warum denn nicht?«

»Hania, du bist das schlaueste Mädchen, das ich kenne. Du stehst ein Jahr vor deinem Abschluss. Ich weiß, ja ich spüre förmlich, dass du es mal zu etwas bringen wirst, was du dir jetzt womöglich noch nicht einmal vorzustellen wagst. Du kannst jetzt nicht alles aufgeben. Du musst erst die Schule beenden.«

»Nein, nein ... Zosia, bitte.«

Jetzt war Hannas Weinen unerträglich. Ihr Gesicht lief rot an, Rotz lief ihr aus der Nase, es war, als wären die beiden Mädchen wieder in der ersten Klasse, nur dieses Mal mit vertauschten Rollen.

»Hania, bitte glaube mir, du hältst das durch, ganz gewiss.«

»Nein, Zosia, ich kann nicht mehr. Ich kann nicht mehr.«

Hanna schluchzte und legte sich wieder in Zofias Arme. Ihr kleiner Körper zitterte wie Espenlaub. Andere Schulkinder gingen an den Mädchen vorbei, beäugten das theatralische Schauspiel misstrauisch, tuschelten und schüttelten die Köpfe. Ja, es gehörte sich einfach nicht, so offen seine Gefühle zu zeigen, doch was blieb einem anderes übrig, wenn eine scheinbare Hoffnung so blitzartig gekommen und wieder verloren gegangen war?

Kapitel 40

1. März 1968: Der Klassenausflug

»Ihr seid hier nicht in ein Sanatorium gekommen, sondern in ein Konzentrationslager, aus dem es keinen anderen Ausgang gab als durch den Schornstein des Krematoriums!«

Die Schülerinnen hörten augenblicklich auf zu tuscheln.

Die Frau in dem schwarzen Gewand ließ für einen Augenblick den Satz in der Luft pendeln, bis ein jeder ihn deutlich gegen seinen Kopf prellen spürte, und fuhr schließlich fort: »Ja, das waren die Worte vom SS-Hauptsturmführer Karl Fritzsch, der seine ersten polnischen Häftlinge, mit den Häftlingsnummern 31 bis 758, am 14. Juni 1940 in Auschwitz willkommen hieß.«

Eine unsagbare Niedergeschlagenheit stellte sich bei Hanna ein, als sie zusammen mit den anderen Schülerinnen durch die trostlosen, von der Geschichte bespuckten Mauern geführt wurde. Doch noch viel schlimmer war, dass sie sich vor Schock kaum halten konnte: und das nicht allein aufgrund der Erzählungen der Museumsführerin, sondern wegen der Gegensätzlichkeit, die sie sich im Geschichtsunterricht anhören musste. Denn dort erzählte man nichts von einer sogenannten Massenvernichtung. Viel mehr hatte man die Schülerinnen im Glauben gelassen, dass die Menschen in Auschwitz aufgrund von Krankheiten, schlechten hygienischen Verhältnissen und aus Erschöpfung gestorben seien.

Doch dem war nicht so.

Immer wieder blieb die Frau im schwarzen Gewand stehen und zeigte auf die Habseligkeiten, die hinter Glasscheiben in den Baracken ausgestellt waren: Haare, die zur Herstellung von Besen und Bürsten genutzt wurden. Unzählige Koffer, die ihre letzte Reise mit dem Besitzer erlebt hatten. Und

Putzmittel, die aus dem Fett der verbrannten Opfer hergestellt wurden.

Die Frau im schwarzen Gewand erzählte, wie im Bunker Nr. 1, dem roten Häuschen, die ersten polnischen Opfer aus Oberschlesien mit Zyklon B – einem Mittel, das im eigentlichen Sinne zur Schädlingsbekämpfung diente – vergast wurden. Über zehn Minuten lang waren die qualvollen Schreie zu hören, wobei der Kommandant von Auschwitz – Rudolf Höß – die Schreie als kurz und schmerzlos beschrieb. Hanna drehte sich der Magen um, als sie ihren Klassenkameradinnen in das Krematorium II folgte und die Frau im schwarzen Gewand weiter davon berichtete, wie aus dem blauen Dunst die ineinander verkrampften Knäuel von Leichen herausgeschabt und in den Öfen des Krematoriums verbrannt wurden. Die Vergasung selbst war zweifellos eine nachsichtige Entscheidung von Heinrich Himmler und Rudolf Höß, um die deutsche SS – die ›*Soldaten des Bösen*‹, wie sie die Frau im schwarzen Gewand nannte – zu entlasten: denn eine Massenerschießung wäre sicherlich auf Dauer eine zu hohe Belastung gewesen! Zu Recht, denn den eigenen Todeskampf sowie den der anderen Todeskandidaten – zuerst das würgende Erbrechen, dann die angsteinjagenden Schweißausbrüche und Krämpfe, der unkontrollierbare Abgang von Harn und Stuhl und schließlich der unumstößliche Atemstillstand – zu erleben, war freilich humaner. Die Frau im schwarzen Gewand lächelte höhnisch und Hanna wollte sich in diesem Augenblick die Ohren zuhalten.

Im Laufe der Zeit konnte man von 4 756 Leichen pro Tag berichten, die ab 1943 in Auschwitz eingeäschert wurden. Gaskammern mit einem Fassungsvermögen von 2 000 Menschen wurden erbaut, was im Vergleich zu den Gaskammern in Treblinka, die je nur 200 Menschen fassen konnten, eine enorme Effizienz war. Und nicht zu vergessen:

Polen, ja, immer waren es die Polen gewesen, die dieses Leid ertragen mussten und den blutrünstigen Deutschen zum Opfer gefallen waren – so wurde es erzählt.

In Hanna brodelte es. Sie erinnerte sich an den Geschichtsunterricht, an ihre einstige Lehrerin in der Grundschule, die den Schülern vom Warschauer Ghetto erzählt hatte. Dem Ghetto, in dem die Juden einst lebten, bis sie nach Auschwitz deportiert wurden. Glücklich sollte man sich schätzen, schließlich war man den *Parasit und Jesusmörder Jude* endlich los, der den Polen das Geld abknöpfte – so wurde es im Unterricht propagiert.

Was mit diesen Juden in Auschwitz geschah, erfuhr sie erst an diesem Tag.

Dass diese Lager jedoch zur alleinigen Vernichtung *aller* europäischer Juden – einschließlich der deutschen – errichtet wurden, wurde an diesem Tage nicht erwähnt. Dies sollte Hanna erst ein Jahr später in Deutschland erfahren.

Die Stimme der Frau im schwarzen Gewand wurde mit einem Mal düster und alle Schülerinnen mussten sich anstrengen, sie überhaupt noch zu verstehen: »Ja, hier, meine lieben Mädchen, hier hat Dr. Carl Clauberg, ein Gynäkologe wohlbemerkt, seine Sterilisierungsversuche an jungen Frauen ausgeübt.«

Hanna wurde schlecht, als sie sich das anhören musste. Zu sehr erinnerte es sie an ihr eigenes Erlebnis auf dem Stuhl, das ihr noch heute die schlimmsten Albträume beschert. Am liebsten wäre sie rausgerannt, hätte geschrien und sich die Seele aus dem Leib erbrochen. Doch rechts und links von ihr standen ihre Mitschülerinnen. Sie war gefangen – erneut.

»Die weiblichen Häftlinge bekamen eine Spritze in die Gebärmutter verabreicht, die eine ätzende Flüssigkeit enthielt. Natürlich ohne Betäubung. Eine junge Frau berichtete, dass sie das Gefühl hatte, als würde ihr Unterleib vor Schmerz platzen.«

Das war zu viel.

Tausende von kleinen, leuchtenden Käfern kreisten um Hannas Augen herum, der Hintergrund wurde schwarz, und sie hörte ein Rauschen in ihren Ohren, als würde sie unter einem tosenden Wasserfall stehen. Dann fiel sie um, und für ein paar Minuten gelang es ihr, sich der rauen, schmerzenden Wahrheit zu entziehen. Als sie wieder zu Bewusstsein kam, wurde sie einmal kräftig durchgeschüttelt, dann sagte die Frau im schwarzen Gewand zur ihr: »Liebes Mädchen, vor der Geschichte darfst du dich nicht verstecken!« Und der Rundgang wurde fortgesetzt.

Dann geschah etwas, womit Hanna an solch einem bitterbösen und qualvollen Ort am wenigsten gerechnet hatte: eine eigenartige Hoffnung schlich sich in ihren getrübten Geist.

Eine Geschichte nach der anderen verankerte sich in Hannas Kopf: Da gab es zum Beispiel einen Lehrer, der den für Forschungszwecke am Leben gehaltenen Kindern im Lager, die vermutlich niemals mehr etwas anderes erleben sollten, als hinter Mauern und stromdurchfluteten Drahtzäunen dahinzuleben, beibringen wollte, was Freiheit ist. Ein-, zweimal in den Jahren, in denen er im Lager war, gelang es ihm, sich bei starken Niederschlägen in den Kinderblock zu schleichen, und dann trommelte er leise auf Holzpritschen entzückend fröhliche Melodien. Er pflanzte den Kindern die Musik in die Ohren, erzählte ihnen von Farben, der Natur, den Seen, Ländern, Wasserfällen und Büffeln, die so groß gewachsen waren wie die Doppelstockbetten, auf denen sie zu fünft liegen mussten. Alles, was er in diesen trostlosen Stunden der Dunkelheit vollbringen wollte, war, den Kindern ein Stück fehlende Kindheit zurückzugeben, mithilfe ihrer eigenen Fantasie und glücklichen Bildvorstellungen.

Hanna hörte der Frau im schwarzen Gewand mit großen Augen und hochgezogenen Brauen zu, wie sie von einem

Mann berichtete, der während des lagerweiten Ausbruchs des Fleckfiebers sich vor dem Delirium zu schützen versuchte, indem er stundenlang innerliche Reden hielt. Er grenzte sich ab von dem Schrecken der Außenwelt, zog sich vollkommen zurück in das unendliche, mannigfaltige Reich grenzenloser Freiheit: die Gedankenwelt. Diese Reden beinhalteten üppige, eine kaum zu verschlingende Masse an Mahlzeiten, den alten schlesischen Hof, in dem er einst zwischen Ziegen und Hühnern aufgewachsen war, seine Mutter und vielerlei Geschwister, von denen er nicht wusste, ob sie überlebt hatten. Aber allem voran seine wunderschöne Frau. Das Bild, wie sie mit ihren weiblichen Kurven vor ihm stand, schüchtern und doch aufreizend, ja, dieses und nur dieses Bild von ihr war ihm ins Gedächtnis eingebrannt. Insgeheim war er dankbar dafür gewesen, dass er sie auf diese Weise in Erinnerung behalten konnte. Er wusste nicht, was mit ihr geschehen war, was er über Monate hinweg nicht verkraften konnte. Diese Ungewissheit – etwas vergleichbar Schreckliches gab es nicht! Doch wie wäre sein Bild von ihr gewesen, hätte er sie als Hungerhaken sehen müssen, mit unzähligen Verletzungen, einem Riss in ihrem Gesicht, der viel tiefer war, als es körperlich jemals möglich gewesen wäre. Nein, das wäre bei Gott noch unerträglicher gewesen. Und so stellte er sich in den endlosen Stunden der Nacht vor, wie er, seine Frau und seine gesamte Familie wieder beisammen waren, fröhlich lachend, siegreich. Allein diese Bilder verhalfen ihm dazu, sich dem Kampf des Unmöglichen weiterhin zu stellen.

Dann wiederum las Hanna auf einem Aushang die Geschichte einer jungen Mutter, die ihr Kind im Lager geboren hatte. Die junge Frau war am Tag ihrer Ankunft – es war nur wenige Wochen vor der Befreiung gewesen – bereits ordentlich abgemagert gewesen, doch wie bei so vielen anderen hatten die SS-Männer wohl einfach geglaubt, dass sie unter einem Hungerödem litt, wodurch sich ihr Bauch aufblähte. Der Einzige, der es wohl durchschaute, war der grauenvolle Zwillingsforscher Dr. Josef Mengele. Als sie sich vor ihm bei Eiseskälte entblößen musste, zwickte der Doktor ihr in die Brustwarzen, rein aus einer wissenschaftlichen Untersuchung heraus, so sagte er, um zu überprüfen, ob Vormilch abtropfte. Dies war tatsächlich der Fall, und anstatt die junge Frau sofort auszusortieren, rieb er sich freudig seine Hände und grinste hämisch. Gott allein weiß, was in diesem Moment im Kopf des Doktors vorgegangen sein mochte und was er eventuell mit ihr vorgehabt hatte. Doch schließlich machte er sie zu einer Arbeiterin in der Latrinenreinigung.

Der Tag der Geburt hatte etwas Widersprüchliches an sich. Inmitten dieses Schattens des Todes war ein neues Leben entstanden – allein unter den Augen der Insassen, denn weit und breit war kein SS-Arzt mehr in Sicht. Zu dieser Zeit war Dr. Mengele schon längst geflüchtet, denn dass die Russen kommen würden, war mittlerweile nur noch eine Frage der Zeit.

Trotz eines Federgewichts von sicherlich nicht mehr als 1 600 Gramm starb das Baby nicht. Daraus entflammte eine Hoffnung, die für viele Insassen ein Zeichen des Lebens und des Widerstandes war und die unweigerlich eine unerschütterliche Solidarität und Hilfsbereitschaft bei ihnen auslöste. Dennoch verbarg sich dahinter eine lähmende Gefahr: schließlich rangierten Kinder am Schluss der Kette, wenn es um den arbeitsschaffenden Wert ging – denn dieser lag freilich bei Null. Selbst wenn das arme Kind von den bereitstehenden Wasserfässern, den katzengroßen Ratten, die sich an jeder Leiche zu schaffen machten, oder der brütend heißen Feuergrube, in die die Männer in Uniformen die Säuglinge wie wilde Hühner hineinwarfen, verschont geblieben wäre, so hätten die SS-Männer den Säugling zumindest der Mutter entrissen und in die

Kleinkinderbaracke gesteckt, wo das arme Geschöpf vermutlich innerhalb weniger Stunden verhungert wäre. Also musste der frisch geborene Säugling unter allen Umständen versteckt werden.

Auf wundersame Weise wurde die ohnmächtige Angst, die der wohl treueste tägliche Begleiter eines jeden Häftlings war, vom Schutzinstinkt verdrängt. Fast jeder der Insassen war im Laufe der Gefangenschaft zu einer Marionette geworden, doch durch das Baby wurde so manch einer wachgerüttelt und durchbrach sein Verhalten. Die Insassinnen, die tagsüber auf dem Feld außerhalb des Lagers arbeiten mussten, ließen Kartoffeln, Rüben und Weizen mitgehen. Die Kollaborateure, zu denen die Nazis offenbar genug Vertrauen hatten, dass sie in der deutschen Küche arbeiten durften, steckten sich heimlich die abgeschnittenen Schalen des Gemüses in die Taschen. Alles nur, damit die junge Mutter, die von der täglichen Scheibe Schwarzbrot und der wässrigen Suppe aus *Brukiew* – Steckrüben – immer blasser wurde, nicht an Kraft verlor, ihr Baby zu nähren. Und das rettete der Mutter und ihrem Säugling schließlich das Leben – denn nur knappe zwei Wochen, nachdem das Kind zur Welt gekommen war, marschierte der erste Soldat in Auschwitz ein, während die SS-Männer Tage zuvor mit dem Großteil der Gefangenschaft zum *›Todesmarsch‹* ausrückten – einem Marsch, bei dem es billigend hingenommen wurde, wenn die Gefangenen unterwegs starben. Die Schwächsten und ohnehin Todesgeweihten – wie diese Mutter und ihr Kind – wurden von vornherein im Lager zurückgelassen.

›Sieh vorwärts, sieh vorwärts‹, stand neben dem Foto eines Überlebenden. Das war wohl die häufigste und wichtigste Lebensmaxime, die sich jene, die das Grauen der Baracken und Öfen überlebt hatten, verinnerlichten.

Ein paar Insassen, die bereits über Monate im Lager überlebt hatten, schlichen sich selbstlos zu den Baracken der

Neuankömmlinge, um ihnen sogenannte Überlebenstipps zu überbringen: Immer gerade laufen sollte man, auf gar keinen Fall verletzlich wirken, und rasieren sollte man sich, am besten täglich, wenn nötig auch mit Glasscherben, denn damit sehe man jünger aus und rosiger – schon allein das erwecke Arbeitsfähigkeit und das sicherte das Überleben.

Unwillkürlich musste Hanna an Zofia denken. Zofia, die zu ihr gekommen war, obwohl es sie sicherlich einige Überwindung gekostet haben musste. Zofia, die ihr eine Hoffnung gegeben hatte, eine Hoffnung auf eine Zukunft – so widersprüchlich es noch immer klang – in Deutschland.

Hanna ließ den Blick schweifen und plötzlich entdeckte sie ein kryptisch geschriebenes Wort, das sie schon einmal gehört hatte – vor vielen Jahren von ihrer Großmutter, als sie dessen Bedeutung noch nicht einmal ansatzweise verstanden hatte: *Resilienz*. Diese seelische Widerstandsfähigkeit, selbst die schlimmsten Trauma bewältigen zu können und zurück zu einem Leben zu finden, das Glück zulässt, war etwas, das sich Überlebende nach der Zeit in Auschwitz unbedingt aneignen mussten.

Mit einem Mal legte sich eine ungeheure Entschlossenheit wie ein warmer Mantel aus weichem Stoff über Hannas Schultern. Sie wollte nicht aufgeben! Sie wollte nicht, dass das Leben daheim und das Geschehnis im weißen Krankenhaus ihr Leben bestimmte. Und schon gar nicht wollte sie, dass andere Menschen über ihr Leben bestimmten! Sie besaß Resilienz!

Kapitel 41

Frühjahr 1968 – Sommer 1969: Die Monate des Wartens

Nach dem Ausflug nach Auschwitz hatte Hanna sich fest vorgenommen, geduldig zu sein. Obschon sie am liebsten ihren Vater niedergeschrien und sich mit einem Kochlöffel für all die vergangenen Geschehnisse zur Wehr gesetzt hätte, wusste sie, dass sie strategisch vorgehen musste. Das hatte sie inzwischen gelernt. Allzu gern nahm sie daher seine Worte ernst, die er ihr immer wieder gegen den Kopf knallte: *»Du kannst nicht für dich entscheiden. Solange du nicht volljährig bist, darfst du nicht entscheiden, was du mit deiner Zeit machst.«* Ja, schon bald würde sie volljährig sein. Bald schon würde sie eine Entscheidung treffen, die allein ihrem Herzen entsprang und niemand würde sie aufhalten können.

Sie blickte in die Wolken, las deren Formen, Farben und Muster und malte sich dabei aus, wie auch Zofia in diesem Augenblick in den Himmel sah und wie sie auf diese Weise verbunden waren.

An manchen Tagen sprach Hanna nicht. Doch in ihrem Gesicht lag eine Ruhe, die ihrer älteren Schwester unheimlich war. Es war nicht die resignierte Ruhe, die ihr einst beiwohnte, als sie sich innerlich aufgegeben hatte. Nein. Es war eine Ruhe, die auf etwas abzielte und alles Schlechte an ihr abperlen ließ. Marta wusste nicht, welche Version von Hanna sie mehr missbilligte: diese oder die rebellische Hanna, die, so musste Marta mittlerweile zugeben, sie tief in ihrem Inneren leider auch bewunderte.

***

Einhundert Tage vor Hannas Abitur fand der traditionelle Ball ›*Stódniówka*‹ statt, wobei *Stó* für Hundert und *Dni* für die Tage stand. Es war *das* Ereignis in der ländlichen Gegend, aus zwei Gründen: Erstens durfte ein jedes Mädchen einen Jungen seiner Wahl zum Ball einladen und zweitens war es den Mädchen gestattet, ein Kleidungsstück ihrer Wahl zu tragen. Bereits zwei Jahre zuvor, als Marta Abitur gemacht hatte, brachte der Vater ein wunderschönes Kleid aus seinem Kaufhaus mit. Er sagte, er habe den Stoff aus Bulgarien erworben, seiner geschickten Handelskunst hätte Marta es zu verdanken, dass sie die Hübscheste des ganzen Abends sein würde. Und die Tochter glaubte ihm, denn so fühlte sie sich damals auch. Zwei Jahre später sollte Marta sich gedemütigt fühlen, denn Hanna war mit ihren blonden Locken, die ihr mittlerweile schwungvoll bis zur Taille hingen, wahrlich noch schöner. Zudem bekam sie ein Kleid, das alles übertraf, was die Töchter bisher an Stoffen zu sehen bekamen.

»Sei mir dankbar, Hania«, sagte der Vater zu ihr in strengem Ton, als er sich zu ihr herabbeugte. »Ich habe diesen Schnitt selbst entwerfen lassen, und das Muster, ja das Muster haben meine besten Designer in nächtelanger Schweißarbeit kreiert. Es ist ein Meisterwerk und teuer, ja teuer, Hania, lass dir das gesagt sein. Damit werde ich internationalen Erfolg feiern, denn ich werde freilich exportieren und bald schon wirst du mich bitten, dass du genauso wie Marta nach der Schule in mein Geschäft eintreten darfst. Da hast du deine Emanzipation, das wolltest du doch immer!«

Auch wenn Hannas Augen die von Vater trafen, so fixierte sie in Wirklichkeit seinen Nasenrücken, um dem dunklen, herrischen Braun nicht ausgesetzt zu sein. Als der Vater sie dann zum Spiegel schob und sie dazu anstieß hineinzublicken, um das Wunderwerk seiner neuesten Kreation zu bestaunen, drehte sie sich lustlos zu seinem Gefallen einmal im Kreis.

Das weiße Kleid war mit vielen Blumen bemustert, in auffällig leuchtenden Farben. Es war schmal um die Taille, wobei ein kleiner, schmaler Gürtel dazu verhalf, die

Weiblichkeit besonders hervorzuheben. Nach oben hin wurde es streng zugeknöpft, denn schließlich war die *›Stódniówka‹* immer noch etwas, wobei man festlich, aber ordentlich und nicht etwa entblößt aussehen sollte. Der kleine Kragen erinnerte Hanna an ihre Schuluniform, jedoch war dieser genauso mit Blumen bemustert wie der Rest des Kleides, und sie musste nun keineswegs darauf achtgeben, dass der Kragen etwa schmutzig würde und sie womöglich nicht in die Schule gelassen würde. Sie konnte es nicht leugnen: ihr gefiel das Kleid, und dennoch verabscheute sie, es zu tragen – denn es kam vom Vater.

Den Abend der *›Stódniówka‹* selbst verbrachte Hanna damit, ihren eigenen Kartoffelsalat zu essen. Sie stand am Buffet, schaute sich ein jedes Gericht an, das ihre Mitschülerinnen mitgebracht hatten, und entschied sich schlussendlich für ihren eigenen Salat. Ihre Begleitung – ein Junge aus dem Nachbarsdorf – stand die ganze Zeit bei anderen Mädchen. Das war ihr ganz recht, denn während alle Mädchen einen wahnsinnigen Hehl daraus machten, endlich einmal mit einer männlichen Begleitung zu einer offiziellen Veranstaltung gehen zu dürfen, fand sie das Ganze einfach nur lächerlich. Die Person, die sie tatsächlich an ihrer Seite haben wollte, war ein blauer Vogel, der ganz woanders hingeflogen war – und wohin, vermochte sie sich nur in ihren Träumen auszumalen.

Kapitel 42

22. Juni 1969: Ein doppelter Abschluss

Es war ein Wagnis, das größte überhaupt in dem bisherigen Leben von Hanna Kowalczyk.

Martas Nähkünste im Kaufhaus des Vaters hatten sich mittlerweile verbessert, doch nach wie vor konnte sie es dem Vater nicht recht machen. Die Tatsache, dass sie mit zwanzig Jahren noch immer keinen Anwärter auf eine Eheschließung hatte, stimmte ihn zusätzlich missmutig. Jahrelang hatte der Vater geglaubt, Hanna wäre diejenige Tochter, die aufgrund ihres störrischen Daseins Probleme haben würde, einen Ehemann zu finden. Sicherlich, Marta war die Hässlichere der beiden Töchter, mollig und viel zu gemütlich, aber dennoch war sie sittsam. Es war eine Schande, dass sich niemand für Marta interessierte. Deswegen musste sie doch wenigstens beweisen, dass sie im Hinblick auf das Nähen etwas drauf hatte. Und so saß sie in diesem Frühjahr beinahe Tag und Nacht entweder an der Nähmaschine in der Nähstube des Kaufhauses oder aber in der kleinen Abstellkammer im Elternhaus. Durch ihre Verbissenheit bekam sie nicht mit, dass ihre kleine Schwester Hanna in jenen Wochen an etwas ganz anderem arbeitete: ihrer Flucht.

Hannas Abschluss stand bevor, sie hatte sehr gute Noten in den Prüfungen geschrieben und an diesem Tag würde sie ihr Zeugnis erhalten. Als es darum ging, was Hanna nach ihrem Abitur machen würde, hatte sie zu Vaters Überraschung geantwortet, dass sie ebenfalls das Nähen erlernen würde. Verdutzt hatte er sie angeblickt, doch dann schließlich war die Verwunderung einem selbstzufriedenen Lächeln gewichen. Endlich hatte er über sie gesiegt, endlich kam sie zur Vernunft, so dachte er. Wie so oft lag er falsch.

Kurz nachdem Hanna achtzehn Jahre alt geworden war, ging sie zur Polizei und beantragte den RWG Pass – *›Rada Wzajemnej Pomocy Gospodarczej‹* – für die Deutsche Demokratische Republik. Es handelte sich schlicht um eine amtliche Befähigung, um in Ostblockländer reisen zu dürfen. Der Polizeibeamte warf einen misstrauischen Blick in Hannas Kartei, prüfte, ob sie für oder gegen den Staat war und ob sie bereits straffällig aufgefallen war. Sie konnte von Glück reden, dass sie schon als Kind mit dem Vater zusammen verreist war, sodass eine derartige Kartei über sie existierte. Andernfalls hätte die Polizei Spitzel ausgesandt, die in der gesamten Nachbarschaft unangenehme Fragen gestellt hätten. Das wäre definitiv nicht an Vaters Ohren vorbeigegangen. Und dennoch ließ sich der Beamte ungewöhnlich lange Zeit. Hannas Herz setzte eine Millisekunde aus, doch dann übergab der Beamte ihr den Pass und sie hätte vor Freude und Erleichterung fast geschrien, und das tat sie auch – innerlich.

Hanna besaß keinen Rucksack, und die Koffer standen in Vaters Arbeitszimmer. Niemals wollte sie diesen mit Lügen verschmutzten Raum jemals wieder betreten. Also musste sie sich etwas einfallen lassen. Tatsächlich ging sie vor ein paar Tagen zu Marta und erzählte ihr, dass sie sich das Nähen bei ihr abschauen wollte. Dass sie von Marta lernen wollte, so wie damals, als sie über die Schulter ihrer großen Schwester blickte und aus den Buchstaben Wörter bildete. Marta blickte sie ungläubig an, doch Hannas Ausdruck war so zahm, so voller Demut, dass Marta es nicht wagte, Hannas Bitte abzuschlagen. Natürlich mochte Marta ihre kleine Schwester zu jenem Zeitpunkt noch immer nicht, weshalb sie sie selbstredend nicht an die Maschine heranließ. Stattdessen gab Hanna Marta Stoffe und Marta zeigte ihr, wie man diese zusammennähte. Marta konnte ja nicht ahnen, dass sie ihrer Schwester dazu verhalf, einen großen, tragbaren Beutel zu nähen, in dem sie ihr weniges Hab und Gut in die DDR transportieren würde.

Mit Agata redete Hanna in den vergangenen Tagen erstaunlich oft und leise. Sie tuschelten gar, doch Marta bildete sich ein, dass Agata lediglich Hannas Beistand benötigte, wenn es wieder darum ging, in die Schule zu gehen. Das war Marta ganz recht, denn sie hatte schließlich keine Zeit dafür und langsam ging ihr das ganze Geheule auch gehörig auf die Nerven. Gewiss weihte Hanna Agata nicht ein, doch es war ihre Art, sich bei der Schwester – Hannas eindeutiger Lieblingsschwester – zu verabschieden. Im Nachhinein konnte Marta es Hanna nicht einmal übel nehmen, dass sie sich ihr nicht anvertraut hatte – hätte sie es getan, hätte Marta sie mit Sicherheit verpfiffen, das wusste Hanna nur zu gut.

Der Tag ihres Schulabschlusses verlief relativ normal, nichts Außergewöhnliches geschah. Doch es war auch nicht der Tag, an dem Hanna verschwinden wollte, sondern in der Nacht darauf.

Während Marta noch an der Nähmaschine beschäftigt war, floh die Meisterin des Schleichens um ein Uhr dreißig aus dem Haus. Der Vater schlief tief, die Mutter ebenfalls. Agata schlief nicht, denn sie hörte Geräusche und wusste vermutlich, was geschah. Doch sie blieb einfach still liegen und tat nichts. Marta ackerte noch eine weitere Stunde, bis sie in ihr Bett stolperte und in ihrem müden Zustand nicht bemerkte, dass unter Hannas Decke nur ihr Kissen und ihre alte Stoffpuppe Michalina lagen.

Hanna stand nun bereits seit Stunden in der Dunkelheit am Bahnhof von Pietrow. Zuvor war sie mit zitternden Beinen und angstvollem Blick durch die Wälder und über die Felder gegangen, ehe sie schließlich im schlafenden Städtchen Pietrow ankam.

Sie hatte keine Uhr um ihr Handgelenk gehabt, nichts, anhand dessen sie hätte die Zeit ablesen können. Lediglich die aufglimmenden Lichter in den Morgenstunden hatten ihr dazu verholfen, die Zeit abzuschätzen. Und so hatte sie in die Fenster gestarrt und sich dazu gezwungen, die Augen offenzuhalten und niemals, ja niemals auch nur für eine Sekunde dem übermächtigen Schlaf zu verfallen. Und als dann schließlich der Zug in den frühen Morgenstunden, um sechs Uhr dreißig, in den Bahnhof einfuhr, fühlte sie, wie der blaue Vogel von ihr Besitz ergriffen hatte und sie über alle Wolken hinweg zu ihrer Freundin bringen würde.

Teil III

Ostberlin, Deutschland

Kapitel 43

23. Juni 1969: Die breiten Arme eines ehemaligen Heimkindes

Zofia hatte sich den Tag notiert, an dem Hanna mit dem Zug in Ostberlin ankommen würde. Der Brief, den sie vor mehr als zwei Monaten erhalten hatte, war das kürzeste Schreiben, das sie jemals in der Hand gehalten hatte. Ein Satz, schmierig und zackig dahingeschrieben, aus der Angst heraus, erwischt zu werden: *›Ich komme am 23. Juni am Ostbahnhof an.‹*

Und so stand Zofia zusammen mit ihrer Pflegemutter an diesem sonnigen Sommertag seit neun Uhr morgens am Ostbahnhof, denn die genaue Uhrzeit, wann Hanna hier ankommen würde, wusste sie nicht. Zofia hatte einem jeden der eintreffenden Züge eine Nummer gegeben. Mittlerweile war sie bei einhundertdreiundvierzig. Sie erinnerte sich an ihre eigene Überfahrt. Damals war sie noch so jung gewesen, dass sie freilich die Zeit nicht richtig abschätzen konnte. Wenn die Ungeduld hoch ist, nimmt man schließlich die Zeit um das Doppelte langsamer wahr.

»Wie lange benötigt man von Pietrow nach Berlin?«, fragte Zofia zum dritten Mal ihre Pflegemutter.

Wie schon die Male zuvor antwortete die Pflegemutter mit geduldiger, einfühlsamer Stimme: »Vier, fünf Stunden mit dem Auto, aber mit dem Zug – nun, ich kann es dir beileibe nicht sagen. Wer weiß, wo sie umsteigen musste, und ob es Verspätung gab. Alles ist möglich.« Als die Pflegemutter den ängstlichen Blick von Zofia wahrnahm, versuchte sie schnell einzulenken. »Sie kommt bestimmt bald an, Zosia. Alles wird gut.«

Zofia nickte.

Die Sonne stand am höchsten Punkt, als ein weiterer Zug einfuhr und ein junges Mädchen ausstieg, das sich mit müden und doch weit aufgerissenen Augen bang umsah.

»Hania!«, schrie Zofia aus voller Inbrunst, sodass mehrere Menschen zu dem Mädchen schauten und kurz darauf verwirrt den Blick wieder von ihm abließen. Zofia rannte Hanna entgegen, breitete die Arme weit aus und nahm die übernächtigte Hanna in den Schutz einer Freundin, die nie vergessen hatte, was Hanna einst für sie getan hatte.

***

»Was möchtest du trinken, liebe Hania?«

»Nur Wasser, danke«, antwortete das geflohene Mädchen mit einem starken, polnischen Akzent. Obwohl Hanna der deutschen Sprache zumindest im Schriftlichen halbwegs mächtig war, fiel das Mündliche ihr sehr schwer, hatte sie doch keinerlei Übung gehabt.

»Natürlich, hier bitte, liebe Hania.«

Zofias Pflegemutter huschte wie eine stille, kaum merkliche Maus wieder aus der Küche. Sie musste wohl gespürt haben, dass die beiden Mädchen lieber allein sein wollten.

»Und du vertraust deinen Pflegeeltern, Zosia? Zu einhundert Prozent?«, fragte Hanna sogleich, sichtlich erleichtert, sich nicht mehr um die deutschen Wörter bemühen zu müssen.

»Ja, Hania. Bitte, glaube mir, sie werden dich niemals wieder nach Polen zurückschicken. Denk darüber nach, wie sie mir geholfen haben. Und denk darüber nach, dass sie Bekannte deiner Großmutter waren.«

Viel zu lange hatte Hanna nach dem Tod ihrer geliebten Großmutter nicht über sie sprechen dürfen. Dabei spürte sie die Gegenwart der Großmutter auch noch nach all diesen Jahren. Wann immer eine Situation etwas gefährlich wurde, hörte sie, wie die Stimme der Großmutter ihr aufmunternde

Worte zuflüsterte. Nun ja, manchmal war sie auch streng und Hanna konnte förmlich sehen, wie Großmutter die Arme verschränkte. Das würde sich niemals ändern, und Hanna schwor sich, für den Rest ihres Lebens jeden Tag mindestens einmal an die Großmutter zu denken.

Kapitel 44

18. Juli 1969: Erich, wo bist du?

Es brachte Hanna um den Verstand. Seitdem sie in Berlin angekommen war, übte sie unentwegt Deutsch, in der Hoffnung, die schwer verständlichen Zeitungen, Telefonbücher, Karten und Schriftstücke besser verstehen zu können. Sie musste Erich finden, ihren Großvater! Das Päckchen, das der Großvater vor zweieinhalb Jahren nach Modlica geschickt hatte und auf dem womöglich die Absenderadresse geschrieben war, war verbrannt worden: in Hannas allzu verhasstem Ofen, der jedes Stück Papier, das ihr am Herzen lag, schonungslos zunichte machte.

Oft musste Zofia noch mitkommen, wenn Hanna auf ihrer Entdeckungstour quer durch Berlin marschierte. Der Freundin machte es nichts aus, schließlich würde sie erst im Herbst anfangen zu studieren und bis dahin hatte sie noch jede Menge Freizeit. Nur an den Tagen, an denen Hanna so verzweifelt war, dass sie einfach querfeldein Häuserreihen abklapperte, auf der Suche nach dem Klingelschild, das ihr Erlösung bringen würde, da, ja da verlor selbst Zofia die Nerven. Dennoch riss sich die Freundin zusammen, denn auch wenn sie wusste, dass dies wohl die gänzlich ineffektivste Methode in einer Großstadt wie Berlin war, spürte sie, dass es bei Weitem quälender gewesen wäre, wenn Hanna nichts getan hätte.

Es sollte allerdings noch sechs weitere Wochen dauern, ehe Hanna der Geschichte ihres Großvaters auf die Spur kommen würde.

Kapitel 45

1. September 1969: Die Anzeige

»Hania, Hania«, stürmte Zofia in die Stube hinein. Ihre Augen waren weit aufgerissen und sie hielt eine Zeitung in der Hand. Herrje, wie viele Zeitungen mochte Hanna in den letzten Wochen gelesen haben, was sollte diese eine nun schon verändern?

»Ja?«, fragte Hanna müde. Sie rieb sich ihre Augen und erhob sich von ihrem Stuhl. Dann griff sie nach einem Glas, füllte es mit Wasser und trank ein paar Schlucke. Erst jetzt merkte sie, wie ausgetrocknet sich ihre Kehle anfühlte.

»Komm, setz dich wieder! Los mach schon! Ich glaube wirklich, du solltest sitzen, wenn du das liest.«

Jetzt war ihre Neugierde doch geweckt. Eilig nahm Hanna erneut am Küchentisch Platz und schaute erwartungsvoll auf die Zeitung.

»Warum hältst du mir die Wohnungs- und Immobilienanzeigen hin? Willst du etwa, dass ich ausziehe? Oh nein, ich stürze euch bereits in Unkosten, nicht wahr? Ich werde mir eine Arbeit suchen, gleich morgen, ja?«

Zofia kniff verständnislos ihre Augen zusammen. »Nun hör schon mit solch dummem Geschwätz auf, Hania! Siehst du nicht, was da steht?«

Hanna zwinkerte ein paar Mal und las dann die deutsche Schrift laut vor: »Haus zu verkaufen. Gut verkehrsangebunden, Lebensmittelgeschäfte in unmittelbarer Nähe. Ruhig. Eigentümer: Brosig.« Stürmisch blickte sie auf, sodass ihr Nacken unwillkürlich knackte. Ein Schrei lag ihr in der Brust, doch sie ließ ihn nicht raus. »Das muss er sein, richtig? Das ist er, Zosia! Das muss einfach Erich Brosig sein, hab ich recht?«

Zofia hob unsicher ihre Schultern hoch. »Das ist möglich, ja. Alle anderen Häuser und Wohnungen mit dem Familiennamen Brosig auf dem Klingelschild hast du ja schon abgeklappert. Zumindest fühlt es sich so an.« Zofia zwickte ihre Freundin in die Taille. Dann seufzte sie und ergänzte: »Ich würde sagen, du musst es einfach herausfinden, Hania.«

Hanna nickte. Ihr Atem kam stoßweise. Sie blickte auf die Wanduhr, wollte sich am liebsten Mantel und Schuhe nehmen und sofort losmarschieren. Doch ihre Freundin legte behutsam eine Hand auf ihren Arm.

»Fahr morgen. Bis dahin kannst du dich sammeln. Fahr morgen, Hania.«

Hanna nickte, denn im Grunde wusste sie, dass Zofia recht hatte. Es war bereits früh am Abend, womöglich würde Erich bald zu Abend essen und wenn sie da einfach so hereinplatzte, glaubte er noch, sie hätte überhaupt keine Erziehung genossen.

»Soll ich mitkommen?«, fragte Zofia schließlich, nachdem die erste Aufregung ein wenig abgeklungen war.

»Nein«, sagte Hanna kurz und knapp. »Ich muss da morgen alleine hin, Zosia. Das verstehst du doch, oder?«

»Natürlich«, antwortete die Freundin.

Eine Weile lang standen sie sich gegenüber, ohne dass eine von beiden etwas sagte. Sie lächelten zaghaft, und Hanna schüttelte leicht den Kopf. Sie konnte kaum glauben, dass sie es womöglich endlich geschafft hatte. Voller Erleichterung und Dankbarkeit umarmte sie ihre liebste Heimfreundin.

Dann zog Zofia sich zurück, um Hanna den Rest des Abends die Worte finden zu lassen, die ihr all die Jahre auf der Zunge gelegen hatten.

Kapitel 46

1. September 1969: Die Erzählung vom Gutshof

Hanna war tatsächlich angekommen. Sie war sich sicher, es musste einfach das Haus sein, in dem Erich Brosig lebte, sie spürte es und Zofia hatte es ausfindig gemacht. Ihre herzallerliebste und einzige Freundin.

Es fehlte nur noch ein Schritt – ein Schritt zur Haustür, um an die Tür zu klopfen und Erich, ihrem Großvater, in die Augen zu blicken. Doch sie konnte nicht. Aus irgendeinem Grund schaffte sie es nicht, ihre Füße zu bewegen. Auch ihre Gedanken blieben aus, nicht ein einziger schlich sich in ihr Bewusstsein, um sie aus ihrer Starre herauszuholen. Doch dann trat eine Frau, die in etwa so alt gewesen sein mochte, wie es heute Hannas Großmutter gewesen wäre, aus dem Haus. Sie hatte einen Regenschirm in der Hand, den sie sogleich aufspannte, und erst jetzt merkte Hanna, dass dicke Tropfen vom Himmel fielen.

»Guten Tag«, sagte die Frau, und Hanna erwiderte mit einem starken Akzent die Begrüßung. Als die Frau den schlesischen Einfluss in der zitternden Stimme wahrnahm, blieb sie unvermittelt stehen. Sie wechselte sofort ins Polnische.

»Sag Mädchen, bist du etwa aus Polen?«

Hanna nickte verunsichert. Die Frau trat näher, sodass der schwarze große Schirm auch Hannas Kopf schützte. Obschon dieser höflichen Geste spürte Hanna zugleich die Ambivalenz der Frau, so als wäre es ihr irgendwie unangenehm, so nah bei dem Mädchen zu stehen.

»Ich komme auch aus Schlesien, ursprünglich. Mein Polnisch ist nicht mehr so gut, wie es einst war, als ich noch den Beruf einer Lehrerin ausführte. Aber, ach was, rein ist ja nie alles, nicht wahr? Damals vermischte sich auch bereits alles – das Polnische, Deutsche und Schlesische. Sag mir, du willst zu Erich, richtig?«

Hanna konnte kaum fassen, was sie da hörte. Wie konnte die Frau das nur wissen? Doch diese Frage musste sie gar nicht stellen, denn die Antwort folgte unmittelbar von selbst.

»Du siehst ihm ähnlich, weißt du?« Und wieder mischte sich dieser verzerrte Gesichtsausdruck in die warmen Worte. »Sag, habt ihr Erichs Päckchen zu Weihnachten erhalten? Jahrelang hat er sich nicht getraut zu schreiben – nun ja, ihr Polen habt es ja allemal verstanden, uns Deutschen eine Schuld aufzubürden, mit der selbst noch Generationen nach uns leben müssen. Aber ... ach, was rede ich hier so auf der Straße. Ich wollte gerade nur ein paar Besorgungen machen. Das Haus wird verkauft, weißt du? Ich habe so viel zu erledigen, aber das kann ich auch später tun ... Bitte, komm, lass uns reingehen.«

Wie fremdgesteuert folgte Hanna der Frau, und ihr Herzschlag beschleunigte sich mit jedem Schritt, den sie dem Haus, der Tür, dem Innenleben näher kam.

Im Haus roch es nach Zitronen und Putzmittel. Unzählige Kisten standen zum Umzug im Flur bereit. Und dennoch war alles sauber, reinlich nahezu, so als würde die Frau jeden Tag das Haus von oben bis unten in Schuss bringen.

Die Frau führte Hanna in die Küche, schenkte ihr ein Glas Wasser ein und bedeutete ihr dann, sich mit ihr an den Tisch zu setzen. Doch Hanna blickte sich unruhig um. Ihre Ohren waren gespitzt, in der verzweifelten Hoffnung, ein Brummen, ein dominantes Stampfen oder irgendetwas zu hören, das auf die Anwesenheit eines Mannes in diesem Haus hindeutete.

»Hmm ... Marta kannst du nicht sein, nein, du musst Hania sein. Liege ich richtig?«

Völlig aus ihren Gedanken gerissen, wandte sich Hanna der Frau wieder zu und nickte erneut, ohne auch nur ein Wort zu erwidern. Die Frau lächelte zaghaft, hielt sich die Hände an die Brust. »Bitte setz dich, Hania, ich glaube, ich muss dir zunächst etwas sagen.«

»Sie?«, sagte Hanna jetzt empört. »Aber warum denn nicht Erich selbst? Wo ist er denn? Ist er nicht da? Wann kommt er wieder?«

Die Bedrücktheit, die nun über das Gesicht der Frau huschte, ließ Hanna unwillkürlich zusammenzucken. Sie hatte eine schlimme Vorahnung, doch sie weigerte sich, den Gedanken vollständig in ihr Bewusstsein eindringen zu lassen. Stattdessen baute sie innerlich eine Mauer auf, die jedoch aus Sand zu sein schien, denn sie sackte Stück für Stück in sich zusammen und der Gedanke schaffte es letztendlich doch an die Oberfläche.

»Er ist nicht ... tot, ... oder? Komme ich zu spät?«

Die Frau hielt für einen Moment den Atem an. Dann schüttelte sie leicht den Kopf. »Noch nicht, nein, aber er liegt im Sterben. Er ist oben ... sein Anblick ... nun ja, wie soll ich sagen – es gab bei Gott bessere Zeiten. Schon seit Wochen höre ich immer wieder den Arzt, wie er sagt, dass es eigentlich nicht möglich ist, dass Erich noch lebt. Doch irgendetwas scheint ihn noch am Leben zu halten ... und jetzt, wo du hier bist, glaube ich fast, *du* bist der Grund ... als hätte er eine Ahnung gehabt und auf dich gewartet.«

Die letzten Worte sprach die Frau mehr zu sich selbst als zu Hanna. Sie wandte sich leicht ab, es war ihr deutlich anzusehen, dass sie Hanna nicht in die Augen blicken konnte. Für einen Moment herrschte Stille.

Obwohl diese Nachricht beinahe ebenso traurig war, fühlte Hanna, dass sie diesen Weg nun noch bis zum Schluss gehen musste.

»Ich will ihn sehen. Bitte!«

***

Als Hanna die Treppe nach oben geführt wurde, knarrte es bei jedem Schritt und die Aufregung, Erich, Großmutters Erich, endlich in die Augen blicken zu können, breitete sich spürbar in ihrem ganzen Körper aus. Sie ahnte bereits, dass die Frau, die vor ihr her tapste, Erichs jetzige Frau sein musste. Sie konnte ja nicht ahnen, dass die Sache noch viel komplizierter war.

Die Frau klopfte an eine Tür, die einen Schlitz geöffnet war. Statt auf eine Reaktion oder einen Laut zu warten, öffnete sie die Tür nun ganz und bedeutete Hanna hineinzugehen. Diese setzte sich vorsichtig in Bewegung, um ihren Großvater nicht zu wecken, falls er schlief. Und tatsächlich – seine Augen waren geschlossen und ein unüberhörbares Atmen rasselte durch seine Nasenflügel.

Behutsam setzte Hanna sich ans Bett. Die Frau ging unterdessen aus dem Zimmer, doch Hanna hörte, dass sie nicht wieder hinunter ins Erdgeschoss ging, sondern, vermutlich für den Ernstfall, vor dem Zimmer verharrte.

Hanna hatte mit einem schlimmeren Anblick gerechnet. Als die Frau von einem nahestehenden Tod gesprochen hatte, befürchtete Hanna, dass sie unzählige Schläuche sehen würde, womöglich ein Beatmungsgerät oder sonstige medizinische Utensilien, deren Namen sie aufgrund ihrer schlechten Erfahrungen mit Krankenhäusern niemals würde lernen wollen. Doch dem war nicht so. Erich lag stattdessen friedlich in einer für die Jahreszeit zu dicken Decke eingehüllt. Seine Hände lagen seitlich von seinem Körper und sein Kopf war leicht abgeknickt, als hätte er gerade noch eine Zeitung gelesen und wäre dabei einfach eingenickt. Aus dem Augenwinkel heraus erblickte sie auf dem Nachttisch ein Bild, das ihr seltsam vertraut vorkam. Und als sie schließlich ihre volle Aufmerksamkeit darauf richtete, wusste sie auch warum: Auf dem Bild schauten drei kleine Kinder, der Größe nach sortiert, mit gerade gezogenen Mundwinkeln in die Kamera.

Das Mädchen, das in der Mitte saß, war sie selbst. Das Bild musste über zehn Jahre alt sein, und das war ihm nicht nur aufgrund des Alters der Kinder anzusehen, sondern es war auch der einzige Zeitpunkt in der Vergangenheit gewesen, an dem dieses Bild zum Großvater gelangt sein konnte: durch die verrückte Großmutter von nebenan. Wie diese jedoch an das Bild gelangt war, war Hanna wieder einmal ein Rätsel.

Hanna musste ihre Tränen zurückhalten. Schließlich beugte sie sich etwas näher zu Erich hinunter, und da bemerkte sie, dass sein Gesicht eingefallen wirkte, doch seine Wangen, die leicht rosa schimmerten, bildeten einen starken Kontrast dazu. Jetzt wusste Hanna, von wem sie diese rosigen Wangen geerbt hatte und in dem Moment, in dem ihr das klar wurde, konnte sie ihre Tränen nicht mehr aufhalten. Sie gluckste ein wenig, rieb ihre Augen und merkte dabei gar nicht, wie der Großvater seine eigenen öffnete.

»Hania? Bist du Hania? Bist du meine Enkelin?«

Die Stimme, die aus diesem zerbrechlichen Mann ertönte, war zittrig, drohte jeden Moment zu versagen, und dennoch war sie mit einem Stolz versehen, als hätte ein Bergsteiger gerade einen schier unerreichbaren Gipfel erklommen.

»Ja, Großvater, ich bin es. Ich bin Hania.«

Ein glückseliger, brüchiger Laut ertönte und dann nahm Erich das Gesicht seiner Enkelin in die Hände. Er hatte kaum Kraft, um die Berührung tatsächlich für eine längere Zeit andauern zu lassen, doch Hanna spürte, wie viel es ihm bedeutete, sie zu berühren, zu spüren, dass es sie wirklich gab. Schnell fing Hanna seine Hände mit ihren auf, sodass sie beide die Berührung zumindest noch für eine Weile voll auskosten konnten.

»Du bist tatsächlich gekommen«, sagte er dann, und es war ihm anzumerken, dass ein jeder Satz ihn seine letzten Energiereserven kostete. »Tatsächlich. Ich wusste es, ja ich wusste es.«

Hanna nickte, schluchzte vor Glück und Traurigkeit zugleich und bedeutete ihm dann, nicht mehr zu sprechen. Sie wollte, dass er sich ausruhte, und wenn es auch nur dazu verhalf, dass sie ihn noch für ein paar Minuten, Stunden oder vielleicht auch noch Tage länger anblicken konnte.

Und so war es: Sie schauten sich an, schweigend, mit Tränen verschmierten Augen, minutenlang, bis die Augen des Großvaters vor Müdigkeit zufielen. Doch seinen Schlaf fand er mit einem Lächeln im Gesicht. Und dann flüsterte Hanna Erich lieblich ins Ohr, dass sie am nächsten Tag wiederkommen würde. Und jeden einzelnen Tag danach.

***

»Mein Mann hatte in den Zwanzigerjahren eine Affäre mit deiner Großmutter, Hania«, erzählte die Frau von Erich, die sich verspätet als Hildegard vorgestellt hatte. Sie saßen mittlerweile wieder in der Küche, und obwohl Hanna Erichs Geschichte lieber von ihm selbst erfahren hätte, war sie doch dankbar dafür, dass Hildegard ihren Stolz runterschluckte und sie ihr an seiner Stelle erzählte. Auf diese Weise waren die bitteren Worte erträglicher. »Ich wusste es und ich habe es nicht verhindert. Es war eine Farce, aber damals wie heute trennt man sich nicht so einfach von seinem Ehegatten, erst recht nicht, da Männer rar waren nach dem Ersten Weltkrieg. Deine Großmutter kam also nach Schlesien, den Grund dafür kann ich dir nicht nennen, mein liebes Kind, nun ja, vielleicht hat sie jemanden besucht. Wir lebten auf einem Gutshof in Schlesien. Es war ein schönes Gut, nicht gerade prachtvoll, aber dennoch gemütlich. Hier, eine kleine Erinnerung, die genau das aussagt, wie es war.«

Hildegard holte aus einer Glasvitrine einen Teller hervor, auf dem in deutschen Lettern etwas eingraviert war.

»Hier herrscht nicht Prunk noch Eitelkeit, nur schlesische Gemütlichkeit«, las Hildegard die Schrift laut vor.

Hanna hielt den Teller in der Hand, strich über die Verzierung und ließ ihre Gedanken abschweifen.

»Ich weiß nicht, wie Erich deine Großmutter kennengelernt hat, er hat es mir nie erzählt und ich habe nicht nachgefragt, doch als er es tat, veränderte er sich. Ich erfuhr erst Jahre später, dass deine Großmutter einen Sohn geboren hatte, und Erich somit Vater geworden war. Wir selbst haben keine Kinder – ich wurde noch während des Ersten Weltkriegs als Kind schwer in meinem Unterleib verletzt, es war uns schlichtweg nicht möglich. Dein Vater war das Abbild Schlesiens selbst: zwischen den Stühlen, nicht wissend, wohin man gehörte. Von der einen Seite zur anderen geschoben. Dem deutschen, starren Einfluss konnte er jedoch nicht entkommen. Ich weiß nicht, wo deine Großmutter und dein Vater in Polen gelebt hatten, doch als 1939 die Besetzung Polens vollstreckt wurde, kamen sie erneut nach Schlesien. Deine Großmutter konnte kaum deutsch, doch zwei Worte raunte sie immer wieder, als sie unverhofft eines Tages an unsere Haustür klopfte: *›Bitte Brot.‹* Sie ließ ihren Sohn – deinen Vater – bei uns stehen und stahl sich selbst eiligst davon. Ich wusste gar nicht, wie uns geschah, doch plötzlich hatten wir einen deutsch-polnischen, volljährigen Jungen bei uns. Dein Vater hat das wohl nie verkraftet. Erich hat sich des Jungen angenommen, hat seine halb-polnische Identität verschleiert und kurz darauf wurden beide Männer zur Kriegsdienerschaft des Deutschen Reichs eingezogen. Eine Schande, ja wahrlich, doch wenn man leben wollte, blieb einem kaum etwas anderes übrig. Erich war nie wirklich davon überzeugt gewesen, all diese Schreckenstaten auszuführen. Erst recht nicht, als er davon hörte, dass in Warschau das jüdische Ghetto zerschlagen wurde. All die Juden wurden entweder gleich an Ort und Stelle niedergemetzelt, oder aber nach Auschwitz deportiert. Die polnische Untergrundarmee ›*Armia Krajow*‹, die sich gegen diese Zerschlagung erhob, bekam an diesem schrecklichen Tage im April 1943 den böswilligen Herrschaftstrieb und die Unberechenbarkeit der Deutschen auf die übelste Art zu spüren. 1 500 Aufständische wurden ermordet. Es war ein Exempel. Vielleicht war deine Großmutter selbst ein Teil dieser Heimatarmee, es würde vieles erklären, zum Beispiel auch, warum sie wieder fortgegangen war, nachdem sie deinen Vater bei uns abgesetzt hatte. Ich glaubte das nicht, spürte ich doch, dass sie es nicht übers Herz brachte, sich bedingungslos auf nur eine Seite zu stellen. Doch dein Vater, tja, der war seit des Warschauer Aufstands wahrlich davon überzeugt, dass deine Großmutter an diesem Tage der ›*Armia Krajowa*‹ diente. Von da an rastete er völlig aus. Er verstand nicht, wie seine Mutter selbst für das Recht der Polen einstand, ihren Stolz und ihre Würde im Herzen trug, während sie ihn an die Deutschen übergab und ihn damit augenscheinlich seines Stolzes beraubte. Er verstand nicht, dass sie dies womöglich nur aus dem Grund getan hatte, um wenigstens *sein* Überleben zu sichern. Es war zu spüren, dass er einen Hass gegen seine Mutter, aber auch gegen Erich entwickelte. Er hasste einfach alle – er hasste die Polen, er hasste die Deutschen, am meisten jedoch hasste er wahrscheinlich sich selbst. Als dann 1945 die Schlacht verloren war und die Deutschen aus Schlesien vertrieben wurden, wechselte dein Vater von einem Tag auf den anderen die Seite. Wahrscheinlich hatte er auf diesen Tag gewartet, denn auf eine eigenartige Weise wollte er seine nationale Zerrissenheit sowohl seiner Mutter als auch seinem Vater heimzahlen. Hinzu kam, dass er sich bereits unsterblich in eine Polin verliebt hatte – deine Mutter. Dass jeder Deutsche, der in Schlesien wohnte, entweder ausgewiesen wurde, oder aber zur Annahme der polnischen Staatsangehörigkeit gezwungen war, kam ihm also ganz recht. Seine deutschen Wurzeln, die er zur Hälfte in sich trug, wurden auf dem Papier vollständig vernichtet. Dann kam dein Vater in unser Gutshaus, randalierte mit ein paar anderen polnischen Vandalen, riss Bilder aus Rahmen, zerfetzte Leinwände und nutzte sie als Zielscheibe für seine Wut und Verwirrung. Wir waren noch im Haus und du kannst dir vorstellen, wie schockiert Erich in die Augen seines eigenen Sohns blickte. Doch dein Vater machte keinen Halt. Wir waren Deutsche, und er entschied sich in diesem Augenblick dazu, von nun an vollständig Pole zu sein. Seine Genossen gingen mit Stöcken und Latten auf uns los und er hielt sie nicht auf. Das war das letzte Mal, das wir deinen Vater gesehen haben. Wir wurden vertrieben, ließen alles stehen und liegen, konnten nur ein paar unserer Sachen schnappen.«

Hildegard schaute ihre Hände an, strich an ihrem Nagel entlang, so als würde sie Schmutz entfernen. Ihr Gesicht hatte längst eine Bleiche angenommen, die Hanna nur allzu gut vertraut war. Der Frau kamen eindeutig Bilder von jener Zeit in den Sinn, zu hart, zu schwer, eine zu große Last, um weiter davon erzählen zu können.

Dann ergänzte sie noch: »Deine Großmutter war nach dem Krieg wieder nach Schlesien gekommen, zog in ein Dorf in der Nähe unseres Gutshauses – dein Heimatdorf, Münzelberg wie ich es noch kenne, aber Modlica heißt es ja nun. Sie ging zur Gemeinde, nannte die Nummer des Hauses, das sie haben wollte und es wurde ihr zugewiesen. Deinem Vater, der kurz vor der Heirat stand, ist ein Haus daneben zur Verfügung gestellt worden, das er schlussendlich auch kaufte. So wenig ich deine Großmutter auch kannte, aber wenn ich eines von ihr wusste, war es, dass sie alles dafür tun wollte, dass sowohl Polen als auch Deutsche miteinander leben konnten. Schließlich hatte sie ja einen Deutschen – meinen Erich, und, wie ich zugeben muss, auch ihren Erich – geliebt. Nachdem wir aus unserem Gutshaus vertrieben worden waren, musste deine Großmutter Tage oder Wochen später noch einmal zurückgekommen sein. Sie hatte ihre Adresse und auch die deines Vaters auf einen Zettel geschrieben und diesen im Zimmer deines Vaters abgelegt. Die Wahrscheinlichkeit, dass wir jemals an diesen Zettel gelangen sollten, war ungefähr so gering wie die, dass sich die Polen und Deutschen wieder befreundeten. Doch wir hatten Glück, denn der Nachbesitzer des Gutshauses war ein Pole, der, genauso wie deine Großmutter, die zwei Seiten der deutschen Medaille betrachtete. Er konnte uns ausfindig machen, übergab uns viele unserer geschätzten Erinnerungen, sowie auch diesen Zettel. Aber es sollte noch Jahre dauern, eh Erich die Kraft hatte, erst deiner Großmutter und später euch zu schreiben.«

Ein paar Atemzüge lang war es still, ehe Hildegard eine scheinbar zusammenhanglose Frage stellte: »Sag Hania, die Pflegeeltern deiner Heimfreundin, die sind doch gut, nicht wahr?«

Einen kurzen Moment stockte Hanna. Sie konnte sich beileibe nicht daran erinnern, dass sie Hildegard von Zofia erzählt hatte. Doch dann begriff sie plötzlich und alles ergab einen Sinn: Hildegard und Erich waren diejenigen gewesen, die die Kontaktdaten der Pflegeeltern an die Großmutter geschickt haben mussten. Das Ehepaar, das Zofia aufnahm, waren gutmütige Deutsche, und Großmutter hatte von Anfang an Hanna zeigen wollen, dass – entgegen der Meinung vieler Polen – die Deutschen auch gutherzig sein konnten. Nach allem, was sie erlebt hatte, hatte sie es offenbar satt gehabt, dass die Wertigkeit eines Menschen an seiner Herkunft, Hautfarbe und Religion festgemacht wurde. Sie wollte Grenzen durchbrechen! Hanna traten die Tränen in die Augen, doch dann schüttelte sie den Kopf, denn eine Sache ergab keinen Sinn.

»Die Pflegeeltern von Zofia kennen euch doch aber gar nicht. Sie konnten mir nicht helfen, bei der Suche nach meinem Großvater. Ich verstehe das nicht.«

»Du hast recht, Hania, sie kennen uns nicht. Aber wir kennen sie – wenn auch nicht persönlich. Dieses Ehepaar hatte vergebens versucht, ein eigenes Kind zu gebären. Die einzig verbleibende Möglichkeit war eine Adoption, und von dieser Sehnsucht erfuhr ich durch ein Schriftstück auf meiner Arbeit. Doch das Ehepaar erhielt nur Ablehnungen. Und so kam der Brief der Großmutter zum richtigen Zeitpunkt, als die Hoffnungslosigkeit an ihrem Tiefpunkt war.«

Mehr fügte Hildegard nicht hinzu. Nach einer kurzen Gedankenpause jedoch klatschte sie so plötzlich und unvermittelt in die Hände, dass Hanna völlig überrascht zusammenzuckte.

Hildegard wechselte in einen deutschen Dialekt, den Hanna beim besten Willen nicht verstand.

»Schläscher Kucha, Sträselkucha,
Doas ihs Kucha, sapperlot,
Wie's uff Hergoots weiter Arde,
Nernt nich su woas Guders hoot.
Wär woas noch su leckerfetzig,
eim Geschmaak ooch noch su schien:
Über schläscha Sträselkucha
Tutt halt eemol nischt nich giehn!«

Hildegard hielt sich die Hände auf die Brust und ein glückseliges Lächeln zeichnete sich auf ihrem Gesicht ab – ein ganz anderer Ausdruck als noch vor wenigen Sekunden.

»Soll ich einen machen?«, fragte sie dann, wieder ins Polnische wechselnd.

»Was machen?«

»Na den schlesischen Streuselkuchen, oh ja, so wie ihn Hermann Bauch beschrieb. Ach, du kennst ihn nicht mehr? Ja, freilich, nicht wahr. Auch die Traditionen wurden vertrieben, herrje. Au wei, was bin ich nur für eine Gastgeberin.« Nervös stand sie auf und durchsuchte sogleich die Schränke nach den passenden Zutaten. Dann klopfte sie sich auf die Stirn und brabbelte in sich selbst hinein: »Ach, einkaufen muss ich ja erst noch gehen, herrje, wie durcheinander ich bin.«

»Oh nein, bitte, das müssen Sie nicht. Ich möchte Ihnen nun wirklich keine Umstände bereiten.«

Hanna stand auf, signalisierte, dass es ohnehin höchste Zeit war zu gehen. Doch dann fiel ihr etwas ein, etwas, das sie längst vergessen hatte, das ihr auf einmal jedoch in den Sinn kam.

»Sagen Sie, können Sie mir noch eine Frage beantworten?«

Hildegard blickte über Hannas Schultern hinweg. Scheinbar war sie nicht mehr so recht fähig, Hanna in die Augen zu schauen.

»Gewiss«, sagte sie schließlich.

»Wissen Sie, was das für eine seltsame Figur ist, die aus einer Wand in Pietrow ragt? Sie ist aus Stein gemeißelt und niemand in Polen konnte mir erklären, was diese Figur zu bedeuten hat.«

Hildegard lachte spöttisch auf. »Natürlich können sie das nicht! Schlesien ist ja auch nicht ihre Heimat. Die Polen haben nun keinerlei Wissen mehr über Sagen und Märchen aus Schlesien, nicht wahr? Ja, diese haben sie mit uns Deutschen zusammen aus dem Land getrieben, pah! Ein teuflischer Kreislauf. Wir Menschen sind wirklich bedauerlich.«

Hanna wusste nicht, wie sie darauf reagieren sollte. Sie fühlte sich schuldig, obgleich sie nichts dafür konnte. Hastig ging sie zur Tür, da sie annahm, dass Hildegard kein weiteres

Wort darüber verlieren würde. Doch in dem Moment, als ein paar herbstlich bunte Blätter durch den Luftzug der geöffneten Tür herein geflogen kamen, rief die Frau: »Rübezahl!«

Hanna verstand das deutsche Wort nicht, und Hildegard fiel es offenbar schwer, das polnische Äquivalent dafür zu finden. Sie klopfte sich mehrmals an die Stirn und übersetzte dann schließlich: »*Liczyrzepa* – der Berggeist Rübezahl.«

»Hmm«, machte Hanna nur, denn verstanden hatte sie noch immer nicht.

Hildegard schüttelte nur den Kopf und ging dann zu Hanna an die Tür.

»Es heißt, dass der übellaunige Berggeist Rübezahl eine Prinzessin gestohlen und sie in seinen unterirdischen Palast im Riesengebirge gebracht hat. Sie war ganz traurig, woraufhin der Berggeist mitfühlend wurde und seine Rüben in Gespielinnen verwandelte. Eines Tages ging Rübezahl aufs Feld, um Rüben zu zählen. Ständig verzählte er sich, und so blieb er viel zu lange von seinem Palast fort. Als er wiederkam, war die Prinzessin schon über alle Berge. Das brachte den Berggeist furchtbar in Rage, er fühlte sich betrogen, gedemütigt, sodass er seither seine unberechenbare Wut an all jenen auslässt, die ihn verspotten. Ja, ja, Rübezahl ist überall, im Stein, im Holz, in Wänden, selbst in den Wolken, im Wind und in den Blättern. Doch sei dir eins noch gesagt: wenn Rübezahl einer besonders reinen, unschuldigen Seele begegnet, erweckt diese erneut seine Sanftmut und er wird alles dafür tun, dass diese Seele seinen rechten Platz im Leben findet.«

Hanna nickte. *Rübezahl ist überall, im Stein, im Holz, in Wänden, selbst in den Wolken, im Wind und in den Blättern.* Für einen Moment hielt sie die Luft an. Sie schloss die Augen und sah die bärtige Gestalt in der Wand förmlich vor sich. Dann dachte sie an all die Male, als seltsame, unerklärliche

Dinge passierten: An die Windhose, die sich vor Vaters Auto bildete, als das Tor damals zugefallen war und Hanna sich ihre Finger eingeklemmt hatte. Er hatte sie zu jener Zeit im Krankenhaus angelogen. Oder an die Kellerüberschwemmung, kurz nachdem der Vater ihr die Schuld zugewiesen hatte, für das, was im weißen Krankenhaus geschehen war.

Ein zartes, kaum merkliches Lächeln breitete sich auf Hannas Gesicht aus. Dann flüsterte sie ein »Danke« – an wen dieses Wort jedoch gerichtet war, konnte Hildegard nicht deuten.

Als Hanna sich wieder zurück in die Gegenwart zwang, versprach sie Hildegard, am nächsten Tag um die gleiche Zeit wiederzukommen. Als Hildegard sich bereits umdrehte, um in die Stube zurückzukehren, erblickte Hanna beim Gehen die Zeitschrift ›*Burda*‹ auf dem Beistelltisch. Auf dem Cover war das Kleid ihrer ›*Stódniówka*‹ abgebildet. Der gleiche Schnitt, die gleiche Farbe, das gleiche Muster. Die Zeitschrift war jedoch auf Januar 1969 datiert – mehrere Monate vor Hannas Ball und lange bevor Hannas Vater das Kleid überhaupt *entworfen* hatte. Abgekupfert, geklaut hatte der Vater es! Ein Leben voller Lügen – das war alles, was Hanna beim Gedanken an ihren Vater in den Sinn kam, als sie das Haus verließ.

Kapitel 47

4. September 1969: Die Leiter aus Hannas Traum

Nachdem Hanna den vierten Tage in Folge bei Erich war, versuchte Zofia sie aufzumuntern. Dieses Mal hatte Erich nicht die Augen geöffnet, hatte einfach weitergeschlafen und Hanna damit einen Stich ins Herz versetzt. Hanna sollte Erich in den nächsten Tagen noch vier weitere Male besuchen dürfen, ehe er schließlich einen friedlichen Tod in ihren Armen fand. Ja, er hatte tatsächlich auf sie gewartet.

Zofia führte Hanna nun überall herum, zeigte ihr Berlin, zumindest die Teile, die ihnen zugänglich waren. Sie plapperte unentwegt, wusste zu allen Gebäuden geschichtliche Details und konnte sogar die Jahreszahlen benennen, in denen die Gebäude erbaut worden waren. Allein diese Tatsache hätte Hanna ins Stocken bringen müssen, sie hätte sich fragen sollen, warum dies so war, stattdessen nahm sie einfach an, dass die Schulbildung in Deutschland wohl niemandem etwas vormachte – nun ja, ganz richtig lag sie damit freilich nicht.

»Komm, gleich hier um die Ecke arbeitet meine Pflegemutter. Garantiert wirst du ihren Arbeitsplatz sehen wollen.« Zofia lachte kindlich, doch Hanna konnte diese Freude nicht teilen. Sie verstand nicht, warum sie sich dafür interessieren sollte, wo Zofias Mutter arbeitete.

Dann hielt Zofia plötzlich an und Hanna bemerkte erst jetzt, dass es kein Tageslicht mehr um sie herum gab. Sie waren in ein Geschäft hineingegangen und Hannas Gedanken hatten sie so in die Mangel genommen, dass sie gar nicht mitbekam, was sich um sie herum befand. Als sie es schließlich realisierte, hatte sie das Gefühl, als wäre sie auf hoher See und der Wind hätte sie samt Boot einmal um einhundertachtzig Grad herumgerissen.

»Du liebe Zeit. Das darf doch nicht wahr sein!«

Zofia ging einen Schritt zurück, um Hanna genug Raum für ihre Fassungslosigkeit zu lassen. Die vielen Bücher, die auf den mahagonibraunen, meterhohen Regalen türmten, verschlugen ihr schlichtweg die Sprache. Sie drehte sich im Kreis, ging zu einem Regal heran, sprang in die Luft, nur um festzustellen, dass sie niemals auch nur ansatzweise bis ans letzte Fach herankommen können würde. Ein Freudenschrei befreite sich aus ihrer Kehle und dann streichelte, ja liebkoste sie regelrecht die Rücken verschiedenster Bücher. Immerzu schloss sie ihre Augen, um das Gefühl der Bücher täuschungsfrei aufnehmen zu können. Eines fühlte sich sanft an, das nächste rau und hart. Wiederum ein anderes überraschte mit einem seltsamen Muster, manche waren auch pappig und abgenutzt. Die meisten jedoch fühlten sich einfach nur großartig an – voller Leben und Wissen, voller Hoffnung und Zukunft.

»Gefallen sie dir?«, fragte plötzlich eine sanftmütige Stimme. Zofias Pflegemutter kroch aus einer dunklen Ecke hervor. Hanna fiel erst jetzt auf, dass unzählige Menschen den Buchladen besuchten – Sekunden zuvor hatte es sich noch so angefühlt, als wäre sie ganz allein hier drin gewesen.

»Ja, sehr, wirklich sehr. Ich weiß gar nicht, was ich sagen soll.«

»Nun, das ist aber schade«, antwortete die Pflegemutter. »Eigentlich brauche ich schon deine Stimme.«

Hanna stutzte. Sie wusste nicht, was das zu bedeuten hatte. Hatte sie die Pflegemutter missverstanden? Immerhin war ihr Deutsch noch immer nicht sonderlich gut, doch obwohl die Pflegemutter auch etwas polnisch sprechen konnte, spornte sie Hanna immer wieder dazu an, deutsch zu sprechen.

»Nun ja«, sagte die Pflegemutter schließlich. Sie bildete die Sätze jetzt etwas langsamer, um Hanna ganz genau vermitteln zu können, was sie von ihr wollte. »Weißt du, Hania, ich brauche eine neue Vorleserin. Einmal in der Woche kommen Kinder aus Heimen in die Buchhandlung und wir lesen ihnen Märchen vor. Ich dachte, vielleicht könntest du das in Zukunft machen.«

»Was ich? Aber meine deutsche Aussprache ist noch so schlecht.«

Die Pflegemutter lächelte. »Vielleicht, aber durch das Vorlesen wird sie von Mal zu Mal besser werden. Du lernst dadurch und die Kinder nehmen es dir nicht übel, solltest du mal ein Wort ein bisschen ulkig aussprechen. Sie werden nur ein bisschen lachen.« Die Pflegemutter zwinkerte Hanna zu. Dann ergänzte sie: »Und wenn du nicht gerade vorliest, hilfst du mir in der Buchhandlung aus. Du kannst hier eine Ausbildung machen, Hania. Was sagst du?«

Die Antwort musste Hanna nicht aussprechen.

Epilog

11. November 1989: Zwei Tage nach dem Berliner Mauerfall

Niederschlesien, Polen

»Verstehst du, Marta, verstehst du es?«

So eindringlich Hanna ihre große Schwester auch anschaute, es fiel Marta schwer, das Erzählte vollständig aufzunehmen.

»Ja«, sagte Marta schließlich, »ich verstehe, dass ich Vater hasse. Mehr muss ich nicht verstehen.«

»Nein«, sagte Hanna erbost. »Das solltest du nicht. Er war gefangen – gefangen in dem unermüdlichen Willen, leben zu wollen, Marta, und ich habe ihm verziehen.«

»Was? Warum?«

»Vater hat nichts anderes gemacht, als sich in die gesetzliche Schutzhülle eines jeden Staates einzuhüllen. Als er noch Deutscher war, blieb ihm nichts anderes übrig, als die schrecklichen Taten unter dem Vorwand von Verfügungen, Verordnungen und Erlassen auszuführen. Was hätte er auch anderes tun sollen? Als der Krieg schließlich vorbei war, hatte er keine andere Wahl, als zurück zu seinen polnischen Wurzeln zu finden und ebenfalls unter den drakonischen Regeln des Kommunismus zu handeln. Nur aus diesem Grund hat er seinen eigenen Vater aus dem Gutshof vertrieben. Er hat sich gefügt, sich stets der Richtung angepasst, in der es sicherer war und in der er nicht um sein Überleben fürchten musste. Das macht die Gesellschaft mit uns, Marta, genau das. Angst schüren, Grenzen setzen, andere Völker entweder als Freund oder Feind deklarieren und Regeln entwerfen, deren Nichteinhaltung schlimme Folgen hat. Die Menschen fühlen sich dazu gezwungen, die Augen vor etwas zu verschließen, das sie andernfalls immer und immer wieder in ihren schlimmsten Albträumen verarbeiten müssten. Sie wollen und sollen nicht wissen, Marta, denn so manches Wissen ist gefährlich. Vater war nur einer von vielen, die im Grunde aus Angst gehandelt haben. Was kann ich da anderes tun, als Vater zu verzeihen?«

Marta schüttelte den Kopf. »Wenn du es so sehr verstehst, Hania, warum aber warst und bist dann ausgerechnet du diejenige, die sich den Regeln und Normen nicht beugen kann?«

Hanna lachte laut auf, doch sofort verstummte sie wieder. Sie blickte Marta ernst an, beugte sich ein Stück vor, sodass ihre Gesichter nur wenige Zentimeter voneinander entfernt waren.

»Weil für mich das bloße Überleben keine Rolle spielt, sondern viel mehr das Leben selbst.«

Eine Weile lang ließ sie diesen Satz im Raum stehen, allein, bedeutungsschwer und unweigerlich kompromisslos, bis sie mit felsenfester Stimme fortfuhr.

»Marta, in den paar Jahren, in denen ich mich als Kind gebeugt habe, kurz nachdem Großmutter gestorben war, habe ich mich gefühlt, als würde ich bereits mit einem Bein im Grabe stehen. Ich fühlte mich eingeengt trotz ausgebliebener Strafen, ich fühlte mich leer trotz des vermittelten Wissens in der Schule, ich fühlte mich unvollkommen, obwohl ich in die vollkommene Rolle der Gesellschaft gepasst habe, nicht jedoch in meine eigene.«

»Hmm.« Mehr konnte Marta nicht sagen. Es war ironisch. War es nicht genau das, was sie unterbewusst erwartet hatte? War es nicht genau das, weshalb sie ihre jüngere Schwester angerufen hatte? Und dennoch hörte es nicht auf, in ihrem Inneren zu stechen, so als hätten Tausende von Reißzwecken einen Weg unter ihre Haut gefunden.

Minutenlang schwiegen die Schwestern, bis Hanna Marta eindringlich anschaute und sie fragte, ob sie jetzt zu Agata gehen würden. Scheinbar wusste Hanna auf einmal, was sie zu tun hatte.

Für eine Weile stand Hanna an der Türschwelle, beobachtete Agatas müden Atemzüge, den Brustkorb, der sich nur widerwillig nach oben zu drücken schien. Dann griff sie in ihre Tasche und holte ein breites Buch heraus, das mit so vielen Farben gedeckt war, als wollte es einem Regenbogen Konkurrenz machen. Mit diesem Buch setzte sie sich dann an Agatas Seite. Sie war ganz dicht bei ihr, wie eine Mutter, deren Kind die körperliche Wärme spüren sollte. Marta schossen Tränen in die Augen.

Und dann klappte Hanna das Buch auf. Marta stellte sich währenddessen an das Fenster, lugte über Hannas Schulter, so wie diese es früher bei ihr getan hatte, doch die Wörter, die sich auf den Seiten aneinanderreihten, waren Marta fremd. Es war die deutsche Sprache. Marta begriff, dass Hanna das Buch nur als Stütze nahm, denn sie schien die Geschichte in- und auswendig zu kennen, als sie sie in polnischer Sprache wiedergab. Es war das Märchen von ›*Hänsel und Gretel*‹.

Sie las die Geschichte nicht zum ersten Mal vor, das war dem Klang ihrer Stimme deutlich anzuhören. Jedes einzelne Wort versah sie mit einer Betonung, die perfekt die Bedeutung der Geschichte widerspiegelte. Und an dieser Stelle fragte Marta sich, wie vielen Kindern Hanna in Deutschland damit bereits eine unbeschwerte, alles überwindbare Hoffnung verliehen hatte, und ob dies auch bei ihrer jüngsten Schwester gelingen würde.

Und vielleicht auch bei Marta selbst.

Nachtrag

Die drei Geschichten der Menschen, die während des Ausflugs in Auschwitz Hanna Hoffnung gaben, sind frei erfunden. Die weiteren Fakten sind gründlich recherchiert. Die Ausstellung in Auschwitz wird zu jener Zeit – und auch heutzutage – jedoch anders gestaltet gewesen sein. Hier wurden aus der Erinnerung meiner lieben Freundin, der diese Geschichte gewidmet ist, sowie aus Büchern über verschiedene Konzentrationslager heraus Informationen zusammengetragen.
Das Dorf Modlica ist frei erfunden.

Danke für die Unterstützung eines Self Publisher

Liebe Leser,

im August 2015 hatte ich mein erstes Buch (»Hinter dem zweiten Gesicht«, unter Antje Melanie Schneider – ich habe inzwischen geheiratet) auf Amazon als Self Publisher veröffentlicht. Das war mein erster Versuch, der zugegebenermaßen noch sehr holprig war. Im März 2016 kam dann meiner zweiter Roman (»Lass mich nicht allein«). Dieser war schon erfolgreicher und ich habe seitdem so viel dazu gelernt! Beide Romane waren noch dem Spannungs-/ Thriller-Genre zugeordnet. An dieser Stelle möchte ich meinen Lesern danken, aber auch Amazon selbst, dass es Self Publishern wie mir vergönnt ist, einen Traum auch ohne Verlag wahr werden zu lassen. Durch die Arbeit als Self Publisher kann ich frei entscheiden, in welchem Genre ich mich als nächstes austoben möchte – und meiner Meinung nach, ist es genau das, worauf es beim Schreiben ankommt: sich von seinen eigenen Gefühlen, aber auch von den Geschichten fremder Menschen, von Erfahrungen und dem experimentellem Unbekannten leiten zu lassen und das Beste und Intensivste aufs Blatt Papier zu bringen.

Obwohl die Möglichkeit via Amazon zu veröffentlichen eine große Chance darstellt, landet man als „Non-Name"-Autor ohne Verlag und entsprechendes Marketing manchmal im Nirvana. Jeder Kauf und jede Rezension unterstützt jedoch dabei, aus dieser trockenen Wüste herauszukommen.

Falls dir das Buch gefallen hat und du davon überzeugt bist, dass es auch anderen Lesern gefallen könnte, dann wäre eine kurze Rezension auf Amazon das Beste, was du machen kannst. Es kostet dich nur eine Minute, doch den Effekt, den du damit auslöst, ist unbeschreiblich groß! DANKE!

Danksagung

Dieses Buch habe ich meiner Nachbarin und guten Freundin Dora Dorn zu verdanken. Nur durch die vielen Interviews mit ihr konnte ich so tiefe Einblicke in die Geschichte des Kommunismus in Polen erhalten. Viele Dinge haben sich tatsächlich so in ihrem Leben zugetragen, andere wiederum sind zur Abrundung dieses Romans frei erfunden. Meine Intention ist es, mit diesem Buch Hoffnung zu geben, für Kinder, Frauen und alle Menschen, die glauben, sich in einer schier ausweglosen Lebenssituation zu befinden. Die Geschichte soll Mut machen, sich selbst niemals aufzugeben und der Stimme seines Herzens zu folgen.

Ich möchte zudem meinem Mann Hannes danken. Danke dafür, dass du an meiner Seite bist und mit mir durch dick und dünn gehst. Ich weiß gar nicht, womit ich so viel Glück in meinem Leben verdient habe und wüsste nicht, was ich ohne dich täte.

Meiner Schwester, Jenny F. Schneider, möchte ich danken, die zugleich meine Lektorin ist. Durch ihre Sprachbegabung wurde das Buch abgerundet und sie hat mich auf so vieles aufmerksam gemacht, was eine Schriftstellerin irgendwann durch Betriebsblindheit einfach nicht mehr sieht!

Ich bedanke mich für die tolle Zusammenarbeit mit Sarah Buhr, meiner Cover-Designerin. Sie hat sofort ein Gespür dafür gehabt, was das Cover benötigt, um diesem Roman einen bildlichen Ausdruck zu verleihen.

Und zu guter Letzt möchte ich meiner Mutter danken, die immer an mich glaubt und immer meine Bücher als erste Testleserin sehnsüchtig erwartet.

Printed in Poland
by Amazon Fulfillment
Poland Sp. z o.o., Wrocław

46469698R00179